KENT HARUF

LES GENS DE HOLT COUNTY

traduit de l'anglais (États-Unis) par Anouk Neuhoff

ROBERT LAFFONT

Ouvrage traduit avec le concours
du Centre national du livre

Titre original : EVENTIDE

ISBN 2-221-10302-5
(édition originale : ISBN 0-375-41158-5 Alfred A. Knopf, New York)

Pour Cathy
Et en mémoire de mon neveu Mark Kelley Haruf

Demeure avec moi : vite tombe le soir ;
L'obscurité s'épaissit ; Seigneur, avec moi demeure.
Quand d'autres soutiens manquent, et que les réconforts s'envolent,
Soutien des sans-soutien, ô demeure avec moi.

Henry F. Lyte

Eventide – la tombée du soir ; le soir

PREMIÈRE PARTIE

1.

Ils revinrent de l'écurie dans la lumière oblique du petit matin. Les frères McPheron, Harold et Raymond. De vieux bonshommes s'approchant d'une vieille maison à la fin de l'été. Ils remontèrent l'allée de gravier, dépassèrent le pick-up et la voiture garés le long de la clôture et franchirent l'un après l'autre le portail grillagé. Au pied du perron, ils raclèrent leurs bottes sur le grattoir enfoncé dans le sol, la terre autour complètement tassée et lustrée et mêlée de fumier, puis gravissant les marches en bois jusqu'à la véranda vitrée ils pénétrèrent dans la cuisine où la jeune Victoria Roubideaux, dix-neuf ans, assise à la table en pin, faisait manger des flocons d'avoine à sa petite fille.

Dans la cuisine, ils ôtèrent leurs chapeaux, les accrochèrent à des pitons fixés dans une planche à côté de la porte et gagnèrent aussitôt l'évier pour sc débarbouiller. Leurs figures étaient rouges et burinées sous leurs fronts blancs, et sur leurs têtes rondes leurs cheveux rêches désormais gris argent étaient aussi raides que les crins d'un cheval. Quand ils eurent fini de se débarbouiller, ils se saisirent l'un après l'autre du torchon pour s'essuyer, mais quand ils se rendirent au fourneau pour remplir leurs assiettes, la jeune fille leur ordonna d'aller s'asseoir.

Tu n'as pas à nous servir, dit Raymond.

Mais j'y tiens. Je serai partie demain.

Se levant avec l'enfant sur sa hanche, elle apporta sur la table deux tasses à café, deux bols de flocons d'avoine et une assiette de tartines grillées, puis elle se rassit.

Harold lorgnait les céréales. On aurait pu croire qu'au moins cette fois-ci elle nous aurait préparé un bon steak et des œufs, dit-il. Pour l'occasion. Mais pensez-vous, comme d'habitude, on n'a droit qu'à une bouillie tiédasse. Qui a à peu près le même goût que la dernière page d'un journal détrempé. Et daté d'hier, en plus.

Vous pourrez manger ce que vous voudrez une fois que je serai partie. Je sais que ce sera le cas de toute façon.

Oui, m'dame, sans doute. À ce moment-là il la regarda. N'empêche, je suis vraiment pas pressé de te voir t'en aller. Je voulais juste te taquiner un peu.

Je sais bien. Elle lui sourit. Ses dents étaient très blanches au milieu de son visage mat et ses cheveux noirs soigneusement coupés au-dessous des épaules étaient épais et brillants. Je suis presque prête, annonça-t-elle. Je dois d'abord faire manger Katie puis l'habiller, et après on pourra y aller.

Laisse-moi la prendre, dit Raymond. Ça y est, elle a fini ?

Non, répondit la jeune fille. Avec vous, elle mangera peut-être quelque chose, remarquez. Avec moi, elle n'arrête pas de tourner la tête.

Raymond se leva, fit le tour de la table, attrapa la

petite fille et regagna son siège. Là, il l'installa sur ses genoux, saupoudra de sucre les flocons d'avoine qu'il avait dans son bol, prit le pot sur la table pour ajouter du lait et commença à manger ; la fillette aux cheveux noirs et aux joues rondes l'observait, comme fascinée par ce qu'il faisait. La tenant gentiment, sans la serrer, le bras passé autour d'elle, il mit dans sa cuillère une petite quantité de porridge, souffla dessus et la lui proposa. Elle l'accepta. Il remangea un peu. Puis il souffla sur une autre cuillerée et la lui donna. Harold versa du lait dans un verre et la fillette se pencha en avant sur la table. Elle but un long moment, se servant de ses deux mains, avant de devoir s'arrêter pour reprendre haleine.

Comment je vais faire à Fort Collins quand elle refusera de manger ? demanda Victoria.

Tu n'auras qu'à faire appel à nous, répondit Harold. On viendra s'occuper de cette petite en moins de deux. Pas vrai, Katie ?

L'enfant le regarda à travers la table, sans ciller. Ses yeux étaient aussi noirs que ceux de sa mère, pareils à des boutons de bottine ou à des myrtilles. Elle ne dit rien mais s'empara de la main calleuse de Raymond pour l'approcher du bol de céréales. Lorsqu'il tendit la cuillère, elle repoussa la main du vieillard vers sa bouche à lui. Ah, fit-il, très bien. Il souffla méticuleusement dessus, gonflant les joues, promenant sa figure rouge d'avant en arrière, et elle accepta à nouveau de manger.

Quand ils eurent terminé, Victoria emporta sa fille dans la salle de bains à côté de la salle à manger pour lui nettoyer la figure, puis la ramena dans leur chambre où elle la changea. Les frères McPheron montèrent enfiler des tenues de ville, pantalons sombres et chemises claires à boutons-pression en nacre, sans oublier leurs superbes chapeaux Bailey blanc cassé façonnés à la main. De retour en bas ils portèrent les valises de Victoria à la voiture et les placèrent dans le coffre. La banquette arrière était déjà occupée par des cartons renfermant des vêtements, des couvertures, des draps et des jouets de la fillette, ainsi que par un siège auto capitonné. Derrière la voiture il y avait le pick-up et, sur son plateau, aux côtés de la roue de secours, du cric, d'une demi-douzaine de bidons d'huile vides, de touffes de foin desséchées et d'un morceau de barbelé rouillé, se trouvaient la chaise haute de la fillette et sa banquette-lit avec son matelas enveloppé dans une bâche neuve, le tout arrimé par de la ficelle orange.

Ils regagnèrent la maison et ressortirent avec Victoria et la petite fille. Sur la véranda Victoria s'arrêta un instant, ses yeux sombres soudain gorgés de larmes.

Qu'est-ce qui se passe ? demanda Harold. Quelque chose ne va pas ?

Elle fit non de la tête.

Tu sais que tu pourras toujours revenir. On l'espère bien. On y compte bien. Peut-être que ça t'aidera de garder ça à l'esprit.

Ce n'est pas ça, dit-elle.

C'est parce que tu as un peu la frousse ? demanda Raymond.

C'est simplement que vous allez me manquer. Je ne suis jamais partie avant, pas comme ça. Cette autre fois avec Dwayne, je ne m'en souviens même plus et je n'y tiens pas. Elle changea la petite fille de bras et s'essuya les yeux. Vous allez simplement me manquer, c'est tout ce qu'il y a.

Tu pourras appeler si tu as besoin de quelque chose, dit Harold. On sera toujours là à l'autre bout du fil.

N'empêche, vous allez me manquer quand même.

Oui, dit Raymond. Depuis la véranda, il contempla la cour et les pâturages roussis au-delà. Les collines de sable bleues dans le lointain, basses sur l'horizon bas, le ciel tellement clair et vide, l'air tellement sec. Tu vas nous manquer aussi, dit-il. Toi partie, on sera comme deux vieux chevaux de labour à bout de course. À traîner solitaires, à regarder tout le temps par-dessus la clôture. Il se tourna pour examiner le visage de Victoria. Un visage qui lui était désormais familier et cher, tous les trois et le bébé vivant dans la même cambrousse, dans la même vieille baraque usée par les intempéries. Bon, tu crois pouvoir lever le camp ? reprit-il. On ferait mieux de pas lambiner si on doit y aller.

Raymond conduisait la voiture de Victoria, celle-ci assise à côté de lui pour pouvoir atteindre l'arrière et s'occuper de Katie dans son siège capitonné. Harold les suivait dans le pick-up ; quittant l'allée et s'engageant sur la route gravillonnée, il mit cap à l'ouest vers le macadam à deux voies, puis prit au nord en direction de Holt. Le paysage des deux côtés de la grand-route était plat et sans arbres, le terrain sablonneux, le chaume des blés dans les champs encore d'un doré éclatant depuis la moisson de juillet. Par-delà les fossés le maïs irrigué se dressait à deux mètres cinquante de haut, lourdes tiges vert foncé. Au loin en ville les silos à grains se profilaient grands et blancs à côté des voies ferrées. C'était une belle et chaude journée avec un vent brûlant qui soufflait du sud.

À Holt, ils obliquèrent sur l'US 34 et s'arrêtèrent au Gas and Go à l'endroit où Main Street traversait la nationale. Les McPheron sortirent de voiture et firent le plein des deux véhicules pendant que Victoria entrait dans la boutique acheter des cafés pour eux, un Coca pour elle et une bouteille de jus de fruits pour la petite. Devant elle à la caisse, un homme costaud aux cheveux noirs faisait la queue avec sa femme en compagnie d'une adolescente et d'un petit garçon. Elle les avait déjà vus déambuler à toute heure du jour dans les rues de Holt, et elle savait ce qu'on racontait. Elle se dit que sans les frères McPheron elle aurait pu être comme eux. Elle regarda l'adolescente se rendre à l'avant de la boutique et attraper un magazine sur le présentoir près de la vitrine, puis le feuilleter en gardant le dos tourné comme si elle n'avait pas le moindre lien avec les gens au comptoir. Toutefois, lorsque l'homme eut réglé sa boîte de biscuits au fromage et ses quatre canettes de soda avec des bons d'alimentation, elle remit le magazine en place et suivit le reste de sa famille à l'extérieur.

Quand Victoria ressortit, l'homme et la femme se trouvaient sur le parking goudronné à décider entre eux de quelque chose. Elle ne voyait plus ni l'adolescente ni son frère, mais en se retournant elle constata qu'ils se tenaient tous les deux au carrefour, sous le feu rouge, à inspecter Main Street en direction du centre-ville. Puis elle rejoignit Raymond et Harold qui l'attendaient à la voiture.

Il était un peu plus de midi lorsqu'ils quittèrent l'autoroute inter-États pour pénétrer dans les faubourgs de Fort Collins. À l'ouest, les contreforts des montagnes se dressaient en une ligne bleue irrégulière masquée par une brume jaunâtre en provenance du sud, en provenance de Denver. Sur une des collines, un A blanc composé de rochers blanchis à la chaux subsistait de l'époque où les équipes de l'université s'appelaient les Aggies. Ils remontèrent Prospect Road et tournèrent dans College Avenue. Le campus se trouvait tout entier du côté gauche, avec ses bâtiments en brique, son vieux gymnase et ses pelouses vertes bien tondues. Ils longèrent la rue sous les peupliers de Virginie et les grands sapins bleus avant d'obliquer dans Mulberry, puis d'obliquer à nouveau et de repérer l'immeuble en retrait de la rue où Victoria et sa fille allaient désormais habiter.

Ils garèrent la voiture et le pick-up dans le parking derrière l'immeuble, et Victoria entra avec la petite fille pour aller trouver le concierge. Le concierge s'avéra être une élève très semblable à elle, mais un peu plus âgée, une étudiante de licence en jean et sweat-shirt avec un superbe casque de cheveux blonds sur la tête. Elle sortit dans le hall pour se présenter et se mit aussitôt à expliquer qu'elle suivait une spécialisation en enseignement primaire et travaillait ce semestre comme institutrice stagiaire dans une petite ville à l'est de Fort Collins, dégoisant sans discontinuer tout en accompagnant Victoria à l'appartement du premier étage. Après avoir déverrouillé la porte, elle lui remit la clé assortie d'une deuxième pour la porte extérieure, puis clle s'arrêta brusquement et regarda Katie. Je peux la prendre ?

Il ne vaut mieux pas, dit Victoria. Elle est un peu sauvage.

Les McPheron montèrent les valises et les cartons qui se trouvaient dans la voiture et les déposèrent dans la petite chambre. Ils regardèrent autour d'eux puis repartirent chercher la banquette-lit et la chaise haute.

Debout à la porte, la concierge jeta un coup d'œil à Victoria. Ce sont vos grands-pères ou quelque chose comme ça ?

Non.

C'est qui ? Vos oncles ?

Non.

Et son papa, alors ? Il vient aussi ?

Victoria la toisa. Vous posez toujours autant de questions ?

J'essayais seulement de faire connaissance. Je ne voulais pas me montrer indiscrète ou grossière.

Nous n'avons pas de liens familiaux à proprement parler, expliqua Victoria. Ils m'ont sauvée il y a deux ans quand j'avais vraiment besoin d'aide. C'est pour ça qu'ils sont ici.

Ce sont des pasteurs, vous voulez dire.

Non. Ce ne sont pas des pasteurs. Mais ils m'ont bel et bien sauvée. Je ne sais pas ce que j'aurais fait sans eux. Et on n'a pas intérêt à dire quoi que ce soit contre eux.

J'ai été sauvée moi aussi. Je rends grâce à Jésus chaque jour de ma vie.

Ce n'est pas ce que je voulais dire, rectifia Victoria. Je ne parlais pas du tout de ça.

Les frères McPheron restèrent avec Victoria Roubideaux et la petite fille tout l'après-midi ; ils aidèrent à ranger leurs affaires dans les différentes pièces, puis le soir ils les emmenèrent dîner. Ensuite ils retournèrent à l'appartement en location. Lorsqu'ils furent garés dans le parking derrière l'immeuble, ils sortirent sur le bitume dans la fraîcheur de l'air nocturne pour se dire au revoir. La jeune fille s'était remise un peu à pleurer. Hissée sur la pointe des pieds, elle embrassa chacun des vieillards sur sa joue burinée, les serra dans ses bras et les remercia pour tout ce qu'ils avaient fait pour elle et sa fille. Ils l'enlacèrent l'un après l'autre en lui tapotant maladroitement le dos. Ils embrassèrent la petite fille. Puis ils s'écartèrent d'un air gêné, ne sachant pas comment continuer à regarder Victoria ou la fillette, ni comment éviter de partir.

Tu n'hésites pas à nous appeler, dit Raymond.

J'appellerai toutes les semaines.

Ce sera bien, dit Harold. On sera impatients d'avoir de tes nouvelles.

Puis ils s'en allèrent avec le pick-up. Quittant les montagnes et la ville, ils mirent cap à l'est vers les hautes plaines silencieuses qui s'étendaient plates et sombres sous les myriades d'étoiles indifférentes. Il était tard lorsqu'ils s'engagèrent dans l'allée et s'arrêtèrent devant la maison. Ils avaient à peine parlé durant les deux heures de trajet. Le lampadaire à côté du garage s'était allumé en leur absence, projetant des ombres violet foncé derrière le garage et les dépendances, et derrière les trois ormes rabougris qui poussaient contre la clôture entourant la maison de bardeaux gris.

Dans la cuisine Raymond versa du lait dans une casserole sur le fourneau ; il le fit chauffer et sortit une boîte de biscuits salés du placard en hauteur. Ils s'attablèrent sous la lumière du plafonnier et avalèrent le lait chaud sans un mot. Le silence régnait dans la maison. Il n'y avait même pas le bruit du vent à l'extérieur.

Je suppose que je ferais aussi bien de monter me

coucher, dit Harold. Je ne sais pas quoi faire de moi ici. Il sortit de la cuisine, entra dans la salle de bains puis revint. Je suppose que tu as décidé de rester ici toute la nuit.

Je monterai dans un moment, dit Raymond.

Bon, fit Harold. Très bien, dans ce cas. Il regarda autour de lui. Les murs de la cuisine, le vieux fourneau émaillé et, par la porte, vers la salle à manger, où la lumière de la cour, traversant les fenêtres sans rideaux, tombait sur la table en noyer. La maison paraît déjà vide, pas vrai.

Vide comme l'enfer, acquiesça Raymond.

Je me demande ce qu'elle est en train de faire en ce moment. Je me demande si elle va bien.

J'espère qu'elle dort. J'espère qu'elle et sa petite fille dorment toutes les deux. Ce serait la meilleure chose.

Oui, tu as raison. Harold se pencha par la fenêtre de la cuisine pour scruter les ténèbres au nord de la maison, puis il se redressa. Bon, je monte, annonça-t-il. Je ne vois pas bien ce que je pourrais faire d'autre.

Je ne vais pas tarder. J'ai envie de rester là un moment.

Ne t'endors pas en bas. Tu t'en mordras les doigts demain.

Je sais. Je ne m'endormirai pas. Allez, vas-y. Je ne serai pas long.

Harold allait quitter la pièce mais il s'arrêta à la porte et se retourna une fois encore. D'après toi, il fait assez chaud dans son appartement ? Je me demandais. Pas moyen de me rappeler quelle température il faisait dans ce deux-pièces qu'elle a loué.

J'ai eu l'impression qu'il faisait assez chaud.

Quand on y était, en tout cas. Sinon je suppose qu'on aurait remarqué.

Tu crois qu'il faisait trop chaud ?

Je ne pense pas. J'imagine qu'on aurait remarqué aussi. S'il faisait trop chaud.

Je vais me coucher. Vraiment, c'est pas possible ce que c'est calme par ici.

Je monterai dans un petit moment, répéta Raymond.

2.

Le bus passa les prendre dans les quartiers est de Holt à sept heures et demie du matin. La conductrice attendait : de biais dans son siège, elle fixait du regard la façade du mobile home. Elle klaxonna. Elle klaxonna une deuxième fois, puis la porte s'ouvrit et une adolescente en robe bleue sortit dans la cour envahie de bromes des toits et d'amarantes à racine rouge ; elle se dirigea vers le bus sans lever la tête, gravit les marches métalliques et avança vers le milieu, où il y avait des places libres. Les autres élèves la regardèrent longer l'étroit couloir central puis s'asseoir, avant de se remettre à bavarder. À ce moment-là sa mère émergea de la caravane en tenant son frère cadet par la main. C'était un petit garçon vêtu d'un blue-jean et d'une chemise trop grande pour lui boutonnée jusqu'au menton.

Lorsqu'il eut grimpé à bord, la conductrice déclara : Je devrais pas avoir à attendre ces enfants comme ça. J'ai un horaire à respecter, au cas où vous le sauriez pas.

La mère détourna les yeux, examinant la rangée de

vitres pour s'assurer que le garçon avait pris place à côté de sa sœur.

Je vous le répéterai pas, dit la conductrice. J'en ai ras le bol de vous autres. Il y a dix-huit mômes qu'il faut que je ramasse. Elle referma la portière, desserra le frein et le bus s'éloigna en cahotant dans Detroit Street.

La femme suivit le bus des yeux jusqu'à ce qu'il ait tourné à l'angle dans la Septième, puis elle regarda partout alentour comme si quelqu'un dans la rue allait venir à son secours pour lui souffler quoi répliquer. Mais il n'y avait personne dehors à cette heure matinale et elle retourna à la caravane.

Vieille et délabrée, celle-ci avait jadis été d'un bleu turquoise éclatant, mais sous la chaleur du soleil et les assauts du vent elle avait pris une teinte pisseuse. À l'intérieur, des vêtements s'entassaient dans les coins et un sac-poubelle bourré de canettes de soda vides était appuyé contre le réfrigérateur. Assis à la table de la cuisine, son mari buvait du Pepsi dans un grand verre rempli de glaçons. Devant lui sur une assiette reposaient des restes de gaufres surgelées et d'œufs sur le plat. C'était un immense gaillard aux cheveux noirs vêtu d'un jogging de très grande taille. Son ventre énorme débordait sous son T-shirt bordeaux et ses bras gigantesques se balançaient derrière le dossier de sa chaise. Il se relaxait après le petit déjeuner. Quand sa femme apparut il demanda : Qu'est-ce qu'elle a fait ? Tu as une drôle de tête.

Eh ben, elle me fiche en rogne. Elle est pas censée faire ça.

Qu'est-ce qu'elle a dit ?

Elle a dit qu'elle avait dix-huit mômes à ramasser.

Elle a dit qu'elle avait pas à attendre Richie et Joy Rae comme ça.

Je vais te dire ce que je vais faire : je vais appeler le principal. Elle a pas le droit de nous dire des trucs comme ça.

Elle a pas le droit de me dire rien du tout, renchérit la femme. Je vais la cafter à Rose Tyler.

Dans la douce chaleur du milieu de matinée ils quittèrent la caravane pour aller en ville. Traversant Boston Street, ils suivirent le trottoir jusqu'à l'arrière du carré que formait le vieux palais de justice en brique rouge, puis franchirent une porte dont la vitre proclamait en lettres noires : SERVICES SOCIAUX DU COMTÉ DE HOLT.

À l'intérieur à droite se trouvait l'accueil. Une grande vitre surmontait le comptoir de devant et, creusé dans le bois sous le panneau de verre, il y avait un guichet de sécurité par lequel les gens faisaient passer documents et informations. Derrière la vitre, deux femmes étaient assises à des bureaux avec des dossiers entassés par terre sous leurs chaises, et des téléphones et encore des dossiers sur les bureaux eux-mêmes. Punaisés aux murs, on voyait de grands calendriers et des bulletins officiels émis par l'administration.

L'homme et la femme patientèrent au comptoir pendant qu'une adolescente devant eux écrivait sur un bloc jaune bon marché. Ils se penchèrent pour voir ce qu'elle était en train d'écrire et au bout d'un moment elle s'interrompit, leur lança un regard agacé, puis se détourna de façon qu'ils ne puissent plus voir ce qu'elle faisait. Quand elle eut fini elle se courba pour parler dans le guichet situé sous la vitre : Vous pouvez donner ce mot à Mme Stulson.

Une des femmes leva les yeux. C'est à moi que vous parlez ?

J'ai terminé.

La femme se leva lentement de son bureau et atteignit le comptoir au moment où la jeune fille faisait glisser le papier sous la vitre. Je vous rends votre stylo, dit-elle. Elle le déposa dans le creux.

Il y a un message avec ?

J'ai tout mis sur ce papier, répondit la jeune fille.

Je lui donnerai quand elle arrivera. Merci.

Dès que la jeune fille fut partie la femme déplia le papier, qu'elle lut de A à Z.

Le couple avança. On est censés voir Rose Tyler, dit l'homme. Elle nous a donné un rendez-vous.

La femme derrière la vitre leva les yeux. Mme Tyler est avec un autre client pour l'instant.

Elle était censée nous voir à dix heures trente.

Si vous voulez bien vous asseoir, je vais la prévenir que vous êtes là.

Il regarda la pendule sur le mur derrière le panneau de verre. Le rendez-vous était il y a dix minutes, précisa-t-il.

J'entends bien. Je vais la prévenir que vous attendez.

Ils regardèrent la femme comme s'ils pensaient qu'elle allait ajouter quelque chose mais celle-ci leur rendit leur regard sans broncher.

Dites-lui que Luther Wallace et Betty June Wallace sont là, dit-il.

Je sais qui vous êtes. Asseyez-vous, je vous prie.

Ils s'éloignèrent du comptoir et prirent place sur des chaises contre le mur sans piper mot. À côté d'eux se trouvaient des cartons de jouets en plastique, une petite table avec des livres ainsi qu'une boîte remplie de moignons de crayons de couleur et de stylos cassés. Il n'y avait personne d'autre dans la pièce. Au bout d'un moment Luther Wallace sortit un canif de sa poche et se mit à racler une verrue sur le dos de sa main : il essuyait la lame du canif sur la semelle de sa chaussure et respirait bruyamment, commençant à transpirer dans la pièce surchauffée. Près de lui Betty contemplait le mur du fond. Elle avait l'air de penser à quelque chose de triste, quelque chose qu'il lui était absolument impossible d'oublier, comme si elle était prisonnière de la pensée en question. Elle tenait un sac à main noir en matière brillante sur ses genoux. Imposante créature approchant de la quarantaine, elle avait un visage grêlé et des cheveux châtains et mous ; toutes les une ou deux minutes, elle tirait pudiquement le bas de sa robe ample sur ses jambes.

Un vieil homme apparut par une porte derrière eux et traversa la pièce en boitant avec sa canne métallique. Il poussa la porte de l'accueil et sortit dans le couloir. À ce moment-là l'assistante sociale, Rose Tyler, arriva dans la salle d'attente. C'était une petite femme brune assez trapue en robe aux couleurs vives. Betty, dit-elle. Luther. Vous voulez bien venir derrière ?

On est restés assis là à attendre, c'est tout, dit Luther. On n'a rien fait d'autre.

Je sais. Je suis prête à vous recevoir maintenant.

Ils se levèrent, la suivirent dans le couloir, entrèrent dans une des petites salles d'entretien sans fenêtre et s'assirent à une table carrée. Betty arrangea sa jupe tandis que Rose Tyler refermait la porte et s'installait en face d'eux. Elle posa un dossier sur la table, l'ouvrit et le feuilleta, parcourant rapidement chaque page, puis leva enfin les yeux. Alors, dit-elle. Comment a été ce mois-ci ? Est-ce que tout se passe comme vous voulez ?

Oh, on s'est plutôt bien débrouillés, répondit Luther. Je suppose qu'on n'a pas à se plaindre. Pas vrai, ma chérie.

J'ai encore cette douleur dans mon ventre. Betty posa une main délicate sur sa robe, comme s'il y avait quelque chose de très sensible à cet endroit-là. Je ferme presque pas l'œil de la nuit, dit-elle.

Avez-vous vu le docteur comme nous en avions parlé ? Nous avions pris rendez-vous pour que vous alliez le voir.

J'y suis allée. Mais il m'a servi à rien.

Il lui a donné un flacon de pilules, expliqua Luther. Et elle les prend.

Betty le regarda. Mais elles me servent à rien. J'ai quand même mal tout le temps.

C'est quoi, ces pilules ? demanda Rose.

J'ai donné la fiche du docteur au pharmacien et il l'a remplie. Je les ai à la maison sur l'étagère.

Mais vous ne vous rappelez pas ce que c'est ?

Betty balaya du regard la pièce nue. Je me rappelle pas là maintenant, dit-elle.

Enfin bon, elles se présentent dans un petit flacon marron, intervint Luther. Je lui dis bien qu'elle doit en prendre une tous les jours.

Vous devez à tout prix les prendre régulièrement. Elles ne vous aideront pas, sinon.

Mais je les prends, affirma Betty.

Bon. Dans ce cas, on verra comment vous vous sentez quand vous reviendrez le mois prochain.

Elles ont intérêt à faire vite de l'effet, dit Betty. J'en peux vraiment plus.

J'espère qu'elles agiront, dit Rose. Parfois ça prend un certain temps, vous comprenez. Elle s'empara à nouveau du dossier et le consulta brièvement. Y a-t-il autre chose dont vous désiriez me parler aujourd'hui ?

Non, répondit Luther. Comme j'ai dit, je suppose qu'on s'est pas mal débrouillés.

Et la conductrice du bus ? demanda Betty. J'ai l'impression que tu l'oublies, celle-là.

Ah bon ? fit Rose. Quel est le problème avec la conductrice du bus ?

Eh ben, elle me fiche en rogne. Elle m'a dit un truc qu'elle est pas censée dire.

Ouais, acquiesça Luther. Il se pencha en avant et posa ses grosses mains sur la table. Elle a dit à Betty qu'elle avait pas à attendre Richie et Joy Rae. Elle a dit qu'elle avait quinze mômes à ramasser.

Dix-huit, rectifia Betty.

C'est pas bien qu'elle parle à ma femme de cette façon-là. J'ai bien envie d'appeler le principal pour lui raconter.

Une petite minute, dit Rose. Allez-y lentement et racontez-moi ce qui s'est passé. Est-ce que Richie et Joy Rae étaient bien à l'heure sur le trottoir ? Nous avons déjà discuté de ça.

Ils y étaient. Ils étaient habillés et prêts à partir.

C'est impératif, vous savez. La conductrice du bus fait du mieux qu'elle peut.

Ils sortent juste après son coup de klaxon.

Comment s'appelle-t-elle, cette conductrice ? Vous le savez ?

Luther regarda sa femme. Est-ce qu'on sait son nom, mon chou ?

Betty secoua la tête.

On n'a jamais entendu son nom. Celle qui a les cheveux blonds, c'est tout ce qu'on sait.

Oui, bon. Vous voulez que j'appelle pour savoir ce qui se passe ?

Appelez le principal, aussi. Racontez-lui ce que nous fait cette bonne femme.

Je passerai un coup de fil pour vous. Mais il faut jouer le jeu, vous aussi.

C'est ce qu'on fait.

Je sais, mais il faut essayer de bien vous entendre avec elle, d'accord. Qu'est-ce que vous feriez si vos enfants ne pouvaient plus prendre le bus ?

Ils regardèrent Rose, puis l'affiche qui était placardée sur le mur du fond. LEAP – Low-Energy Assistance Program, disait-elle en lettres rouges.

Bon alors, voyons, dit Rose. J'ai vos tickets d'alimentation. Elle les prit dans le dossier posé sur la table, des carnets de un, cinq, dix et vingt dollars, chacun d'une couleur différente. Elle fit glisser les carnets sur la table et Luther les donna à Betty pour qu'elle les range dans son sac.

Dites-moi, vous avez reçu vos chèques d'invalidité à l'heure ce mois-ci ? demanda Rose.

Ah ouais. Ils sont arrivés au courrier hier.

Et vous allez encaisser les chèques comme nous en avons discuté, et ranger l'argent dans des enveloppes séparées pour vos différentes dépenses.

C'est Betty qui les a. Montre-lui, ma chérie.

Betty extirpa quatre enveloppes de son sac. LOYER, ÉPICERIE, GAZ ET ÉLECTRICITÉ,

AUTRES FRAIS. Chaque enveloppe soigneusement rédigée en majuscules par Rose Tyler.

C'est parfait. Bon, est-ce qu'il y a autre chose aujourd'hui ?

Luther jeta un coup d'œil à Betty, puis se tourna vers Rose. C'est que, ma femme arrête pas de parler de Donna. On dirait qu'elle l'a tout le temps dans la tête.

Je pense à elle, c'est tout, dit Betty. Je vois pas pourquoi je peux pas l'appeler au téléphone. C'est ma fille, tout de même.

Bien sûr, dit Rose. Mais l'ordonnance du tribunal stipulait que vous ne deviez pas avoir de contact avec elle. Vous le savez.

Je veux juste lui parler. J'aurais pas du tout de contact. Je veux juste savoir comment elle va.

Mais lui téléphoner serait considéré comme un contact, expliqua Rose.

Les yeux de Betty s'emplirent de larmes et elle s'affaissa sur sa chaise, les mains ouvertes sur la table, les cheveux lui tombant sur le visage, plusieurs mèches collées à ses joues humides. Rose poussa une boîte de Kleenex vers elle. Betty en prit un et se mit à s'essuyer le visage. Je l'embêterais pas, dit-elle. Je veux juste lui parler.

Vous avez mauvaise conscience, pas vrai.

Vous auriez pas mauvaise conscience ? Si c'était vous.

Si. Je suis sûre que si.

Il faut juste que t'essayes de te faire une raison, ma chérie, dit Luther. T'as pas vraiment le choix. Il lui tapota l'épaule.

C'est pas ta fille.

Je sais bien. Je dis juste que tu dois prendre les

choses du mieux que tu peux. Qu'est-ce que tu peux faire d'autre ? Il regarda Rose.

Et Joy Rae et Richie ? demanda Rose. Comment vont-ils ?

Eh ben, Richie, il se bagarre à l'école, répondit Luther. Il est rentré l'autre jour avec le nez en sang.

C'est à cause que ces autres mômes, ils lui cherchent des crosses, dit Betty.

Je vais lui apprendre comment se défendre, un de ces jours.

À quoi est-ce dû, d'après vous ? demanda Rose.

Je sais pas, dit Betty. Ils arrêtent pas de lui chercher des crosses, c'est tout.

Est-ce qu'il leur dit des choses ?

Richie leur dit rien du tout.

C'est parce que je lui ai appris : il faut tendre l'autre joue, dit Luther. Quand on te frappe sur une joue, tu dois tendre l'autre. C'est dans la Bible.

Il a que deux joues, objecta Betty. Combien de joues il est censé tendre ?

C'est vrai, dit Rose, il y a des limites, tout de même.

Et on a atteint les limites, dit Betty. Je sais pas ce qu'on va faire.

Non, dit Luther, à part ça, je suppose qu'on a pas trop à se plaindre. Il se redressa sur sa chaise, apparemment prêt à partir et à passer à l'étape suivante. Je suppose qu'on s'est pas mal débrouillés. Faut se contenter de son sort et pas faire de crise, voilà cc que je dis aux gens. C'est quelqu'un qui m'a dit ça un jour.

3.

C’était un garçon petit, d’un poids insuffisant pour son âge, avec des bras maigres, des jambes maigres, et des cheveux châtains qui lui pendaient sur le front. Il était actif et raisonnable, et trop sérieux pour un garçon de onze ans. Avant sa naissance sa mère avait décidé de ne pas épouser l’homme qui était son père, et quand il avait cinq ans elle était morte dans un accident de voiture à Brush, Colorado, un samedi soir après être sortie danser avec un rouquin dans une auberge sur la grand-route. Elle n’avait jamais dit qui était son père. Depuis la mort de sa mère il avait vécu seul avec le père de celle-ci dans les quartiers nord de Holt, dans une petite maison sombre avec des terrains vagues de chaque côté et, derrière, une ruelle de gravier bordée de mûriers. À l’école il était en CM2 et il était bon élève, mais il ne parlait que quand on l’y obligeait ; en classe il ne participait jamais spontanément, et chaque jour quand il sortait de l’école il rentrait à la maison tout seul, ou bien il flânait en ville, ou bien, de temps en temps, il faisait du jardinage pour la dame qui habitait plus haut dans sa rue.

Son grand-père, Walter Kephart, était un homme

aux cheveux blancs de soixante-quinze ans. Pendant trente ans il avait été cheminot, à entretenir les voies ferrées dans le sud du Wyoming et le nord-est du Colorado. À presque soixante-dix ans il avait été mis à la retraite. C'était un vieillard taciturne ; il bavardait pas mal quand il avait bu, mais ce n'était pas un ivrogne et en général il ne s'autorisait un verre à la maison que s'il était malade. Chaque mois quand son chèque de retraite arrivait il l'encaissait et passait une soirée à picoler à la Holt Tavern, au coin de la Troisième et de Main, où il retrouvait d'autres vieux de la ville et racontait des histoires qui n'étaient pas tant exagérées que légèrement enjolivées ; dans ces cas-là il se remémorait pendant une heure ou deux ce qu'il avait été capable de faire en ces temps révolus où il était encore jeune.

Le garçon s'appelait DJ Kephart. Il prenait soin du vieil homme, le raccompagnant dans la nuit par les rues sombres quand son grand-père avait fini de discuter à la taverne. À la maison il faisait la plus grande partie de la cuisine et du ménage, et une fois par semaine il s'occupait de leur lessive à la Laverie Automatique d'Ash Street.

Un jour de septembre il était rentré de l'école l'après-midi et le vieil homme lui avait dit que la voisine était passée, demandant après lui. Tu ferais mieux d'aller voir ce qu'elle veut.

Elle est venue quand ?

Ce matin.

Le garçon se servit une tasse de café froid à la cafetière sur le fourneau, l'avala puis se rendit chez la voisine. Dehors il faisait encore très chaud, bien que le soleil ait commencé à descendre à l'ouest et que les premiers indices de l'automne soient déjà dans l'air – cette odeur de poussière et de feuilles desséchées, cette sensation annuelle de solitude que provoque la fin de l'été. Il laissa derrière lui le terrain vague avec son chemin de terre menant à la rangée de mûriers qui bordait la ruelle, dépassa les maisons des deux veuves, l'une et l'autre en retrait de la rue tranquille derrière un bouquet de lilas poussiéreux, puis atteignit la maison de la voisine.

Mary Wells était une femme d'à peine plus de trente ans avec deux petites filles. Son mari travaillait en Alaska et ne rentrait pas très souvent à la maison. Mince et pleine de santé, jolie avec des cheveux châtain clair et des yeux bleus, elle aurait pu faire tout son jardinage elle-même mais elle aimait bien aider le garçon de cette modeste manière, et elle lui donnait toujours quelque chose lorsqu'il travaillait pour elle.

Il frappa à la porte et attendit. Il songea qu'il ne devait pas frapper une deuxième fois, que ce serait impoli et irrespectueux. Au bout d'un petit moment elle vint ouvrir en s'essuyant les mains à un torchon. Derrière elle il y avait les deux fillettes.

Grand-père a dit que vous étiez passée ce matin.

Oui, dit-elle. Tu veux entrer ?

Non, je suppose que je ferais mieux de m'y mettre.

Tu ne veux pas entrer d'abord manger quelques cookies ? On vient de les faire. Ils sont tout frais.

J'ai bu du café avant de partir.

Peut-être plus tard, alors, dit Mary Wells. Enfin voilà, je me demandais si tu avais un peu de temps pour travailler dans le jardin de derrière. Si tu n'as pas d'autre obligation pour l'instant.

Je n'ai pas d'autre obligation pour l'instant.

Alors je peux profiter de toi. Elle lui sourit. Laisse-moi te montrer ce que j'ai en tête.

Elle descendit les marches, suivie des deux fillettes, et ils contournèrent la maison jusqu'à un jardin brûlé par le soleil en bordure de la ruelle. Elle lui indiqua les mauvaises herbes qui avaient surgi depuis son dernier passage, et les rangées de haricots et de concombres qu'elle voulait qu'il ramasse. Ça ne te gêne pas de faire ça ? demanda-t-elle.

Non, m'dame.

Surtout ne va pas attraper un coup de chaleur. N'hésite pas à venir te mettre à l'ombre quand tu en as besoin.

Il ne fait pas trop chaud pour moi, dit-il.

J'enverrai les filles t'apporter de l'eau.

Elles retournèrent dans la maison et il entreprit de désherber les rangées de légumes, s'agenouillant dans la terre et travaillant sans répit, transpirant et chassant les mouches et les moustiques. Il était accoutumé à travailler dans son coin et il avait l'habitude de l'inconfort. Il entassa les mauvaises herbes à côté de la ruelle puis se mit à ramasser les haricots verts et les concombres. Une heure plus tard les petites filles sortirent de la maison avec trois cookies sur une assiette et un verre d'eau glacée.

Maman a dit que tu devais prendre ça, déclara Dena, l'aînée des fillettes.

Il s'essuya les mains à son pantalon et prit le verre d'eau, dont il but la moitié, puis il mangea un des gros cookies, qu'il dévora en deux bouchées. Elles l'observaient attentivement, debout dans l'herbe en bordure du jardin.

Maman a dit que tu avais l'air d'avoir faim, dit Dena.

On vient juste de faire ces cookies cet après-midi, dit Emma.

On a aidé, tu veux dire. On les a pas faits nous-mêmes.

On a aidé Maman à les faire.

Il but le reste de son eau et leur rendit le verre. Il y avait des empreintes de doigts et des traînées boueuses sur les parois.

Tu veux pas de ces autres cookies ?

Vous, mangez-les.

Maman les a envoyés pour toi.

Vous pouvez les manger. Moi ça va.

Tu les aimes pas ?

Si.

Alors pourquoi tu manges pas les autres ?

Il haussa les épaules et détourna les yeux.

Je vais en manger un, dit Emma.

T'as pas intérêt. Maman les a envoyés pour lui.

Il en veut pas.

Ça fait rien. Ils sont à lui.

Vous pouvez les manger, répéta-t-il.

Non, dit Dena. Elle ôta les deux cookies de l'assiette et les posa dans l'herbe. Tu pourras les manger plus tard. Maman a dit qu'ils étaient à toi.

Les bestioles s'y attaqueront avant.

Alors tu ferais mieux de les manger.

Il la regarda puis il se remit à l'ouvrage, cueillant des haricots verts et les déposant dans une bassine blanche en émail.

Les deux fillettes le regardèrent travailler. De nouveau à genoux, il rampait, dos à elles, les semelles de ses chaussures tournées vers elles comme les visages étroits de quelque étrange créature, les cheveux sur sa nuque brunis par la sueur. Lorsqu'il atteignit le bout de la rangée les fillettes abandonnèrent les cookies dans l'herbe et regagnèrent la maison.

Quand il eut terminé il apporta les haricots et les concombres à la porte de derrière, frappa et attendit. Mary Wells vint ouvrir avec les deux fillettes.

Ça par exemple, regardez-moi tout ça. Je ne pensais pas qu'il y en avait autant. Tu vas en garder pour toi. Bon, laisse-moi aller te chercher un peu d'argent.

Elle retourna dans la maison et il s'écarta de la porte ouverte pour regarder de l'autre côté du jardin vers la cour des voisins. Il y avait des carrés d'ombre sous les arbres. Là où il était sur le perron, le soleil tapait en plein sur sa tête châtain et son visage en sueur, sur le dos de son T-shirt sale et l'angle de la maison. Les fillettes l'observaient. L'aînée avait envie de dire quelque chose sans réussir à trouver quoi.

Mary Wells reparut et lui tendit quatre dollars pliés en deux. Il ne regarda pas la somme mais rangea les billets dans sa poche de pantalon. Merci, dit-il.

De rien, DJ. Et emporte un peu de ces légumes avec toi. Elle lui tendit un sac en plastique.

Bon, je ferais mieux d'y aller. Grand-père va avoir faim.

Surtout, tu n'oublies pas de prendre soin de toi, dit-elle. Tu m'entends ?

Tournant les talons, il rejoignit le jardin de devant et commença à remonter la rue déserte dans l'après-midi finissant. Il avait l'argent dans sa poche, le sac de haricots verts et deux concombres.

Après son départ les fillettes se rendirent à la lisière du jardin pour voir s'il avait mangé les biscuits, mais ils étaient toujours dans l'herbe. Il y avait maintenant des fourmis rouges qui grouillaient dessus, ainsi qu'une autre colonne qui s'en éloignait dans l'herbe. Dena ramassa les cookies et les secoua avec vigueur, puis les lança dans la ruelle.

Une fois rentré, il fit frire des hamburgers dans une sauteuse en fonte, mit à cuire quelques pommes de terre rouges et les haricots verts que lui avait donnés Mary Wells, puis disposa le pain et le beurre sur la table aux côtés d'une assiette contenant les concombres en rondelles. Il refit du café et quand les pommes de terre et les haricots furent prêts il appela son grand-père à table et ils commencèrent à dîner.

Qu'est-ce qu'elle t'a fait faire là-bas ? demanda le vieil homme.

Désherber. Et ramasser des légumes.

Elle t'a payé ?

Oui.

Elle t'a donné combien ?

DJ extirpa les billets pliés de sa poche et les compta sur la table. Quatre dollars, dit-il.

C'est beaucoup.

Ah bon ?

C'est trop.

Je ne trouve pas.

Eh bien, tu ferais mieux de les mettre de côté. Tu auras peut-être envie d'acheter un truc un jour.

Après le dîner il débarrassa la table, fit la vaisselle et la mit à sécher sur un torchon étalé sur la paillasse pendant que son grand-père allait dans le salon et allumait la lampe à côté du rocking-chair pour lire le *Holt Mercury*. Le garçon fit ses devoirs à la table de la cuisine sous la lumière du plafonnier et quand il alla voir dans le salon une heure plus tard le vieil homme était assis les yeux fermés ; leurs paupières toutes fines étaient hachurées de minuscules veines bleues, sa bouche foncée était béante, sa respiration rauque et son journal déployé sur les cuisses de sa salopette.

Grand-père. Il lui toucha le bras. Tu ferais mieux d'aller au lit.

Son grand-père se réveilla et le regarda, l'air perplexe.

Il est temps d'aller au lit.

Le vieil homme le dévisagea un instant comme s'il essayait de se rappeler qui il était. Il replia le journal, le posa par terre à côté du fauteuil et, prenant appui sur les accoudoirs du rocking-chair, il se leva lentement, alla dans la salle de bains, puis entra dans sa chambre.

Le garçon but une autre tasse de café contre l'évier de la cuisine et y jeta le marc. Il rinça la cafetière, éteignit les lumières puis alla se coucher dans la petite chambre à côté de celle de son grand-père, où il lut pendant deux heures. À travers la cloison il entendait le vieil homme qui ronflait, toussait et grommelait. À dix heures et demie il éteignit et s'endormit, et le lendemain matin il se leva de bonne heure pour préparer leur petit déjeuner, après quoi il partit pour l'école, franchissant les voies ferrées en direction du nouveau bâtiment situé dans les quartiers sud de Holt, et en classe il se plia complaisamment et efficacement à tout ce qu'on exigeait de lui mais il ne dit pas grand-chose à qui que ce soit de toute la journée.

4.

Ils amenèrent les bouvillons blackbaldy en ville dans la bétaillère et les firent descendre dans la ruelle à la hauteur du quai de déchargement derrière l'étable, où les employés du marché aux bestiaux les firent entrer dans un enclos en les triant. Le vétérinaire les examina, et comme il ne décela aucune des maladies respiratoires qu'il recherchait chez les animaux d'un an, ni de conjonctivite ou de brucellose, ni cette malformation de la mâchoire qui affectait parfois les bêtes plus âgées, l'inspecteur de l'hygiène leur donna le feu vert sans discuter. Ensuite on leur remit le reçu précisant que les bouvillons étaient bien à eux et combien il y en avait, après quoi ils repartirent chez eux et dînèrent dans la cuisine dans le silence ambiant puis montèrent se coucher, et le lendemain matin avant l'aube ils se levèrent et sortirent accomplir leurs travaux quotidiens.

Il était maintenant midi et, installés à une table carrée dans le petit restaurant crasseux du marché aux bestiaux, ils commandaient à déjeuner. La serveuse vint se planter derrière eux avec son bloc ; elle était en nage et toute rouge. Qu'est-ce que ce sera pour vous aujourd'hui ?

Vous m'avez l'air complètement vannée, déclara Harold.

Je trime depuis six heures ce matin. Pas étonnant.

Attention, vous allez nous péter une durite. Feriez mieux de lever un peu le pied.

Et je ferais ça quand ?

Je sais pas, dit Harold. Là est la question. Vous avez des plats du jour ?

Y a même que ça. Vous aviez quoi en tête ?

Eh ben, je pensais à ce noble animal qu'est le porc. J'ai vu assez de bouvillons ces derniers jours pour me dégoûter du bœuf pendant une semaine.

On a du filet mignon et il y a du lard si ça vous tente. On peut aussi vous faire un sandwich au jambon.

Apportez-moi du filet mignon. Et puis de la purée avec du jus de viande et tout ce qui peut aller avec. Et du café noir. Et puis de la tarte à la citrouille si vous voulez bien.

Elle nota rapidement sur son bloc et leva les yeux. Et vous, Raymond ?

Ça me semble pas mal. Apportez-moi donc la même chose qu'Harold. Sinon, quels autres genres de tartes vous avez ?

J'ai pommes myrtilles caramel citron. Elle jeta un coup d'œil vers le comptoir. Je crois qu'il me reste une part de meringue au chocolat.

Myrtilles, dit Raymond. Mais prenez votre temps. Y a pas le feu.

J'aimerais juste que Ward embauche une autre serveuse, dit-elle. Ça suffirait. Vous croyez qu'il se décidera un jour ?

J'ai des doutes.

Pas de mon vivant, lança-t-elle, et elle se dirigea vers la cuisine, disant un mot au passage à deux hommes assis à une autre table.

Elle revint chargée de deux tasses de café, d'un bol de laitue pour chacun et d'une assiette de pain blanc avec de petites plaquettes de beurre, posa le tout sur la table et s'en alla à nouveau. Les frères McPheron prirent leurs fourchettes et se mirent à manger. Pendant qu'ils mangeaient, Bob Schramm se pointa. Y a quelqu'un avec vous ? demanda-t-il.

Vous, dit Harold. Installez-vous.

Schramm tira une chaise, s'assit, enleva son chapeau noir qu'il plaça à l'envers sur la chaise vide, porta un doigt à chacune de ses oreilles pour augmenter le volume de son sonotone, puis lissa les cheveux qui se dressaient en épi au sommet de son crâne. Il parcourut du regard la salle bondée. Dites, je viens d'apprendre que le vieux John Torres était mort.

Quand ça ? demanda Harold.

Hier soir. À l'hôpital. Cancer, je suppose. Vous le connaissiez, il me semble.

Ouais.

C'était quelqu'un, ce vieux John. Schramm les regarda manger. Il avait quoi, dans les quatre-vingt-cinq ans, reprit-il, et la dernière fois que je l'ai vu il était tellement voûté que son menton se prenait presque dans la boucle de sa ceinture et je lui ai dit Comment va, John, et il a répondu Oh, pas mal pour un queutard de mon âge. Bravo, j'ai dit, au moins vous queutez toujours, et il a dit Ouais, mais j'arrive plus à fendre le bois de ces peupliers de Virginie, ils sont mous au milieu, vaguement spongieux et pas moyen de les fendre comme il faut. On enfonce le coin et c'est comme si on plantait une fourche dans de la vase. Enfin bon, vous voyez où je veux en venir, dit Schramm. Ce vieux John essayait encore de couper du bois à l'âge qu'il avait.

C'est bien de lui. Harold attrapa un morceau de pain, le beurra, le plia en deux puis mordit dedans, arrachant une grande demi-lune au milieu.

Enfin bon, il fumait deux paquets de Lucky Strike par jour, dit Bob Schramm, et il avait jamais fait de mal à une mouche de sa vie. Je m'installais toujours avec lui et quand je me servais un café je lui en servais un aussi. Cette fois-là il est entré et il a dit Comment va, et j'ai répondu Oh, pas trop bien, j'ai un truc qui me tracasse, y a des gens qui m'embêtent. Alors il a dit Qui ça, tu veux que je m'en occupe, et j'ai répondu Oh non, ça va, je vais régler ça, parce que je savais ce qu'il ferait ou ferait faire par quelqu'un d'autre. Ils se seraient réveillés la gorge tranchée, voilà de quoi je parle. Enfin bon, il venait de la San Luis Valley. On n'avait pas intérêt à plaisanter. Même s'il avait jamais fait de mal à personne, ça voulait pas dire qu'il pouvait pas s'arranger pour que ça arrive, même si c'était pas lui qui devait s'en charger en personne.

La serveuse arriva à la table avec deux grandes assiettes de filet mignon accompagné de purée, de jus de viande, de haricots verts et de compote de pommes. Elle les plaça devant les McPheron puis se tourna vers Schramm. Et vous, qu'est-ce que ce sera ?

J'y ai même pas encore réfléchi.

Il faudra que je revienne, dit-elle.

Schramm la regarda s'en aller et contempla la salle, observant la table voisine. On vous donne même plus la carte par ici ?

Elle est au-dessus du comptoir, expliqua Raymond. Sur le mur, là.

Il me semblait que dans le temps on vous donnait la carte.

Elle est là-haut maintenant.

Les cartes sont si chères que ça ?

Je ne sais pas combien elles coûtent, dit Raymond. Ça ne vous fait rien si on commence ?

Non. Bordel. M'attendez pas. Schramm étudia le menu imprimé sur un carton au-dessus du comptoir pendant que les frères McPheron se penchaient pour attaquer leurs assiettes. Il plongea la main dans sa poche-revolver, en extirpa un mouchoir bleu et s'en servit, fermant les yeux durant toute l'opération, puis replia le mouchoir et le rangea.

La serveuse revint avec le café et remplit à nouveau les tasses. Schramm lui dit : Tenez, finalement, apportez-moi juste un hamburger avec des frites et du café.

Si vous voulez un dessert, vaudrait mieux me le dire maintenant.

Je ne pense pas.

Elle partit servir du café à une autre table et poursuivit sa tournée.

Quand ont lieu les obsèques ? demanda Harold.

Je sais pas. Je sais même pas s'ils ont réussi à mettre la main sur sa famille, pour leur annoncer qu'il était mort. Mais y a un tas de monde qui voudra être là.

Les gens l'aimaient bien, dit Raymond.

Ouais, c'est vrai. Mais n'empêche. Je me demande si vous avez déjà entendu celle-là. À une époque, le vieux John avait une liaison avec la femme de Lloyd Bailey. Je les avais vus une fois, ils étaient dans la

Buick neuve de la femme de Bailey, planqués dans le fossé le long des voies à la hauteur du passage à niveau Diamond T, tous phares éteints, et cette Buick qui rebondissait doucement sur ses ressorts et la radio de Denver qui passait en sourdine un truc mexicain. Enfin bon, mes aïeux, ils s'en payaient une sacrée tranche. Enfin bon, cet automne-là le vieux John et la femme de Lloyd se sont fait la malle, ils sont allés à Kremmling de l'autre côté des montagnes, et là-bas ils se sont terrés dans une chambre de motel. Sous le même toit, à vivre comme mari et femme. Mais c'était pas un truc à faire là-bas à moins d'être chasseur et de vouloir tirer un daim ou un élan. C'est qu'un petit patelin, vous comprenez, le long de la rivière, et copuler dans un lit de motel géant, ça peut devenir lassant à la longue, même si on peut faire passer la chambre sur la carte de crédit de quelqu'un d'autre. Alors au bout d'un moment ils sont rentrés et elle est retournée voir Lloyd et elle lui a demandé Tu vas me laisser revenir ou est-ce que tu veux divorcer ? Et Lloyd, il l'a giflée tellement fort que ça lui a retourné la tête, et il a dit Bon d'accord, j'imagine que tu peux revenir. Alors Lloyd et elle, ils ont fait la tournée des grands-ducs. Ils sont allés jusqu'à Steamboat Springs, il me semble, puis demi-tour. Quand ils sont rentrés ils étaient toujours ensemble. Je crois qu'ils le sont encore. Lloyd, il a dit qu'il lui avait fallu ces quinze jours de cuite pour éliminer le vieux John Torres de son organisme.

Et à la femme, combien de temps il lui a fallu ? demanda Harold.

Ça, j'en sais rien. Il l'a jamais dit. Mais y a un truc qui est sûr. Ce vieux John pouvait vous taper sur les nerfs.

Je suppose qu'il ne tape plus sur les nerfs de personne maintenant.

Ah ça non. J'ai l'impression que son temps est fini.

N'empêche, je suppose qu'il s'est bien amusé, dit Raymond. Il a bien profité de la vie.

Pour ça oui, acquiesça Schramm. On peut le dire. J'ai toujours eu une très haute opinion du vieux John.

Comme tout le monde, dit Raymond.

Je sais pas, dit Harold. Je ne suis pas convaincu que Lloyd Bailey ait eu une si haute opinion de lui. Il reposa sa fourchette et balaya du regard le restaurant bondé. Je me demande ce qui est arrivé à cette tarte à la citrouille qu'elle devait m'apporter.

Quand ils eurent fini de déjeuner et laissé de l'argent sur la table pour la serveuse les McPheron passèrent dans l'étable à côté pour le début de la criée à une heure. Ils gravirent les marches en ciment jusqu'au milieu de l'hémicycle, s'assirent sur les gradins et regardèrent autour d'eux. En contrebas s'étendait l'arène de vente, avec ses barrières métalliques, son sol en sable et ses grandes portes en acier de part et d'autre, le commissaire-priseur déjà en place derrière son micro, installé à côté de l'huissière dans la tribune spéciale au-dessus de l'arène, faisant face tous deux aux gradins opposés, et tous les animaux répartis dans des enclos à l'arrière.

Les gradins commencèrent à se remplir d'hommes coiffés de chapeaux ou de casquettes et de rares femmes en jeans et chemises à empiècement. À une heure pile le commissaire-priseur s'écria : Mesdames et messieurs ! Bon, c'est l'heure d'y aller ! Alors on y va !

Les auxiliaires amenèrent quatre moutons, tous de jeunes béliers, dont l'un avait une corne qui s'était fêlée dans l'enclos provisoire : du sang lui dégoulinait de la tête. Les moutons se promenaient de-ci delà. Personne n'avait vraiment envie de les acheter et les quatre béliers furent finalement adjugés quinze dollars l'unité.

Ensuite ils amenèrent successivement trois chevaux. Un grand hongre rouan de sept ans passa en premier : il avait des taches blanches sous le ventre et d'autres traces de blanc sur le devant de ses postérieurs. Les enfants, beugla le plus âgé des auxiliaires, voilà un cheval bien dressé. Tout le monde peut le monter mais tout le monde peut pas rester dessus. Les enfants, il a une pêche du tonnerre. Et il connaît le bétail. Sept cents dollars !

Le commissaire-priseur prit le relais, psalmodiant, heurtant le comptoir avec le manche de son marteau, battant la mesure. Un homme dans la première rangée proposa trois cents dollars.

L'auxiliaire le regarda. Vous en donnerez cinq cents.

Le commissaire-priseur reprit l'enchère, et le cheval rouan partit finalement pour six cent vingt-cinq dollars, racheté par son propriétaire.

Ils vendirent ensuite un appaloosa. Les enfants, nous avons là une jeune jument. Elle n'est pas pleine. Puis ce fut le tour d'une jument noire. Voilà une petite jeune fille, les enfants. Dans les deux ans, pas domptée. Bon, on va simplement la vendre telle quelle. Trois cent cinquante dollars !

Une fois les chevaux terminés, la vente du bétail commença. C'était pour elle que la plupart des gens étaient venus et elle dura le restant de l'après-midi.

Furent d'abord vendus les vieux bestiaux, puis les couples vache-veau et les taureaux de boucherie, et enfin les lots de veaux et de bouvillons. Faisant entrer le bétail par un côté, ils les maintenaient dans l'arène le temps de l'enchère et les faisaient déambuler, histoire de les montrer à leur avantage : les deux assistants tapaient des pieds ou bien piquaient doucement les bêtes avec leurs aiguillons blancs, avant de les pousser par l'autre porte métallique pour être triées par l'équipe des enclos arrière. Chaque enclos était numéroté à la peinture blanche pour tenir les bêtes séparées, et tous les animaux avaient une étiquette jaune sur la cuisse précisant à quel lot ils appartenaient. Sur la paroi au-dessus des portes en métal des tableaux électroniques affichaient PDS TOTAL, NB DE TÊTES et PDS MOYEN. Il y avait des publicités sur les murs pour les aliments Purina et Nutrena et le matériel Carhartt. Et, sous la cabine du commissaire-priseur, un panneau annonçant : ATTENTION, LA MAISON DÉCLINE TOUTE RESPONSABILITÉ EN CAS DE LITIGE.

Perchés sur leurs gradins, les frères McPheron observaient le spectacle. Ils durent attendre jusque tard dans l'après-midi la vente de leurs bouvillons. Vers trois heures, Raymond descendit au restaurant chercher deux gobelets de café, et un peu plus tard Oscar Strelow s'assit devant eux et s'installa en travers sur son siège pour bavarder ; il évoqua un lot de ses bêtes qui s'était un jour tellement mal vendu qu'après il était parti en voiture et qu'il s'était saoulé, puis quand il était rentré à la maison dans ce triste état sa femme avait été tellement furieuse qu'elle avait refusé de lui adresser la parole mais était allée tout droit en ville le lendemain matin acheter une machine à laver Maytag flambant neuve, qu'elle avait intégralement réglée par chèque, et Oscar leur raconta que sur le coup il n'avait pas jugé bon de faire la moindre réflexion à sa femme, pas plus d'ailleurs que par la suite.

Le bétail continuait à défiler. L'auxiliaire le plus jeune était celui qui observait les enchérisseurs. Ceux-ci le regardaient d'un air résolu, hochant la tête ou levant une main, et l'auxiliaire gueulait « Ouais ! », son regard allant d'un enchérisseur à l'autre, « Ouais ! », et quand le dernier enchérisseur renonçait et détournait les yeux le commissaire-priseur là-haut sur sa tribune s'écriait : « Vendus pour cent seize dollars au numéro quatre-vingt-huit ! », sur quoi le jeune auxiliaire sortait les bêtes de l'arène. Puis l'auxiliaire plus âgé en chemise bleue, dont le gros ventre bien ferme pendait par-dessus sa ceinture, faisait entrer le lot suivant par la porte en acier de gauche et se mettait à beugler.

Les enfants, voilà une belle paire de bouvillons. On va vous laisser commencer à quatre-vingt-quinze dollars !

Les enfants, voilà une belle génisse. Elle ressemble un peu à une vache laitière. Soixante-quatorze dollars !

Le seul problème chez cette bête c'est qu'elle a une queue trop courte et que c'est ridicule !

Les enfants, elle a une petite verrue sur la mâchoire. Séchez-la et il n'y paraîtra plus.

Une jeune génisse, et superbe !

D'accord. Soixante-dix-sept dollars ! Ne finassons pas.

La vente de bétail continua. À un moment il y eut un lot énorme, quatre-vingts têtes, que les auxiliaires firent défiler par fournées de quinze ou vingt jusqu'à ce qu'ils arrivent à la dernière, qu'ils retinrent dans l'arène pour représenter le lot entier. Tout du long, l'auxiliaire plus âgé n'arrêtait pas de brailler : Les enfants, voilà une superbe équipe. Regardez-les bien, parce que vous ne les reverrez pas. C'est une superbe équipe, les enfants. Quatre-vingts bêtes. Quatre-vingts dollars. Allez !

Il y eut un autre moment dans l'après-midi où Harold, se redressant sur son banc au-dessus de l'arène, se mit à enchérir pour un lot de vaches de boucherie. Après sa deuxième enchère, Raymond se tourna vers lui. C'était toi ? Il a cru que c'était toi qui renchérissais.

C'était moi.

Mais bon sang qu'est-ce que tu fabriques ?

Rien. Je m'amuse un peu.

On n'a pas besoin d'autres têtes de bétail. Je te rappelle qu'on essaie justement d'en vendre aujourd'hui.

Je vais pas en acheter. Je m'amuse simplement à faire monter le prix pour quelqu'un d'autre.

Et si tu te retrouves avec les bêtes sur les bras ?

Aucun risque.

Ouais. Mais supposons.

Alors j'imagine que t'auras plus qu'à sortir ton portefeuille pour les payer.

Raymond se détourna. Tu sais quoi, fit-il. Tu as la cervelle qui se ramollit en vieillissant…

Enfin quoi, faut bien s'amuser un peu, non ? Maintenant que Victoria est plus là.

N'empêche, on n'a pas besoin d'autres têtes de bétail.

Tu l'as déjà dit.

Je le répète pour que tu m'entendes.

Je t'entends. Mais je continue à dire qu'il faut prendre un peu de plaisir dans la vie.

Je sais bien. C'est pas ça que je te reproche.

Finalement le commissaire-priseur en arriva aux bouvillons blackbaldy amenés par les McPheron. Ils entrèrent sur la piste en une masse tourbillonnante, tête baissée, bougeant dans tous les sens, recroquevillés sur eux-mêmes dans l'espoir de se cacher.

L'assistant dans l'arène brailla : Les enfants, ils viennent tout droit du pré. Ils feront tout ce que vous leur demanderez. De braves bœufs bien dociles. Des jeunes bouvillons d'un an, les enfants. Et superbes ! Quatre-vingt-dix dollars !

Le commissaire-priseur entama sa psalmodie. Bon, alors. Ils ne peuvent que vous plaire. Quinze bouvillons pesant une moyenne de huit cent huit livres. Ça devrait vous faire de bonnes carcasses, les enfants. Allez, on y va. Tiens, j'ai déjà une offre, une offre de quatre-vingt-dix dollars, quatre-vingt-dix dollars un quart, quatre-vingt-dix et demi, quatre-vingt-dix et demi, soixante-quinze, maintenant quatre-vingt-onze, j'ai quatre-vingt-onze un quart, quatre-vingt-onze et demi, l'offre est de quatre-vingt-onze et demi, quatre-vingt-onze et demi l'enchère, quatre-vingt-onze soixante-quinze.

Les McPheron regardaient la quinzaine de bouvillons déambuler dans l'arène en contrebas, effrayés et hésitants au milieu de ce grand remue-ménage, les yeux révulsés, l'un se mettant à beugler dans l'air chargé de poussière et un autre le relayant, les hommes et les femmes sur les gradins regardant le spectacle à travers les barrières métalliques de l'arène, les frères suivant la scène depuis leur perchoir, contemplant leurs propres bêtes avec une émotion étrange, les ayant amenées là pour les vendre mais sachant trop bien quels efforts ils leur avaient consacrés, quels problèmes s'étaient posés durant l'année écoulée, et avec quels bouvillons, sachant même pour quatre ou cinq d'entre eux de quelle mère ils étaient issus. Mais à observer les deux frères et l'expression de leurs visages, on n'aurait jamais rien deviné. Ils regardaient impassibles la vente des quinze bouvillons, comme s'ils assistaient à un événement aussi insignifiant que la naissance et l'accalmie d'un petit vent sec.

Plus personne ? cria le commissaire-priseur. Plus personne, c'est sûr ? Quatre-vingt-onze soixante-quinze, quatre-vingt-douze ? Quatre-vingt-douze ? Quatre-vingt-douze ? Il agita son marteau, le tenant par le manche, le frappa violemment sur le bloc de bois posé sur le comptoir et chanta dans le micro : Adjugés pour quatre-vingt-onze dollars soixante-quinze à – il regarda l'enchérisseur de l'autre côté de l'arène au cinquième rang, un gros bonhomme à chapeau de paille, acheteur de bestiaux pour un élevage, qui dressa vivement quatre doigts à deux reprises – au numéro quarante-quatre !

Assise à côté du commissaire-priseur, l'huissière consigna la vente dans son registre, puis les auxiliaires évacuèrent les bêtes et firent entrer le lot suivant.

Enfin bon, dit Harold en regardant droit devant lui. On s'en contentera.

Ça fera pas de mal, déclara Raymond, regardant dans le vide comme si lui non plus ne parlait à personne, comme s'il ne commentait même pas les nouvelles de la veille, mais celles de la semaine précédente, ou du mois précédent.

Ils restèrent sur leur banc pour observer la vente du lot en cours, et celle du lot suivant, puis ils se levèrent, descendirent les marches d'un pas raide et sortirent de la grange. L'équipe du parc à bestiaux et celle des enclos arrière avaient fait leur travail et ils reçurent le chèque du caissier – moins la commission de vente et les frais pour l'inspection vétérinaire, la nourriture, l'inspection sanitaire, l'assurance et les honoraires du comité de la viande. La femme dans le bureau tendit le chèque à Raymond et les félicita l'un et l'autre. Après un bref coup d'œil sur le chèque, Raymond le plia en deux et le rangea dans son vieux porte-monnaie en cuir qu'il referma d'un coup sec, avant de le fourrer dans la poche intérieure de sa parka. Il dit alors : Enfin bon, c'est pas trop mal, je suppose. En tout cas on n'a pas perdu d'argent.

Pas cette fois, dit Harold.

Ils serrèrent la main de la femme puis rentrèrent chez eux.

Là-bas, sous le ciel aux lueurs déclinantes, ils allèrent vérifier l'écurie, les enclos à bestiaux et l'abri aux animaux pour voir comment ça se passait, et le bétail et les chevaux avaient l'air en forme. Ils remontèrent donc l'allée de gravier en direction de la maison. Mais l'excitation de la journée s'était envolée. Ils étaient exténués à présent. Ils firent réchauffer de la soupe en boîte sur le fourneau et dînèrent à la table de la cuisine puis ils mirent la vaisselle à tremper avant de se retirer dans le salon pour lire le journal. À dix heures ils allumèrent la vieille télévision pour attraper les infos en provenance d'un autre coin du monde, puis montèrent l'escalier et s'allongèrent épuisés dans leurs lits, chacun dans sa chambre de part et d'autre du couloir, consolé ou non, découragé ou non, par ses propres souvenirs et ses propres pensées, au caractère aussi familier que rebattu.

5.

Descendant l'escalier en bois du mobile home, ils sortirent dans le soleil éclatant en milieu de matinée et, faisant le tour de la caravane sur la terre tassée, ils arrivèrent au caddie rouillé qui attendait avec patience et résignation parmi les bromes des toits et les amarantes à racine rouge desséchées. Dans un cliquetis de ferraille, ils s'éloignèrent de la caravane pour rejoindre Detroit, faisant rouler le chariot devant eux en direction du centre-ville. Luther poussait en soufflant comme un phoque et Betty suivait le mouvement sans rien dire. Ils marchaient côte à côte sous les arbres ; une des roues avant du chariot tournait dans le vide chaque fois qu'elle heurtait une fissure dans le ciment ou un caillou petit ou gros. Ils franchirent le croisement devant une voiture arrêtée à un stop, longèrent encore un pâté de maisons, puis coupèrent dans la circulation pour finalement pénétrer dans le magasin au coin de la Deuxième et de Main.

L'épicerie était un long bâtiment étroit à façade de brique allant jusqu'à la ruelle de derrière, avec un parquet en bois composé de traditionnelles lattes en chêne à rainures et languettes que la cire avait noircies, un lieu odorant, poussiéreux et un peu sombre, avec des allées étroites entre les rayons de denrées alimentaires.

Poussant son chariot, Luther dépassa les cageots de pommes et d'oranges, puis les choux et les laitues le long du mur, sa femme derrière lui dans sa robe flottante. Dans l'allée suivante, après la viande fraîche dans ses bacs réfrigérés, se trouvaient les surgelés dans leurs grandes armoires vitrées. Luther s'arrêta et commença à faire passer les boîtes glacées à Betty, qui les empilait dans le chariot, puis ils avancèrent et il en attrapa d'autres. Des spaghettis surgelés, de la pizza, des burritos, des tourtes à la viande, des gaufres, des tartes aux fruits rouges, des gâteaux au chocolat et des lasagnes. Du steak haché en sauce. Des macaronis au gratin. Le tout surgelé dans de grandes boîtes aux couleurs vives.

Il continua son périple et elle le suivit dans l'allée d'après, où ils firent escale pour étudier les canettes de soda. Il se tourna vers elle. Tu veux essayer autre chose cette fois-ci ? Ou tu veux en rester au même machin à la fraise ?

J'arrive pas à me décider.

Pourquoi pas ce truc à la cerise noire ?

Alors là, tu m'embrouilles.

Peut-être que t'en veux un peu des deux.

Oui, acquiesça-t-elle, t'as raison, faisons ça.

Attrapant deux packs de sodas sur l'étagère, il se pencha pour les faire glisser sur le plateau inférieur du chariot, et son immense arrière-train apparut au-dessus de son jogging gris. Il se redressa à bout de souffle, tout congestionné, et rabattit sa chemise d'un coup sec.

Ça va, mon chéri ?

Ouais. Mais c'est lourd quand on doit se baisser comme ça.

T'as pas intérêt à me faire un arrêt du cœur.

Non m'dame. Pas ici. Pas aujourd'hui.

Ils continuèrent. Après le virage, au rayon des papiers ménagers et des détergents, une femme bien en chair bloquait l'allée, hésitant à choisir un produit vaisselle. Oh excusez-moi, fit-elle. Levant les yeux et voyant qui c'était, elle se tut et déplaça à peine son chariot.

Pas de problème, m'dame, dit Luther. Je vais me débrouiller. Il réussit à faire passer son caddie, et Betty se faufila en crabe derrière lui. La femme les fixa du regard jusqu'à ce qu'ils aient disparu au bout de l'allée, puis resta là à s'éventer, agitant la main devant son visage.

Dans l'allée suivante ils cherchèrent un certain temps parmi les différentes sortes de céréales. Surgit un des employés du magasin, un garçon en tablier vert, et Luther l'arrêta. Bud, où sont passées ces céréales avec des raisins secs dedans ? Tous ces raisins secs dedans.

Elles sont pas là ?

On a cherché partout.

Le garçon fouilla dans les rayonnages, se baissant puis regardant en hauteur. On en a peut-être à l'arrière, déclara-t-il enfin.

On va t'attendre, dit Luther. Vas-y.

Le garçon lui lança un regard puis franchit les portes battantes donnant sur l'arrière-boutique. À ce moment-là, la femme bien en chair arriva derrière eux avec son caddie.

Luther gara le sien sur le côté. Il est allé au fond à essayer de trouver ces céréales, expliqua-t-il.

Comment ? fit la femme. Vous m'avez dit quelque chose ?

Il est allé là-bas au fond chercher nos céréales. On attend qu'il revienne.

Elle le dévisagea, se tourna pour regarder Betty, puis détala.

À cause qu'y en a pas en rayon, cria Luther derrière elle.

Le garçon revint et leur apprit qu'il n'avait pas pu trouver les céréales qu'ils voulaient.

T'as vraiment bien regardé partout ? demanda Luther.

Ouais, j'ai regardé. Si on en a, elles doivent être là en rayon.

Mais y en a pas ici. On a déjà vérifié. Vous en avez forcément à l'arrière.

Non. J'ai regardé. On a dû toutes les vendre.

Luther se tourna vers Betty. Il dit qu'ils en ont plus, ma chérie. Il dit qu'ils sont à court.

J'ai entendu.

Tu veux qu'on fasse quoi ?

Je comptais sur une boîte de céréales pour rapporter à la maison.

Je sais. Seulement il dit qu'ils ont dû tout vendre.

Le garçon les regardait discuter, sa tête allant de l'un à l'autre. Vous pourriez acheter une boîte de ces autres céréales, suggéra-t-il, et acheter une boîte de raisins secs à rajouter dedans. Ça reviendrait quasiment au même.

Rajouter des raisins secs dans la boîte, répéta Luther.

Rajouter des raisins secs dans ces autres céréales, confirma le garçon.

Ici même, tu veux dire ?

Non. Quand vous serez rentrés. Après les avoir achetées et rapportées chez vous.

Hum. Luther regarda autour de lui. Tu veux qu'on fasse ça, mon chou ?

C'est toi qui décides, dit Betty.

Bon, les céréales sont là, dit le garçon. Les raisins secs sont là-bas dans la deuxième allée au milieu à droite. Si c'est ce que vous voulez. Moi ça me fait ni chaud ni froid. Il fit demi-tour et se dirigea vers la caisse.

Ils examinèrent les boîtes de céréales. Dans le vieux caddie rouillé leurs surgelés avaient commencé à fondre : sous l'effet de la chaleur, l'eau se condensait sur les cartons d'emballage.

Je vois pas comment ça peut marcher, dit Luther. Et toi ?

Je veux pas d'un truc pareil, dit Betty.

Non m'dame.

Ça aurait pas le même goût.

Jamais ça pourrait avoir le même goût, renchérit Luther.

Ils continuèrent. Dans l'allée suivante, ils attrapèrent une bouteille de lait en plastique et deux douzaines d'œufs, arrivèrent à la boulangerie où ils prirent trois miches de pain blanc bon marché, puis rejoignirent enfin l'avant du magasin où ils firent la queue à la caisse en attendant leur tour. Luther saisit un magazine sur le présentoir devant eux et regarda les photos de femmes à demi nues qu'il y avait à l'intérieur.

Qui tu regardes ? demanda Betty. Tu ferais mieux d'économiser tes yeux pour moi. Elle lui ôta le magazine des mains et le remit en place. Je suis ta femme.

Elles sont trop maigres de toute façon, dit-il. Pas

assez de viande à mon goût. Il pinça la hanche de Betty.

Tu ferais mieux d'arrêter ça aussi, dit-elle, avant de lui sourire en détournant les yeux.

La caisse se libéra et ils commencèrent à poser leurs provisions sur le tapis roulant. Luther se baissa et souleva les caisses de soda avec un grognement.

La caissière était efficace. Comment ça va aujourd'hui, les amis ? demanda-t-elle.

On va pas mal du tout, répondit Luther. Et vous ?

Je suis encore de ce monde, dit la femme. Chaque jour en ce monde est un bon jour, pas vrai.

Oui m'dame. Je crois que vous avez raison.

On va pas mal du tout, déclara Betty, à part ces céréales qu'on n'a pas réussi à trouver.

On n'en avait plus ?

Non m'dame, dit Luther. Vous êtes complètement à court.

Eh bien. Je suis désolée.

Quand le total fut fait, Betty sortit les carnets de bons d'alimentation de son sac, les tendit à Luther et Luther les présenta à la caissière. Derrière eux, un homme qui avait dans son chariot des boîtes de ragoût de haricots et une cartouche de cigarettes les observait. La caissière détacha les bons, enregistra le montant, glissa les bons sous le tiroir de la caisse et leur rendit la monnaie en vraies pièces. Le garçon au tablier vert fourra leurs provisions dans des sacs qu'il remit dans le caddie.

Passez une bonne journée, dit Luther, et ils franchirent la porte automatique.

L'homme derrière eux secoua la tête en regardant la caissière. Regardez-moi ça. Ils mangent mieux que vous et moi et ils ont des tickets d'alimentation.

Oh, laissez-les tranquilles, dit la femme. Ils ne vous font pas de mal, si ?

Ils mangent du steak et moi je mange des haricots. Ça, ça me fait mal.

Mais est-ce que vous voudriez être à leur place ?

Je ne dis pas ça.

Qu'est-ce que vous dites alors ?

Je ne dis pas ça.

Sur le trottoir Luther et Betty repartirent vers les quartiers est de Holt avec leur chariot de provisions. Il faisait plus chaud à présent, le soleil était plus haut dans le ciel bleu. Ils cheminaient à l'ombre des arbres et une fois ou deux par pâté de maisons ils s'arrêtaient pour souffler, puis ils redémarraient, en route vers chez eux.

6.

Quand il sortit pour la pause de midi ils étaient rassemblés en cercle dans la cour de récréation. Même de loin il vit que c'étaient des élèves de sa classe, avec aussi quelques plus petits, réunis près du grillage après le bâtiment de l'école. De temps à autre l'un d'entre eux poussait un court braillement excité, et il alla voir de quoi il retournait.

Deux petits garçons de CP se faisaient face sur le gravier rouge à une distance d'un mètre cinquante, et les garçons plus âgés essayaient de les pousser à se bagarrer, leur disant des choses, les provoquant. Il y en avait un qu'ils tarabustaient plus que l'autre, celui dont les cheveux châtains raides et mous semblaient avoir été coupés par quelqu'un qui aurait opéré les yeux fermés. Il savait qui c'était – le petit frère de sa camarade de classe Joy Rae –, et au milieu du cercle il avait l'air déguenillé et effrayé. Boutonnée jusqu'au menton, sa chemise trop grande était trouée aux coudes, et son jean avait une teinte violette comme si on l'avait lavé avec quelque chose de rouge. Il paraissait au bord des larmes.

Un des garçons à côté de DJ lui hurlait aux oreilles : Enfin vas-y. Pourquoi tu veux pas te battre ?

C'est une poule mouillée, beugla un garçon de l'autre côté du cercle. Voilà pourquoi. Il battit des bras et fit « cot cot » en sautillant sur place. Les garçons autour de lui poussèrent des huées.

L'autre garçon dans le cercle était un peu plus grand : blond, il portait un jean et une chemise rouge.

Vas-y. Tabasse-le, Lonnie.

Ils veulent pas se battre, intervint DJ. Laissez-les.

Reste en dehors de ça. Le garçon à côté de lui s'avança et bouscula le garçon blond, qui alla frapper le frère de Joy Rae au visage. Il recula pour voir ce qu'il avait fait ; le frère de Joy Rae porta sa main à sa joue.

Arrête, dit le frère de Joy Rae. Il parlait tout doucement.

Tape-le encore. T'as intérêt à le taper.

Il veut pas se battre, dit DJ. Il a eu son compte.

Non, pas du tout. Ferme-la.

Le garçon bouscula à nouveau le garçon blond ; celui-ci frappa le frère de Joy Rae puis l'attrapa par le cou et ils dégringolèrent dans le gravier. Le garçon blond se retrouva sur lui, leurs visages tout près l'un de l'autre, et il lui donna des coups sur la figure et sur la gorge, tandis que le frère de Joy Rae essayait de se protéger le visage avec les mains. Ses yeux avaient une expression terrifiée et il saignait du nez. Il se mit à pleurer.

Là-dessus le cercle fut rompu par une fillette qui se précipita au milieu : Joy Rae, en robe bleue trop courte pour elle. Tu lui fais mal, cria-t-elle. Arrête. Elle courut arracher le garçon blond qui se trouvait sur son frère, mais le premier garçon, le gaillard à grande gueule, la bouscula et, trébuchant sur les petits, elle tomba à quatre pattes dans le gravier. Elle avait un genou écorché mais elle se remit debout d'un bond et, tirant le garçon blond, elle cria : Lâche-le, espèce de petit enfoiré.

Le gaillard à grande gueule empoigna Joy Rae et cette fois l'envoya valser dans le cercle de spectateurs. Deux garçons la saisirent par les bras.

Elle se contorsionna et leur lança des coups de pied. Lâchez-moi, hurla-t-elle.

DJ pénétra dans le cercle, repoussa le petit blond et aida le frère de Joy Rae à se relever. Il pleurait à chaudes larmes et sa figure était barbouillée de sang. Le meneur attrapa DJ par le bras. Qu'est-ce que tu fabriques, trou du cul ?

Il a eu son compte.

J'en ai pas encore fini avec lui.

Sur ce un garçon cria : Oh merde. Voilà Mrs. Harris.

La prof de sixième fit irruption à grandes enjambées dans le cercle. Qu'est-ce que c'est que ça ? Qu'est-ce qui se passe ici ?

Les garçons et les filles s'empressèrent de prendre le large en baissant la tête.

Tous tant que vous êtes, revenez ici, ordonna-t-elle. Revenez ici.

Mais ils continuèrent leur chemin, certains désormais en courant. Les deux garçons qui tenaient Joy Rae la lâchèrent et déguerpirent tandis que Joy Rae se ruait sur son frère.

Que s'est-il passé ? demanda la prof. Elle enlaça le petit garçon et lui souleva le menton pour examiner son visage. Est-ce que tu vas bien ? Parle-moi. Elle essuya le sang avec un mouchoir. Il avait les yeux rouges, des bleus commençaient à apparaître sur ses joues et son front, et le devant de sa chemise était déchiré. Qu'est-ce qui s'est passé ? Elle se tourna vers DJ. Tu le sais ?

Non, répondit-il.

Qui a commencé ?

Je ne sais pas.

Tu ne sais pas, ou tu ne veux pas me le dire ?

Il haussa les épaules.

Eh bien, tu n'aides pas grand monde en ne disant rien.

Je sais qui c'était, intervint Joy Rae, et elle donna le nom du grand qui avait attisé la dispute.

Eh bien, il a de très graves ennuis alors, déclara la prof.

Elle emmena Joy Rae et son frère à l'intérieur du bâtiment, mais DJ s'attarda dans la cour jusqu'à la sonnerie.

Après l'école, alors qu'il rentrait chez lui par le parc à côté des voies ferrées, deux garçons surgirent de derrière un char rouillé de la Deuxième Guerre mondiale qui servait de monument. Ils foncèrent sur lui à travers la pelouse fraîchement tondue. Qu'est-ce qui t'a pris de me dénoncer à la mère Harris ? dit le gaillard à grande gueule.

Je t'ai pas dénoncé.

Tu lui as dit que j'avais poussé les petits à se battre.

Je lui ai rien dit du tout.

Alors comment ça se fait que je me sois fait engueuler par elle et Mr. Bradbury ? Maintenant faut que je fasse venir ma mère à l'école demain. À cause de toi.

DJ le regarda, puis regarda l'autre. Tous deux l'observaient.

Je vais te flanquer une raclée, dit le premier.

Ouais, qu'est-ce que tu dirais d'une bonne raclée, dit le deuxième. Il fit un signe de la main et un troisième garçon sortit de derrière le char ; ils le bousculèrent à tour de rôle jusqu'à ce que l'un d'eux le saisisse par le cou pendant que les deux autres le frappaient à la tête et aux flancs. Puis ils le jetèrent au sol et lui écrasèrent la figure dans l'herbe.

Le premier garçon lui donna un coup de pied dans les côtes. Espèce de saloperie de menteur. T'as intérêt à apprendre à fermer ta gueule.

À vivre avec un vieux schnock…

Ouais. Ils baisent sûrement ensemble. Le garçon lui donna un autre coup de pied. Te voilà prévenu, conclut-il, puis ils s'éloignèrent en direction du centre-ville.

DJ gisait dans l'herbe, contemplant les arbres régulièrement espacés du parc et le ciel limpide à travers les arbres. Des merles et des étourneaux picoraient dans l'herbe autour de lui.

Au bout d'un moment il se releva et rentra chez lui. Dans la petite maison obscure son grand-père était assis dans son rocking-chair dans la salle de séjour.

C'est toi ? cria-t-il.

Oui.

J'ai cru entendre quelqu'un dehors.

Ce n'est que moi.

Viens par ici.

Dans une minute, dit-il.

Qu'est-ce que tu fais ?

Je fais rien du tout.

7.

Quand le téléphone sonna il était six heures et demie du soir un samedi et Raymond se leva de la table de la cuisine où Harold et lui étaient en train de dîner d'un bifteck et de pommes de terre sautées ; il décrocha le combiné dans la salle à manger où il était accroché au mur au bout d'un long cordon : c'était Victoria Roubideaux.

Tiens, tiens, c'est toi ? fit-il.

Oui. C'est moi.

On finissait juste de dîner.

J'espère que je ne vous ai pas interrompus. Je pourrai rappeler plus tard si vous voulez.

Tu n'as rien interrompu du tout. Je suis vraiment content d'avoir de tes nouvelles.

Quel temps vous avez ? demanda-t-elle.

Oh, tu sais bien. À peu près comme toujours à cette époque de l'annéc. Il commence à faire froid la nuit mais il fait encore bon dans la journée. Le plus souvent, du moins.

Il lui demanda quel temps elle avait elle, là-bas à Fort Collins près des montagnes, et elle répondit qu'il faisait sec et froid la nuit là-bas aussi mais que les journées étaient encore chaudes, et il dit que c'était bien, il était content qu'elle ait encore des journées assez chaudes. Puis il y eut un silence jusqu'à ce qu'elle pense à ajouter : À part ça, quoi de neuf à la maison ?

Euh. Par les fenêtres sans rideaux, Raymond regarda en direction des étables et des enclos. On a emmené ces bouvillons au marché aux bestiaux la semaine dernière.

Ceux qui venaient du sud ?

Tout juste.

Vous en avez obtenu un bon prix ?

Oui m'dame. Quatre-vingt-onze soixante-quinze les cent livres.

C'est formidable. Je suis contente.

On n'a pas à se plaindre, admit-il. Enfin bon, et toi, ma chérie ? Comment ça se passe là-haut ?

Elle lui parla de ses cours et de ses professeurs ainsi que d'un examen qui approchait. Elle lui raconta qu'un des professeurs disait tellement souvent « encore que » dans ses cours que les élèves s'amusaient à les compter.

« Encore que » ? dit Raymond. Je sais même pas ce que ça veut dire.

Oh, ça veut dire quelque chose comme « bien que ». Ou « pourtant ». Ça ne veut rien dire, en fait. C'est du blabla, c'est tout.

Hum, fit Raymond. Enfin bon, moi j'ai jamais entendu ça. Alors est-ce que tu t'es fait des amis là-haut ?

Pas beaucoup. Il y a une fille avec qui je bavarde un peu. Et la concierge de l'immeuble, elle est toujours dans les parages.

Pas de jeunes gens ?

Je suis trop occupée. Ça ne m'intéresse pas, de toute façon.

Et ma petite chérie. Comment va ma petite Katie ?

Elle va bien. Je la mets à la garderie de la fac pendant que je suis en cours. Je crois qu'elle commence à s'y habituer. En tout cas elle ne rouspète plus.

Est-ce qu'elle mange ?

Pas comme à la maison.

Enfin bon, il faut qu'elle mange.

Vous lui manquez, dit Victoria.

Enfin bon.

Vous me manquez aussi, dit-elle.

C'est vrai, mon chou ?

Tous les jours. Vous et Harold, tous les deux.

C'est plus pareil par ici, tu peux me croire. Loin de là.

Est-ce que vous allez bien ?

Oh ouais. On s'en sort. Mais dis donc, maintenant il vaudrait mieux que je te passe Harold. Je sais qu'il veut te dire bonjour. Tu prendras bien soin de toi, hein, ma chérie. D'accord ?

Vous aussi, dit-elle.

Harold arriva de la cuisine et s'empara du téléphone alors que Raymond repartait attaquer la vaisselle. Harold et Victoria parlèrent là encore du temps qu'il faisait et de ses cours, et il lui demanda pourquoi elle n'était pas dehors à s'amuser vu qu'on était samedi soir, elle aurait dû être en train de se distraire un samedi soir, et elle répondit qu'elle n'avait pas envie de sortir, peut-être qu'elle le ferait un autre week-end, et il demanda s'il n'y avait donc pas de beaux garçons dans cette fac, et elle répondit qu'il y en avait peut-être mais qu'elle s'en fichait, alors il dit enfin bon, elle avait intérêt à ouvrir l'œil, elle en verrait peut-être un qui lui plairait, et elle dit enfin bon, elle en doutait, et puis elle ajouta : J'ai appris que vous vous étiez bien débrouillés à la vente la semaine dernière.

Pas trop mal, dit Harold.

J'ai appris que vous en aviez obtenu presque quatre-vingt-douze dollars. C'est vraiment bien, non ?

Pas à se plaindre. Non m'dame.

Je sais que ça compte beaucoup pour vous.

Enfin bon, dit-il. Voyons, et toi, quoi d'autre ? T'as besoin d'argent ?

Non. Ce n'est pas pour ça que j'appelais.

Je sais. Mais surtout hésite pas à nous dire. J'ai l'impression que t'en dirais rien même si c'était le cas.

Je n'ai pas de soucis d'argent, dit-elle. Ça fait seulement du bien d'entendre votre voix. Je suppose que j'avais un peu le mal du pays.

Ah, fit-il. Eh bien… Et comme Raymond faisait suffisamment de bruit avec la vaisselle pour ne pas entendre ce qu'Harold disait au téléphone, celui-ci confia à Victoria à quel point elle manquait à son frère et comme Raymond parlait d'elle tous les jours, à s'interroger sur ce qu'elle était en train de faire là-bas à Fort Collins et à se demander comment la petite fille prenait les choses, et tandis qu'il poursuivait dans cette veine il était clair pour la jeune fille qu'il parlait autant de lui que de son frère, et elle se sentit tellement émue par cette certitude qu'elle eut peur de se mettre à pleurer.

Après avoir raccroché Harold retourna dans la cuisine où Raymond était en train de vider l'eau de la bassine à vaisselle dans l'évier. La vaisselle propre séchait dans l'égouttoir sur la paillasse. Tu l'as trouvée comment ? demanda Raymond.

Elle m'a donné l'impression d'être un peu solitaire.

J'ai trouvé aussi. Elle m'a pas semblé très en forme.

Non m'sieur, elle avait pas l'air dans son assiette, dit Harold. Je crois qu'on ferait mieux de lui envoyer de l'argent.

Elle t'en a touché un mot ?

Non. Mais elle le ferait pas, si ?

C'est pas son genre, dit Raymond. Elle disait jamais de quoi elle avait besoin même quand elle était ici.

Sauf pour le bébé quelquefois. Elle a peut-être fait allusion à elle de temps en temps.

Sauf pour Katie. Mais c'était pas que pour l'argent, pas vrai.

C'était même pas pour des questions d'argent, dit Harold.

Le ton qu'elle avait. La voix qu'elle avait.

Non, c'était pas l'argent qui donnait à sa voix ce ton-là. C'était le reste aussi.

Enfin bon, je suppose qu'elle se sent un peu seule, dit Raymond. Je dirais même que la maison lui manque un peu.

C'est bien possible, acquiesça Harold.

Et donc, pendant la demi-heure suivante, ils restèrent debout dans la cuisine, appuyés au comptoir en bois à boire du café et à discuter de comment allait Victoria Roubideaux à deux cents kilomètres de la maison, à s'occuper là-bas toute seule de sa fille et à aller en cours tous les jours, pendant qu'ici eux continuaient à vivre comme d'habitude en rase campagne dans le comté de Holt à vingt-sept kilomètres au sud de la ville, avec tellement moins de choses à considérer maintenant qu'elle était partie, et un vent qui se levait et qui commençait à gémir à l'extérieur de la maison.

8.

Quand Rose Tyler sortit de la cuisine pour rejoindre la porte d'entrée de sa maison un soir de semaine en automne, le ciel au-dessus des arbres était chargé de nuages et il régnait dans l'air une odeur de pluie imminente ; sur le seuil, sous la lumière jaune du porche, se tenaient Betty Wallace avec les deux enfants, et là-bas dans la cour, dans l'herbe sèche à l'ombre d'un arbre, il y avait Luther Wallace, immense, massif et sombre.

Betty, dit Rose. Il y a un problème ?

Je voulais pas vous déranger si tard le soir, dit Betty. Mais j'ai une urgence. Pourriez-vous nous emmener moi et mes enfants chez ma tante ? Elle regarda vers Luther dans la cour de devant. Il est méchant avec moi.

Est-ce que vous voulez entrer ?

Oui. Mais pas lui. Je suis en colère contre lui.

Peut-être qu'il ferait mieux de venir aussi pour qu'on puisse discuter de ça.

Bon alors, il a intérêt à bien se tenir.

Rose appela Luther qui monta sur la véranda. Il paraissait triste et perturbé. Même dans la fraîcheur de l'air nocturne il transpirait, sa grosse figure large aussi rouge qu'une muleta. Je lui ai rien fait du tout, dit-il.

T'es plus chez toi ici, dit Betty. T'as intérêt à bien te tenir dans la maison de Rose.

Bon alors, tu ferais mieux de te taire et de la fermer et de pas raconter des mensonges aux gens.

Je raconte pas des mensonges. Ce que je raconte c'est la vérité.

Y a des choses que je peux raconter aussi.

T'as aucune raison de raconter quelque chose sur moi.

Oh que si, j'en ai.

Allons, voyons, dit Rose. Vous allez vous montrer polis. Sinon vous pouvez tous les deux rentrer chez vous.

T'entends ? dit Betty. T'as intérêt à écouter Rose.

Bon ben, elle parle pas qu'à moi.

Chut, fit Rose.

Ils entrèrent dans le vestibule et allèrent dans la salle de séjour ; Joy Rae et son frère Richie contemplaient chaque chose avec une sorte de respect étonné, comme s'ils visitaient une exposition de meubles et de tableaux dans un musée municipal. Ils s'assirent avec leur mère sur le canapé à fleurs et restèrent sans rien dire et sans bouger ; seuls leurs yeux remuaient, observant chaque chose. Luther avait tenté de s'asseoir dans un rocking-chair en bois mais il était trop petit et Rose lui apporta une chaise de la cuisine. Il s'assit avec précaution, testant avec sa main l'assise de la chaise.

Betty, pourquoi ne pas commencer ? suggéra Rose. Vous avez dit que vous vouliez aller chez votre tante. De quoi s'agit-il ?

Il s'agit qu'il est méchant avec moi, répondit Betty. Il m'a giflée comme ça sans raison. Je lui avais rien fait du tout.

Et moi je l'ai jamais giflée, affirma Luther.

Oh, voilà que c'est lui qui ment maintenant.

J'ai fait que la bousculer un peu. Parce qu'elle m'avait fait quelque chose. Enfin quoi, elle a dit que je mangeais trop.

Quand était-ce ? demanda Rose.

Y a à peu près une heure, répondit Betty. Joy Rae ne mangeait pas son dîner alors il lui a dit Tu ferais mieux…

J'ai dit Tu ferais mieux de manger si tu veux garder des forces…

Non. Il a dit Tu ferais mieux de manger ou je vais le manger à ta place. Joy Rae, elle a dit qu'elle en voulait pas. Elle a dit qu'elle en avait marre de manger tout le temps la même chose. Alors il a pris les macaronis au gratin dans son assiette et il les a mangés en la regardant dans les yeux. Je suppose que tu les mangeras la prochaine fois, il a dit. Je m'en fiche, elle a dit. Tu vas apprendre à pas t'en fiche, qu'il a dit, et c'est là que je suis venue me mettre entre eux et qu'il a dit Fais attention, et que j'ai dit Non, toi, fais attention.

Et ensuite que s'est-il passé ? demanda Rose.

Et ensuite rien s'est passé, dit Luther.

Ensuite il m'a giflée, dit Betty.

C'est faux. J'ai fait que la bousculer un peu.

Tu m'as donné une claque. Je la sens encore. Je la sens en ce moment. Betty leva la main pour se caresser la joue et Luther la regarda depuis l'autre bout de la pièce en plissant les yeux.

Assis sur le canapé, les enfants semblaient ne prêter aucun intérêt à ce qui se disait, comme s'ils n'étaient pas concernés par ces histoires ou que, de toute manière, ils ne pouvaient pas influer sur leur résultat. Examinant les meubles et les tableaux sur les murs, ils restaient assis l'un à côté de l'autre sans le moindre regard vers les trois adultes.

Rose se leva pour aller dans la cuisine ; elle en revint avec une assiette de caramels au chocolat qu'elle tendit aux enfants avant de la présenter à Betty et Luther. Elle se rassit. Je crois que nous avons tous besoin de nous calmer, dit-elle.

Je veux juste aller chez ma tante, dit Betty. Je pourrai me calmer là-bas.

Est-ce qu'elle est d'accord pour vous accueillir ?

On y est déjà allés.

Mais est-ce qu'elle veut bien de vous maintenant ?

Je pense que oui.

Vous ne l'avez pas appelée ?

Non. Notre téléphone marche pas.

Qu'est-ce qu'il lui arrive ?

Y a pas de tonalité.

Rose la regarda. Betty était assise toute voûtée à côté des enfants, ses cheveux mous et ternes retombant sur son visage grêlé, ses yeux rougis. Rose se tourna vers Luther. Que pensez-vous de tout ça, Luther ?

Je pense qu'elle devrait rentrer à la maison comme elle est censée le faire.

Mais elle dit qu'elle n'a pas envie de se trouver dans cette maison pour l'instant.

Je suis son mari. La Bible dit que l'homme est le seigneur de son château. Il construit sa maison sur un roc. Elle est censée écouter ce que je dis.

J'ai pas à l'écouter, pas vrai, Rose ?

Non. Je crois que Luther se trompe sur ce point-là.

Je veux aller chez ma tante, insista Betty.

Lorsqu'elles firent marche arrière dans l'allée Luther se tenait triste et solitaire dans les phares, leurs faisceaux balayant son corps tandis qu'il les suivait du regard, les mains dans les poches. Dans le ciel, au-dessus de Holt, la pluie semblait se rapprocher. Betty était assise sur la banquette avant avec Rose, les enfants à l'arrière, contemplant par la vitre chaque maison, chaque rue transversale et chaque grand arbre. Les maisons avaient toutes des lumières allumées derrière leurs stores, et des buissons et d'étroits sentiers menaient derrière vers les ruelles obscures. Les réverbères brillaient d'une lueur bleue aux carrefours et les arbres étaient plantés à intervalles réguliers le long des trottoirs. Rose les conduisait par les rues silencieuses et, une fois à la grand-route, elles se dirigèrent vers l'est.

Alors qu'elles approchaient de l'épicerie de la Nationale 34 Betty s'écria : Oh, j'ai oublié mes serviettes.

Que voulez-vous dire ? demanda Rose.

J'ai à nouveau mes règles. J'ai pas pris mes serviettes. Il faudra bien que je me change à un moment ou un autre.

Vous voulez qu'on s'arrête en acheter ?

Si ça vous dérange pas. Il vaut mieux.

Elles tournèrent et se garèrent au milieu des voitures près de la porte d'entrée. Derrière les baies vitrées le magasin était bien éclairé et des femmes attendaient à la caisse. Allez-y, dit Rose.

Betty regarda en direction du magasin mais sans descendre de voiture.

Qu'est-ce qu'il y a encore ?

J'ai pas d'argent. J'ai pas emporté mon porte-monnaie. Vous pourriez m'en prêter ? Je vous rembourserai le premier du mois.

Rose lui donna quelques billets et Betty entra dans le magasin. Lorsqu'elle disparut dans les rayons, Rose se retourna sur son siège pour regarder les enfants. Ça va bien tous les deux à l'arrière ?

Elle ne va pas vouloir de nous, dit Joy Rae.

Qui ça ?

La tante de maman.

Pourquoi dis-tu ça ?

La dernière fois elle nous a dit de ne pas revenir. Je ne vois pas pourquoi il faut qu'on aille là-bas.

Peut-être que vous n'aurez pas besoin de rester très longtemps. Juste le temps que vos parents se calment un peu.

Ça va prendre longtemps ?

Pas trop, j'espère.

Je veux pas aller là-bas non plus, dit Richie.

Ah bon ? fit Rose.

Je me plais pas là-bas.

Parce que t'as fait pipi au lit la dernière fois et qu'elle s'est fâchée, expliqua Joy Rae. Il fait pipi au lit.

Toi aussi.

Plus maintenant.

Betty revint avec un sac en papier et Rose repartit vers l'est sur la grand-route à travers les grandes plaines sans arbres, puis prit au nord sur un kilomètre et demi jusqu'à une petite maison sombre. Une lumière s'alluma au-dessus de la porte d'entrée au moment où la voiture s'arrêtait. Très bien, dit Rose. Nous y sommes.

Betty regarda la maison, descendit de voiture, gravit le perron et frappa à la porte. Au bout de quelque temps une femme en kimono rouge vint ouvrir. Elle avait les cheveux aplatis d'un côté, comme si elle était déjà couchée. Elle fumait une cigarette et elle regarda derrière Betty en direction de la voiture. Bon alors, dit-elle. Qu'est-ce que tu veux encore ?

Est-ce que moi et mes enfants on peut rester ici cette nuit ?

Oh Seigneur, qu'est-ce qui s'est passé cette fois-ci ?

Luther m'a donné une claque. Il est à nouveau méchant avec moi.

Il me semblait t'avoir dit la dernière fois qu'il était pas question que ça se reproduise.

Oui.

Je comprends vraiment pas pourquoi vous restez ensemble tous les deux.

C'est mon mari, dit Betty.

Ça veut pas dire pour autant que tu es obligée de rester avec lui, si ?

Je sais pas.

Eh bien moi je sais. Il faut que je me lève demain matin pour aller travailler. Je peux pas passer mon temps à te trimballer en ville.

Mais il est méchant. Je veux pas rester avec lui cette nuit. Betty jeta un regard vers la voiture. Rose avait coupé le moteur.

Soudain la pluie se mit à tomber. Elle dégringolait en traits obliques qui scintillaient sous le lampadaire du garage, et rejaillissait, étincelante, sous la lumière jaune du porche. Betty commençait à se mouiller.

Bon, d'accord, fit la tante. Mais tu sais bien que tu retourneras avec lui de toute façon. Ça finit toujours comme ça. Maintenant écoute-moi bien, c'est seulement pour cette nuit. Pas question que ce soit un arrangement permanent.

On te causera pas de problèmes, dit Betty.

C'est déjà fait.

Betty détourna les yeux et posa une main sur son visage pour l'abriter de la pluie.

Eh bien, dis-leur d'entrer, dit la tante. Je vais pas rester plantée là toute la nuit.

Betty se tourna vers la voiture et fit signe aux enfants de venir.

Je crois que vous feriez mieux d'y aller, leur dit Rose. Je crois que ça va bien se passer.

Joy Rae s'empara du sac sur le siège avant puis son frère et elle sortirent de la voiture, coururent sous la pluie jusqu'à la véranda, et suivirent leur mère à l'intérieur. La tante regarda à nouveau la voiture. Elle envoya promener sa cigarette dans le gravier mouillé et referma la porte derrière elle.

Poussée par le vent, la pluie tombait en bourrasques lorsque Rose s'engagea dans l'allée de sa maison. En s'arrêtant, elle eut un coup au cœur. Luther était appuyé contre la porte du garage. Elle éteignit le contact et les phares et sortit de voiture, sans cesser de le guetter pour voir ce qu'il allait faire. Elle contourna la maison jusqu'à l'entrée latérale et il lui emboîta le pas quelques mètres derrière. Rose, dit-il, je peux vous demander quelque chose ?

Que voulez-vous me demander ?

Vous pourriez me prêter vingt-cinq cents ?

Je pense. Pourquoi ?

Je veux appeler Betty pour lui dire que je voulais pas du tout lui faire de mal. Je veux lui demander de rentrer à la maison.

Vous pourriez appeler d'ici.

Non, autant aller en ville. Je suis déjà trempé de toute façon.

Prenant une pièce de vingt-cinq cents dans son sac, elle la lui tendit, et il la remercia en lui assurant qu'il la lui rendrait. Puis il s'éloigna à pied en direction de Main Street. Elle l'observa tandis qu'il passait sous le réverbère du carrefour, immense silhouette sombre pataugeant au milieu des flaques scintillantes dans la nuit pluvieuse ; ses cheveux noirs étaient plaqués sur son crâne et il cheminait sous la pluie, à destination d'une cabine téléphonique à un angle de rue.

9.

Un samedi après le petit déjeuner, une fois la vaisselle terminée, il sortit de la maison et sans intention particulière ni aucune destination en tête il remonta la rue dans la fraîcheur piquante du matin, dépassant le terrain vague et les maisons où les vieilles veuves habitaient, chacune dans le silence et l'isolement. Dena et Emma étaient dehors devant la maison de leur mère : elles avaient une nouvelle bicyclette qu'elles avaient achetée avec l'argent envoyé d'Alaska par leur père. Dena savait déjà faire du vélo mais Emma n'en était qu'à l'apprentissage. Là, c'était Dena qui en faisait : elle pédalait sur le trottoir et elle s'arrêta devant DJ, mettant pied à terre mais restant à califourchon sur son vélo. Sa petite sœur les rejoignit en courant. Tu veux faire un tour ? lui demanda-t-elle.

Non.

Pourquoi ? Tu sais pas en faire ?

Non.

Tu pourrais apprendre, dit Dena. Regarde-moi, moi je sais déjà.

J'y connais absolument rien.

T'as jamais essayé ?
J'ai pas de vélo, dit-il.
Pourquoi ça ? demanda Emma.
J'en ai jamais acheté.
T'as pas d'argent ?
Tais-toi, Emma.
Mais il a dit…
Peu importe, dit Dena. Tu veux essayer celui-là ?
C'est un vélo de fille. Il vaudrait mieux que j'apprenne sur un vélo de garçon.

Tu veux essayer ou pas ? Elle descendit et lui tendit le guidon ; il la regarda puis, s'emparant de la poignée en caoutchouc, il enjamba la barre oblique. Quand il tenta de faire avancer le vélo, la pédale dérapa et alla lui frapper l'arrière du mollet.

Comment on fait ? demanda-t-il.

Fais remonter cette pédale-là. Maintenant appuie dessus.

Le vélo avança, chancela et s'arrêta.

Recommence.

Il avança un peu plus loin.

Fais monter en même temps ton autre pied sur l'autre pédale.

Il avança encore une fois, vacilla, puis posa les deux pieds au sol.

Tu dois continuer à pédaler. Tu dois pas t'arrêter.

Il pédalait le long du pâté de maisons sur le trottoir avec les deux fillettes qui trottinaient à ses côtés, quand il vira soudain dans un buisson et dégringola. Il se releva et remit le vélo droit. Comment on fait pour l'arrêter ?

Dena souleva son pied. Comme ça, dit-elle.

T'as pas de poignées de frein ?

Non. Rien que les pédales.

Il recommença et roula dans l'allée jusqu'à la rue, puis continua à rouler en pédalant régulièrement pendant qu'elles couraient à côté de lui. Le vélo hésitait et bringuebalait, et à un moment il faillit heurter les fillettes. Elles poussèrent un cri de ravissement, leurs visages roses comme des fleurs, et il s'éloigna en pédalant. Dena cria : Essaie de t'arrêter, essaie de t'arrêter. Se hissant sur les pédales, il freina brusquement, puis posa les pieds par terre pour se rattraper. Elles le rejoignirent en courant.

C'est facile, dit Dena. Tu trouves pas ?

J'ai compris.

Il fit un aller et retour dans la rue, repartit, puis roula vers elles, ôtant une main du guidon pour leur faire signe avant de s'y recramponner aussitôt. Il les dépassa puis refit demi-tour, mais cette fois il allait trop vite et fonça sur les deux sœurs au milieu de la rue ; il percuta violemment la plus grande et ils s'effondrèrent, vautrés sur la chaussée, le vélo au-dessus d'eux. Il s'était arraché la peau du coude et du genou et la fillette avait mal à la hanche et à la poitrine. Elle pleurait un peu, se tenant la hanche. Il avait mal au cœur. Du sang coulait le long de son bras et son pantalon était déchiré au genou. Il se remit debout avec l'envie de vomir et retira la bicyclette tombée sur la fillette, puis il lui prit la main et l'aida à se relever. Je suis désolé, dit-il. Est-ce que ça va ? Je suis désolé.

Elle le regarda et croisa les bras sur sa poitrine contusionnée. Pourquoi t'as pas freiné ? Tu t'es pas souvenu ?

Non.

On peut pas oublier ça.

Je ferais mieux de rentrer, dit-il. Il inspectait son coude. Il faut que je nettoie ça.

Maman va s'en charger. Viens dans la maison.

Tu dégoulines sur tes chaussures, dit Emma.

Il baissa les yeux. Je sais, dit-il. Il y avait des taches de sang sur le bout de ses chaussures et sur ses lacets.

Laisse maman se charger de ça, dit Dena.

Enlevant la bicyclette de la chaussée, ils la poussèrent dans l'herbe, où ils l'abandonnèrent. Avant qu'ils n'aient atteint la maison Mary Wells apparut sur le seuil. Elle les avait vus approcher par la fenêtre et pour une raison mystérieuse elle avait les yeux rouges. Elle les fit entrer.

À l'intérieur, il plaça sa main sous son coude pour ne pas salir le tapis et elle le conduisit dans la salle de bains. Les deux fillettes suivirent le mouvement et regardèrent pendant qu'il tenait son bras au-dessus du lavabo et que leur mère le lui rinçait, le sang se délayant et gouttant dans le lavabo tandis qu'elle le lavait avec tendresse, effleurant la coupure du bout de ses doigts, faisant partir les gravillons. Quand son coude fut propre, le sang perlait comme de petites baies rouges. Elle lui ordonna d'y appuyer un gant de toilette, puis elle lui fit poser le pied sur la cuvette des W.-C., retroussa son pantalon et constata que son genou saignait lui aussi. Le sang avait imprégné sa chaussette. Elle lui nettoya le genou avec un autre gant de toilette. Les deux fillettes observaient la scène par-dessus l'épaule de leur mère, la mine sérieuse et concentrée, l'air perplexe. Pendant qu'elle s'occupait de lui, les yeux de Mary Wells s'emplirent soudain de larmes, qui lui coulèrent jusque sur le menton. DJ et les deux fillettes la contemplèrent avec stupéfaction, et ils ressentirent une sorte de peur à voir pleurer une grande personne.

Ce n'est rien, dit DJ. Ce n'est pas si grave.

Ce n'est pas ça, dit-elle. Je pensais à quelque chose d'autre.

Maman ? fit Dena.

Mary Wells continua à nettoyer le genou de DJ, y appliquant une pommade antiseptique en tube et fixant un pansement par-dessus, puis elle fit la même chose pour son coude. Tout du long elle n'arrêta pas de s'essuyer les yeux du revers de la main.

Maman. Qu'est-ce qui va pas ?

Ne m'embête pas, dit-elle.

Mais est-ce que tu vas me regarder aussi ?

Pourquoi ? Tu t'es fait mal ?

Oui.

Où ça ?

Ici. Et ici.

Sa mère se tourna vers DJ et Emma. Allez, sortez de là tous les deux. Bon alors, dit-elle à Dena, fais-moi voir.

DJ et la sœur cadette gagnèrent le salon et se plantèrent près du piano, là où la lumière entrait par la fenêtre de devant. La fillette leva les yeux sur le visage de DJ comme si elle espérait qu'il fasse quelque chose.

Qu'est-ce qu'elle a qui va pas ? demanda-t-il. Qu'est-ce qui la fait pleurer comme ça ?

Papa.

Qu'est-ce que tu veux dire ?

Il a appelé hier soir et depuis elle a pas arrêté de pleurer. Il a dit qu'il revenait pas à la maison.

Pourquoi ?

Je sais pas pourquoi.

Il l'a pas dit ?

Je sais pas.

Mary Wells ressurgit avec Dena de la salle de

bains. Allez donc dehors maintenant, les enfants, dit-elle.

J'ai pas envie, dit la petite fille.

Pourquoi ça ?

Je veux rester avec toi.

Très bien. Mais vous deux, allez dehors. Je ne me sens pas très bien, ajouta-t-elle. Elle s'était remise à pleurer. Ils l'observaient du coin de l'œil. Allez, insista-t-elle. S'il vous plaît.

Je veux rester aussi, dit Dena.

Non. Une suffit. Allez-y maintenant. Toi et DJ allez jouer dehors.

Dehors, contournant la maison, ils poussèrent le vélo jusqu'à la cour de derrière et restèrent en bordure du jardin à regarder la ruelle. Allez, on va ailleurs, suggéra Dena.

Je veux pas aller en ville. J'ai envie de voir personne pour l'instant.

On n'est pas obligés de voir quelqu'un.

Dans la ruelle, marchant dans les traces de pneus de part et d'autre des mauvaises herbes qui poussaient au milieu du gravier telle une petite haie, ils dépassèrent les jardins derrière les maisons des vieilles veuves et le terrain vague à côté, puis la maison du grand-père de DJ et le terrain vague d'après. Une fois arrivés à la rue, ils la traversèrent et s'engagèrent dans la ruelle le long du pâté de maisons suivant. Sur la gauche il y avait une vieille bâtisse bleue en bois, sa cour envahie de lilas et de mûriers. Elle était inoccupée depuis des années. Le vitrage de la véranda était complètement disjoint et des bouts de métal étaient éparpillés sous les buissons. Une vieille Desoto noire avait été planquée sous un mûrier et ses carreaux vert pâle, étoilés, avaient été mitraillés par des gamins armés de carabines à plomb. Tous les pneus étaient crevés. À la hauteur de la ruelle il y avait une petite remise en bois brut.

Ils jetèrent un coup d'œil par l'étroite fenêtre, dont les vitres, vieilles et gondolées, étaient couvertes de crasse et de toiles d'araignée brunâtres. Ils ne parvinrent à distinguer qu'une tondeuse et un motoculteur. La porte s'ouvrit dans un grincement quand ils soulevèrent le loquet métallique et ils se glissèrent à l'intérieur entre de longs filaments de toiles d'araignée. La cabane était obscure et peuplée d'ombres, avec un sol en terre battue que l'huile avait noirci. Il y avait une étagère le long du mur du fond et, posé dessous, un pneu à flanc blanc. Il y avait des paniers en osier avec des anses en fil de fer emboîtés les uns dans les autres, ainsi qu'une scie à main rouillée, et un marteau de charpentier, dont les deux griffes étaient cassées. Sous la fenêtre il y avait un moineau mort, sec comme de la poussière sur le sol en terre battue, ne pesant presque rien. Ils regardèrent chaque objet, soulevant les outils puis les reposant dans leurs contours de poussière.

On pourrait en faire quelque chose, déclara Dena.

Il la regarda.

De cet endroit.

Je trouve ça seulement crasseux. Et sombre.

On pourrait faire le ménage, suggéra-t-elle.

Il la regarda et elle paraissait floue et indistincte dans la maigre lumière qui entrait par la fenêtre. Il n'arrivait pas à voir ses yeux. Elle avait baissé la tête. Elle tenait quelque chose dans ses mains, mais il n'arrivait pas à bien voir ce que c'était. On pourrait apporter des choses ici, poursuivit-elle.

Quoi par exemple ?

Je sais pas. Tu n'es pas obligé si tu veux pas.

Elle contemplait l'objet qu'elle avait dans les mains.

Peut-être que je veux, dit-il.

C'était une vieille boîte à café rouge. Il s'en rendait compte maintenant et elle était en train de tâter l'intérieur pour vérifier ce qu'il y avait dedans. Dans la faible lumière il examinait son doux visage énigmatique, ce visage de fille. Tu m'as pas entendu ? fit-il.

Quoi.

J'ai dit peut-être que je veux.

Je t'ai entendu, dit-elle.

DEUXIÈME PARTIE

10.

Elle avait la tante qui habitait à la campagne à l'est de Holt et du côté de sa mère elle avait l'oncle qui habitait en ville et qui s'appelait Hoyt Raines.

Par un après-midi venteux du début du mois d'octobre, ils le trouvèrent qui attendait sur le perron de leur mobile home quand ils rentrèrent de chez Duckwall. Il portait une casquette de base-ball noire à parement violet et son visage était caché par la visière.

Grand et mince, il avait les mêmes cheveux bruns raides et mous que Betty et les mêmes yeux bleu pâle. Il travaillait en ville et à la campagne sur des chantiers de construction et pour des missions d'élagage, et durant les mois d'été il rejoignait les équipes de moissonneurs qui commençaient à couper le blé au Texas et finissaient au Canada. Il n'exerçait jamais aucun boulot plus d'une seule saison. Il travaillait quelque temps puis se faisait licencier pour une raison ou une autre, ou bien, dégoûté, il démissionnait de son plein gré. Quand il n'avait pas de boulot il glandouillait dans son appartement en location dans les quartiers sud de Holt, vivant sur sa dernière paye jusqu'à ce que l'argent soit épuisé. Depuis cinq ou six mois il trayait des vaches dans une laiterie au nord de Holt, et pour lui c'était presque héroïque, d'avoir tenu le coup comme ça. Néanmoins – attitude qui lui ressemblait davantage – toutes les trois semaines environ il débarquait dans la salle de traite à six ou sept heures du matin, arrivant quand bon lui semblait, c'est-à-dire en retard, encore saoul et l'œil vitreux, empestant le whisky bon marché qu'il avait bu la veille, et c'était dans cet état d'hébétude qu'il se mettait à traire les vaches Holstein hors de prix, nettoyant leurs mamelles dégoulinantes de lait à l'aide d'un chiffon humide et fixant la trayeuse avec une hâte maladroite ; la dernière fois que ça s'était produit, en l'occurrence quinze jours plus tôt, il avait mis le lait d'une des vaches malades dans la nouvelle cuve, si bien que le fermier avait été obligé de sacrifier la cuve tout entière plutôt que de courir le risque d'être découvert et de prendre une amende. Cinq mille trois cents litres de lait frais avaient dû filer à l'égout. Le fermier avait viré Hoyt sur-le-champ : il avait ordonné à Hoyt de rentrer chez lui, en lui interdisant de revenir, il ne voulait plus jamais voir sa face de rat. Putain merde, avait dit Hoyt, et ma paye ? Vous me devez encore la paye de cette semaine.

Tu la recevras par courrier, espèce de salopard, avait dit le fermier. Maintenant fous-moi le camp d'ici.

Ce jour-là il était retourné en ville, sentant toujours légèrement le whisky mais empestant aussi le lait caillé, cette odeur intense si particulière qui s'accrochait à ses vêtements et à ses cheveux et que même l'eau et le savon n'arrivaient pas à faire partir. Il avait effectué sa première escale dans Main Street à la Holt Tavern, bien qu'on ne soit encore qu'en milieu de matinée. Là il avait commencé à boire et à expliquer à tous ceux qui daignaient l'écouter – trois vieux bonshommes et deux vieilles bonnes femmes aux yeux tristes se trouvaient déjà là – ce qui s'était passé.

À présent il était assis sur le perron au soleil, à fumer une cigarette, quand sa nièce et Luther traversèrent la cour envahie de mauvaises herbes.

Regardez qui est là, dit Luther.

Je me demandais quand vous alliez vous décider à rentrer, tous les deux, dit Hoyt.

On était en ville pour acheter un nouveau téléphone.

Qu'est-ce que vous avez besoin d'un téléphone ? Qui va vous appeler ?

Il faut qu'on ait le téléphone. Je veux monter une affaire.

Quel genre d'affaire ?

Une affaire de vente par correspondance. Basée à domicile.

Hoyt le dévisagea. Eh bien, si tu as envie d'y croire. Il se leva et se tourna vers Betty. On vient pas faire un câlin à son oncle ?

Elle avança vers lui et il la serra vigoureusement dans ses bras, avant de la lâcher et de lui administrer une grande claque sur les fesses.

Arrête, dit-elle. Mon mari aime pas qu'on me tripote.

Tu crois que Luther en a quelque chose à faire ?

T'as intérêt à bien te tenir.

C'est vrai, dit Luther. On doit bien se tenir par ici.

Merde, qu'est-ce qui vous prend ? Je suis juste passé vous voir tous les deux. J'ai quelque chose à vous proposer. Et voilà que vous me déballez un tas de conneries.

Justement, dit Luther. Tu devrais pas dire ça.

Qu'est-ce que t'as à proposer ? demanda Betty.

Allons nous mettre à l'abri, répondit Hoyt. Je peux pas parler comme ça en plein vent.

Ils entrèrent dans le mobile home et s'installèrent à la table de cuisine une fois que Betty eut dégagé une place pour son oncle. Il retira sa casquette, la posa sur la table et passa ses doigts dans ses cheveux tout en regardant autour de lui. Vous devriez faire le ménage, dit-il. Nom de Dieu, regardez-moi ça. Je comprends pas comment on peut vivre comme ça.

C'est que, je me sens pas très bien, répondit Betty. J'ai tout le temps mal au ventre. J'arrive presque pas à dormir la nuit.

Elle prend des pilules pour ça, expliqua Luther. Mais ça a pas l'air d'y faire grand-chose. Pas vrai, mon chou.

Pas encore, en tout cas.

Ça veut pas dire que vous soyez obligés de vivre comme ça, insista Hoyt. Tu pourrais te bouger un peu, Luther.

Luther ne réagit pas. Betty et lui avaient les yeux braqués sur l'autre bout de la pièce comme s'il y avait quelque chose accroché au mur qu'ils n'avaient jamais remarqué.

Hoyt continuait à fumer sa cigarette. Betty, reprit-il, apporte un cendrier à ton oncle. Je voudrais pas salir ton beau plancher.

On n'en a pas. Personne fume jamais dans cette maison.

Ah bon ? Il la dévisagea, puis il se leva et fit couler l'eau du robinet sur sa cigarette, avant de la laisser tomber dans l'évier au milieu de la vaisselle sale. Il se rassit et soupira, se frottant minutieusement les yeux. Enfin bon, je suppose que vous avez appris, dit-il.

Appris quoi ? demanda Luther. On n'a rien appris du tout.

Vous avez pas appris que j'avais perdu mon boulot ? Cet enfoiré de la laiterie m'a viré il y a quinze jours. Alors que cette vache était même pas marquée comme il faut. Il est censé y avoir une marque au crayon orange sur ses mamelles. Comment j'aurais pu me rappeler qu'elle était malade ? Si bien que je l'ai traite dans la cuve commune comme on est censé faire, et que ce fils de pute m'a lourdé. Et ce matin cet autre fils de pute de mon immeuble m'a foutu à la porte.

Qu'est-ce qui s'est passé avec lui ? demanda Luther.

Rien. Peut-être que j'avais un jour ou deux de retard pour le loyer, mais j'en avais marre de l'avoir sur le dos de toute façon. Et puis il sait ce qu'il peut faire de sa saloperie d'appartement. Hoyt les regarda. Ils étaient tournés vers lui, à l'observer comme des enfants de taille géante. Alors qu'est-ce que vous pensez de tout ça ? demanda-t-il.

Je pense que c'est malheureux, dit Betty. Ils auraient pas dû te traiter de cette manière-là.

Ah ça non, dit Luther. C'est pas bien de te traiter comme ça.

Hoyt eut un geste de la main. Je sais tout ça, fit-il. Ce n'est pas de ça que je parle. Je m'occuperai de son cul d'obèse un de ces jours. D'ailleurs il le sait. Ça tombe sous le sens. Ce dont je parle c'est ça : je veux vous faire une proposition. Je vais venir m'installer ici avec vous deux, et je vous paierai un petit loyer le temps de reprendre pied. Ce sera bien pour nous tous. C'est de ça que je parle.

Luther et Betty se regardèrent mutuellement par-dessus leurs assiettes du déjeuner. Dehors, le vent ébranlait la caravane à chaque rafale.

Allez-y, dit Hoyt. N'hésitez pas à répondre. C'est pas si difficile.

Je sais pas, dit Betty. On n'a que trois chambres à coucher. Joy Rae et Richie ont chacun leur chambre.

Il faut qu'ils aient chacun leur chambre, insista Luther. Et nous on a la nôtre. Y a pas de place en rab.

Attendez une minute, fit Hoyt. Réfléchissez à ce que vous dites. Pourquoi un des gosses irait pas s'installer avec l'autre ? Où est le problème ? Ce sont que des mômes.

Je sais pas, dit Betty. Elle parcourut la pièce des yeux comme si elle avait égaré quelque chose.

Que dirait ta mère ? dit Hoyt. En voyant que tu as refusé d'héberger son propre frère, que tu l'as pas invité à se mettre à l'abri du froid quand il avait besoin d'un petit coup de main. D'après toi, qu'est-ce qu'elle dirait de ça ?

Il fait pas encore si froid que ça, objecta Betty.

Tu essaies de faire la maligne ? C'est pas de ça que je parle. Je parle du fait que tu me permettes de loger ici.

Enfin bon, on veut bien t'aider, dit-elle. C'est juste que… Elle fit un geste vague avec ses mains.

Je vais vous dire, reprit Hoyt. Laissez-moi au moins jeter un œil. Qu'on voie un peu de quoi on parle. Y a pas de mal à regarder, hein ?

Brusquement il se leva. Ils échangèrent des regards et le suivirent dans le couloir après la salle de bains. Hoyt lança au passage un coup d'œil dans les chambres, d'abord celle de Luther et Betty, puis celle de Richie, avant d'arriver à une porte fermée au bout du couloir ; il l'ouvrit avec son pied et entra dans la chambre de Joy Rae. De toute la maison c'était la seule pièce qui soit bien rangée et propre. L'étroit lit à une place contre le mur. Une coiffeuse en bois drapée d'un mince foulard rose. Le petit tapis ovale décoloré à côté du lit.

Celle-ci m'ira impec, décréta-t-il. Au moins le ménage est fait. La gosse pourra s'installer avec son frère et moi j'occuperai cette chambre.

Ça m'embête un peu, dit Betty, debout derrière lui dans l'encadrement de la porte.

C'est juste pour quelque temps. Jusqu'à ce que je redémarre. Où est passé ton sens de la charité ? T'as pas de cœur ou quoi ?

Il faut aussi que je pense à mes enfants.

Je vois pas en quoi le fait que je loge ici pourrait nuire à tes enfants.

Joy Rae a tout décoré elle-même.

Très bien, dit-il. Je suis ton oncle, mais si tu veux pas m'héberger tout ce que t'as à faire c'est me dire de sortir. Je suis pas idiot.

Je sais pas quoi dire, fit Betty. Luther, toi, dis quelque chose.

Luther regarda dans le couloir. Enfin quoi, mon chou, l'oncle Hoyt dit que c'est seulement pour quelque temps. Il a perdu son appartement. Il a pas d'autre endroit où aller. On peut bien l'aider un peu, non ?

Ah ! fit Hoyt. Voilà quelqu'un de généreux.

En tout cas y a une chose que je sais, dit Betty. Ça va pas plaire à Joy Rae.

Ils lui firent part de ces nouvelles dispositions à son retour de l'école ce jour-là et elle se rendit aussitôt dans sa chambre, ferma la porte, s'allongea sur le lit et pleura amèrement. Néanmoins, comme on le lui avait ordonné, elle déménagea ses affaires dans la chambre de Richie, suspendit ses quelques robes dans la petite armoire et posa son coffret de bijoux de pacotille sur la moitié de commode qu'elle s'était octroyée. Puis, ramassant les chaussures, les jouets et les vêtements de son frère, elle entreprit de les ranger.

Quand elle se coucha ce soir-là, le lit, si petits et si maigres qu'ils fussent, était trop étroit pour eux deux. Pendant la nuit, alors qu'ils s'étaient endormis, Richie se mit à rêver en se débattant dans tous les sens, et elle fut obligée de le réveiller.

Arrête de donner des coups de pied. Arrête, Richie. Ce n'est qu'un rêve, alors tiens-toi tranquille.

À ce moment-là, en levant les yeux depuis le lit, elle reconnut l'oncle de sa mère qui se tenait dans l'embrasure de la porte à les observer : il était appuyé contre le chambranle et, dans la pénombre, elle n'apercevait que son visage. Elle fit semblant de dormir et l'épia dans l'obscurité. Elle pouvait sentir son odeur. Il était sorti boire. Elle était encore à table après le dîner quand il avait demandé cinq dollars à son père. Il allait quand même pas rester à la maison le soir, avait-il dit. Après tout, il était encore jeune et pas question de se laisser mettre en cage. L'air soudain terrifié, le père de Joy Rae avait lancé un regard au plafond comme s'il espérait de l'aide, mais aucune n'étant survenue il avait sorti cinq billets d'un dollar de son portefeuille. À présent elle le surveillait dans le noir, mais bientôt il quitta l'encadrement de la porte pour remonter le couloir vers la chambre qu'il s'était appropriée.

Pourtant, même après son départ, Joy Rae mit plus d'une heure à se rendormir. Puis, en se réveillant le matin, elle découvrit qu'elle dormait dans des draps mouillés. Son frère avait fait pipi au lit pendant la nuit et la chemise de nuit de Joy Rae était toute trempée, ses jambes froides et humides. Elle eut envie de pleurer. Elle se leva, s'essuya les hanches et les jambes avec un T-shirt sale, puis commença à s'habiller pour l'école. Elle réveilla son frère. Il geignait et bougonnait, debout à côté du lit.

Tais-toi, dit-elle.

Elle l'aida à retirer ses sous-vêtements mouillés. Il frissonnait et il avait la chair de poule sur les jambes.

Il faut qu'on se prépare pour l'école. Le bus va arriver. Allez, arrête de pleurnicher, espèce de bébé. C'est plutôt moi qui devrais pleurer.

11.

Tout d'abord ils entreprirent de la nettoyer, comme quand on emménage dans une nouvelle maison. Ils voulaient qu'elle soit propre avant d'y faire quoi que ce soit d'autre. Ils apportèrent de l'eau de chez son grand-père, transbahutant le seau ensemble, leurs mains unies sur l'anse métallique, l'eau froide éclaboussant leurs pantalons. Puis, dans la cabane obscure derrière la ruelle, ils lavèrent la poussière qui encrassait l'unique fenêtre et évacuèrent la terre et les détritus à l'aide d'un balai en paille tout usé. Ensemble ils traînèrent à l'extérieur les morceaux de ferraille qui étaient couverts de poussière, firent rouler dehors le pneu à flanc blanc et poussèrent la vieille tondeuse et le motoculteur sous les mûriers à côté de la Desoto. Puis ils balayèrent une deuxième fois le sol en terre taché d'huile, aspergèrent d'eau les angles de la pièce, avant de récurer les murs constitués de planches grossièrement taillées. Quand ils eurent terminé, la cabane sentait le propre, la terre humide et le bois mouillé.

Ensuite ils entamèrent leurs recherches. L'après-midi après l'école et les samedis qui suivirent, ils ramassèrent des trucs, en allant fouiner dans les ruelles de Holt. Au début ils s'en tinrent aux ruelles de leur propre quartier, mais au bout de quelques jours ils commencèrent à s'aventurer dans les ruelles situées à quatre ou cinq pâtés de maisons de là.

Ils trouvèrent unc chaise de cuisine abandonnée et une table en bois au pied fendu, puis deux vieilles assiettes en porcelaine ainsi que trois fourchettes en argent, une grande cuillère de service et un couteau solitaire doté d'une lame en acier. Le lendemain ils tombèrent sur un cadre au rebut représentant l'enfant Jésus, avec des jambes et des pieds potelés, et un halo qui scintillait au-dessus de ses boucles châtains, nu comme un ver à l'exception d'une étoffe blanche drapée autour de ses hanches. Il avait sur le visage une douce expression suppliante, et ils rapportèrent le tableau à la cabane, où ils l'accrochèrent à un clou.

À cinq rues, ils dénichèrent un tapis à motif de roses à côté d'une poubelle dans le passage derrière une maison en brique. Le tapis avait une tache couleur de café dans un de ses angles. Ils le déployèrent dans la ruelle, l'examinèrent, marchèrent dessus, puis le roulèrent et entreprirent de le ramener. Mais il s'avéra trop lourd pour eux et au bout de quelques mètres ils renoncèrent. Je vais aller chercher quelque chose, dit-il. Il retourna chez son grand-père et en revint avec le chariot qu'il avait reçu à Noël quand il était en cours préparatoire. Ils posèrent le tapis en équilibre sur le chariot et, ses deux extrémités traînant dans les mauvaises herbes et le gravier, ils reprirent leur marche.

Un peu plus loin une vieille dame se tenait à l'arrière de sa maison avec un foulard noir et un long pardessus masculin de la même couleur. Quand ils approchèrent elle sortit dans la ruelle. Qu'est-ce que vous fabriquez, les enfants ? Qu'est-ce que vous avez là ?

Une simple carpette.

Vous l'avez volée, pas vrai.

Ils la regardèrent. Un de ses yeux était bleu et voilé et elle avait la goutte au nez.

On y va, dit DJ. Ils essayèrent de la contourner.

Arrêtez-vous, lança-t-elle. Elle se mit à leur trotter après, chancelant dans le gravier rouge. Au voleur ! cria-t-elle. Arrêtez-vous tout de suite !

Ils se mirent à courir, le chariot cahotant dans leur sillage, le tapis bondissant et raclant le gravier, tant et si bien qu'il finit par basculer. Tout essoufflés, ils regardèrent en arrière. La femme était plantée au milieu de la ruelle loin derrière. Elle leur criait quelque chose mais ils n'auraient su dire quoi. À ce moment-là, elle retira le foulard noir de sa tête et l'agita vers eux comme un drapeau ou un signal ; sans le foulard, ils virent que son crâne était aussi chauve qu'une boule de cuivre.

T'as intérêt à te méfier d'elle, dit Dena.

Elle te retrouvera, dit-il. Elle va venir chez toi.

Ils éclatèrent de rire, puis hissèrent le tapis sur le chariot et continuèrent leur route d'un pas paisible. Une fois à la cabane, ils étendirent le tapis sur le sol en terre battue, le coin taché replié à l'envers, et ils le balayèrent pour le nettoyer. Puis ils installèrent la table sur le tapis et placèrent la chaise à côté de la table exactement au centre de la pièce. Le soleil de l'après-midi entrait par la fenêtre et les grains de poussière dansaient dans l'air telles de minuscules créatures flottant dans une eau sombre.

Les jours suivants ils repartirent en excursion. Un samedi matin ils trouvèrent une deuxième chaise. Un autre jour dans un carton ils dénichèrent cinq bougies rouges et un bougeoir en verre qui avait juste une ébréchure. De retour dans la cabane ils allumèrent une des bougies, s'assirent et se regardèrent. C'était la fin de l'après-midi, presque le soir, et tout à coup ils entendirent une voiture qui remontait la ruelle, ses pneus crissant sur le gravier. Ils restèrent là sans respirer, les yeux dans les yeux, puis la voiture passa sans s'arrêter et ils se mirent à parler à voix basse dans la lueur vacillante de la bougie pendant que, dehors, l'air s'assombrissait.

Il faut que j'y aille. Grand-père va vouloir dîner.

Tu n'es pas obligé de partir tout de suite, dit-elle.

Non, mais bientôt.

12.

Ils s'y étaient attaqués tardivement. C'était déjà le milieu de l'automne. Ils avaient été retardés par l'emménagement de Victoria Roubideaux à Fort Collins, puis par cette apathie inhabituelle qu'avait entraînée son absence, après quoi ils s'étaient employés à vendre les bouvillons au marché aux bestiaux. C'était donc le milieu de l'automne, déjà le mois d'octobre, lorsqu'ils se résolurent enfin à sortir les taureaux du pâturage où se trouvaient les vaches.

Ça avait sans doute un lien avec ça. Sauf qu'après, allongé dans son lit blanc à l'hôpital du comté de Holt à regarder par la fenêtre les arbres sans feuilles, Raymond n'aurait su dire avec certitude si même ça c'était vrai – et ce malgré le fait que lui et son frère s'étaient occupés de bétail toute leur vie.

Il y en avait six dans le corral, tous des taureaux angus noirs. Le bétail noir était le plus prisé aujourd'hui. Il y a quarante ans c'étaient les herefords à tête blanche. Aujourd'hui c'était le bétail noir parce que les animaux étaient mieux cotés en abattoir. Tout était histoire de convention et de caprice.

Ils avaient mis les taureaux dans le corral en

planches à côté de l'étable le matin de cette journée au froid piquant. Le ciel était couvert et haut, pas comme s'il allait pleuvoir ou neiger, juste haut, et complètement bouché et froid.

Ils étaient en train d'examiner chacun des taureaux, décidant s'ils voulaient se débarrasser de tel ou tel, et il y avait ce fichu animal qui faisait des siennes, qui renâclait comme un taureau de combat. Il s'était toujours bien comporté avant, un peu haut sur pattes comme peuvent l'être les angus noirs, mais rien qui sorte de l'ordinaire. Il avait cinq ans à présent ; ils l'avaient acheté trois ans plus tôt au marché aux bestiaux, pour la somme de deux mille cinq cents dollars. Ils avaient vérifié ses antécédents au préalable, regardant qui était son père, combien de lait donnait sa mère, quel était son poids à la naissance, au sevrage et à un an, ce que montrait son contrôle de fertilité. Ils l'avaient inspecté avec minutie dans l'enclos numéroté avant le début de la vente, et ils avaient l'un et l'autre approuvé son acquisition. Il était déjà massif et lourd pour ses deux ans, avec des muscles épais, un cou épais, une grosse tête large aux cornes épointées et de limpides yeux noirs qui les regardaient sous des cils noirs presque pareils à ceux d'une petite fille, mais avec quelque chose d'autre dans le regard comme s'il savait pertinemment de quoi il était capable. Il se tenait très droit, le corps long, le dos bien rectiligne, solidement campé sur ses pattes. Il avait l'air à même de couvrir toutes les vaches de la région. Son membre était satisfaisant lui aussi, assez haut placé pour ne pas s'accrocher dans les armoises ou les yuccas, et éviter ainsi d'être lacéré et entaillé au point que le tissu cicatriciel lui interdise de saillir les vaches qu'il était censé saillir.

Ils avaient donc enchéri quand il était entré sur la piste, puis Raymond avait fait le chèque à la dame dans le bureau, après quoi ils l'avaient ramené au ranch dans la bétaillère. En temps voulu ses veaux avaient été de bons veaux : tous robustes et vigoureux, à prendre rapidement du poids, comme lui. Il n'en demeurait pas moins que depuis le début il avait eu tendance à renâcler.

Là, il était le dernier des six taureaux qu'ils passaient en revue par cette froide et nuageuse matinée d'octobre. Les autres avaient déjà été triés et parqués dans le corral voisin. Les frères McPheron se trouvaient à l'intérieur du corral avec lui, à l'examiner, à lui tourner autour, la terre du corral molle et friable sous leurs pieds, poussiéreuse à cause des brins de fumier desséché. Ils étaient habillés chaudement et avaient presque l'air de jumeaux avec leurs parkas en toile, leurs jeans, leurs bottes et leurs gants en cuir, leurs vieux chapeaux d'un blanc sale enfoncés bas jusqu'aux yeux sur leurs crânes arrondis. Leurs figures étaient rubicondes, leurs yeux larmoyants à cause de la poussière, et dans le froid leurs nez avaient un peu commencé à couler.

Enfin bon, dit Raymond, il a l'air pas mal.

Il fera l'affaire une année de plus, acquiesça Harold. Il a un peu maigri sur le flanc, là. Mais il est pas mal.

Pendant qu'ils parlaient de lui le taureau les lorgnait avec insistance. Il pivotait pour les regarder de front tandis qu'ils lui tournaient autour.

On dirait qu'il a pas envie de laisser tomber.

En tout cas pas tout de suite, dit Raymond. Il serait bien capable de tenir la rampe encore cinq ans. Il nous enterrera sans doute tous les deux.

Alors, soit, dit Harold.

Il dépassa le taureau et, gagnant la lourde barrière métallique, il l'ouvrit d'un coup pour que l'animal puisse rejoindre les autres. Nerveux d'être resté seul dans l'enclos, le taureau avança en ronflant et en piaffant, mais la barrière n'était qu'entrouverte quand il se précipita vers la brèche ; il alla s'écraser de tout son poids contre le montant du portail, qu'il heurta avec son épaule et il fut projeté en arrière ; ses pieds dérapèrent dans la poussière, et il s'écroula alors que la barrière se refermait bruyamment. Il se redressa de toute sa masse et fonça subitement, meuglant et soufflant, son énorme tête se balançant, ses yeux rivés sur Harold. Il baissa soudain le front et envoya un grand coup dans la poitrine d'Harold, le décollant du sol contre la barrière refermée. Espèce d'enfoiré ! hurla Harold. Il lui donna des claques, essaya de lui donner des coups de pied. Mais la bête le chargea à nouveau, le soulevant, plongeant sa tête dans sa poitrine et dans son ventre, l'aplatissant contre la barrière métallique. Harold essaya de hurler mais aucun son ne sortit. Le taureau recula et Harold glissa sur le sol, puis l'animal se mit à lui assener de grands coups de tête.

Raymond vit toute la scène et accourut par-derrière, fouettant le taureau sur la cuisse avec son poing ganté et lui attrapant la queue pour le distraire, pour le détourner. Hé, toi, salopard ! hurlait-il. Hé ! Hé ! Le taureau fit volte-face, oscillant lourdement, de toute sa puissance et de tout son poids, et il envoya valdinguer Raymond en travers du corral. Le vieil homme s'étala de tout son long, le taureau se précipita sur lui, tête baissée, et le cogna violemment dans le dos. Raymond se retrouva à plat ventre dans la poussière, mais parvint tant bien que mal à se remettre debout. Hé ! hurla-t-il. Hé ! Le taureau le renversa à nouveau en s'en prenant à sa jambe ; Raymond s'escrimait à lui flanquer des coups de pied, puis il se releva avec peine une fois encore et recula en clopinant. Le taureau restait là à le regarder.

Soudain le taureau se tourna à nouveau vers Harold, étendu à plat ventre dans le corral. Il le rejoignit en trottinant et se mit à lui donner des coups avec son énorme tête. Se traînant dans la poussière, lançant des ruades et se contorsionnant, Harold finit par rouler sous une petite cloison en planches qu'ils avaient clouée dans l'angle du corral pour empêcher les bêtes de grimper dans l'abreuvoir. Dans ce petit espace il était hors d'atteinte. Il avait la figure toute crasseuse à présent, et son nez et ses joues étaient barbouillés de sang. Il tourna la tête, vomit dans la poussière et essaya de reprendre son souffle. Le taureau le reniflait à travers la paroi en bois.

Voyant son frère provisoirement à l'abri, Raymond boitilla à toute vitesse jusqu'à la grange, empoigna une fourche appuyée contre le mur et ressortit comme qui dirait à cloche-pied. Il contourna la clôture puis l'escalada à l'autre bout pour rouvrir la barrière du corral. Le taureau avança, reniflant la barrière, puis il s'élança. Apercevant Raymond de l'autre côté de la clôture, il grogna et fit volte-face, raclant le sol et s'envoyant de la terre sur le dos. Espèce de fils de pute, dit Raymond. Vas-y, essaie donc quelque chose. Il brailla et agita les bras, et au moment où le taureau se détournait il lui planta la fourche dans la cuisse. Un sang rouge vif jaillit et le taureau beugla ; il pivota sur lui-même pour faire à nouveau face à Raymond, tête courbée, tanguant de droite à gauche, mais le vieil homme le tenait à distance, brandissant la longue fourche à foin comme si lui et le taureau avaient été jetés ensemble dans une arène antique, et tout du long il continuait à parler d'une voix basse et agressive. Allez viens, espèce de salopard. Viens donc. Le taureau grogna une fois encore et finit par s'éloigner.

Raymond attacha la barrière et traversa le corral en claudiquant vers le coin où son frère gisait dans la poussière. Harold avait ôté ses gants et palpait sa poitrine d'un geste très délicat.

C'est grave ? demanda Raymond, en s'agenouillant.

Oui, dit Harold. Il chuchotait, la voix rauque et tendue. J'arrive pas à respirer. Je suis tout écrabouillé à l'intérieur.

Je vais courir à la maison pour téléphoner.

Moi je vais nulle part.

Je m'en vais juste téléphoner.

Non. Reste ici, dit Harold. Je veux dire que j'irai plus jamais nulle part.

Il faut que j'appelle l'ambulance.

Je tiendrai pas jusqu'à ton retour. Ils pourront rien faire pour moi.

T'en sais rien.

Si, je sais, chuchota Harold.

Il leva les yeux sur son frère à genoux à côté de lui près de la cloison en planches. Le visage crasseux de Raymond avait un air effrayé. Son propre visage était maintenant blanc comme de la craie sous la poussière et le sang.

Sors-moi de sous cette clôture. Je veux pas mourir coincé là-dedans.

J'ose pas te déplacer, dit Raymond. Il faut que j'appelle quelqu'un.

Non. Commence à tirer. Je peux pas attendre que t'ailles chercher quelqu'un d'autre.

Accroche-toi, alors. Et puis merde.

Il attrapa la veste en toile d'Harold à l'épaule, empoigna sa ceinture et commença à le tirer doucement sur la terre battue. Son frère gémit et serra les dents, des larmes apparurent dans ses yeux, et un filet de sang coulait au coin de sa bouche crispée. Raymond l'extirpa de sous la clôture et Harold gisait sur le dos en bordure du corral, respirant par petits halètements superficiels, ses mains se promenant sur sa poitrine, pressant et comprimant ses côtes comme si ce geste pouvait l'aider à mieux respirer. Il ouvrit les yeux, leva une main et s'essuya la bouche. J'ai perdu mon chapeau, dit-il.

Je vais te le chercher. Raymond se mit debout, pénétra en boitant dans le corral, ramassa le chapeau, le frappa contre sa cuisse, puis revint en boitant et s'agenouilla à nouveau. Quand Harold redressa la tête il ajusta le chapeau sur ses courts cheveux gris acier. Ses cheveux étaient sales. L'arrière du chapeau était froissé et Raymond le remit en état.

Très bien, dit Harold. Merci. Il ferma les yeux et essaya de respirer. Il commence à faire froid, chuchota-t-il.

Raymond retira sa parka et la déploya sur son frère.

Au bout d'un moment Harold ouvrit les yeux. Il frissonna et regarda autour de lui. Raymond ?

Oui.

Tu es là ?

Je suis juste là, dit Raymond. Juste à côté de toi.

Harold contempla le visage de son frère et Raymond s'empara de sa main épaisse et calleuse.

Il va falloir que tu t'occupes d'elle tout seul maintenant. Sa voix n'était plus qu'un filet rocailleux. De la petite fille aussi. Je serai pas là pour voir ce qu'elles vont donner. Je me faisais une joie de voir ça.

Tu le verras, dit Raymond. Tu vas t'en sortir.

Non. Je suis foutu, dit Harold. C'est la fin.

Il ferma les yeux et frissonna à nouveau, sa respiration désormais plus lente et plus forte. Puis il cessa de respirer. Au bout d'un moment il respira encore une fois, une seule longue et bruyante inspiration. Il sembla s'installer plus confortablement dans la terre battue. Après ça il ne respira plus. Raymond l'observait et les paupières de son frère clignèrent une fois, ce fut tout ; Raymond se mit à pleurer, les larmes coulaient sur son visage en rigoles crasseuses. Il ne lâchait pas la main de son frère et regardait par-delà le corral vers les pâturages et les collines bleues derrière. Les collines se dressaient dans le lointain sur l'horizon bas. Le vent s'était levé à nouveau. Il le sentait à présent. Il regarda encore une fois son frère et remonta la veste en toile sur son visage maculé de sang. Il resta agenouillé un long moment à côté de lui, un vieux bonhomme avec son vieux bonhomme de frère affalés dans la poussière d'un corral en planches sous un ciel d'octobre chargé de nuages.

13.

Il s'écoula une bonne heure avant que Raymond ne sorte de sa torpeur. Il se redressa, traversa en boitant l'allée de gravier jusqu'à la maison et téléphona. Quand l'ambulance de Holt arriva devant la maison, il leur dit d'aller récupérer son frère. Les deux hommes en gilets fluo continuèrent leur route jusqu'au corral, ramassèrent Harold et le transportèrent jusqu'à l'ambulance sur une civière, une couverture étendue sur lui, puis ils emmenèrent les deux frères McPheron en ville aux urgences de l'hôpital. Le médecin ne put que constater le décès d'Harold.

Raymond était allongé sur le lit étroit de la salle des urgences derrière des rideaux de séparation de couleur verte tandis que le médecin l'examinait. Les infirmières lui avaient déjà retiré sa parka, sa chemise de flanelle et son jean, et il ne portait à présent qu'une mince chemise d'hôpital en coton blanc. Le médecin lui palpa la poitrine, écouta son cœur et ses poumons, et tâta sa jambe avec précaution. Il ordonna alors des radios complètes qui révélèrent des côtes fêlées du côté droit de sa poitrine et un os cassé dans sa jambe gauche. Ils voulaient l'emmener au bloc sur-le-champ.

Attendez un peu, dit Raymond à l'infirmière. Avant que vous m'embarquiez là-bas je veux appeler quelqu'un. Tout à l'heure je serai plus en état.

Qui voulez-vous appeler ?

Tom Guthrie et Victoria Roubideaux.

Tom Guthrie, le prof du lycée ?

Oui.

Mais je ne crois pas que la journée de cours soit déjà finie.

Pour l'amour du ciel, dit Raymond.

Très bien. Ne vous en faites pas. Nous allons appeler pour voir si nous pouvons le faire venir au téléphone.

Et aussi je veux que vous appeliez Fort Collins, reprit Raymond. Joignez-moi Victoria Roubideaux.

Et qui est-elle, monsieur McPheron ?

Une jeune fille qui est partie à la fac, avec son bébé. Son nom doit se trouver parmi les nouveaux inscrits.

Mais qui est-elle pour vous ? C'est votre fille ?

Non.

Seulement voilà, d'habitude, nous ne passons ces coups de fil longue distance qu'à la famille.

Appelez-la, c'est tout, dit Raymond. Vous ne pouvez pas faire ça ?

Si c'était une parente, une nièce, ou quelque chose comme une fille.

Elle est comme une fille pour moi. Plus que comme une fille. C'est à elle qu'il me faut penser en ce moment.

Bon. L'infirmière le regarda. Il l'observait avec insistance, le visage à présent débarbouillé, les écorchures sur ses joues et son front très marquées et enflammées. D'accord, dit-elle. Mais ce n'est pas la procédure habituelle. Comment vous épelez ça ?

Raymond se détourna. Seigneur Dieu, fit-il.

Très bien. Je trouverai. À qui voulez-vous parler en premier ?

À la jeune fille. Il faut la mettre au courant.

Mais vous êtes sûr d'être à même de parler pour l'instant ? Vous devez beaucoup souffrir.

Passez-moi juste l'appareil une fois que vous serez en ligne avec elle, dit-il. Elle va détester ça. Je sais bien qu'elle aimait mon frère. Et pour sûr j'ai aucun doute que lui l'aimait.

L'infirmière sortit et il resta couché avec les rideaux verts tirés autour de lui. Ils lui avaient d'ores et déjà posé une perfusion, attaché un tensiomètre au bras et surélevé la jambe avec un oreiller. Il restait étendu à regarder le plafond à carreaux blancs, puis il ferma les yeux et malgré tous ses efforts pour se retenir il recommença à pleurer. Il sortit la main de sous le drap, s'essuya la figure et attendit que l'infirmière lui apporte le téléphone. Il essayait de réfléchir à la façon dont il allait pouvoir raconter à Victoria Roubideaux ce qui était arrivé.

L'infirmière entra avec le téléphone et il demanda : C'est elle ?

Oui. J'ai fini par lui mettre la main dessus. Tenez, prenez.

Il plaça le combiné contre son oreille. Victoria ?

Qu'est-ce qui ne va pas ? dit-elle. Sa voix était toute fluette. Quelque chose ne va pas ? Il est arrivé quelque chose ?

Mon chou, j'ai quelque chose à te dire.

Oh non, fit-elle. Oh non. Non.

J'ai bien peur que si, dit-il. Et alors il lui raconta.

14.

En fin d'après-midi Tom Guthrie se tenait dans la chambre d'hôpital au chevet de Raymond, allongé sous le drap, en chemise d'hôpital dans le lit blanc. Ils l'avaient amené en chariot dans la chambre après l'opération et ils allaient l'installer dans le lit à côté de la porte, mais il leur avait dit qu'il préférait celui près de la fenêtre.

Avec Guthrie, dans la chambre, il y avait Maggie Jones, une autre prof du lycée. Ils étaient ensemble depuis que la femme de Guthrie était partie pour Denver, même si Maggie habitait toujours sa propre maison dans South Ash Street. Là, elle était assise dans un fauteuil qu'elle avait rapproché du lit de Raymond. Le médecin avait réparé l'os de sa jambe, lui avait posé un plâtre s'arrêtant sous le genou, et des bandages élastiques lui entouraient la poitrine pour bien lui maintenir les côtes et faciliter sa respiration. Sa jambe cassée était rehaussée par des oreillers. Il respirait superficiellement, avec de petites expirations brusques, et son visage trahissait les souffrances qu'il avait endurées. Il avait les traits tirés et pâles, le teint cireux sous la couperose. Il avait l'air vieux. Il avait l'air vieux, épuisé et triste.

J'ai pas pu l'arrêter, dit Raymond. Ils sont trop gros. Trop forts. J'ai essayé mais j'ai pas pu. J'ai pas pu sauver mon frère.

Personne n'aurait pu le sauver, dit Guthrie. Vous avez fait ce que vous pouviez.

Maggie posa sa main sur le bras du vieil homme et le tapota doucement. Vous avez fait tout ce que vous avez pu, dit-elle. Nous le savons bien.

Ça n'a pas suffi, dit Raymond.

Le silence régnait dans la chambre ; la lumière entrait obliquement par la fenêtre. À l'extérieur de l'hôpital le long de la rue les arbres nus paraissaient orange sous le soleil de la fin d'après-midi. Plus loin dans le couloir ils entendaient des gens discuter, puis il y eut quelques rires. Quelqu'un approcha dans le couloir et ils levèrent les yeux quand on passa devant la chambre. C'était un des pasteurs de la ville, venu rendre visite aux malades et aux éclopés.

Tom, est-ce que vous pouvez vous occuper du ranch pendant quelques jours ? demanda Raymond. Je vois pas à qui demander d'autre.

Bien sûr, dit Guthrie. Ça va de soi.

Il faudra que vous fassiez sortir les taureaux et que vous vérifiiez qu'ils ont de l'eau. Et puis si vous vouliez aller voir au sud comment vont les vaches et les veaux.

Bien sûr.

Les veaux sont encore là-bas avec leurs mères, et toutes les vaches et toutes les génisses sont censées porter un autre veau. Ils devraient pas naître avant février mais on peut jamais prévoir, avec elles. Il regarda Guthrie. Enfin bon, vous savez tout ça.

Je vais y aller tout de suite, dit Guthrie. En partant d'ici. Qu'est-ce que vous avez besoin que je fasse d'autre ?

Je sais pas. Enfin bon, il y a aussi les chevaux. Si ça vous dérange pas.

J'irai voir.

Et est-ce que je peux vérifier comment ça va dans la maison ? demanda Maggie Jones.

Oh, fit Raymond. Il se retourna pour la regarder. Non. Je veux pas vous embêter. Ça risque d'être le foutoir là-bas.

J'ai vu des tas de foutoirs dans ma vie, dit-elle.

Dans ce cas. Je sais pas quoi dire.

Essayez simplement de vous reposer. C'est tout ce que vous avez à faire.

Je peux pas, dit Raymond. Je ferme les yeux et chaque fois je revois Harold là-bas dans le corral. Allongé là dans la poussière et le taureau qui recommence à lui foncer dessus.

Il dévisageait Maggie tout en parlant. Il la regardait comme s'il plaidait une cause déjà perdue mais à laquelle il ne pouvait renoncer. Il y avait des larmes dans ses yeux.

Oui, dit Maggie. Je sais. Vous n'allez pas tarder à arriver à vous reposer. Elle lui caressa l'épaule et lissa doucement ses cheveux raides gris argent sur sa tête ronde. Il était gêné qu'elle le touche de cette manière mais il la laissa faire un moment. Puis il retira sa tête et se détourna. Maggie pleurait aussi à présent. Debout à côté d'elle Guthrie observait le vieil homme. Il aurait aimé trouver des mots susceptibles de le soulager mais il n'existait aucune parole dans aucune langue de sa connaissance qui aurait pu être à la hauteur ou qui aurait pu changer quoi que ce soit. Ils restèrent silencieux un moment.

Il y eut du tapage dans le couloir et soudain Victoria Roubideaux entra dans la chambre avec Katie dans les bras. Elle se dirigea droit vers le lit et regarda Raymond. Il la regarda et secoua la tête. Mon chou, dit-il.

Oui, dit-elle. Je suis là maintenant. Elle essaya de sourire.

Laisse-moi tenir Katie, dit Maggie. Elle se leva pour prendre la fillette et Victoria s'assit dans le fauteuil à côté du lit, se pencha et embrassa Raymond sur le front. Je suis venue aussi vite que j'ai pu.

J'espère que tu n'as pas pris de risques au volant.

Non. Ça allait.

Merci d'être venue. Je ne savais pas ce que j'allais pouvoir faire sans toi.

Je suis là maintenant, dit-elle à nouveau.

Il sortit sa main de sous le drap et elle la saisit. J'ai pas pu empêcher ce qui est arrivé, dit-il.

Je sais que vous avez fait tout ce que vous pouviez.

Il la dévisagea. Il aurait voulu ajouter quelque chose mais l'espace d'un instant il s'avéra incapable de parler. Il lui avait dit à peu près tout ce qu'il avait à lui dire au téléphone. Mon chou, reprit-il, tu sais qu'Harold, il a parlé de toi à la fin. De toi et Katie. La dernière pensée qu'il a eue c'était pour toi et cette petite fille. Je crois qu'il aurait voulu que tu le saches.

Merci de me le dire, chuchota-t-elle. Les larmes coulaient sur ses joues ; elle baissa vivement la tête et ses cheveux bruns tombèrent sur son visage. Elle lui tenait la main et sanglotait en silence.

Guthrie dit avec douceur :

Raymond. Maggie et moi, on va y aller maintenant. On reviendra plus tard dans la soirée.

Je serai encore là, dit Raymond. Je pense pas que j'irai où que ce soit pendant un moment.

Maggie rendit la petite fille à sa mère et Guthrie et elle sortirent de la chambre.

Victoria installa l'enfant sur ses genoux. Raymond regarda la fillette aux cheveux noirs avec son manteau rouge et ses grandes chaussettes et il tendit la main pour lui attraper le pied. Apeurée, elle eut un mouvement de recul.

Oh, mon chou, dit Victoria. Il ne veut pas te faire de mal. Tu sais qui est Raymond. Mais la petite fille s'écarta et se détourna, cachant sa tête dans le cou de sa mère. Raymond remit sa main sous le drap.

C'est juste qu'elle est effrayée de vous voir dans cet état, expliqua Victoria. Elle n'a jamais vu personne dans un lit d'hôpital avant. Nous sommes tous effrayés de vous voir dans cet état.

J'imagine que je suis pas beau à voir, dit Raymond. Pas joli joli, comme spectacle.

Guthrie et Maggie quittèrent l'hôpital et passèrent d'abord chez Guthrie, dans Railroad Street, de l'autre côté des voies ferrées dans la partie nord de Holt. À l'intérieur il laissa un mot sur la table de la cuisine pour ses deux fils, Ike et Bobby, leur demandant d'accomplir leurs tâches habituelles à l'étable puis de réchauffer un peu de soupe sur la cuisinière : il rentrerait plus tard dans la soirée. Il expliquait que Raymond McPheron était à l'hôpital et avait besoin de son aide mais qu'il les appellerait tout à l'heure du ranch ou du hall de l'hôpital. Ensuite, dans le vieux pick-up rouge de Guthrie, Maggie et lui retraversèrent la ville et prirent au sud sur le macadam à deux voies vers le ranch des McPheron. Le soleil se couchait et toutes les plaines alentour étaient baignées d'or ; de longues ombres s'étiraient depuis les piquets de clôture s'alignant au-dessus du fossé.

Quittant le macadam pour la route de gravier, ils prirent encore au sud dans le chemin qui menait à la ferme et s'arrêtèrent au portail grillagé. Maggie descendit et rejoignit la maison tandis que Guthrie allait se garer près de l'étable avant de sortir dans la fraîcheur du soir. Les six taureaux attendaient dans le corral, dos au vent, et il fit le tour jusqu'à la barrière du pâturage. Après avoir enjambé la clôture, il ouvrit la barrière. Les taureaux le regardèrent, puis l'un d'eux commença à sortir lourdement du corral, bientôt suivi des autres. Guthrie recula et les regarda franchir le portail en trottinant. Il repéra celui qui boitait et même dans la lumière déclinante il distingua la tache que formait le sang séché sur sa cuisse. Une fois dans le pâturage, les taureaux ralentirent à nouveau, reprenant leur pas lourd et nonchalant, puis Guthrie referma la barrière derrière eux et vérifia le niveau d'eau dans la citerne. Retournant à l'étable, il reprit le pick-up vers le sud, ouvrit le portail en barbelé et, dans un grand tintamarre, pénétra dans la prairie où il examina chaque vache, chaque veau et chaque génisse. Les bêtes lui faisaient face dans la lumière des phares, leurs yeux brillant comme des rubis. Lorsqu'il s'approcha elles s'écartèrent craintivement du pick-up, les veaux s'enfuyant queue en l'air au galop, mais il ne nota rien d'inquiétant. Deux vaches blackbaldy vieillissantes le suivirent mais elles ne tardèrent pas à s'immobiliser, contemplant l'arrière du pick-up tandis qu'il faisait demi-tour sur le sol cahoteux, et que ses phares éclairaient les bouquets d'armoises et de yuccas devant lui. Il franchit la barrière et la referma derrière lui, puis il conduisit les chevaux de selle à l'écurie, leur donna du foin à la fourche depuis le grenier, avant de remonter une fois encore dans le pick-up et de rejoindre la maison.

Les lumières y étaient toutes allumées à présent. Maggie Jones avait lavé la vaisselle, qu'elle avait mise à sécher sur la paillasse, elle avait récuré le dessus en émail du vieux fourneau, rangé la table de cuisine et replacé les chaises autour, et elle avait balayé par terre. Elle se trouvait dans la chambre du bas lorsque Guthrie entra.

Tu es bientôt prête à y aller ? demanda-t-il.

Je me suis dit qu'il vaudrait mieux que Raymond habite au rez-de-chaussée, expliqua-t-elle. Pour éviter de monter l'escalier avec ce plâtre à sa jambe.

Je n'y avais pas pensé, dit Guthrie. Il la regarda tendre le drap, le rabattre sous le matelas, puis déployer un édredon sur le lit. Et Victoria et Katie ? Je croyais que c'était leur chambre.

Je vais mettre le berceau dans le salon. Et préparer un lit sur le canapé pour Victoria.

Tu crois qu'elle va rester un peu ?

Elle va vouloir.

Et ses cours ?

Je ne sais pas. Elle va vouloir rester ici pour prendre soin de lui. J'en suis sûre.

Ça ne va pas plaire à Raymond, dit Guthrie. Il ne voudra pas qu'elle reste là et qu'elle loupe ses cours à cause de lui.

Non, ça ne lui plaira pas. Mais je crois qu'il faudra qu'il l'accepte. Tu veux bien m'aider à démonter ce lit d'enfant, que nous le fassions passer par la porte ?

Je vais chercher mes outils.

Dans le pick-up Guthrie dénicha des pinces, quelques tournevis et une clé à molette dans la boîte à outils derrière la cabine, puis revint à l'intérieur. Après avoir démonté le lit et l'avoir fait rouler dans le salon, ils le remontèrent et l'installèrent contre le mur, puis ils préparèrent un lit sur le vieux canapé avec des draps propres et deux couvertures en laine verte, ainsi qu'un oreiller jauni que Maggie avait trouvé dans l'armoire. Ils reculèrent pour contempler ce nouvel agencement. Les murs de la pièce étaient tapissés d'un vieux papier peint à fleurs qui avait perdu ses couleurs et il y avait des taches d'humidité au plafond. Les deux fauteuils relax écossais étaient disposés en face de la vieille télévision sur pieds.

Je crois qu'on peut y aller maintenant, dit Maggie.

Ils éteignirent les lumières et regagnèrent le pick-up. Vue de l'extérieur, la maison en bardeaux bruts paraissait d'autant plus désolée sous l'éclairage bleuâtre du lampadaire à l'angle du garage. Tellement chétive et fragile que le vent aurait pu souffler au travers sans rencontrer aucune résistance.

Quand ils eurent quitté la route en gravier et tourné au nord sur le bitume en direction de Holt, Maggie dit : Je ne peux pas m'empêcher de m'inquiéter pour lui. D'après toi, qu'est-ce qu'il va faire maintenant ?

Qu'est-ce qu'il peut faire ? dit Guthrie. Il fera ce qu'il a à faire.

Tu l'aideras, n'est-ce pas.

Bien sûr que oui. J'irai là-bas demain matin avant les cours. Et j'y retournerai après les cours. J'emmènerai Ike et Bobby avec moi. Mais il sera quand même tout seul.

Elle va vouloir rester avec lui.

Victoria, tu veux dire.

Oui. Et Katie.

Mais ça ne peut pas durer éternellement. Tu le sais.

Je sais, dit Maggie. Ce ne serait pas bon, sans ça. Pas plus pour lui que pour elles deux. Il n'empêche que je m'inquiète pour lui.

Ils roulaient sur le macadam. Devant eux l'étroite nationale paraissait vide et désolée dans les phares du pick-up. Le vent soufflait à travers la plaine sablonneuse, à travers les champs de blé et les chaumes de maïs, et à travers les prairies sauvages où paissaient dans la nuit de sombres troupeaux de bétail. De chaque côté de la route des fermes se détachaient dans la faible lueur bleue des lampadaires de cour, les maisons étaient disséminées et isolées dans la campagne obscure, et loin devant eux l'éclairage de Holt formait un simple chatoiement sur l'horizon bas.

Assise à côté de Guthrie dans le pick-up, Maggie fixait des yeux la ligne centrale sur la chaussée. Je crois que je vais demander à Victoria si elle veut dormir chez moi. Elle n'aura pas envie de se retrouver seule dans cette maison ce soir.

Il faudra bien qu'elle en passe par là.

Pas ce soir, dit Maggie. Elle a eu assez de choses à digérer pour aujourd'hui.

Elle n'est pas la seule, dit Guthrie. Ce pauvre vieux bougre. Pense à lui.

Oui, dit Maggie. Elle regarda Guthrie et glissa sur la banquette pour s'installer tout près de lui. Elle posa sa main sur sa cuisse et la laissa là tandis qu'ils roulaient dans le noir. Ils dépassèrent le petit panneau carré en bordure de route qui annonçait qu'ils venaient de pénétrer dans les limites de Holt.

En ville ils tournèrent à gauche sur l'US 34 puis tournèrent à nouveau dans Main Street et se garèrent devant l'hôpital. Ils sortirent dans l'air glacé, entrèrent dans le bâtiment et constatèrent que Victoria était toujours assise dans le fauteuil au chevet de Raymond. Depuis leur départ deux heures plus tôt elle n'avait pas bougé. C'était comme si elle ne voulait même pas envisager la possibilité de bouger, comme si elle pensait qu'en demeurant à son chevet, en refusant de bouger, elle pourrait empêcher qu'un autre malheur n'arrive à Raymond, ou à toute autre personne qu'elle aimait en ce monde. Elle tenait toujours Katie sur ses genoux, et Raymond et la petite fille dormaient tous les deux.

En entendant Maggie et Guthrie entrer dans la chambre, Raymond se réveilla. Il leva les yeux et il était clair, à l'expression de son visage, qu'il venait de se rappeler. Oh Seigneur, fit-il. Oh Seigneur.

15.

Plus tard, Maggie et Guthrie quittèrent la chambre et s'en allèrent, et Victoria resta à l'hôpital à s'occuper de Raymond, le prévenant qu'elle irait chez Maggie après les heures de visite.

Le garçon de salle apporta à Raymond un plateau-repas mais il n'en voulut pas. Le menu ne le tentait pas vraiment et il n'avait pas faim de toute façon. Victoria donna un peu de la compote de pomme à Katie, qui prit la cuillère pour manger toute seule, avant de s'asseoir par terre avec des crayons noirs et des crayons de couleur : elle fit des dessins jusqu'à ce qu'elle soit lassée, puis Victoria l'installa dans le lit inoccupé à côté de la porte et étendit sur elle les légères couvertures en coton.

Elle est complètement épuisée, dit Raymond.

Je croyais qu'elle dormirait dans la voiture en venant, mais non, dit Victoria. Elle a babillé pendant tout le trajet.

Victoria tenait la main de Raymond. Elle était assise à côté de lui comme tout à l'heure, dans le fauteuil à son chevet, la porte à demi fermée pour atténuer le bruit des gens qui passaient et le murmure de ceux qui bavardaient dans le couloir.

Comment vont les cours ? demanda-t-il. Tu te débrouilles toujours bien ?

Ça va. Ça ne me semble pas très important à l'heure qu'il est.

Je sais. Mais il faudra que tu continues.

Je vais rester à la maison quelque temps.

Il ne faut pas que tu manques tes cours.

Ce ne sera pas bien grave si j'en manque quelques-uns. Ce qui arrive est plus important. Elle remonta le drap sur le cou de Raymond.

Raymond posa le regard sur elle puis sur le plafond carrelé, changeant légèrement de position dans le lit. J'arrête pas de penser à lui, dit-il. Il m'obsède.

Vous voulez me raconter ?

C'est arrivé si vite. On ne peut pas prévoir ce que va faire un animal. Jamais. Je savais que ce taureau était comme ça, mais il n'avait jamais fait de mal à personne avant.

Vous ne pouviez rien faire, dit-elle. Il faut que vous le sachiez.

Mais ça n'aide pas, de simplement le savoir. J'arrête pas de repasser toute la scène dans ma tête. Il y a forcément quelque chose que j'aurais pu faire.

Est-ce qu'il a souffert ? demanda Victoria.

Oui. Il allait très mal à la fin. Je me félicite maintenant que ça n'ait pas duré trop longtemps. Je savais pas à quel point c'était grave en réalité. Je pensais qu'il allait s'en sortir, je pensais qu'il allait s'en tirer. On a été ensemble toute notre vie.

Vous vous êtes toujours bien entendus, n'est-ce pas.

Oui, mon chou, c'est vrai. On s'est jamais tellement disputés. On avait bien des conflits de temps en temps mais ça n'allait jamais très loin. C'était toujours oublié le lendemain. On était d'accord sur la plupart des choses. Même sans avoir besoin d'en discuter.

Vous n'avez jamais envisagé de faire autre chose ?

Comme quoi, mon chou ?

Je ne sais pas. Comme de vous marier, peut-être. Ou de vivre séparément.

Disons… Une fois, Harold s'était comme qui dirait pris d'intérêt pour une femme, mais voilà, elle s'est intéressée à quelqu'un d'autre. C'était il y a longtemps. Elle habite encore ici en ville, elle a deux grands enfants. Il a toujours pensé qu'il avait été trop lent, j'ai l'impression. Ce ne serait peut-être allé nulle part de toute façon. Harold tenait à ses petites habitudes.

Mais c'étaient de bonnes habitudes, dit Victoria. N'est-ce pas.

Je crois que oui, dit Raymond. C'était un sacré bon frère pour moi.

Il était bon pour moi aussi, dit Victoria. Je m'attends sans arrêt à le voir franchir cette porte avec une réplique marrante à la bouche, et avec son vieux chapeau crasseux sur la tête, comme il l'avait toujours.

C'était lui, c'est vrai, acquiesça Raymond. Mon frère a toujours eu une façon bien à lui de porter les chapeaux. On reconnaissait Harold de loin où qu'on soit. On le reconnaissait à deux rues de distance. Oh bon sang, il me manque déjà.

À moi aussi, dit Victoria.

Je pense pas qu'il cessera un jour de me manquer, dit Raymond. Il y a des choses dont on ne se remet pas. Je crois que c'en sera une.

16.

Quand il rentra de jouer dans la cabane avec Dena, son grand-père était déjà parti se coucher dans sa petite chambre à l'arrière de la maison, et quand il alluma la lumière le vieil homme se dressa sur ses coudes dans ses sous-vêtements longs, ses cheveux blancs ébouriffés et une expression affolée dans les yeux.

Éteins ça, dit-il.

Qu'est-ce qui ne va pas, grand-père ?

Je ne me sens pas très bien.

Est-ce que tu veux dîner ?

Je veux que tu éteignes cette foutue lumière, voilà ce que je veux.

DJ coupa la lumière et gagna la cuisine. Il prépara des toasts et du café qu'il rapporta dans la chambre sur une grande assiette mais à présent le vieil homme était endormi.

Dans la nuit il l'entendit se lever. Son grand-père resta longtemps aux toilettes avant de retourner d'un pas traînant dans sa chambre. À travers la mince cloison il entendait les ressorts du sommier grincer sous son poids, puis il se mit à tousser. Quelque temps après il l'entendit qui crachait.

Le lendemain matin quand il alla le voir le vieil homme était réveillé. Il paraissait petit sous le lourd édredon ; ses cheveux blancs se dressaient en épis et, au bout de ses manches de sous-vêtements, ses épaisses mains rouges reposaient molles et vides sur la couverture.

Est-ce que tu vas te lever, grand-père ?

Non. J'en ai pas envie.

J'ai refait du café.

Très bien. Apporte-moi ça.

Il apporta le café et le vieil homme s'assit dans son lit pour en boire un peu, puis il posa la tasse sur une chaise à son chevet et se rallongea. Il se mit à tousser dès qu'il fut étendu. Il se contorsionna pour passer sa main sous l'oreiller d'où il sortit un mouchoir immonde dans lequel il cracha puis avec lequel il s'essuya la bouche.

Tu dois être malade, grand-père.

Je sais pas. Tu ferais mieux de t'en aller à l'école.

Je ne veux pas.

Vas-y. Ça ira.

Je ferais mieux de rester à la maison avec toi.

Non. Y a pas de quoi s'inquiéter. J'ai déjà été plus malade que ça et je m'en suis toujours tiré. J'ai même eu quarante et un de fièvre une fois quand t'étais pas né. Allez maintenant file comme je t'ai dit.

Le petit garçon partit malheureux pour l'école et demeura assis toute la matinée à son pupitre au fond de la classe, à penser à chez lui. Durant les heures interminables de la matinée il prêta peu d'attention à son travail scolaire. L'institutrice remarqua son manque d'application et vint se planter à côté de lui. DJ, quelque chose ne va pas ? Tu n'as rien fait de la matinée. Ça ne te ressemble pas.

Il haussa les épaules et regarda fixement le tableau noir devant lui.

Qu'est-ce qui te tracasse ?

Rien ne me tracasse.

Il y a forcément quelque chose.

Il leva les yeux vers elle. Puis, baissant la tête, il ramassa le crayon sur son pupitre et s'attela aux problèmes de maths qu'elle leur avait donné à faire. L'institutrice l'observa un moment puis regagna son bureau sur le devant de la classe. Quand elle le regarda à nouveau quelques minutes plus tard, il avait déjà cessé de travailler.

À midi quand ils furent libérés pour le déjeuner il se mit aussitôt à courir. Il retourna chez lui à toute vitesse par le parc municipal et les voies ferrées étincelantes et ne s'arrêta qu'une fois à destination. Il marqua une pause dans la cuisine pour reprendre haleine, puis remonta le couloir jusqu'à la chambre de son grand-père. Le vieil homme était toujours au lit, toussant maintenant régulièrement et crachant dans son mouchoir sale. Il n'avait pas touché à sa tasse de café. Il leva la tête quand DJ entra dans la pièce : il avait la figure congestionnée et les yeux humides et vitreux.

Ça ne s'arrange pas, grand-père. Tu ferais mieux d'aller chez le docteur.

Le vieil homme avait baissé le store durant la matinée et la chambre était sombre. Il avait l'air de quelqu'un qu'on aurait relégué dans une pièce obscure pour avoir la paix.

Pas question que je voie un docteur. Tu peux mettre une croix là-dessus.

Il le faut.

Non, retourne donc à l'école et occupe-toi de tes oignons.

Je ne veux pas te laisser.

Je vais me lever de ce lit. C'est ça que tu veux ?

DJ quitta la pièce et sortit de la maison, scrutant en tous sens la rue déserte. Puis il courut chez Mary Wells et frappa à la porte. Au bout d'un moment elle vint ouvrir vêtue d'un vieux peignoir bleu, et le joli visage de vraie femme qu'il avait l'habitude de voir, toujours rehaussé de blush rose et de rouge à lèvres rouge, était désormais quelconque et nu. Elle avait l'air hagarde, comme si elle n'avait pas dormi depuis des jours.

Qu'est-ce que tu fais ici ? demanda-t-elle. Tu n'es pas censé être à l'école ?

Grand-père est malade. Je suis juste rentré voir comment il allait. Il y a quelque chose qui cloche.

Quoi donc ?

Je ne sais pas. Est-ce que vous pourriez venir regarder ?

Oui, dit-elle. Entre, le temps que je m'habille.

Il l'attendit près de la porte sans s'asseoir. Il fut étonné de voir les journaux par terre ainsi que divers magazines et autres courriers éparpillés sur le sol. Deux tasses à café à moitié pleines étaient posées sur la petite table à côté du canapé, et du café au lait échappé d'une des tasses dessinait une flaque grise sur le bois ciré. Dans la salle à manger la vaisselle de la veille était encore sur la table. Il était clair qu'elle avait sa part de problèmes. Dena le lui avait dit quand ils étaient à la cabane, mais elle avait refusé d'épiloguer.

Mary Wells émergea de la chambre habillée d'un jean et d'un sweat-shirt ; elle s'était brossé les cheveux et avait mis du rouge à lèvres, mais ça s'arrêtait là. Elle ne dit rien et ils sortirent. Ils se dirigèrent vers la maison de son grand-père.

Ça fait longtemps qu'il est malade ? demanda-t-elle.

Je ne suis pas sûr qu'il soit vraiment malade. Mais il en a l'air.

Ça fait combien de temps qu'il a l'air malade ?

Depuis hier. Il n'arrête pas de tousser et il ne veut pas se lever.

Ils traversèrent le terrain vague et pénétrèrent dans la petite maison. Elle n'était jamais allée au-delà de la porte d'entrée, et il se sentait gêné qu'elle voie leur intérieur, qu'elle voie comment ils vivaient. Elle regarda autour d'elle. Où est-il ?

Par là-bas.

Il la guida dans le couloir jusqu'à la chambre obscure qui sentait la sueur, le café froid et les draps aigres de son grand-père. Cette odeur, il la sentait maintenant que Mary Wells était là. Le vieil homme était couché, les mains en dehors de la couverture. Il les entendit entrer dans la pièce et ouvrit les yeux.

Vous êtes malade, monsieur Kephart ?

Qui est-ce qui est là ?

Mary Wells, de plus haut dans la rue. Vous vous souvenez de moi.

Le vieil homme tenta de se redresser.

Non. Ne bougez pas. Elle rejoignit son lit. D'après DJ, vous seriez en train de tomber malade.

Disons, je me sens pas trop bien. Mais je suis pas malade.

Vous en avez l'air, pourtant. Elle tâta son front et il la regarda avec ses yeux larmoyants. Vous êtes brûlant. Vous devez avoir de la fièvre, monsieur Kephart.

Rien de bien grave. Je m'en remettrai.

Non, vous êtes malade.

Il se mit à tousser. Debout au-dessus de lui, elle observait son visage. Il toussa un bon moment. Quand il eut terminé il s'éclaircit la gorge et cracha dans son mouchoir.

Je vais vous emmener chez le médecin, monsieur Kephart. On verra bien ce qu'il dit.

Non, pas question d'aller chez le médecin.

Allons, arrêtez ce cinéma. Je retourne chez moi chercher la voiture. Et pendant que je serai partie vous pourrez vous habiller. Je serai de retour dans cinq minutes.

Elle quitta la pièce et ils entendirent claquer la porte-moustiquaire. Le vieil homme dévisagea le garçon. Comment ça se fait que tu sois pas à l'école comme tu devrais ? Regarde-moi ce que t'as fait. Voilà que tu te mets à affoler les voisins.

Il faut que tu t'habilles, grand-père. Elle va revenir.

Je le sais, bon sang. Te mêler de ce qui te regarde pas, voilà ce que t'as fait. Fourrer ton nez dans mes affaires.

Tu veux que je t'aide à sortir du lit ?

Je peux encore faire ça tout seul. Bon sang, accorde-moi une minute.

Le vieil homme sortit lentement du lit. Les sous-vêtements longs qu'il portait étaient jaunis et crasseux : le bas pendouillait aux fesses et était tout taché sur le devant, là où il avait eu du mal à trouver la braguette. Il resta debout pendant que le garçon l'aidait à mettre sa chemise de travail bleue et sa salopette, les enfilant par-dessus ses sous-vêtements, puis il s'assit sur le lit et le garçon lui apporta ses chaussures noires montantes et s'agenouilla pour les lacer. Le vieil homme se remit debout et alla dans la salle de bains, passa un peigne mouillé dans ses cheveux blancs, rinça sa figure barbue et reparut.

Mary Wells klaxonnait au bord du trottoir. Ils sortirent et le vieil homme grimpa sur le siège avant tandis que le garçon montait à l'arrière. Ils quittèrent le quartier en franchissant les voies ferrées et s'engagèrent dans Main Street. C'était l'heure du déjeuner et une demi-douzaine de voitures étaient garées le long des trois pâtés de maisons où il y avait des commerces, et encore une poignée de voitures et de pick-up devant la taverne au coin de la Troisième. Le vieil homme semblait ragaillardi de rouler dans cette auto par cette belle journée d'arrière-saison, de parcourir Main Street conduit par une jeune femme. Il avait l'air presque joyeux maintenant qu'ils étaient lancés.

Dans le dispensaire à côté de l'hôpital ils attendirent pendant une heure et Mary Wells décida de repartir pour être à la maison quand les filles rentreraient de l'école. Elle demanda à DJ de l'appeler s'ils avaient besoin qu'on les ramène chez eux. Après son départ, son grand-père et lui restèrent assis sans adresser la parole à aucun des autres patients qui attendaient, et sans s'adresser la parole. Ils restèrent assis sans lire ni même bouger de leurs chaises. Des gens entraient et repartaient. Une fillette gémissait de l'autre côté de la pièce sur les genoux de sa mère. Une autre heure passa. Finalement une infirmière surgit dans la salle d'attente et annonça le nom de son grand-père. Le garçon se mit debout en même temps que lui.

Qu'est-ce que tu fabriques ? dit le grand-père.

Je t'accompagne.

Bon ben, alors viens. Mais tu la fermes. C'est moi qui parlerai.

Ils remontèrent le couloir derrière l'infirmière qui les conduisit à une salle d'examen. Ils s'assirent. À l'autre bout de la salle un schéma du cœur humain était scotché au mur. Toutes ses valves, tous ses tubes et toutes ses cavités mystérieuses étaient indiqués avec précision. À côté était accroché un calendrier présentant la photo d'une montagne en hiver, avec de la neige sur les arbres et une cabane qui résistait sous l'épaisse couche de neige accumulée sur son toit en pente. Au bout d'un moment une autre infirmière arriva pour prendre le pouls du vieil homme, sa tension artérielle et sa température ; ayant reporté les informations sur une feuille, elle sortit et referma la porte. Quelques minutes plus tard le Dr Martin ouvrit la porte et entra. C'était un vieux monsieur vêtu d'un costume bleu et d'une chemise blanche amidonnée avec un nœud papillon bordeaux et des lunettes sans monture ; ses yeux bleus étaient plus pâles que son costume. Il se lava les mains au petit lavabo dans l'angle, puis il s'assit pour regarder la feuille que l'infirmière avait laissée. Alors, qu'est-ce qui ne va pas, dites-moi ? demanda-t-il. Qui est ce garçon avec vous ?

C'est le fils de ma fille. Il a tenu à tout prix à m'accompagner.

Enchanté, dit le Dr Martin. Je ne t'ai jamais vu avant, n'est-ce pas ? Il serra la main du garçon avec cérémonie.

C'est lui la cause de tout ça, dit le vieil homme.

Comment ça ?

Il a décidé que j'étais malade. Alors il est allé chercher la voisine pour qu'elle m'amène ici en voiture.

Eh bien, voyons s'il a raison. Voulez-vous vous asseoir là, s'il vous plaît ? Le vieil homme rejoignit la table d'examen et le médecin regarda dans ses yeux et dans sa bouche, inspecta ses oreilles pleines de poils, et pressa délicatement plusieurs points sur son cou décharné. Je vais écouter votre poitrine maintenant, annonça-t-il. Pouvez-vous défaire le haut de votre salopette ?

Le vieil homme défit les bretelles de sa salopette et laissa retomber le plastron. Il se pencha en avant.

Maintenant votre chemise, s'il vous plaît.

Il déboutonna sa chemise de travail bleue et s'en débarrassa, révélant le haut crasseux de ses sous-vêtements, dont l'encolure découvrait les poils blancs de sa poitrine.

Pourriez-vous remonter le haut ? Oui. Ça ira. Ça suffit largement. Bon je vais juste écouter un moment. Il appuya la coupelle du stéthoscope contre la poitrine du vieil homme. Respirez à fond. C'est bien. Encore. Il passa de l'autre côté et écouta son dos.

Le vieil homme respirait en gardant les yeux fermés et en gonflant ses joues fiévreuses. Debout à côté de lui, le garçon observait tout.

Eh bien, monsieur Kephart, dit le Dr Martin, c'est une bonne chose que votre petit-fils vous ait fait venir ici aujourd'hui.

Ah bon ?

Oui, monsieur. Vous vous tapez une pneumonie carabinée. Je vais appeler l'hôpital et ils vous admettront cet après-midi.

Le vieil homme le regarda d'un air sceptique. Et si je veux pas aller à l'hôpital ?

Eh bien, vous pouvez mourir, je suppose. Vous n'êtes pas obligé de faire ce qui est raisonnable. C'est à vous de décider.

Combien de temps ils vont devoir me garder ?

Pas longtemps. Trois ou quatre jours. Peut-être une semaine. Ça dépend. Vous pouvez vous rhabiller maintenant. Le Dr Martin recula et ramassa le dossier sur le comptoir. Il allait sortir, mais il s'arrêta et regarda le garçon. Tu as bien fait d'insister pour que ton grand-père vienne ici. Comment tu t'appelles, déjà ?

DJ Kephart.

Et tu as quel âge ?

Onze ans.

Oui. En tout cas tu as bien fait. Tu as très bien fait. Tu as tout lieu d'être satisfait de l'avoir poussé à venir me voir. J'imagine que ça n'a pas été très facile, pas vrai.

Ça n'a pas été trop dur, dit le garçon.

Le vieux médecin sortit de la salle et referma la porte.

Le vieil homme entreprit de se rhabiller, mais il trouva le moyen de boutonner sa chemise de travers, si bien que le devant faisait une poche. Tiens, dit-il. Arrange-moi ce foutu machin. Moi j'arrive à rien. Le garçon déboutonna la chemise de son grand-père puis la reboutonna tandis que celui-ci, menton levé, contemplait le schéma du cœur qui était affiché au mur.

C'est pas parce qu'il t'a dit ça que tu dois attraper la grosse tête, dit-il.

Je n'ai pas la grosse tête.

Eh bien, continue. Tu es un bon garçon. Voilà, ça suffit. Maintenant aide-moi à accrocher cette salopette, qu'on s'en aille d'ici. Il faut qu'on aille voir ce qu'ils disent à l'accueil.

Le garçon attacha les bretelles de la salopette de son grand-père et le vieil homme se leva de la chaise.

Qu'est-ce que j'ai fait de ce mouchoir que j'avais ?
Il est dans ta poche arrière.
C'est vrai ?
Oui. C'est là que tu l'as mis.
Le vieil homme sortit le mouchoir sale, se racla la gorge et cracha, puis passa le mouchoir sur sa bouche et le remit dans sa poche ; là-dessus lui et le garçon sortirent ensemble de la salle d'examen et remontèrent le couloir jusqu'à l'accueil, histoire de savoir ce qu'ils étaient supposés faire maintenant.

17.

C'était la fin de l'après-midi lorsque l'infirmière amena le vieil homme dans la chambre d'hôpital occupée par Raymond McPheron. Elle poussa son fauteuil roulant à côté du lit vide près de la porte, mit les freins à main et ordonna au vieil homme de se déshabiller et d'enfiler la chemise d'hôpital qu'on avait préparée pour lui au bout du lit. Elle s'ouvre dans le dos, précisa-t-elle. Après je reviendrai et je vous installerai. Elle tira partiellement le rideau autour de son lit et s'en alla. Le garçon les avait suivis dans la chambre et se tenait à présent auprès de son grand-père, l'accompagnant comme il l'avait fait tout au long de l'après-midi.

De l'autre côté de la pièce Raymond était étendu sur son lit sous la fenêtre, sa jambe dans le plâtre surélevée par deux oreillers au-dessus des minces couvertures d'hôpital. À son chevet était assise Victoria Roubideaux, la petite fille sur les genoux. Ils apercevaient le vieil homme aux cheveux blancs et le garçon derrière le bout du rideau, mais ils ne leur avaient pas encore adressé la parole. Le vieil homme avait commencé à se plaindre d'une voix geignarde et haut perchée.

Je peux pas me changer ici, déclara-t-il. Est-ce qu'ils s'imaginent que je vais enlever mon pantalon derrière ce foutu rideau comme si j'étais une espèce d'attraction foraine ?

Il le faut, grand-père. L'infirmière va revenir d'une minute à l'autre.

Pas question.

Raymond prit appui sur ses coudes et parla de l'autre côté du rideau :

Monsieur, ils ont mis une salle de bains là-bas derrière cette porte, vous voyez. Vous pouvez y aller si vous voulez. Je crois pas qu'ils l'aient mise là rien que pour moi.

Le vieil homme écarta le rideau. Là-bas, vous dites.

Exact.

Je suppose que je pourrais faire ça. Mais dites-moi, je vous connais, non ? Vous êtes pas un des frères McPheron ?

Ce qu'il en reste.

J'ai lu votre histoire dans le journal. Je suis désolé pour votre frère.

La femme qui a écrit ça ne savait même pas la moitié de ce qu'elle racontait, dit Raymond.

Je m'appelle Kephart, annonça le vieil homme. Walter Kephart. Il paraît que j'ai une pneumonie.

Vraiment ?

C'est ce qu'ils m'ont raconté.

Vous m'avez l'air bien aidé en tout cas.

Trop bien, dit le vieil homme. Ce gamin arrête pas de me dire ce que je dois faire, à longueur de temps.

N'empêche, c'est agréable d'avoir de la jeunesse

dans les parages, dit Raymond. Je suis rudement bien aidé moi-même. Je vous présente Victoria Roubideaux. Et sa petite fille, Katie.

Bonjour, monsieur Kephart, dit Victoria.

Enchanté, jeune fille.

Grand-père, dit le garçon, il faut que tu te changes.

Voyez ? fit le vieil homme. Qu'est-ce que je vous disais ?

Allez-y, servez-vous donc de cette salle de bains, dit Raymond.

Se levant du fauteuil roulant, le vieil homme contourna lentement le lit pour se rendre dans la salle de bains et ferma la porte. Il resta dix minutes à l'intérieur et derrière la porte ils l'entendaient tousser et cracher. Quand il ressortit il avait enfilé la chemise d'hôpital à rayures et portait ses vêtements sur un bras. Les pans de la chemise en coton battaient autour de ses flancs de vieillard. Il n'avait pas attaché les cordons dans son dos et son postérieur gris tout décharné se trouvait exposé aux regards. Il tendit les vêtements au garçon et s'assit au bord du lit, disposant les pans de la chemise d'hôpital sur ses cuisses comme une vieille dame. Va chercher cette foutue infirmière qui était là, dit-il. Dis-lui donc que je l'attends.

Le garçon sortit dans le couloir et ils entendirent ses pas rapides qui s'éloignaient sur le carrelage. Le vieil homme regarda Raymond. C'est même pas décent ce qu'ils vous obligent à mettre dans cette taule.

Ah ça non, fit Raymond. Je suis bien d'accord avec vous.

C'est carrément indécent, voilà ce que c'est.

Le garçon revint avec l'infirmière. Elle portait un plateau stérile qu'elle posa sur la table de chevet puis elle regarda le vieil homme. Vous êtes prêt, monsieur Kephart ?

Prêt à quoi ?

À vous mettre au lit.

J'ai pas l'intention de rester bêtement assis là.

Non, je m'en doutais bien.

Elle l'aida à hisser ses jambes sur le lit, remonta le drap et arrangea l'oreiller sous sa tête. Puis elle ouvrit le plateau stérile et lui nettoya le dos de la main avec un tampon. Ça risque de piquer, prévint-elle.

Qu'est-ce que c'est que vous fabriquez ?

Je vais vous commencer les antibiotiques.

C'est ce que le docteur a dit ?

Oui.

Elle planta l'aiguille dans la peau lâche du revers de sa main et il demeura allongé à regarder le plafond sans bouger. Le garçon observait la scène depuis le pied du lit : il se mordit la lèvre lorsque l'aiguille s'enfonça. L'infirmière fixa l'aiguille sur la main avec du sparadrap, puis accrocha les poches de sérum à une potence métallique ; après avoir relié les tuyaux entre eux et raccordé la perfusion au goutte-à-goutte, elle resta là un moment à surveiller, puis elle inséra la petite fourche à oxygène dans les narines du vieil homme. Maintenant inspirez, dit-elle. Respirez à fond plusieurs fois. Je reviendrai voir comment vous allez dans un petit moment.

À quoi est censé me servir ce truc-là ?

Il doit vous aider à remplir vos poumons. Jusqu'à ce que vous puissiez à nouveau respirer normalement par vous-même.

Ça me gêne. À cause de la fourche à oxygène, sa voix avait une sonorité aiguë et peu naturelle. Ça me chatouille le nez.

Respirez, dit l'infirmière. Vous allez vous habituer. Et si vous avez besoin de cracher, voilà une boîte de Kleenex. N'allez pas cracher dans ce mouchoir sale.

Après son départ le garçon s'approcha et se posta à côté du lit. Elle t'a fait mal, grand-père ? Le vieil homme le regarda et fit non de la tête. Il continua à respirer et leva la main pour ajuster les tuyaux à oxygène.

À l'autre bout de la pièce Victoria Roubideaux demanda au garçon s'il ne voulait pas s'asseoir. Il y a une chaise par ici, dit-elle. Tu pourrais l'installer près du lit. Mais il lui répondit que ça allait, qu'il n'était pas fatigué. Une heure et demie plus tard quand le garçon de salle apporta les plateaux-repas, il se tenait toujours debout au chevet de son grand-père et le vieil homme dormait.

Le soir Guthrie et Maggie Jones arrivèrent dans la chambre avec les deux fils de Guthrie, Ike et Bobby. Tous plantés autour du lit, ils discutèrent doucement avec Raymond. Victoria était toujours dans son fauteuil, avec Katie qui dormait sur ses genoux. Guthrie expliqua ce que lui et ses garçons avaient fait au ranch cet après-midi-là. Les bêtes dans les pâturages au sud semblaient toutes aller bien, et ils avaient jeté un coup d'œil sur les taureaux et les chevaux. L'eau était au niveau qu'il fallait dans les abreuvoirs.

Je vous remercie, dit Raymond. Ça me plaît pas d'être obligé de vous embêter.

Ce n'est pas un problème.

Oh, je sais bien que si. Et je vous remercie de toute façon. Il regarda Ike et Bobby. Alors, et vous, les garçons ? Comment ça va ces temps-ci ?

Pas mal, dit Ike.

Je suis désolé que vous vous soyez fait mal à la jambe, dit Bobby.

Tu es gentil, dit Raymond. C'est moche, pas vrai ? Mais ce qui est arrivé était plutôt grave. Vous vous rappelez, les garçons, qu'il faut faire attention avec les animaux. Vous n'oublierez jamais ça, d'accord ?

Non, monsieur, dit Ike.

Je suis désolé pour votre frère, dit Bobby avec douceur.

Raymond le dévisagea, il dévisagea Ike, puis il hocha la tête vers les deux garçons, avant de la secouer une fois très lentement, sans rien dire. Ike donna un grand coup dans les côtes de Bobby quand personne ne regardait, mais dans le silence gêné qui régnait Bobby s'en voulait d'avoir ne serait-ce que mentionné le frère du vieil homme.

Finalement Maggie demanda :

Mais comment vous sentez-vous ce soir, Raymond ? Est-ce que vous vous sentez un peu mieux ? Vous avez l'air un peu plus dans votre assiette, je trouve.

Je vais bien. Il se tourna légèrement sous le drap, déplaçant sa jambe.

Non, ce n'est pas vrai, dit Victoria. Pas moyen qu'il dise la vérité, même aux infirmières. Il souffre le martyre. Seulement, il n'en parle pas.

Je vais bien, mon chou, dit-il. C'est pas ce qu'il y a de pire.

Oui, je sais. Mais vous souffrez aussi beaucoup physiquement. Je sais que vous souffrez.

Peut-être un peu, admit-il.

À l'autre bout de la chambre, debout à côté du lit de son grand-père, DJ les écoutait discuter. Il connaissait les fils Guthrie et n'aimait pas qu'ils le voient comme ça dans cette chambre d'hôpital. Son grand-père somnolait et il n’arrêtait pas de faire des bruits de gorge, de tousser et de marmonner bizarrement. DJ n’avait rien dit à Ike et Bobby quand ils étaient entrés mais était resté planté en silence à côté du lit, leur tournant le dos, tandis que son grand-père était plongé dans un sommeil agité, la fourche à oxygène dans les narines, l’aiguille toujours fixée sur sa main. Tout à coup le vieil homme se réveillait et regardait autour de lui l’air perdu avant de se rappeler où il était, ah oui, il était encore à l’hôpital, et le garçon se penchait pour lui demander à voix basse s’il avait besoin de quelque chose et le vieil homme faisait non de la tête, détournait le regard et sombrait à nouveau dans le sommeil, et alors DJ se redressait et attendait, les écoutant discuter de l’autre côté de la pièce, impatient qu’ils s’en aillent.

À huit heures et demie l’infirmière entra pour annoncer que les visites étaient terminées. Guthrie, Maggie et les deux garçons dirent bonne nuit à Raymond et sortirent. Victoria se pencha au-dessus du lit, retenant son épaisse chevelure noire ; elle embrassa Raymond sur la joue et le serra dans ses bras, puis il lui tapota la main et elle quitta la pièce en portant la petite fille.

Le grand-père de DJ était réveillé à présent. Tu ferais mieux d’y aller aussi, dit-il au garçon. Tu sauras te débrouiller sans moi, dis ?

Oui m’sieur.

Tu pourras revenir demain après l’école.

Le garçon le regarda, acquiesça de la tête et sortit. Victoria attendait dans le couloir, Katie endormie dans les bras. Est-ce que quelqu’un t’attend à la maison ? demanda-t-elle.

Non.

Tu n'as pas peur de rester tout seul ?

Non. J'ai l'habitude.

Laisse-moi quand même te ramener en voiture. Tu veux bien ?

Je ne veux pas vous faire faire un détour.

Ça ne prendra que cinq minutes. Tu ne vas pas rentrer à pied dans le noir.

Je l'ai déjà fait.

Oui, mais pas ce soir.

Ils remontèrent le couloir, franchirent la porte d'entrée et arrivèrent sur le trottoir. Il faisait froid dehors mais il n'y avait pas de vent. Les lampadaires s'étaient allumés et au-dessus de leurs têtes les étoiles clignotaient, pures et brillantes. Victoria attacha l'enfant endormie dans son siège-auto à l'arrière et ils démarrèrent dans Main Street. Tu vas devoir m'indiquer la direction, dit-elle.

C'est de l'autre côté des voies ferrées. Après vous tournerez à gauche.

Elle lui lança un regard : il était assis tout près de la portière, la main sur la poignée. J'aurais cru que tu connaissais les fils Guthrie. Ils ont ton âge, non ?

Je les connais un peu. Je connais Bobby en tout cas. Il est dans la même classe que moi. CM2.

Vous n'êtes pas amis tous les deux ? Vous ne vous êtes rien dit.

Je ne le connais que de l'école.

Il a l'air d'un gentil garçon. Peut-être que vous pourriez devenir amis.

Ça se pourrait. Je ne sais pas.

Je l'espère. Tu ne devrais pas rester seul trop souvent. J'ai connu ça, quand j'avais ton âge et plus tard au lycée. C'est une ville où il peut être dur d'être seul. Enfin bon, je suppose que c'est le cas partout.

J'imagine, dit-il.

Sur la banquette arrière Katie avait commencé à s'agiter, tendant les mains, essayant de toucher sa mère. Une petite minute, mon cœur, dit Victoria. Elle observait sa fille dans le rétroviseur. Il n'y en a que pour quelques minutes. La petite fille retira ses mains et se mit à pleurnicher.

Le garçon se retourna pour la regarder. Est-ce qu'elle pleure tout le temps ?

Non, elle ne pleure presque jamais. Elle n'est pas vraiment en train de pleurer, d'ailleurs. Elle est juste fatiguée. Elle n'a rien pour s'occuper à l'hôpital. Ça fait trois jours que nous passons là-bas.

Main Street était presque déserte alors qu'ils dépassaient les petites maisons individuelles et continuaient au nord par le minuscule quartier des affaires sous le vif éclairage. Seules deux ou trois voitures se trouvaient dans la rue. Tous les commerces étaient fermés et éteints pour la nuit, excepté la taverne.

À l'est, quand ils traversèrent les voies ferrées, les cylindres en béton chaulé du silo à grains jaillissaient massivement du sol, sombres et silencieux. Ils continuèrent vers le nord.

Ici, dit le garçon. C'est ici qu'on tourne.

Ils s'engagèrent dans la rue tranquille et il désigna du doigt la petite maison.

C'est ici que tu habites ?

Oui, m'dame.

C'est vrai ? J'habitais pas loin d'ici dans le temps. Avant d'avoir Katie. C'est mon ancien quartier. Est-ce que tu te plais ici ?

Il la regarda. C'est juste l'endroit où j'habite, répondit-il. Il ouvrit la portière et s'apprêta à sortir.

Attends une minute, dit-elle. Je ne sais pas ce que tu vas en penser, mais peut-être que tu pourrais venir passer la nuit chez nous. Pour éviter de rester ici tout seul.

Aller chez vous ?

Oui. À la campagne. Ça te plaira là-bas.

Il haussa les épaules. Je ne sais pas.

Très bien, dit-elle. Elle lui sourit. Je vais juste attendre que tu sois à l'intérieur et que tu aies allumé la lumière.

Merci de m'avoir déposé, dit-il.

Il ferma la portière et commença à remonter l'étroit trottoir. Il paraissait tout petit et affreusement seul, à marcher vers la maison obscure avec juste le lampadaire du croisement qui illuminait la façade. Il ouvrit la porte et entra puis une lumière s'alluma. Elle pensa qu'il se rendrait à une des fenêtres pour lui faire signe, mais non.

À l'hôpital, quand l'infirmière de nuit entra dans la chambre, Raymond était encore réveillé. C'était une belle femme de quarante-cinq, cinquante ans, aux cheveux châtains coupés court et aux yeux très bleus. Elle se pencha au-dessus du vieil homme dans le lit près de la porte : il dormait sur le côté et continuait à respirer l'oxygène par la fourche dans ses narines, la figure rouge et moite. Elle vérifia le niveau de sérum dans les sachets en plastique accrochés à la potence, puis rejoignit le lit de Raymond. La tête relevée sur l'oreiller, il l'observait. Vous n'arrivez pas à dormir ? demanda-t-elle.

Non.

Votre jambe vous fait mal ?

Pas pour l'instant. Je suppose qu'elle ne va pas tarder.

Et votre poitrine ?

Ça va. Il leva les yeux vers elle. Comment vous appelez-vous ? demanda-t-il. Je croyais connaître toutes les infirmières, depuis le temps.

Je viens de reprendre mon service. Je m'appelle Linda.

Et votre nom de famille ?

May.

Linda May.

Exact. Enchantée, monsieur McPheron. Y a-t-il quelque chose que je puisse vous apporter ?

Je prendrais bien un peu de cette eau, là.

Laissez-moi aller vous chercher une nouvelle carafe. Celle-ci n'est pas très fraîche. Elle quitta la chambre et revint avec une carafe remplie de glaçons, versa de l'eau dans le verre et le lui tendit. Il aspira avec la paille et avala, puis aspira à nouveau et hocha la tête. Elle posa le verre sur la table de chevet.

Il regarda de l'autre côté de la chambre. D'après vous, comment il va là-bas ?

M. Kephart ? Bien, je crois. Il va sans doute se rétablir. Les gens âgés attrapent des pneumonies et ont parfois du mal à se remettre, mais il m'a l'air plutôt costaud. Bien sûr je ne l'ai pas encore vu réveillé. Mais au changement d'équipe on m'a dit qu'il allait bien.

Elle défroissa la couverture, en prenant garde de ne pas la faire reposer sur sa jambe plâtrée. Essayez de dormir un peu maintenant.

Oh, je ne dors pas beaucoup.

Les gens n'arrêtent pas de venir vous réveiller pour un oui pour un non, pas vrai ?

Je n'aime pas cette lumière qui brille.

Je vais refermer la porte pour qu'il fasse plus sombre. Ce serait mieux ?

Possible. Il regarda son visage. Ça fait rien. Je sors demain de toute façon.

Ah bon ? On ne m'avait pas prévenue.

Si. Je sors.

Il faudra que vous demandiez au médecin.

On enterre mon frère demain. Pas question que je reste coincé ici.

Oh, je suis désolée. Pourtant, je crois quand même que vous devrez en parler au médecin.

Il a intérêt à se pointer de bonne heure alors, dit Raymond. Je serai parti avant midi.

Elle lui toucha l'épaule, gagna la porte et la referma derrière elle.

Raymond demeura allongé dans la chambre assombrie à regarder par la fenêtre les arbres dénudés devant l'hôpital. Deux heures plus tard il était toujours réveillé quand le vent se leva, gémissant et pleurant dans les branches hautes. Il pensa à ce que le vent était sans doute en train de faire là-bas au sud de la ville, et il se demanda si Victoria et la petite fille avaient été réveillées par ses rafales. Il supposait que non. Mais dans le pâturage du sud les bêtes devaient toutes être réveillées et debout dos au vent, et de petites tempêtes de poussière sèche devaient être en train de souffler dans les corrals, balayant les touffes de fumier desséchées et soulevant la terre battue autour de l'étable. Il savait que si les choses étaient normales, lui et son frère sortiraient le lendemain matin pour se mettre au travail comme d'habitude ;

ils s'arrêteraient pour respirer la poussière dans l'air, puis l'un des deux ferait une remarque là-dessus, lui-même évoquerait peut-être l'éventualité de la pluie, et alors Harold dirait que le blizzard était plus probable, à cette époque de l'année, vu le tour que prenaient les choses ces derniers temps.

18.

Quand le médecin entra dans la chambre le lendemain matin il était d'avis de ne pas autoriser Raymond à sortir de l'hôpital, mais comme Raymond annonça qu'il sortirait quand même le médecin céda et déclara qu'il pouvait s'absenter une demi-journée, mais qu'il devait revenir après l'enterrement. Juste après midi Raymond signa les papiers à l'accueil et fut confié aux bons soins de Victoria Roubideaux. Elle avait laissé Katie chez Maggie Jones, et plus tôt dans la matinée elle avait apporté à Raymond les vêtements propres qu'il avait demandés. À présent elle le poussait dans un fauteuil roulant en direction de sa voiture, qu'elle avait garée le long du trottoir devant l'hôpital. Une jambe de son pantalon foncé avait été découpée jusqu'au genou pour accueillir le plâtre, il portait une chemise bleue munie de pressions en nacre qu'elle avait repassée de frais ce matin-là, et il arborait sa veste en laine écossaise et le beau chapeau de cow-boy qu'il ne mettait que pour aller en ville. En équilibre sur ses cuisses étaient posées les béquilles en aluminium que lui avait prêtées l'hôpital.

Quand il sortit du bâtiment dans la fraîcheur de

l'air automnal il regarda le ciel : il regarda partout autour de lui et respira à fond.

Bon sang de bois, dit-il. Ça fait presque autant de bien que de sortir de l'église, de se tirer de cette foutue taule. Tu dois excuser mon langage, mon chou. Mais nom de Dieu, c'est vrai.

Et ça fait du bien de vous voir sortir de là, dit-elle. Vous avez déjà l'air d'aller mieux, je trouve.

Je me sens déjà mieux. Et je vais te dire autre chose. Je retournerai pas là-bas. Pas aujourd'hui, ni jamais.

Je croyais que vous aviez accepté d'y retourner cet après-midi. Que c'était pour ça qu'ils vous avaient laissé sortir.

Enfin merde, mon chou, j'aurais dit n'importe quoi pour qu'ils me libèrent de cette taule. Bon, allons-y. Avant qu'ils changent d'avis. Où est ta voiture ?

Plus bas dans la rue.

Allons la chercher.

À l'église méthodiste de Gum Street Tom Guthrie, planté au bord du trottoir sous le soleil radieux, attendait Raymond et Victoria. Ils se garèrent, Raymond ouvrit la portière et Guthrie l'aida à descendre. Le vieil homme se mit debout sur le trottoir, et quand Victoria déplia le fauteuil roulant derrière lui il refusa de s'en servir, affirmant qu'il allait marcher. Ainsi, avec Victoria d'un côté et Guthrie de l'autre, il plaça sous ses bras les coussinets en caoutchouc des béquilles et traversa clopin-clopant le large parvis avant d'entrer dans l'église.

À l'intérieur, l'organiste n'avait pas encore commencé à jouer et il n'y avait personne dans le sanctuaire. L'allée centrale était recouverte d'un tapis, et ils la remontèrent lentement entre les rangées de bancs en bois étincelants vers l'autel et la chaire ; Raymond avançait prudemment tête penchée en surveillant ses pieds, et lorsqu'ils atteignirent le devant il obliqua dans la deuxième rangée. Victoria alla à la garderie voir si elle trouvait Maggie et Katie, et Guthrie s'assit à côté de Raymond. Raymond avait déjà l'air épuisé. Il retira son chapeau qu'il posa près de lui sur le banc. Il avait le visage en sueur, plus rouge encore que d'habitude, et pendant quelque temps il se contenta de rester assis à respirer.

Ça va bien ? demanda Guthrie, en le regardant.

Ouais. Ça va aller.

Vous n'allez pas tourner de l'œil, dites ? Prévenez-moi si vous sentez que ça vient.

Je ne vais pas tourner de l'œil.

Il resta assis là à respirer la tête penchée. Au bout d'un moment il leva les yeux et entreprit de passer en revue les objets que contenait le grand sanctuaire silencieux : l'immense croix en bois fixée au mur derrière la chaire, les vitraux colorés par lesquels le soleil entrait à flots... Il remarqua alors que le cercueil de son frère reposait sur des tréteaux à roulettes en haut de l'allée centrale. Le cercueil était fermé. Raymond le contempla quelque temps. Puis il dit : Laissez-moi sortir de là.

Où allez-vous ? demanda Guthrie. Si vous avez besoin de quelque chose, j'irai vous le chercher.

Je veux voir ce qu'ils lui ont fait.

Guthrie s'écarta du passage et Raymond empoigna le dossier du banc devant lui, se redressa, mit les béquilles en place et remonta la travée en clopinant jusqu'au cercueil. Il s'arrêta près de son long flanc lisse. Il posa ses mains sur le bois sombre et satiné puis essaya de soulever la moitié supérieure du couvercle mais ne parvint pas à le faire bouger sans lâcher les béquilles. Il tourna la tête sur le côté. Tom, dit-il. Venez m'aider avec ce foutu truc, voulez-vous ?

Guthrie s'approcha, souleva la partie supérieure du couvercle ciré et la rabattit. Là devant Raymond se trouvait le corps de son frère, allongé sur le dos, ses yeux enfoncés dans son visage à la mine cireuse, ses yeux fermés pour toujours sous ses paupières finement veinées, ses cheveux raides gris argent aplatis sur son crâne pâle. Au funérarium ils avaient appelé Victoria pour lui demander d'apporter quelque chose d'approprié à lui mettre, et elle avait retrouvé le vieux complet de laine gris au fond de son armoire, le seul qu'il ait jamais possédé, et quand elle l'avait apporté ils avaient été obligés de couper la veste le long de la couture du dos pour le faire entrer dedans.

Planté là, Raymond regardait le visage de son frère. Ses épais sourcils avaient été taillés, ils avaient mis un peu de poudre et de maquillage sur ses joues pour cacher ses écorchures et ses bleus, et ils avaient noué une cravate autour de son cou sous son col de chemise. Il ne savait pas où ils avaient dégoté la cravate, elle ne lui rappelait absolument rien. Ils avaient joint les mains de son frère sur son veston, comme s'il allait être conservé dans cette pose optimiste à tout jamais, et seuls les cals épais sur les bords de ses mains avaient l'air vrais. Seuls les cals paraissaient familiers et authentiques.

Vous pouvez le refermer, dit-il à Guthrie. C'est pas lui là-dedans. Mon frère aurait jamais accepté d'avoir cette touche-là même une minute s'il était encore en vie. Pas s'il avait encore un souffle pour les empêcher de le trafiquer comme ça. Je sais à quoi ressemble mon frère.

Il fit demi-tour et rejoignit le banc en clopinant, s'assit et posa ses béquilles à l'écart. Puis il ferma les yeux et ne vit plus jamais le visage mort de son frère.

Les gens commencèrent à entrer dans l'église à la queue leu leu. L'organiste dans la galerie au fond du sanctuaire se mit à jouer, et Victoria et Maggie arrivèrent, Katie dans les bras de sa mère. Ensemble elles se glissèrent à côté de Raymond. L'entrepreneur des pompes funèbres et un croque-mort en complet noir installaient les gens sur les bancs de chaque côté de l'allée centrale, les faisant aller vers le devant, mais il n'y avait pas grand monde aux obsèques, et seules les cinq premières travées étaient occupées. Avant le début du service, le responsable des pompes funèbres avança d'un air très sombre et ouvrit le cercueil, pour que l'assistance, durant la cérémonie, puisse admirer son œuvre, puis le pasteur surgit par une porte latérale et rejoignit la chaire. Il salua l'assemblée au nom de Jésus d'une voix pleine de solennité et de componction. Il y eut ensuite des prières à réciter et des cantiques à chanter. L'organiste joua « Bénie soit l'assurance, Jésus est mien » et « Demeure avec moi : vite tombe le soir », et les fidèles chantèrent en chœur, mais pas très fort. Quand la musique s'acheva le pasteur commença à parler sérieusement ; il décrivit un homme qu'il ne connaissait quasiment pas, disant aux personnes présentes que d'après lui Harold McPheron avait forcément été un homme bon, un modèle de foi chrétienne parmi ses semblables, sinon pourquoi seraient-ils là pour marquer son trépas, et bien que peu nombreux ils devaient tous savoir qu'un homme pouvait être aimé profondément même s'il n'était pas voué à l'être largement : aucune des personnes ici présentes ne devait jamais oublier ça. Assise à côté de Raymond, Victoria versa quelques larmes malgré la pauvreté et le manque de pertinence du discours du pasteur, et Katie à un moment se mit à tellement s'agiter que Raymond fut obligé de l'attraper et de la hisser sur ses genoux, puis de lui tapoter le dos et de lui chuchoter à l'oreille en attendant qu'elle se calme.

Là-dessus le service prit fin et Raymond, Victoria, Katie, Maggie et Guthrie remontèrent très lentement l'allée centrale. Raymond marchait en tête, coiffé à nouveau de son chapeau comme tout à l'heure, boitillant et clopinant avec ses béquilles. Dehors ils rejoignirent les voitures noires qui attendaient devant sous le soleil. Au bout d'un moment, quand le cortège eut défilé pour regarder le corps, l'ordonnateur des pompes funèbres et son assistant sortirent le cercueil refermé sur ses tréteaux à roulettes et le firent glisser dans le corbillard noir. Puis tout le monde s'éloigna en une lente procession, les phares des autos allumés en plein jour, pour rejoindre le cimetière situé à cinq kilomètres au nord-est de la ville. À côté de la tombe, quand ils furent installés sur les chaises pliantes en métal disposées sous l'auvent, le pasteur prononça à nouveau quelques mots et lut encore un texte des saintes Écritures, puis il pria pour le paisible transfert de l'âme immortelle d'Harold vers les cieux éternels. Après quoi il serra la main de Raymond. À ce moment-là le vent soufflait si fort que les croque-morts durent se courber énormément pour accomplir leur tâche : ils mirent en terre le cercueil sombre juste à côté de la parcelle où les parents McPheron avaient été inhumés plus d'un demi-siècle auparavant.

Ensuite tout le monde regagna la ville et Raymond

grimpa une nouvelle fois dans la voiture de Victoria. Mon chou, dit-il, tu peux me ramener à la maison maintenant.

Vous ne retournez pas à l'hôpital ? Vous êtes sûr ?

Je rentre à la maison. Pas question que j'aille nulle part ailleurs.

Alors elle retraversa la ville puis prit au sud en direction du ranch. Raymond s'était assoupi à peine sorti de Holt mais il se réveilla lorsqu'elle s'arrêta devant le portail grillagé. Elle l'aida pour entrer dans la maison, puis elle sortit récupérer Katie. Je me dépêche de préparer le dîner, dit-elle. Il faut que vous mangiez quelque chose.

Je vais me reposer un petit moment.

Elle lui prit le bras et l'emmena dans la chambre donnant sur la salle à manger, dont Maggie Jones avait changé les draps quatre jours plus tôt, et il s'allongea dans ce qui avait été bien des années auparavant le lit conjugal de ses parents, et encore récemment le lit de Victoria. Elle lui suréleva la jambe avec un oreiller et le recouvrit d'un édredon. Le dîner sera prêt quand vous vous réveillerez, dit-elle. Essayez de vous reposer un peu.

Peut-être que je vais pouvoir dormir maintenant. Merci, mon chou.

Elle alla dans la cuisine et, étendu dans le vieux lit moelleux, il ferma les yeux. Mais il ne tarda pas à les rouvrir : le sommeil ne voulait pas venir. Il se tourna pour regarder par la fenêtre puis se tourna à nouveau pour regarder en l'air, et il se rendit compte que cette chambre dans laquelle il était allongé se trouvait juste en dessous de la chambre vide de son frère ; il demeura allongé sous l'édredon à contempler le plafond, à se demander comment ça se passait pour son frère au loin dans l'au-delà. Il fallait absolument que d'une façon ou d'une autre il y ait du bétail là-bas et, dans cette atmosphère radieuse et sans nuage, de la besogne pour son frère au milieu de ce bétail. Il savait que son frère ne serait jamais content sinon. Il pria pour qu'il y ait du bétail là-bas, pour le bonheur de son frère.

19.

Dans la semaine qui suivit l'enterrement d'Harold McPheron, l'institutrice de CP de l'école élémentaire des quartiers ouest de Holt remarqua un matin, durant la première heure de cours, que le petit garçon au milieu de la classe avait quelque chose qui n'allait pas. Il était assis bizarrement, presque sur le coccyx, complètement affalé contre son dossier, et se contentait de faire joujou avec la fiche d'exercices qu'elle avait distribuée. Elle l'observa quelque temps. Les autres enfants travaillaient tranquillement, la tête courbée sur les feuilles de papier comme autant de comptables miniatures. Au bout d'un moment elle se leva de son bureau et, marchant entre les rangées, elle alla se planter au-dessus de lui. Il paraissait plus minuscule et déguenillé que jamais, comme un orphelin rebelle qu'un hasard malheureux aurait fait atterrir dans sa classe. Ses cheveux avaient besoin d'être coupés, ils dépassaient derrière sur le col de sa chemise, qui n'était pas propre. Richie, dit-elle, tiens-toi droit. Comment peux-tu travailler comme ça ? Tu vas t'abîmer le dos.

Lorsqu'elle lui posa une main sur l'épaule pour le

redresser, il tressaillit et s'écarta brusquement. Quoi, qu'est-ce qui ne va pas ? demanda-t-elle. Elle s'agenouilla à côté de lui. Il avait des larmes plein les yeux et il semblait terrifié. Qu'est-ce qu'il y a ? demanda-t-elle. Viens dans le couloir une minute.

Je ne veux pas.

Elle lui attrapa le bras.

Je ne veux pas.

Mais je te le demande.

Elle le força à se lever pour le conduire vers la porte, mais au moment où ils dépassaient le bureau de l'institutrice il s'y agrippa, faisant dégringoler un de ses livres dans un grand fracas. Le reste de la classe observait la scène.

Les enfants, dit-elle. Continuez à travailler. Remettez-vous tous au travail. Elle demeura sans bouger jusqu'à ce que leurs têtes soient à nouveau penchées sur leurs pupitres, puis saisissant le garçon sous les bras elle le tira vers la porte tandis qu'il se débattait, donnait des coups de pied et se cramponnait au chambranle. Elle réussit à le traîner dans le couloir et s'agenouilla en face de lui, sans cesser de le tenir.

Richie, qu'est-ce qui te prend ? Arrête, voyons.

Il secoua la tête. Il regardait ailleurs dans le couloir.

Je veux que tu viennes avec moi par là-bas.

Non.

Si, s'il te plaît.

Elle se releva et le prit par la main en direction du bureau administratif : remontant le couloir désert, ils passèrent devant les autres salles de classe, dont les portes fermées étouffaient les bruits et les murmures qui s'élevaient à l'intérieur. Est-ce que tu es malade ? demanda-t-elle.

Non.

Mais quelque chose ne va pas. Je m'inquiète pour toi.

Je veux retourner dans la classe, dit-il. Il leva les yeux vers elle. Je vais faire mon travail maintenant.

Ce n'est pas ça qui me préoccupe, dit-elle. Allons juste voir l'infirmière. Je crois qu'il faut que l'infirmière t'examine.

Elle l'emmena dans une petite pièce à côté du bureau administratif où un étroit lit de camp était poussé contre le mur en face d'une armoire métallique aux portes fermées à clé. L'infirmière était assise à un bureau contre le mur du fond.

Je ne sais pas ce qu'il a, dit l'institutrice. Il ne veut pas me le dire. J'ai pensé qu'il valait mieux que vous jetiez un coup d'œil.

L'infirmière se leva ; elle les rejoignit et demanda au garçon de s'asseoir sur le lit de camp mais il ne voulait pas. L'institutrice s'en alla et regagna sa salle de classe. L'infirmière se pencha et lui tâta le front. Tu n'as pas l'air fiévreux, dit-elle. Il la regarda de ses grands yeux humides. Tu veux bien ouvrir la bouche, s'il te plaît ? Elle passa son bras autour de lui et il se tortilla pour se dégager. Pourquoi, qu'est-ce qu'il y a ? Tu as peur de moi ? Je ne te ferai pas de mal.

Arrêtez, dit-il.

Il faut que je te regarde.

Il s'écarta mais elle l'attira vers elle et examina son visage, jeta un petit coup d'œil dans ses oreilles et lui palpa le cou, puis elle souleva sa chemise pour vérifier si son corps était chaud. C'est alors qu'elle découvrit les ecchymoses noirâtres sur son dos et sous la ceinture de son pantalon.

Elle le dévisagea. Richie, dit-elle. Est-ce que quelqu'un t'a fait ça ?

Il avait l'air terrifié et refusait de répondre. Elle le fit pivoter puis baissa son pantalon et ses sous-vêtements. Ses fesses maigrichonnes étaient hachurées de zébrures rouge foncé. Par endroits, les blessures avaient saigné et coagulé.

Oh, mon Dieu, fit-elle. Ne bouge pas d'ici.

Elle sortit pour aller à côté et revint aussitôt avec le directeur. Soulevant la chemise du garçon, elle montra les marques de coups au directeur. Ils se mirent à poser des questions au garçon mais celui-ci pleurait à présent, il secouait la tête et refusait de dire quoi que ce soit. Ils finirent par aller chercher sa sœur dans sa classe de CM2 et lui demandèrent ce qui était arrivé à son frère. Joy Rae répondit : Il est tombé du toboggan au square. Il a eu un accident.

Vous voulez bien sortir ? demanda l'infirmière au directeur.

Très bien, dit-il. Mais tenez-moi au courant. Il faut signaler ça. On doit absolument savoir de quoi il retourne.

Le directeur sortit, puis l'infirmière demanda : Tu veux bien me laisser te regarder aussi, Joy Rae ?

J'ai rien qui ne va pas.

Dans ce cas tu voudras bien me laisser regarder, non ?

Vous n'avez pas besoin de me regarder.

Rien qu'un instant. S'il te plaît.

Tout à coup la fillette se mit à pleurer, se couvrant le visage de ses mains. Non, fit-elle. Je ne veux pas que vous me regardiez. Je vais très bien.

Chérie, je ne te ferai pas mal. Je te promets. Il faut

que je regarde, c'est tout. J'ai besoin de t'examiner. Tu veux bien me laisser faire, s'il te plaît ?

L'infirmière se tourna vers le petit frère. Je veux que tu ailles dans le couloir une minute, que nous puissions être toutes les deux. Elle l'accompagna et lui demanda d'attendre sur le pas de la porte.

Elle revint dans la pièce et attrapa la fillette délicatement par les épaules. Ça ne prendra pas longtemps, chérie, je te promets, mais il faut que je te regarde. Lentement, elle la fit se retourner. Joy Rae continuait à sangloter, les mains sur la figure, pendant que derrière elle l'infirmière déboutonnait le dos de sa robe bleue et descendait son slip ; ce que l'infirmière vit alors sur le dos maigre et les fesses décharnées de Joy Rae était pire encore que ce qu'elle avait vu sur son frère.

Oh, ma chérie, fit-elle. Ça me donne des envies de meurtre, un truc pareil. Regarde-moi ça.

Une heure plus tard, quand Rose Tyler des services sociaux entra dans l'infirmerie, les deux enfants étaient toujours là, à l'attendre. On leur avait donné du soda et des biscuits, et quelques bouquins à feuilleter. Peu après Rose, un jeune shérif adjoint du tribunal du comté de Holt arriva et se mit à installer un magnétophone. Les deux enfants l'observaient, épouvantés. Il leur parla mais ses efforts ne servirent pas à grand-chose : ils l'observaient sans ciller et, quand il ne regardait pas, ils jetaient des coups d'œil à son gros ceinturon en cuir, avec son revolver et sa matraque. Rose Tyler eut plus de succès dans ses tentatives, les enfants la connaissaient d'avant et elle s'adressait à eux avec calme et douceur. Elle leur expliqua qu'ils n'avaient rien fait de mal mais qu'elle, le policier, l'infirmière et leurs professeurs se faisaient tous du souci pour leur sécurité. Est-ce qu'ils comprenaient qu'ils avaient simplement besoin de leur poser des questions ? Sur ce elle demanda au shérif adjoint de sortir de la pièce et elle prit des photos de leurs blessures et de leurs hématomes. Puis, quand le shérif adjoint revint, ils commencèrent l'entretien, Rose posant la plupart des questions. Lesdites questions ne devaient pas être tendancieuses, pour éviter d'influencer les enfants et leur permettre de raconter leur histoire avec leurs mots à eux, mais de toute manière les enfants rechignaient à dire quoi que ce soit. Appuyés l'air gêné contre le petit lit, ils se tenaient côte à côte, regardant par terre et jouant avec leurs doigts. Ce fut Joy Rae qui parla pour les deux, même si au début elle se fit tirer l'oreille pour répondre aux questions. Elle affectait une espèce de silence amer mâtiné de défi. Petit à petit, pourtant, elle se mit à parler. Et soudain ça sortit.

Mais pourquoi ? demanda Rose. Qu'est-ce qui peut bien le pousser à vous faire ça ?

La fillette haussa les épaules. On n'avait pas rangé la maison.

Tu veux dire qu'il voulait que vous fassiez le ménage.

Oui.

Vous-mêmes ? Vous deux ?

Oui.

Et vous l'avez fait ? Tout le mobile home ?

On a essayé.

Et c'est tout, ma chérie ? Il n'y a pas eu autre chose qui l'ait contrarié ?

La fillette leva les yeux vers Rose, puis les baissa à nouveau. Il a dit que j'étais insolente.

Il a dit ça ?

Oui.

Et toi, tu crois l'avoir été ?

Ça change rien. Lui il dit que oui.

Rose inscrivit quelque chose dans son carnet, puis elle termina. Elle regarda les deux enfants et le shérif adjoint, et soudain elle eut peur de fondre en larmes sans pouvoir s'arrêter. Elle avait vu beaucoup de drames dans le comté de Holt, des drames qui s'accumulaient dans le fond de son cœur. L'horreur d'aujourd'hui la rendait malade. Elle n'était jamais parvenue à se blinder contre tout ça. Elle avait essayé, mais elle n'avait pas réussi. Elle regarda les deux enfants Wallace, elle les observa un moment puis elle recommença à interroger la fillette. Ma chérie, reprit-elle, où étaient ton père et ta mère à ce moment-là, pendant qu'il se passait ça ?

Ils étaient là, dit la fillette.

Ils étaient dans la pièce ?

Non. On était dans la salle de bains.

Est-ce qu'ils étaient dans la pièce quand il a commencé à te parler ?

Oui.

Mais ils n'étaient pas dans la salle de bains quand il t'a fouettée ?

Non.

Où étaient-ils, alors ?

Dans la pièce de devant.

Qu'est-ce qu'ils faisaient ?

Je ne sais pas. Maman pleurait. Elle voulait qu'il arrête.

Mais il n'y avait pas moyen ? Il n'y avait pas moyen qu'il l'écoute ?

Non.

Où était ton père ? Est-ce qu'il a essayé de faire quelque chose ?

Il braillait.

Il braillait ?

Oui. Dans l'autre pièce.

Je vois. Et toi et ton frère étiez avec lui dans la salle de bains en même temps ?

Non.

Il vous y a emmenés séparément ?

Joy Rae regarda son frère. Il l'a emmené d'abord, dit-elle. Et après, moi.

Rose dévisagea la fillette et son petit frère, puis elle secoua la tête et se détourna ; elle regarda dehors dans le couloir, imaginant ce qu'ils avaient dû ressentir, à être entraînés au fond de la maison vers la salle de bains et à entendre l'autre hurler derrière la porte fermée, à redouter ce qui allait arriver, et la figure de l'homme qui devenait de plus en plus rouge au fur et à mesure. Rose écrivit à nouveau dans son carnet. Puis elle leva les yeux. Y a-t-il quelque chose d'autre que vous ayez envie de nous dire ?

Non.

Rien du tout ?

Non.

Très bien alors. Je te remercie déjà d'avoir dit tout ça, ma chérie. Tu es une fille courageuse.

Rose referma son carnet et se leva.

Mais vous ne lui répéterez pas, dites ? fit Joy Rae.

Tu veux dire, à l'oncle de ta mère ?

Oui.

Le bureau du shérif voudra certainement lui parler. Il va avoir de sérieux ennuis. Je peux te le garantir.

Mais vous ne lui répéterez pas ce qu'on a dit ?

Essaie de ne pas t'inquiéter. Vous serez en sécurité désormais. À partir de maintenant, vous serez protégés.

Rose Tyler et le jeune adjoint prirent chacun une voiture pour se rendre dans la partie est de Holt à la caravane des Wallace dans Detroit Street. Les mauvaises herbes entourant le mobile home étaient à présent totalement desséchées et poussiéreuses, mortes pour l'hiver, et les lieux paraissaient sales et abandonnés. Malgré tout, le soleil brillait. Ils rejoignirent la porte ensemble, frappèrent et attendirent. Au bout d'un moment Luther vint ouvrir et se campa dans l'embrasure en se protégeant les yeux. Il portait un pantalon de jogging et un T-shirt, mais pas de chaussures. On peut entrer ? demanda Rose. Luther la regarda. Il faut qu'on discute en privé.

Enfin bon. Ouais. Entrez donc, dit-il. C'est plutôt le merdier ici. Chérie, cria-t-il vers l'intérieur. On a de la compagnie.

Rose et le shérif adjoint le suivirent dans la maison. Ils reconnurent l'odeur aigre-douce de la sueur, de la fumée de cigarette et d'un truc en train de pourrir.

Betty était étendue sur le canapé, vautrée parmi les coussins sous une vieille couverture verte qu'elle gardait enroulée autour d'elle. Je me sens pas très bien, dit-elle.

Votre ventre vous fait toujours mal ? demanda Rose.

Il arrête pas. Il me laisse pas tranquille une seconde.

Nous devrons vous prendre un autre rendez-vous chez le médecin. Mais je me demandais, est-ce que votre oncle est là ?

Non. Il est pas là pour l'instant.

Il est à la taverne, précisa Luther. Il va là-bas presque tous les jours. Pas vrai, chérie.

Il est là-bas tous les jours.

Nous avons besoin de lui parler, dit Rose. Quand est-ce qu'il sera de retour, d'après vous ?

Difficile à dire. Des fois il revient pas avant la nuit.

Je crois que je vais simplement aller le trouver, déclara l'adjoint. On se parle plus tard, dit-il à Rose, avant de ressortir.

Après son départ Rose s'assit sur le canapé à côté de Betty, lui tapota le bras et sortit son carnet. Luther alla dans la cuisine chercher un verre d'eau, reparut et s'installa dans son fauteuil capitonné.

Savez-vous pourquoi ce policier et moi sommes venus aujourd'hui ? demanda Rose. Savez-vous pourquoi j'ai à vous parler ?

Mes enfants, dit Betty. C'est ça.

Exact. Vous savez ce qui s'est passé, n'est-ce pas ?

Je sais. Les traits de Betty s'affaissèrent et elle parut soudain très triste. Mais on n'a jamais voulu qu'il fasse un truc pareil, Rose. On n'a jamais voulu ça, jamais de la vie.

Y a même pas eu moyen qu'il nous écoute, intervint Luther.

Mais vous ne pouvez pas le laisser maltraiter vos enfants, dit Rose. Vous avez forcément vu ce qu'il leur avait fait. C'était très grave. Vous avez bien vu, non ?

J'ai vu après. J'ai essayé de leur mettre de la pommade pour les mains. Je pensais que peut-être ça aiderait.

Mais vous savez qu'il ne peut pas rester ici s'il fait des choses pareilles. Vous le comprenez, non ? Vous devez le faire partir.

Rose, c'est mon oncle. C'est le petit frère de ma mère.

J'entends bien. N'empêche qu'il ne peut pas rester ici. Peu importe qui il est. Vous le savez bien au fond de vous.

J'ai essayé de l'arrêter, reprit Luther. Mais il a dit qu'il allait me faire la peau. Prendre cette table de cuisine et me la jeter dessus dès que j'aurai le dos tourné.

Oh, je ne crois pas qu'il fasse ça. Comment le pourrait-il ?

C'est ce qu'il a dit. Et vous savez ce que moi j'ai dit ?

Quoi ?

J'ai dit que de mon côté je pouvais me dégoter un couteau.

Attention, ne plaisantez pas avec ça. Ça ne ferait qu'aggraver les choses.

Qu'est-ce que vous voulez que je fasse d'autre ?

Pas ça. Laissez-nous nous occuper de ça.

Mais Rose, dit Betty, j'aime mes enfants.

Je le sais bien, dit Rose. Elle se tourna vers Betty et lui prit la main. J'en suis sûre. Mais il faut que vous fassiez des efforts. Sinon, on sera obligés de vous les enlever.

Oh non, s'écria Betty. Oh mon Dieu. Oh mon Dieu. La couverture tomba de ses épaules, elle dégagea sa main d'un coup sec et commença à s'empoigner les cheveux. Ils m'ont déjà enlevé ma Donna, cria-t-elle, avant de se mettre à gémir. Ils peuvent pas encore m'en enlever.

Betty, dit Rose. Elle lui attrapa les bras. Betty, arrêtez et écoutez-moi. Allons, allons, calmez-vous. Nous ne vous enlevons pas vos enfants. On ne devrait pas avoir à en arriver là. J'essaie juste de vous faire comprendre à quel point c'est grave. Vous devez vous y prendre autrement. Vous devez changer votre manière d'agir.

Betty s'essuya le visage. Ses yeux étaient mouillés et malheureux. Tout ce que vous direz, Rose, je le ferai. Seulement, m'enlevez pas mes enfants. S'il vous plaît, faites pas ça.

Et vous, Luther ? Êtes-vous disposé à procéder à quelques changements vous aussi ?

Oh oui, m'dame. Je vais changer tout de suite.

Oui. Bon, on verra ça. En tout cas, le soir, vous pouvez commencer à suivre des cours d'éducation des enfants aux services sociaux. Je ferai le nécessaire. Et je passerai ici au moins une fois par mois pour voir comment vous vous débrouillez. Je ne vous préviendrai pas de ma visite, je débarquerai comme ça. Ce sera en plus de votre visite à mon bureau pour venir chercher vos bons d'alimentation. Mais la première chose, la chose la plus importante, c'est que vous devez accepter de ne plus l'héberger chez vous. Vous comprenez ce que je suis en train de dire, n'est-ce pas ?

Oui m'dame.

Vous promettez ?

Oui, dit Betty. Je promets.

J'espère seulement qu'il va pas me faire la peau, dit Luther. Quand il apprendra de quoi on a parlé aujourd'hui.

Quand l'adjoint entra dans la longue salle sombre et mal aérée de la Holt Tavern, au coin de Main Street et de la Troisième, Hoyt Raines se trouvait au fond en train de jouer au billard pour vingt-cinq cents avec un vieil homme, et il avait déjà commencé à boire.

Un verre de bière à la pression était posé sur la petite table à proximité du billard, un petit verre à whisky vide à côté et une cigarette qui fumait dans un cendrier en fer-blanc. Hoyt était penché sur la table quand l'adjoint approcha.

Raines ?

Ouais.

Il faut que je vous parle.

Allez-y, parlez. Je peux pas vous en empêcher.

Je préférerais qu'on sorte.

Pour quoi faire ? De quoi s'agit-il ?

Venez dehors avec moi, répéta l'adjoint. Je vous expliquerai ça au poste.

Hoyt le regarda. Il se baissa sur sa queue de billard, aligna son tir, frappa la numéro sept qui disparut dans le trou, et lança à la cantonade : Hou là là. Super. Il se redressa, contourna la table, but une gorgée de sa bière et tira sur sa cigarette.

Allons-y, Raines, dit l'adjoint du shérif.

Vous m'avez toujours pas dit pour quoi faire.

Je vous ai dit que je vous expliquerai ça une fois là-bas.

Expliquez-moi maintenant.

Vaut mieux pas que d'autres gens apprennent ce que j'ai à vous dire.

Putain, c'est censé vouloir dire quoi ?

Vous le saurez une fois là-bas. Maintenant allons-y.

Le vieil homme s'adossa au mur, son regard allant de l'adjoint à Hoyt, et le barman resta là à observer la scène de derrière son comptoir.

Bon, ça fait vraiment chier, dit Hoyt. Je joue au billard, là. Il but une gorgée de son verre. Il regarda le vieil homme. Tu me dois cette partie-là, et celle d'avant.

On n'a pas fini, protesta le vieux.

Mais si. Ou pas loin.

J'étais en train de remonter.

Tu remontais, mon cul.

Et avec cette partie-là on aurait été à égalité.

Écoute, espèce de vieux salopard. T'avais aucune chance de gagner cette partie-là et tu me dois toujours la précédente.

Allons-y, répéta l'adjoint. Tout de suite.

J'arrive. N'empêche qu'il me doit du fric. Vous êtes tous témoins. Il me doit du fric. À cet après-midi, les gars.

Il siffla le reste de sa bière, reposa le verre sur la table et pompa sur sa cigarette une dernière fois avant de l'écraser. Puis il passa devant l'adjoint. Sur le trottoir il demanda : Vous avez votre voiture ?

Elle n'attend que vous, au coin de la rue.

Ils rejoignirent la Troisième, montèrent dans la voiture et, deux pâtés de maisons plus loin, l'adjoint se gara dans le parking privé à côté du tribunal du comté. Il descendit avec Hoyt l'escalier en ciment qui menait au bureau du shérif au sous-sol ; là on l'entraîna derrière le comptoir d'accueil jusqu'à une table, où on l'accusa de violences sur enfants et on lui lut ses droits. Ensuite on l'inculpa et on lui prit ses empreintes, puis on le conduisit le long d'un étroit couloir jusqu'à une petite pièce aveugle. Après l'avoir fait asseoir à une table, le shérif adjoint qui l'avait agrafé brancha le magnétophone pendant qu'un autre adjoint s'adossait à la porte, en spectateur.

Il prétendit qu'il leur inculquait la discipline. Il n'essaya pas de nier. Il se félicitait de son acte. Il leur dit que c'était ce qu'il fallait faire. Il déclara qu'il mettait de l'ordre dans leurs vies. Bon alors, quand est-ce que je sors d'ici ? fit-il.

Une audience de mise en liberté sous caution sera fixée dans les soixante-douze heures, répondit l'adjoint. Vous les avez fouettés avec quoi ?

Comment ?

Vous les avez fouettés avec quelque chose. C'était quoi ?

Laissez-moi vous poser une question. Vous avez déjà vu ces mômes ? En train de se balader en ville ? Ils ont besoin de discipline, vous êtes pas d'accord ? Et vous croyez que leurs parents vont s'en charger ? Je crois pas. Ils savent pas s'y prendre. Ils sauraient même pas par où commencer. Alors je leur ai rendu service. À tous. Ils me remercieront un jour. Il faut avoir de la discipline et de l'ordre dans la vie, j'ai pas raison ?

C'est ce que vous pensez ? Vous y croyez ?

Merde, un peu que j'y crois.

Et vous pensez qu'une fillette de onze ans et un garçon de six ans ont besoin d'être maltraités physiquement pour apprendre la discipline ?

Ça les a pas tués. Ils s'en remettront.

Ils sont plutôt mal en point pour l'instant. Dans un sale état. On a des photos pour le prouver. Vous leur faites ça depuis combien de temps ?

De quoi vous parlez ? Ça s'est passé une fois. Rien qu'une fois. C'est pas que ça me plaise. Vous pensez que ça me plaît ?

Vous êtes bien sûr de ça ?

Ouais. J'en suis sûr. Qu'est-ce qu'ils ont raconté sur moi ?

Qui ?

Ces mômes. Vous leur avez parlé, pas vrai ?

Vous les avez frappés avec quoi ?

Vous en êtes toujours là ?

Exact. On en est toujours là. Dites-nous de quoi vous vous êtes servi.

Qu'est-ce que ça change ?

On verra bien.

D'accord. Je me suis servi de ma ceinture.

Votre ceinture.

Exact.

Celle que vous portez en ce moment ?

Je me suis pas servi de la boucle. Personne peut dire que je me suis servi de la boucle. C'est ça qu'ils racontent ?

Personne ne raconte quoi que ce soit. On vous pose la question à vous. On ne s'adresse à personne d'autre pour l'instant. On s'adresse à vous. Vous vous êtes aussi servi d'autre chose, pas vrai.

Il se peut que je me sois servi de mes mains une fois ou deux.

Vous les avez frappés avec vos mains.

Ça se peut.

Vous vous êtes servi de vos poings, en fait. C'est bien ce que vous êtes en train de dire ?

Hoyt le regarda, puis il regarda l'autre adjoint. On peut fumer ici ? demanda-t-il.

Vous voulez fumer ?

Ouais.

Allez-y. Fumez.

J'ai pas mes cigarettes. Elles sont là-bas à l'accueil. Laissez-moi vous en piquer une.

Je ne pense pas.

Alors laissez-moi vous en acheter une.

Vous avez de l'argent ?

Vous voulez dire sur moi ? Merde, mais de quoi vous parlez ? Vous avez vidé mes poches quand vous m'avez amené ici. Vous le savez bien.

Alors je suppose que vous ne pouvez pas acheter de cigarettes, pas vrai.

Hoyt secoua la tête. Nom de Dieu. Quel connard.

Comment ça ? fit l'adjoint, en s'approchant de la table. Vous avez dit quelque chose ?

Hoyt détourna le regard. Je parlais tout seul.

C'est une mauvaise habitude. On peut s'attirer des tas d'ennuis en faisant ça.

Quand les adjoints du shérif à la prison du comté de Holt eurent fini de l'interroger ce jour-là, ils le reconduisirent par le petit couloir jusqu'à la double rangée de cellules. Il y en avait six en tout, trois de chaque côté, et elles empestaient l'urine et le vomi. Hoyt entra dans la cellule qu'ils lui avaient indiquée et s'assit sur la couchette ; au bout d'un moment, il s'allongea et s'endormit.

Le lendemain, dans la salle d'audience à l'étage, le juge établit sa caution à cinq cents dollars. Hoyt disposait d'un peu moins de cinq dollars, en tout et pour tout. On le ramena donc dans sa cellule au sous-sol et on lui remit une combinaison orange qui avait PRISON DU COMTÉ DE HOLT inscrit dans le dos en lettres noires.

Il s'avéra que les prochains jugements dans ce district reculé ne seraient pas rendus avant un mois, car la dernière séance avait eu lieu trois jours plus tôt. Par conséquent Hoyt allait rester en détention provisoire jusqu'à la date de son jugement. En apprenant la situation, il traita tout le monde de tous les noms et exigea de voir le juge.

Un des adjoints du shérif qui se trouvait à proximité dit : Raines, tu ferais mieux de fermer ta foutue gueule. Ou bien quelqu'un va entrer là-dedans la fermer à ta place.

Qu'il essaie, dit Hoyt. On verra s'il y arrive.

Continue à faire le mariolle, espèce d'enfoiré, dit l'adjoint. Quelqu'un risque de pas se contenter d'essayer.

TROISIÈME PARTIE

20.

Il était donc seul à présent, plus seul qu'il ne l'avait jamais été dans sa vie.

Habitant avec son frère à vingt-sept kilomètres au sud de Holt, il avait été seul depuis ce jour de leur adolescence où ils avaient appris que leurs parents avaient été tués dans leur camion Chevrolet en dérapant sur une flaque d'huile, là-bas à l'est de Phillips. Mais ils avaient été seuls ensemble, ils avaient accompli tout le travail qu'il y avait à accomplir et pris leurs repas, et discuté, et réfléchi aux choses ensemble, et le soir ils étaient montés se coucher à la même heure et le matin ils s'étaient levés en même temps, avant de sortir une fois encore pour les travaux du jour, chacun toujours en présence de l'autre, presque comme s'ils étaient un vieux couple, ou des frères jumeaux qui ne pourraient jamais être séparés parce que Dieu sait ce qui se passerait dans ce cas-là.

Puis, alors qu'ils étaient déjà vieux, par un enchaînement de circonstances singulières, Victoria Roubideaux était venue habiter chez eux, et l'arrivée de cette adolescente enceinte avait changé les choses pour eux de manière irrévocable. Et au printemps de l'année suivante elle avait mis au monde la fillette et la venue de cette enfant avait changé les choses une fois encore. Ils s'étaient habitués à la présence de ces nouvelles personnes dans leurs vies. Ils s'étaient accoutumés à la façon dont les choses avaient changé et ils en étaient venus à aimer ces changements et à vouloir que ceux-ci se poursuivent jour après jour de la même façon. Parce qu'ils avaient désormais l'impression que chaque jour qui naissait était bon pour eux, comme si ce nouvel ordre des choses était ce qui était inscrit depuis le début, même s'ils n'avaient jamais eu aucun moyen de le deviner ou de le prévoir un tant soit peu. Puis la jeune fille avait terminé le lycée et était partie faire ses études à Fort Collins, et elle leur avait manqué, elle et sa petite fille leur avaient manqué terriblement, car après leur départ c'était comme s'ils avaient souffert de l'absence soudaine d'un élément aussi fondamental et indispensable que l'air lui-même. Mais ils pouvaient encore bavarder avec la jeune fille au téléphone et se faire une fête de son retour au moment des vacances et au début de l'été, et, quoi qu'il en soit, ils étaient encore tous les deux.

Aujourd'hui son frère était enterré dans le cimetière du comté de Holt au nord-est de la ville à côté de la tombe où se trouvaient leurs parents.

Dans les jours et les semaines qui suivirent l'enterrement il fut presque impossible de convaincre Victoria de retourner à l'université. Il n'était pas question qu'elle le laisse, pas dans l'état où il était. Elle disait qu'il avait besoin de son aide à présent. C'était l'occasion pour elle de l'aider comme lui et son frère l'avaient aidée durant cette période, deux ans plus tôt, où elle était seule et paumée.

Elle était donc restée auprès de lui la fin du mois d'octobre et la plus grande partie du mois de novembre. Puis vint un soir, le dimanche après Thanksgiving, où, alors qu'ils s'attardaient autour du dîner à la table en pin carrée de la cuisine, Raymond déclara :

Voyons, il faut que tu aies ta propre vie, Victoria. Il faut que tu ailles de l'avant.

J'ai ma propre vie, dit-elle. Et elle est ici. Grâce à vous et Harold. Où est-ce que je serais, d'après vous, sans vous deux ? Je serais encore à Denver ou sur le trottoir. Ou avec Dwayne dans son appartement, ce qui serait encore pire.

Enfin bon, je suis quand même drôlement content que tu sois revenue. J'oublierai jamais ça. Mais maintenant il faut que tu ailles de l'avant et que tu fasses ce que tu disais que tu voulais faire.

C'était avant qu'Harold soit tué.

Je sais, mais Harold voudrait que tu continues. Tu sais bien que c'est vrai.

Je me fais du souci pour vous.

Je vais bien. Je suis encore sacrément coriace comme vieux schnock.

Non, c'est faux. On vient juste de vous enlever votre plâtre. Vous boitez encore.

Peut-être un peu. Mais ça ne me gêne pas.

Et puis M. Guthrie a arrêté de venir vous aider comme il le faisait avant.

C'est moi qui lui ai dit de plus venir. Je peux me débrouiller tout seul maintenant. Il reviendra quand j'aurai besoin de lui. Raymond regarda la jeune fille de l'autre côté de la table, étendit le bras et lui tapota la main. Il faut que tu ailles de l'avant, ma chérie. Tout va bien maintenant.

C'est juste que ça me donne l'impression que vous essayez de vous débarrasser de moi.

Non. Surtout ne pense jamais ça. Tu reviendras cet été et à toutes les vacances d'ici là. Je compte bien là-dessus. Je serais contrarié sinon. Toi et moi, on est liés pour le restant de nos vies. Tu ne crois pas ça ?

Elle le dévisagea un long moment. Puis elle retira sa main, se leva et entreprit de débarrasser la table.

Raymond l'observait. Voilà que tu es en colère contre moi, Victoria. C'est l'impression que j'ai. Je me trompe ?

Vous n'avez pas intérêt à essayer de me dissuader de rentrer à la maison.

Enfin bon sang, ma chérie. J'essaierais pas de te dissuader de quoi que ce soit s'il y avait un autre moyen. Tu ne comprends donc pas ? Je vais me sentir à peu près aussi seul qu'un vieux chien jaune par ici, sans toi et Katie.

Elle ramassa les assiettes, les plats de service, les verres et les couverts, les porta à l'évier et les flanqua dans la cuvette. Un des verres se cassa. Elle se coupa le doigt et elle resta là au-dessus de l'évier, ses yeux sombres débordant de larmes. Ses lourds cheveux noirs tombaient autour de son visage et elle paraissait mince, belle et très jeune. Raymond se leva de sa chaise et se posta à côté d'elle, son bras autour de ses épaules.

Et je ne pleure pas pour ce verre cassé non plus, lança-t-elle. N'allez pas croire que c'est ça.

Oh, je m'en doute bien, mon chou. Mais allons, faisons cette vaisselle avant de causer davantage de gâchis.

Ça ne me plaît pas, dit-elle. Vous avez beau dire.

Je sais, dit-il. Où est passée cette éponge ? C'est moi qui lave.

Non. Allez-vous-en d'ici. C'est le moins que je puisse faire. Retournez dans le salon lire votre journal. Au moins vous ne pouvez pas m'empêcher de faire la vaisselle.

Mais tu sais que c'est la meilleure solution, n'est-ce pas ?

Elle leva les yeux vers lui. Raymond étudiait son visage : ses yeux bleus délavés la contemplaient avec une gentillesse infinie et une immense affection. Je suppose que ça n'est pas obligé de me plaire, dit-elle.

Ça me plaît pas non plus. On sait juste tous les deux qu'il faut que ça soit comme ça. Que ça nous plaise ou non, on n'y peut rien. C'est comme ça, c'est tout.

Elle se mit à laver la vaisselle et il retourna dans le salon, où il s'installa pour lire dans un des deux fauteuils inclinables. Le lendemain ils chargèrent la voiture de Victoria et elle repartit pour Fort Collins avec sa fille. Elle reprit ses quartiers dans l'appartement et l'après-midi elle alla trouver ses professeurs pour voir comment elle pouvait rattraper ses cours. Elle avait plus de travail en retard qu'elle ne l'aurait cru. Elle décida de laisser tomber deux de ses matières et de tenter de se remettre à niveau dans les trois autres.

À présent, dans le comté de Holt, Raymond était complètement seul dans la vieille maison grise en rase campagne. Il ne lui restait plus personne à qui parler. La jeune fille lui manqua dès qu'elle fut partie. Son frère lui manquait. C'était comme s'il ne savait pas où regarder ni à quoi penser. Tous les jours il s'épuisait à la tâche et il rentrait le soir exténué, trop fatigué pour faire la cuisine, alors il réchauffait des conserves. Et, tout du long, le vent soufflait dehors et le chant des oiseaux montait des arbres, et de loin en loin le mugissement du bétail et le hennissement soudain d'un cheval s'élevaient des pâturages et des enclos, et ces bruits portaient jusqu'à la maison dans l'air du soir. Mais c'étaient les seules choses qu'il avait à entendre ou à écouter. La radio ne l'intéressait pas. Il ne regardait la télévision que pour le journal de dix heures et les prévisions météo du lendemain.

21.

Elle voulait qu'il entre dans la maison avec elle après la classe : ils avaient traversé le parc ensemble au milieu des amas de feuilles d'orme desséchées puis franchi les voies ferrées qui disparaissaient à l'est et à l'ouest en longs rubans d'argent, et lorsqu'ils atteignirent la maison il accepta. Mais une fois à l'intérieur ils virent que la mère de Dena n'était pas dans son assiette. L'état de Mary Wells s'était beaucoup aggravé ces derniers temps.

Cet après-midi-là, quand Dena alla la trouver, elle était assise dans sa chambre sur le lit défait, fumant des cigarettes et buvant du gin dans une tasse à café, regardant d'un air absent par la fenêtre la pelouse hivernale et les arbres noirs dépourvus de feuilles le long de la ruelle. Je suis rentrée, maman, annonça Dena.

Sa mère dressa la tête, son visage se souleva lentement comme si elle émergeait d'un rêve. Ah bon ? fit-elle.

Oui. DJ est avec moi.

Vous feriez mieux de vous prendre quelque chose à manger.

Qu'est-ce qu'il y a pour goûter ?
Je crois qu'on a des biscuits salés. Où est Emma ?
Elle est là aussi.
Fais quelque chose avec elle, s'il te plaît. Ça ne te tuera pas.
Mais maman, DJ est là.
Je sais. Tu l'as déjà dit. Allez, vas-y maintenant.
Maman, est-ce que tu es obligée de fumer ?
Oui, je suis obligée. Et ferme la porte en sortant. N'oublie pas, pour ta sœur.
Mais elle fait rien que nous embêter.
Tu as entendu ce que j'ai dit.
Elle sortit et ils se préparèrent tous les trois des biscuits salés au beurre de cacahuète, debout au comptoir de la cuisine ; elle dénicha l'ultime verre propre dans le placard et ils y burent du lait, chacun son tour, puis quand ils eurent fini elle suggéra : Allez, on sort.
Il fait froid dehors, dit DJ.
Il ne fait pas si froid que ça.
Et moi ? demanda Emma.
Tu peux rester dedans et regarder la télé.
J'ai pas envie de regarder la télé.
Tu peux pas venir avec nous. Allez, insista-t-elle. Si on doit y aller, on y va.

Il faisait froid et déjà presque noir dans la cabane au bout de la ruelle. Ils soulevèrent le loquet, entrèrent et allumèrent les bougies. Elles diffusaient une douce lumière jaune sur l'étagère du fond et le tapis à fleurs, et leur lueur atteignait faiblement les coins sombres et glacés. Ils s'assirent à la table l'un en face de l'autre et se drapèrent dans de vieilles couvertures par-dessus leurs manteaux.

C'était moi en dernier, dit-elle.

Je ne crois pas.

Si, c'était moi.

Je crois que c'était moi en dernier.

Non, c'était moi.

Il ramassa les dés et les jeta sur le tableau de jeu, puis il compta et avança son pion de sept cases.

Et voilà, dit-elle. Tu me dois cinq cents dollars.

Laisse-moi voir.

Elle lui montra la carte avec les détails imprimés au verso, indiquant le montant à payer en dollars si quelqu'un atterrissait sur la propriété.

Très bien, dit-il. Retirant l'élastique de sa liasse de billets roses, verts et jaunes, il compta les cinq cents dollars sur la table et les lui tendit. Quand est-ce qu'elle s'est mise à fumer ? demanda-t-il. Je ne savais pas qu'elle fumait.

Qui ça ?

Ta mère.

Elle vient de commencer. Elle empeste toute la maison avec ses cigarettes.

Tu devrais lui en piquer quelques-unes un de ces jours.

Pour quoi faire ?

Pour qu'on puisse fumer ici.

J'en ai pas envie. Elle le regarda puis, baissant les yeux sur le tableau de jeu, elle ramassa les dés, les fit rouler et avança de neuf cases.

Recompte, dit-il.

C'était ça.

Tu m'as loupé de justesse.

Je sais. Je vais acheter. Combien ça coûte ?

Il fouilla parmi les cartes et trouva la bonne. Quatre cents dollars, annonça-t-il.

Elle compta l'argent et il déposa la somme à la banque. Vas-y, dit-elle.

Il lança les dés. Il dépassa la case départ et prit deux cents dollars à la banque.

Tu veux acheter ?

Je n'ai pas assez d'argent.

Tu veux en emprunter à la banque ? Tu pourrais hypothéquer.

Je n'aime pas hypothéquer.

Qu'est-ce que tu vas faire alors ? Décide-toi.

Je réfléchis. Il la regarda de l'autre côté de la table. Ton père ne reviendra pas ?

Je ne sais pas. Peut-être. Mais il se peut que j'aille là-bas.

En Alaska ?

Pourquoi pas ?

J'aimerais bien aller en Alaska, dit-il.

Il fait froid, dit-elle. Mais c'est différent là-bas.

Qu'est-ce que tu veux dire ?

C'est différent. C'est pas comme ici. Mon père dit qu'il faut bien savoir ce qu'on fait là-bas. On risque de geler sinon. Et ils ont des ours kodiaks là-bas.

Tu vas lancer les dés ou non ?

Elle lança les dés et compta les cases.

Tu as atterri chez moi cette fois.

Je le sais bien. Combien ?

Deux cents dollars.

C'est tout ? Pas de problème. Elle jeta les billets vers lui. Ils retombèrent en flottant sur le plateau comme des feuilles jaunies et il s'en empara.

Il fait nuit tout l'hiver là-bas, reprit-il. Il ne fait presque jamais jour là-bas pendant l'hiver.

Pas pendant tout l'hiver, non.

Quasiment, dit-il. Pendant à peu près quatre mois.

Ça m'est égal. J'irai peut-être quand même. À toi de jouer.

Tous les après-midi ils allaient à la cabane après l'école : ils s'asseyaient, discutaient, jouaient aux cartes ou à des jeux comme le Monopoly, allumant les bougies et s'emmitouflant dans des couvertures. Une fin d'après-midi dans les derniers jours de novembre, ils retournèrent chez Dena dans la nuit précoce et le froid, et sa mère était installée avec un homme dans la cuisine. Ils buvaient de la bière au goulot dans des bouteilles vertes et fumaient des cigarettes venant du même paquet. Mary Wells avait mis du rouge à lèvres pour la première fois depuis des semaines et la moitié des cigarettes dans le cendrier étaient tachées de rouge. Elle les entendit franchir la porte d'entrée. Viens par ici, Dena, cria-t-elle. Je veux te présenter quelqu'un.

Ils entrèrent dans la pièce et Mary Wells annonça : Je te présente Bob Jeter. C'est un ami à moi que je veux que tu connaisses.

Bob Jeter avait un visage maigre, une moustache et une barbiche brunes. Ses cheveux blonds étaient bien plus clairs que son bouc et elle apercevait son crâne rose qui brillait entre ses cheveux sous l'éclairage de la cuisine.

Ta mère ne m'avait pas dit que tu étais une jeune fille aussi magnifique, dit-il.

Elle le regarda.

Tu ne dis pas bonjour ? demanda sa mère.

Bonjour.

Et qui c'est, ça ? demanda Bob Jeter.

C'est notre voisin, DJ Kephart.

DJ. Eh bien DJ, comment ça se passe à la radio ?

Le garçon lui jeta un coup d'œil et détourna la tête. Je ne sais pas de quoi vous parlez.

Okay, fit Mary Wells. Ça suffira. Maintenant vous pouvez y aller, tous les deux.

Quand ils furent dans la salle de séjour, DJ chuchota : C'est qui ?

J'en sais rien, répondit-elle. Je l'ai jamais vu avant. Je sais pas qui c'est.

Dans la soirée après le dîner, quand Bob Jeter fut parti, Dena demanda à sa mère : Qu'est-ce que cet homme fait ici ?

Sa mère avait l'air fatiguée à présent. La lueur à la fois pétillante et vague qu'elle avait tout à l'heure dans les yeux avait disparu. C'est un ami à moi, dit-elle.

Qu'est-ce qu'il fabrique ici ?

C'est un ami, je te dis. Il est vice-président à la banque. Il accorde des prêts aux gens. Je discutais avec lui l'autre jour de notre situation, vu que votre père ne va pas revenir.

Il reviendra peut-être.

J'en doute. D'ailleurs, je ne connais personne qui ait envie qu'il revienne.

Moi je veux qu'il revienne.

Tu es sûre ?

Oui.

Peut-être qu'il reviendra, alors. Mais dis-moi ce que tu as pensé de M. Jeter.

Je ne comprends pas pourquoi il a fallu qu'il reste dîner. Il n'a donc pas de maison à lui ?

Si. Il a une maison à lui. Bien sûr qu'il a une maison à lui. Il a une très jolie maison.

Plus tard ce soir-là, quand elle voulut appeler son père, avant qu'elle ne prenne le téléphone sa mère lança : Si tu arrives à le joindre, dis-lui bien que j'ai reçu un ami ici aujourd'hui. Dis bien ça à ton père.

Je ne vais pas lui dire ça.

Si, tu vas lui dire, sinon tu ne lui parleras pas du tout.

Maman, je ne veux pas.

Dis-lui que j'ai reçu la visite de quelqu'un ici cet après-midi. Il n'est pas le seul à connaître des gens. C'est une chose qu'il faut qu'il sache, là-bas dans son Alaska de frimeur.

22.

L'avocat de l'assistance judiciaire qui lui avait été assigné était une jeune femme aux cheveux roux. Elle avait terminé son droit trois ans plus tôt et elle était en possession de son casier depuis à peine une heure lorsqu'elle arriva au palais de justice du comté de Holt le matin de son passage en jugement pour s'entretenir avec lui. Elle portait une pile de dossiers sous le bras, et ils se retrouvèrent dans une petite salle de réunion dépourvue d'ornements à quelques mètres de la salle d'audience, avec un shérif adjoint qui attendait devant la porte tout en surveillant un autre détenu. Hoyt était vêtu de sa combinaison orange de prisonnier et il avait le teint pâle et l'air patraque après son mois de détention. Elle posa ses dossiers sur la table et s'assit en face de lui.

Hoyt la regarda feuilleter son casier judiciaire. Vous êtes comme tous les autres, pas vrai. Vous voulez savoir ce que je veux, espèce de garce ? Ma priorité numéro un, bordel, c'est de sortir de cette putain de taule.

Elle l'observa attentivement pour la première fois.

Vous ne pouvez pas parler comme ça ici, dit-elle. En tout cas pas à moi.

Qu'est-ce que vous lui reprochez, à ma façon de parler ?

Vous savez exactement ce que je lui reproche.

Enfin merde, s'écria-t-il. Je me suis juste un peu énervé. J'ai plus l'habitude d'avoir de la compagnie. Il lui fit un large sourire. Je vais essayer de me contenir.

Elle le dévisagea. Vous feriez mieux, dit-elle. Elle referma son dossier. Bon, j'imagine que vous n'avez pas envie qu'on aille jusqu'au procès. Si ?

Je ne sais pas. Dites-moi, vous.

Je ne crois pas que vous en ayez envie.

Et pourquoi ça ? Y a des choses que j'ai peut-être envie de dire. J'ai le droit d'être entendu.

Vous en êtes certain ?

Et pourquoi pas ?

Parce que votre affaire ne serait sans doute pas jugée avant deux mois. Peut-être plus. Selon le moment où le procès pourrait avoir lieu. Ce qui signifie qu'entre-temps vous retourneriez en prison. Vous n'avez pas l'argent de la caution, si ?

Non, j'ai pas l'argent de la caution. Où je pourrais trouver de l'argent ? Ça fait vingt-neuf jours qu'on me garde enfermé.

Donc vous ne voulez pas de procès.

J'ai dit que non.

Quand avez-vous dit ça ?

Je le dis maintenant, dit Hoyt. Quel âge vous avez, au fait ?

Quoi ?

Quel âge ça vous fait ? Vous êtes plutôt jolie pour une avocate.

Elle le fixa du regard. Elle prit un stylo et commença à tambouriner sur la table. Écoutez. Monsieur Raines.

Oui m'dame, fit-il. Vous avez toute mon attention. Il lui fit un grand sourire et se pencha en avant.

Vous savez quoi, dit-elle, je n'en ai pas l'impression. Il faut que vous arrêtiez ces petits jeux stupides. Je n'ai pas besoin de ça avec vous. J'ai sept autres affaires à traiter ce matin en plus de la vôtre. Continuez cette comédie et rien ne sera tranché aujourd'hui, je vous verrai le mois prochain et vous pourrez redescendre au sous-sol et croupir en prison d'ici là. Bon, est-ce que vous avez bien compris cette fois ?

Bordel. Il se redressa sur sa chaise et tira les manches de sa combinaison sur ses poignets osseux. Du calme, voulez-vous ? Je vous vois là complètement tendue. Je pensais pas à mal. Vous êtes juste une belle femme, c'est tout ce que j'ai dit. J'ai pas vu de femme depuis un mois.

C'est un problème secondaire, il me semble.

Ouais, fit-il. Mais pas pour longtemps. Dès que je sors d'ici je m'en occupe.

Elle étudia l'expression de son visage. Elle s'apprêtait à lui dire quelque chose mais se contenta finalement de secouer la tête. Très bien, dit-elle. J'ai déjà parlé au procureur et j'ai négocié en votre nom la possibilité de deux accords revoyant à la baisse vos chefs d'inculpation.

Je négocie quoi ?

Vous plaidez quoi ?

Ouais. Je plaide quoi.

Vous plaidez coupable pour l'accusation de violences sur enfants. Comme il est spécifié dans le rapport de police. Sous réserve qu'il n'y ait pas de peine de prison supplémentaire. Vous consentez à ne plus avoir de contact avec les deux enfants et à ne pas vous approcher de la maison de leurs parents. Vous acceptez toutes ces conditions ?

Vous vous figurez que j'ai envie de retourner là-bas avec tous les problèmes qu'ils m'ont causés ?

Ce n'est pas ce que je vous ai demandé.

Très bien, d'accord, je les accepte. D'accord, je retournerai pas là-bas et je contacterai plus ces mômes. Est-ce que ça vous va ? Qu'est-ce que vous avez d'autre à dire ?

Avant qu'on vous relâche le juge fixera une période de mise à l'épreuve.

Une période de combien de temps ?

Un an, peut-être deux. C'est une des deux possibilités. Le côté positif pour vous dans cette option c'est que vous sortirez de prison aujourd'hui. Le côté négatif c'est que si vous enfreignez votre mise à l'épreuve vous pourriez récolter une peine de prison ferme. Est-ce que vous comprenez ce que j'ai dit jusqu'ici ?

Ouais. Quoi d'autre ?

Et puis il y a l'autre possibilité. Les charges pourraient être réduites à une tentative de sévices sur enfants. Si vous acceptez cette option vous laissez le juge évaluer la sentence. Le côté positif pour vous dans ce cas-là c'est que si vous enfreignez votre mise à l'épreuve vous écoperez sans doute ensuite d'une peine de prison inférieure. Le côté négatif c'est que vous ne sortirez peut-être pas de prison aujourd'hui. Selon la sentence que prononcera le juge.

Elle se tut et le regarda.

Quoi ? fit-il.

Vous comprenez ce que je viens de vous dire.

C'est pas si difficile que ça. J'ai pigé.

Quelle option voulez-vous que je négocie ?

J'ai déjà dit ce que je voulais. Je veux sortir de prison aujourd'hui.

Alors vous plaidez coupable. Et vous signez ce formulaire que je vais vous donner.

Il faut que je signe quelque chose ?

Vous devez vous engager avant que nous passions devant le juge.

Prenant deux feuilles de papier dans le dossier de Hoyt, elle orienta la feuille du dessus de manière qu'ils puissent la voir tous les deux, puis elle se pencha en avant et se mit à lire chaque paragraphe à haute voix, levant plusieurs fois le regard vers lui au fil de sa lecture. Le code de procédure criminelle du Colorado, articles cinq et onze, concernant le plaider coupable, énonçait ses droits et les conditions qu'il acceptait en renonçant à son droit à un procès, s'assurait qu'il comprenait les éléments du délit, qu'il plaidait coupable volontairement, et qu'il n'était pas sous l'influence de la drogue ni de l'alcool.

Ce sont les conditions, dit-elle. Si vous comprenez les conditions et que vous les acceptez, vous signez.

C'est quoi, cet autre papier que vous avez là ?

Les clauses standard.

C'est quoi ?

C'est une liste de clauses auxquelles vous devrez vous conformer pendant que vous serez en liberté surveillée.

Quoi, par exemple ?

Elle lut à haute voix les clauses en question. Seize clauses disant qu'il n'enfreindrait aucune loi ni ne harcèlerait aucun témoin à charge, qu'il aurait une résidence permanente, qu'il ne quitterait pas l'État du Colorado sans autorisation, qu'il se procurerait un emploi ou du moins essaierait, qu'il ne consommerait pas d'alcool à l'excès ni aucune autre substance dangereuse.

Je suis pas obligé de signer ça ?

Non, il n'y a rien à signer pour ça. C'est simplement à titre d'information, pour que vous puissiez prendre votre décision en connaissance de cause. Il suffit que vous soyez informé de ces clauses et que vous les compreniez.

Okay.

Vous êtes donc prêt à signer ce premier formulaire ?

Si ça me fait sortir d'ici, je signerai n'importe quoi.

Non. Attendez une minute, dit-elle. Vous ne signez pas n'importe quoi. Vous devez comprendre exactement ce que vous signez.

Je comprends tout à fait. Donnez-moi votre stylo.

Vous êtes sûr.

Vous voulez que je signe ce truc-là, pas vrai.

Ça dépend entièrement de vous.

Vous allez me prêter ce stylo, oui ou non ? J'en ai pas à moi. Ils ont peur que je poignarde quelqu'un avec.

Elle lui tendit le stylo, il la regarda, puis, courbant la tête sur le papier, il écrivit son nom en majuscules et apposa sa signature sur les deux lignes prévues pour ça, avant d'inscrire la date à côté. Et voilà, dit-il. Il fit glisser le document sur la table.

Elle ramassa les deux feuilles de papier qu'elle rangea dans le classeur le concernant.

Qu'est-ce que je suis censé faire maintenant ?

Vous attendez avec le shérif adjoint dans la salle d'audience jusqu'à ce qu'on vous appelle.

Elle se mit debout, cala sa pile de dossiers sous son bras et sortit de la pièce. Il la regarda partir, reluquant sa jupe et ses jambes. L'adjoint qui attendait devant la porte entra dans la pièce, accompagné du deuxième détenu. Il repassa les menottes aux poignets de Hoyt, puis embarqua les deux hommes dans le large couloir jusqu'à la salle d'audience pour attendre leurs comparutions. Le deuxième détenu avait les chevilles entravées en plus de ses menottes, et il avançait lentement en traînant les pieds.

Il y avait déjà plusieurs personnes dans la salle, assises à discuter. L'adjoint conduisit Hoyt et l'autre détenu vers un banc situé vers le fond ; ils s'y installèrent et observèrent les gens qui arrivaient puis prenaient place les uns après les autres dans les travées.

Au bout d'un moment Hoyt se pencha vers le shérif adjoint. Il faut que j'aille pisser.

T'aurais pu y penser plus tôt.

J'avais aucune raison d'y penser plus tôt.

Lève-toi, alors, dit l'adjoint. Allons-y. Toi aussi, dit-il à l'autre détenu. Avant que la séance commence.

Pourquoi je devrais y aller ?

Parce que c'est comme ça. Pas question que je te laisse ici.

Dans le couloir, ils dépassèrent les avocats occupés à discuter avec des clients, puis d'autres groupes de gens qui se tenaient sous les grandes fenêtres tout en longueur. Ils prirent l'escalier en bois jusqu'au rez-de-chaussée, l'autre détenu se mettant de profil et descendant une marche à la fois, puis l'adjoint les conduisit dans les toilettes publiques derrière la cage d'escalier. Essaie de pas te pisser dessus, dit-il à Hoyt.

Tu vas pas m'ouvrir ma braguette ? fit Hoyt. Je sais que t'en rêves depuis longtemps.

Je te toucherais pas même avec des pincettes, espèce de pauvre enfoiré.

Tu loupes la chance de ta vie.

Je vais te dire un truc, Raines. Y a des gens dans le comté de Holt qui te trouvent pas si mignon que ça.

Y a quelques nanas qui trouvent que si. Et même certaines que je pourrais nommer.

Aucune que je connaisse.

Tu connais pas celles qu'il faut.

C'est sans doute ça. Maintenant magne-toi le cul.

L'autre homme alla lui aussi à l'urinoir puis ils remontèrent dans la salle d'audience, s'assirent et attendirent. Le procureur entra et la jeune avocate rousse de l'assistance judiciaire prit place en face de lui à la table située devant les bancs où certains des autres avocats étaient déjà installés. L'huissier entra et vérifia le thermostat, tapotant le petit boîtier avec son doigt et le scrutant avant de s'asseoir. Finalement le greffier surgit par une porte latérale et clama : Levez-vous. Le juge apparut, un petit brun trapu en robe noire, et tout le monde resta debout en attendant qu'il s'assoie derrière son grand pupitre. Puis le greffier dit : Asseyez-vous, et le juge appela la première affaire.

Hoyt comparut environ une heure plus tard. Assis à côté du shérif adjoint, il avait du mal à rester éveillé, pendant que divers prévenus du comté de Holt se levaient à l'appel de leurs noms et passaient entre les tables des avocats pour rejoindre la barre et écouter le juge. Un jeune garçon se présenta et le juge lui fit signe d'enlever sa casquette. Le garçon retira sa casquette. Le juge lui demanda s'il avait contracté une assurance auto depuis sa dernière comparution. Le garçon répondit que oui en brandissant un papier. Très bien, vous pouvez disposer, dit le juge. Une femme en jean et chemise rose passa ensuite et son avocat se leva à côté d'elle pour raconter à la cour qu'une des causes de sa tension actuelle se trouvait en détention provisoire à Greeley et qu'elle-même était prête à aller en prison aujourd'hui à cinq heures. Le juge condamna la femme à sept jours de détention à la prison du comté et lui ordonna de s'abstenir de toute consommation d'alcool pendant deux ans ; il l'informa qu'elle devrait observer un an de liberté surveillée et effectuer quarante-huit heures de travaux d'intérêt général. Quand il eut fini de parler, la femme se retourna et sortit dans le couloir accompagnée de deux amies. Elle était toute rouge et elle avait déjà commencé à pleurer. Ses amies lui enlacèrent la taille en lui chuchotant à l'oreille les piètres encouragements qui pouvaient leur venir à l'esprit.

Puis l'adjoint du shérif conduisit le voisin de Hoyt à la barre. L'homme s'appelait Bistrum et il avança à petits pas traînants. Il était accusé de détention de marijuana et d'émission de chèques sans provision, mais en raison d'une complication dans son dossier le juge lui ordonna de se représenter devant le tribunal le dix-huit janvier. L'homme pivota sur lui-même pour regarder une grande jeune femme assise au troisième rang ; il lui dit quelque chose en remuant les lèvres et elle lui répondit en chuchotant, puis il secoua la tête avec un haussement d'épaules et l'adjoint le ramena vers le banc, traînant toujours les pieds.

Quand le juge annonça *L'État du Colorado contre Hoyt Raines*, l'adjoint lui fit un signe de tête en disant : C'est à toi, connard. Hoyt lui accorda un grand sourire et s'avança. La jeune avocate de l'assistance judiciaire se planta à côté de lui et s'adressa à la cour.

Votre Honneur, nous souhaitons informer la cour que M. Raines a décidé de plaider coupable à l'accusation de sévices sur enfants. Il est pleinement au fait des charges pesant contre lui et il a été informé de ses droits. Nous soumettons à la cour cet exemplaire du formulaire signé par le prévenu.

Elle s'approcha du juge et lui tendit le formulaire. Il allongea le bras pour s'en emparer, puis elle regagna sa place à côté de Hoyt.

Le juge regarda le formulaire. Monsieur Raines, comprenez-vous vos droits dans ce tribunal ?

Je les comprends, dit Hoyt.

Et vous comprenez les charges qui pèsent contre vous ?

Ouais. Mais ça veut pas dire qu'elles me plaisent.

Elles n'ont pas à vous plaire. Mais vous, il faut absolument que vous les compreniez. Vous confirmez donc à la cour que vous tenez à plaider coupable à l'accusation de sévices sur enfants ?

Je suppose.

Comment cela, vous supposez.

Je veux dire, ouais, je plaide coupable.

Le juge le considéra un moment. Il jeta un coup d'œil aux documents devant lui, puis s'adressa au procureur : Vous convenez qu'il existe une base factuelle pour cette affaire ?

Oui, Votre Honneur.

Que recommandez-vous concernant M. Raines ici présent ?

Votre Honneur, nous sommes d'avis qu'étant donné que M. Raines a déjà purgé un mois de prison, aucune détention supplémentaire n'est requise. Nous recommandons que M. Raines soit soumis à une période de mise à l'épreuve qui ne soit pas inférieure à un an et qu'il se plie sans discuter à tout ce que son contrôleur judiciaire pourra raisonnablement préconiser comme traitement. Nous recommandons en outre que le prévenu s'abstienne de tout contact avec les enfants en question et qu'il ne soit plus autorisé désormais à vivre sous le toit de la famille Wallace.

Le juge se tourna vers la jeune avocate. Êtes-vous d'accord avec tout ce que nous venons d'entendre ?

Oui, Votre Honneur.

Monsieur Raines, avez-vous personnellement quelque chose à déclarer ?

Hoyt secoua la tête.

Dois-je prendre cela pour un non ?

Non. J'ai rien d'autre à dire. À quoi ça me servirait de toute façon.

Cela pourrait dépendre de votre déclaration.

Y a rien à déclarer.

Dans ce cas vous allez être remis entre les mains du shérif, lequel vous relâchera aujourd'hui même. Vous prendrez contact avec votre contrôleur judiciaire dans un délai de vingt-quatre heures. La cour ordonne que vous accomplissiez une année de mise à l'épreuve. En outre, vous avez l'ordre de régler la totalité des frais judiciaires, plus une amende de deux cents dollars, et d'effectuer quatre-vingt-seize heures de travaux d'intérêt général. Vous vous abstiendrez de tout contact avec les enfants Wallace et vous renoncerez à résider sous le toit de la famille Wallace. Des questions ?

Hoyt regarda la jeune avocate à côté de lui et lorsqu'elle fit non de la tête il regarda le juge. Je vous ai compris, dit-il. J'ai pas de questions.

Bien, dit le juge. Parce que je ne veux pas vous revoir ici. Ce tribunal compte bien ne jamais vous revoir devant lui, monsieur Raines.

Le juge signa le formulaire qu'il tendit au greffier,

puis sortit un autre dossier et appela l'affaire suivante.

Hoyt fit demi-tour et se dirigea vers l'arrière de la salle d'audience. L'adjoint se leva. Il les escorta, l'autre détenu et lui, dans le couloir, puis dans l'escalier, et jusqu'au bureau du shérif en bas, où l'autre homme fut remis en cellule.

Debout en face de Hoyt, l'adjoint lui défit ses menottes. Tu peux rassembler tes affaires maintenant, dit-il. Et te présenter chez le contrôleur judiciaire.

J'ai vingt-quatre heures avant de devoir y aller.

C'est comme ça que tu vas t'y prendre, c'est ça ? Rendre les choses difficiles pour tout le monde, comme tu le fais depuis le début.

Ce que je fais, bordel, c'est plus tes oignons, dit Hoyt. Le juge m'a relâché. Je suis libre de partir. Et tu es libre de me lécher le cul.

23.

Un samedi matin en décembre Tom Guthrie et ses deux fils, Ike et Bobby, se rendirent en voiture au ranch des McPheron juste après le petit déjeuner. C'était une journée claire et froide. Seul soufflait un petit vent d'ouest.

Ils sortirent du vieux pick-up Dodge au rouge décoloré de Guthrie et pénétrèrent dans le paddock où Raymond les attendait à côté de l'écurie. Les deux garçons, douze et onze ans, étaient minces et dégingandés : pour affronter le froid, ils avaient mis jean, veste fourrée, casquette en laine et gants en cuir. Dans le paddock Raymond avait déjà brossé et sellé les chevaux ; attachés lâchement à la barrière, ils balancèrent la tête pour regarder approcher les Guthrie.

Vous arrivez pile à temps, les gars, fit Raymond. J'attendais plus que vous. Comment ça va, les garçons, ce matin ?

Ils échangèrent des regards. Pas mal, répondit Ike.

Foutue corvée, hein, de devoir venir ici un samedi matin de si bonne heure.

Ça nous dérange pas.

Il vous a fait un petit déjeuner avant de partir, au moins ?

Oui m'sieur.

C'est bien. Ça va être long avant le repas de midi.

Comment voulez-vous qu'on procède ? demanda Guthrie.

Oh, à peu près comme toujours, je suppose, Tom. On va juste aller à cheval au milieu du troupeau, les rassembler tous dans l'enclos là-bas, et commencer à les séparer. Qu'est-ce que vous en dites ?

Ça m'a l'air bien, dit Guthrie. C'est vous le patron.

Ils montèrent à cheval et rejoignirent le pâturage. Les chevaux étaient fringants et un peu ombrageux, un peu nerveux par ce temps froid, mais ils ne tardèrent pas à se calmer. À l'autre bout du champ les vaches, les génisses de deux ans et les veaux black-baldy étaient disséminés dans l'armoise et le chiendent : ils apercevaient leurs silhouettes sombres sur une petite butte balayée par le vent. Tout en avançant, Guthrie et Raymond discutaient du temps qu'il faisait, de la neige qui tardait à venir et de l'état de l'herbe, et Guthrie pensa à demander des nouvelles de Victoria Roubideaux. Raymond lui apprit qu'elle avait appelé la veille au soir. Elle avait l'air plutôt en forme, dit-il. Apparemment elle réussit très bien dans ses études là-bas à Fort Collins. Elle rentre à la maison pour Noël.

Les deux garçons progressaient à côté des hommes, sans parler. Ils regardaient autour d'eux tout ce qu'il y avait à voir, contents de ne pas être à l'école et de faire quelque chose qui leur permette de monter à cheval.

Lorsque les quatre cavaliers approchèrent, les vaches, les génisses et les veaux arrêtèrent tous de paître et restèrent aussi immobiles et sur le qui-vive que des daims, les regardant avancer, puis ils commencèrent à migrer dans la prairie vers la clôture du fond.

Allez les prendre à revers, les garçons, dit Guthrie. Vous ne croyez pas, Raymond ?

Tout à fait. Faites-les revenir par ici.

Les garçons éperonnèrent leurs chevaux et partirent en bondissant à la suite des bêtes, maniant leurs montures comme des cow-boys d'autrefois parmi les herbes des hautes plaines sans arbres, sous un ciel aussi bleu et pur qu'un morceau de faïence étincelant.

Après avoir réuni les bêtes, ils les ramenèrent vers les corrals, puis les enfermèrent dans l'enclos à l'est de l'étable. Mettant alors pied à terre, ils desserrèrent les sous-ventrières de leurs chevaux, leur donnèrent à boire et les attachèrent à la barrière. Les chevaux restèrent là à s'ébrouer, se reposant en pliant une jambe de derrière. Ils était bruns de sueur à l'encolure et aux flancs et avaient de l'écume entre leurs membres postérieurs.

Raymond et les deux garçons commencèrent à trier les vaches et les veaux : ils faisaient sortir l'un après l'autre les couples vache-veau de l'enclos pour les faire entrer dans le couloir aux hautes parois en planches, au bout duquel Guthrie se tenait prêt à actionner la porte battante. Un des garçons trottait derrière avec un fouet de gardien de troupeau, pour les guider le long du couloir. Les veaux restaient collés à leurs mères, mais quand ils atteignaient Guthrie celui-ci rabattait le portail entre eux et le refermait, menant la vache au pré et le veau dans un deuxième enclos assez grand. Dès qu'ils étaient séparés la vache et le veau se mettaient tous les deux à mugir, pleurant et appelant, tournant en rond sans relâche. Sous l'effet de ce bruyant remue-ménage, la poussière s'élevait dans les airs et restait suspendue au-dessus d'eux en un nuage brun qui ne se dissipait que peu à peu sous la brise. Et pendant ce temps les bêtes ne cessaient de s'agiter, se bousculant les unes les autres, puis s'immobilisant pour se mettre à meugler, et les veaux dans l'enclos n'arrêtaient pas de dresser la tête puis de meugler et de pleurer, leurs bouches grandes ouvertes roses comme du caoutchouc et tendues de filets de bave, leurs yeux révulsés ne laissant plus voir que du blanc. De temps en temps une vache et son veau parvenaient à se repérer le long de la palissade et restaient là à se humer et à se lécher par les interstices entre les planches brutes. Mais quand la vache bougeait, se déplaçant le long de la clôture, le veau soulevait la tête pour se remettre à mugir. Le vacarme et la poussière augmentaient à mesure que les heures passaient.

Dans l'enclos provisoire Raymond dit : Attention, il faut se méfier de celle-là. Elle a tendance à être un peu hargneuse. Vous approchez pas trop d'elle.

Une grande vache noire surgit de l'enclos en trottinant avec son veau sur ses talons. Les garçons réussirent à les faire entrer tous les deux dans le couloir et à les diriger vers Guthrie. Au bout du couloir la vache lui fonça dessus, secouant la tête comme pour l'embrocher. Il escalada la palissade en vitesse pour se percher à deux ou trois planches de hauteur, et quand elle essaya de le toucher avec ses cornes il lui donna des coups de pied à la tête. Puis elle et son veau s'esquivèrent dans la prairie avant qu'il ait eu le temps de sauter à terre pour refermer la porte battante. Ike cria : Tu veux que j'aille les chercher, papa ?

Non, je vais la laisser. On attrapera le veau au lasso tout à l'heure. Ça vous va, Raymond ?

Ça me va parfaitement, répondit Raymond.

Ils continuèrent à déplacer le bétail sous le jour radieux dans les enclos remplis de poussière. Le temps s'était un peu réchauffé, le vent n'avait pas forci et ils avaient chaud dans leurs vestes fourrées. À midi et demi ils avaient terminé.

Vous feriez mieux de venir à la maison casser une petite croûte. Je suis sûr que ces garçons ont une faim de loup.

Oh, on va aller en ville, dit Guthrie. On se prendra quelque chose au restau. Mais commençons par récupérer ce veau.

Non, vous feriez mieux de venir à la maison. On attrapera le veau plus tard. J'ai sorti un peu de ce bon bœuf haché du congélateur. Il sera perdu si vous venez pas. Je vais pas manger tout ça à moi tout seul.

Ils quittèrent les corrals et traversèrent l'allée de gravier jusqu'à la maison ; sur le perron, ils donnèrent de grandes claques sur leurs jeans pour en faire partir la poussière et tapèrent leurs bottes par terre, puis ils entrèrent, retirèrent leurs vestes chaudes et leurs chapeaux, et Raymond se lava les mains et la figure dans l'évier et commença à cuisiner sur le vieux fourneau en émail. Guthrie et les garçons se débarbouillèrent dans l'évier après lui et s'essuyèrent au torchon de cuisine. Les garçons, vous pouvez m'aider à mettre la table, dit Guthrie.

Ils descendirent des assiettes et des verres du placard, les installèrent sur la table, disposèrent les couverts, puis ils regardèrent dans le vieux réfrigérateur, d'où ils sortirent des flacons de ketchup et de moutarde. Autre chose ? demanda Guthrie.

Vous pouvez ouvrir cette boîte de haricots, dit Raymond, que je puisse la réchauffer. Peut-être qu'un de vous, les garçons, pourra trouver du lait.

Ils restèrent debout dans la pièce à le regarder cuisiner, et quand il eut terminé au fourneau ils s'attablèrent pour déjeuner. Apportant la grosse poêle à table, Raymond déposa deux hamburgers sur chaque assiette : la viande était archicuite, noire et dure comme si on l'avait extraite d'un feu de camp. Il remit ensuite la poêle sur le fourneau et s'assit. Allez-y, mangez, dit-il, à moins que quelqu'un veuille faire une prière. Ce n'était pas le cas. Il les regarda. Qu'est-ce que vous attendez ? Ah bon sang, c'est vrai, j'ai oublié d'acheter des petits pains à hamburgers. Zut. Il se leva, rapporta un sachet de pain blanc puis se rassit. Dites, les garçons, vous pourrez quand même manger ces hamburgers sans petits pains ?

Oui m'sieur.

Alors allons-y. Voyons si ce repas vaut un peu le coup.

Ils firent circuler autour de la table le plat de haricots réchauffés et versèrent du ketchup sur les hamburgers. Le ketchup pénétra dans le pain et dessina des cercles roses sur l'extérieur. Complètement imbibé, le pain s'émietta dans leurs mains et ils furent obligés de se pencher pour manger au-dessus de leurs assiettes. On ne parla pas beaucoup. À un moment les garçons regardèrent leur père ; il fit un signe vers leurs assiettes, alors ils baissèrent la tête et continuèrent à manger. Quand les haricots circulèrent à nouveau chacun se resservit largement. Pour le dessert Raymond sortit quatre tasses à café et ouvrit une grosse boîte de pêches en conserve. Faisant le tour de la table, il déposa des quartiers jaune vif dans chacune des tasses et y ajouta le sirop en quantités égales.

Pendant ce temps Guthrie parcourait la cuisine du regard. Il y avait des pièces mécaniques, des morceaux de cuir et de vieilles boucles rouillées entassés sur les chaises et dans les coins.

Raymond, dit-il, vous devriez sortir de votre campagne de temps en temps. Venir en ville, boire une bière ou quelque chose. Vous devez vous sentir bien solitaire par ici.

C'est parfois un peu trop tranquille, c'est vrai, reconnut Raymond.

Vous feriez mieux de venir en ville un de ces samedis soir. Vous accorder un peu de distraction.

Bof. Je vois pas ce que je ferais de ma carcasse en ville.

Vous pourriez être surpris, dit Guthrie. Vous pourriez trouver un pétrin intéressant dans lequel vous fourrer.

Ça pourrait être un pétrin d'où je saurais pas me tirer, dit Raymond. Qu'est-ce que je ferais, alors ?

Après déjeuner ils ressortirent et les deux garçons reprirent leurs chevaux pour aller dans le pâturage au milieu des vaches ; ils repérèrent la grande vache noire, passèrent une corde au cou de son veau et traînèrent l'animal récalcitrant vers le grand enclos pour le mettre avec les autres. La vache se précipita sur eux, mais ils arrivèrent à la repousser et à faire passer le veau de l'autre côté.

Les bêtes continuaient à meugler. Elles continueraient à meugler et à tourner en rond pendant trois jours. Puis les vaches auraient suffisamment faim pour partir paître plus loin dans la prairie et leur lait se tarirait. Quant aux veaux, Raymond allait devoir leur mettre du foin à la fourche dans la longue rangée de mangeoires installée dans l'enclos, puis verser par-dessus des seaux de farine de maïs, et il allait devoir les surveiller avec soin pendant quelque temps, sans quoi ils risquaient de tomber malades.

Quand Guthrie et ses fils regagnèrent la route du comté pour retourner à Holt, ils entendaient encore les bêtes à deux kilomètres de là.

Elles vont bien, dis ? demanda Bobby.

Ouais, elles vont bien, dit Guthrie. Il faudra bien. Ça se passe comme ça tous les ans. Je croyais que vous le saviez.

J'avais jamais fait attention avant, dit Bobby. J'y avais jamais participé avant.

Ces vaches et ces génisses attendent déjà leurs veaux de l'année prochaine, expliqua Guthrie. Elles seraient obligées de sevrer ceux-là elles-mêmes si on ne le faisait pas à leur place. Il faut qu'elles prennent des forces pour ceux de l'année prochaine.

Elles font un boucan incroyable, dit Ike. Elles n'ont pas l'air de beaucoup apprécier.

Non, dit Guthrie.

Il regarda ses fils assis à côté de lui dans le pick-up, roulant sur la route de gravier par ce magnifique après-midi d'hiver, les grandes plaines autour d'eux grises, brunes et toutes desséchées.

Elles n'apprécient jamais, reprit-il. Je ne vois pas comment elles pourraient. Mais toutes les choses vivantes en ce monde doivent bien être sevrées un jour ou l'autre.

24.

Le chèque de pension des chemins de fer était arrivé et le vieil homme voulut sortir malgré le froid cuisant. La température avait commencé à descendre toutes les nuits jusqu'à moins dix et plus bas. Tu n'es pas obligé de venir, dit-il. Je peux me débrouiller sans toi.

Tu ne peux pas y aller tout seul, dit DJ. Je viens avec toi.

Il retourna dans sa chambre mettre des vêtements plus épais puis revint dans le séjour et prit sa grosse veste de laine à carreaux et ses moufles dans l'armoire en planches de l'angle ; il les enfila puis se planta à la porte avec son bonnet à la main. Tu as intérêt à t'habiller chaudement, grand-père. Souviens-toi de l'hiver dernier quand tu as attrapé des engelures.

T'en fais pas pour ça. Je suis sorti par des temps plus glacials que tu peux même imaginer. Enfin merde, gamin, j'ai travaillé dans ce froid toute ma vie.

Il endossa sa vieille veste noire bien lourde et enfonça une casquette en velours sur sa tête chenue, les rabats pendant librement sur ses grandes oreilles.

Puis il enfila des moufles en cuir et balaya la pièce du regard. Éteins cette lumière.

Je le ferai, dès que tu seras dehors. Je t'attends, dit DJ. Tu as pris ton chèque ?

Bien sûr que j'ai pris mon chèque. Il est juste là dans mon portefeuille. Il tapota la poche de poitrine de sa salopette sous sa lourde veste. Allons-y, dit-il.

Ils sortirent et le vent du sud qui les assaillit suffit à leur couper le souffle. Au-dessus des lumières de la ville le ciel était dur et clair. Ils remontèrent la rue en direction du centre. Il n'y avait pas de circulation. Les lumières étaient allumées dans la maison de Mary Wells mais tous les stores étaient hermétiquement fermés. Les jardins étaient parsemés de taches de neige et des ornières de glace avaient durci sur la route.

Au niveau de Main Street ils tournèrent au sud face au vent et continuèrent leur route sur le trottoir. Une voiture passa, ses gaz d'échappement aussi blancs et effilochés que de la fumée de bois avant d'être emportés par le vent. Ils traversèrent les voies ferrées et aperçurent le signal rouge qui brillait à l'ouest. Les silos à grains se profilaient au-dessus d'eux.

Dans le petit quartier des affaires, leur reflet accouplé cheminait à côté d'eux dans les vitrines des magasins. Le vieil homme avançait clopin-clopant tout courbé dans sa lourde veste, la tête baissée, et le garçon était nettement plus petit dans les baies vitrées.

Au coin de la Troisième Rue ils traversèrent Main Street et entrèrent dans la taverne, s'engouffrant dans la longue salle chaude et enfumée avec son brouhaha de conversations, de musique country et de parties de billard là-bas au fond, sans oublier la télévision allumée sur l'étagère à tasseaux au-dessus du bar. Son grand-père scruta les lieux tandis qu'il attendait, debout à côté de lui. De vieux bonshommes étaient assis près du mur à une table ronde en bois, et ils les rejoignirent.

Qui c'est que t'as là avec toi ? dit l'un d'eux. C'est DJ ? Il fait assez froid pour toi, mon garçon ?

Oui m'sieur. Presque. Il emprunta une chaise à la table voisine et prit place derrière son grand-père.

Presque, qu'il a dit. Ha.

Me dis pas que vous êtes venus à pied, dit un autre vieux. Walt, t'as dû plutôt te geler la queue par ce temps-là.

J'ai connu plus froid.

Tout le monde a connu plus froid. Je dis juste qu'il fait froid.

On est en décembre, après tout, dit le vieux. Bon, où est passée cette serveuse ? J'ai envie de boire un coup. J'ai besoin d'un truc pour me réchauffer les entrailles.

Elle va arriver. Laisse-lui une minute.

Regarde-la bien quand elle rappliquera, dit un homme rougeaud de l'autre côté de la table.

C'est qui ?

Elle s'appelle Tammy. Elle est nouvelle.

C'est qui ?

L'ex-femme de Reuben DeBaca des environs de Norka. Zieute-la un peu. La voilà qui arrive.

La barmaid arriva à la table. Elle était blonde et belle femme, avec des hanches larges et des jambes longues. Elle avait un jean moulant décoloré, un trou fait exprès sur le devant de la cuisse dévoilant une peau bronzée, et elle portait un chemisier blanc échancré. Lorsqu'elle se pencha en avant pour enlever deux verres vides sur la table, tous les vieux bonshommes assis là la lorgnèrent avec insistance. Vous venez d'arriver, non ? demanda-t-elle au vieil homme.

À l'instant, répondit-il.

Enlevez donc votre veste et mettez-vous à l'aise... Vous allez avoir trop chaud, et puis vous attraperez froid en ressortant. Qu'est-ce que je peux vous apporter ?

Apportez-moi... Le vieil homme regarda vers le bar. Apportez-moi un whisky.

Quelle marque ? On a du Jack Daniel's, de l'Old Grand-Dad, du Bushmills et du Jameson's.

C'est quoi, le whisky de la maison ?

C'est l'Old Crow.

Il est moins cher, non.

C'est celui-là que vous voulez ?

C'est celui-là.

Et toi ? demanda-t-elle à DJ.

Il lui jeta un coup d'œil. Une tasse de café, s'il vous plaît.

Tu bois du café ?

Oui m'dame.

C'est vrai, confirma son grand-père. Pas moyen de l'empêcher. Il en boit depuis qu'il est tout petit.

Très bien dans ce cas. Autre chose ?

Apportez quelques chips de maïs au petit, dit un des hommes.

Café, chips de maïs, whisky. Ce sera tout ?

Pourriez-vous essuyer la table par ici ? demanda l'homme rougeaud. Il y a une tache par ici.

Elle le regarda, se pencha et essuya la table avec un chiffon humide. Tous en profitèrent pour reluquer son décolleté. Ça ira comme ça ? demanda-t-elle.

Beaucoup mieux, ça c'est sûr, dit l'homme.

Espèce de vieux saligaud. Vous devriez avoir honte

de vous. Vous conduire comme ça devant ce petit. Elle s'en alla chercher leurs boissons.

Je crois que je commence à lui plaire, déclara le rougeaud.

Ton compte en banque lui plairait encore plus, renchérit un des autres.

Possible. Mais une nana comme ça, on verrait pas d'inconvénient à dépenser un peu d'argent pour elle. Une nana comme ça, il faut la gâter.

Et son ex-mari ?

C'est bien ce que je dis. Elle est plus âgée maintenant. Elle va pas se contenter de rester à la maison sans rien faire. Elle attend autre chose de la vie. Elle sait qu'elle a droit à quelque chose de mieux qu'une ferme misérable au sud de Norka.

Et tu pourrais lui offrir ça.

Pourquoi pas.

Eh ben, je crois me souvenir que pas plus tard que la semaine dernière tu te plaignais de plus arriver à faire réagir un certain truc dans ton caleçon. Après cette opération que t'as eue, où le docteur t'a enlevé un petit quelque chose.

Ben ouais, acquiesça-t-il. Y a ce problème. Les hommes à la table s'esclaffèrent en chœur. Mais une nana comme ça, reprit-il, elle serait capable de vous ranimer. Elle serait peut-être même capable de réveiller les morts.

Son voisin lui donna une claque dans le dos. C'est ça, continue à rêver.

DJ regarda en direction du comptoir où la serveuse était en train de disposer des verres sur un plateau. Elle était grande et jolie sous les lumières bleues.

Elle apporta le café, les chips de maïs et le whisky à la table, et son grand-père plongea la main dans la poche de poitrine de sa salopette. Il attrapa son vieux portefeuille en cuir souple et en sortit son chèque de pension.

Qu'est-ce que c'est que ça ? demanda-t-elle.

Mon chèque. Des chemins de fer.

Elle retourna le chèque pour regarder l'autre face. Vous voulez que je l'encaisse ?

C'est la coutume.

Vous allez devoir le signer, dit-elle.

Elle lui donna un stylo, et le vieil homme s'inclina au-dessus de la table, puis signa le chèque avec des doigts raides. Il lui rendit le stylo en même temps que le chèque.

Je vais devoir vérifier s'ils veulent bien l'accepter, dit-elle.

Ils l'accepteront. Ça fait des années que j'encaisse des chèques ici.

Je vais juste vérifier, dit-elle en s'éloignant vers le comptoir.

Enfin, bon sang, quelle mouche la pique ?

Elle ne fait que son travail, grand-père, murmura DJ.

Le vieil homme souleva son verre de whisky et avala une longue gorgée. Bois donc ton café, dit-il au garçon. Il te servira à rien si t'attends qu'il soit froid.

La femme revint avec une poignée de billets et un peu de monnaie et tendit l'argent au vieil homme. Il attrapa un billet d'un dollar et le lui donna. Merci, dit-elle. Je n'aurais jamais dû douter de vous, pas vrai ?

Non m'dame. Ça fait longtemps que je viens ici. Plus longtemps que vous, j'imagine. Et je compte continuer à venir encore un bout de temps.

J'espère bien, dit-elle. Puis-je vous apporter autre chose ?

Vous pourrez m'en rapporter un autre comme ça dans un moment.

Bien sûr, dit-elle. DJ la regarda s'éloigner vers une autre table.

Tandis que les vieux autour de la table commençaient à discuter, le garçon but un peu de son café, puis posa sa tasse par terre à côté de sa chaise ; il mangea quelques chips de maïs, sortit son devoir de maths de sa poche de veste, trouva un crayon et étala les feuilles de papier sur ses genoux. Un des vieux dit : À propos de gens qui se font enlever des trucs, et il se mit à raconter l'histoire d'un homme de sa connaissance qui n'arrivait plus à faire marcher son équipement, alors lui et sa femme étaient allés chez le docteur. Le docteur l'avait examiné puis il lui avait remis une seringue stérile et une fiole de sérum à s'injecter dans la peau le long de son affaire, juste avant que lui et sa femme retentent le coup, et il leur avait dit de revenir après pour lui raconter comment les choses s'étaient passées. Le couple était revenu une semaine plus tard. Comment ça s'est passé ? avait demandé le docteur. L'homme avait répondu : Très bien, il est resté en l'air quarante-cinq minutes. Alors qu'est-ce que vous avez fait ? avait demandé le docteur, et l'homme avait répondu : Ben quoi, vous savez bien, on a fait ce qu'on est censé faire. Et puis quand on a eu fini je suis allé dans le séjour et je me suis assis sur le canapé en regardant la télé et en mangeant du pop-corn salé, à attendre qu'il redescende pour pouvoir aller me coucher. Le docteur s'était tourné vers la femme : Vous n'avez pas dû être mécontente non plus. Tu parles, qu'elle avait répondu. Il a eu juste assez de souffle pour tenir cinq minutes.

DJ écouta jusqu'à ce que son grand-père raconte

l'histoire du vétéran de la guerre de Corée qui avait travaillé un hiver sur les voies ferrées, dans la région froide au sud de Hardin, Montana. Celle-là, DJ l'avait déjà entendue, et il s'attela au devoir de maths qu'il avait sur les genoux. L'histoire de son grand-père était complètement différente de la précédente, et ça ne l'intéressait pas beaucoup d'entendre parler d'un vétéran qui poursuivait son contremaître avec une pelle.

La barmaid revint au bout de quelque temps apporter un autre verre de whisky à son grand-père, puis elle s'en alla et revint avec une autre tournée pour les autres. Quand les vieux l'eurent réglée, elle se pencha tout près du garçon pour lui dire doucement : Pourquoi tu ne viendrais pas là-bas avec moi ?

Où ça là-bas ?

Là-bas au bar. Comme ça tu auras un endroit où t'appuyer pour tes devoirs. Tu auras moins de mal à écrire au comptoir.

D'accord, fit-il. Il se mit debout à côté de son grand-père. Je vais là-bas au comptoir, grand-père.

Où ça ?

Au comptoir. Où je pourrai faire mes problèmes.

Surtout sois sage là-bas.

Oui.

DJ la suivit dans la salle, dépassant les groupes d'hommes et de femmes tous en train de discuter et de boire ; une fois au comptoir elle dut le hisser sur un des grands tabourets au bout et il étala son devoir de maths sur la surface polie. Elle plaça sa tasse de café et les chips de maïs à côté de lui.

Le barman approcha. Qui est-ce que nous avons là ?

Mon ami, dit-elle.

Il est un peu jeune pour boire dans un bar, tu ne crois pas ?

Laisse-le tranquille.

Je l'embête pas. Pourquoi est-ce que je l'embêterais ? C'est juste que je veux pas qu'il nous attire des ennuis.

Il ne nous attirera aucun ennui. Qui ira se plaindre ?

Ils ont pas intérêt. Mais ça sera ta responsabilité, si ça arrive.

Ne t'inquiète pas pour ça.

Aucun risque. On me paie pas assez pour m'inquiéter pour des conneries comme ça. Le barman la regarda et s'éloigna.

Elle sourit à DJ, puis passa derrière le comptoir. Munie d'une cafetière en verre toute fumante, elle lui remplit à nouveau sa tasse. Ne fais pas attention à lui, dit-elle. Il faut toujours qu'il parle.

Je ne veux pas que vous ayez des ennuis.

Ça ? fit-elle. Ce ne sont pas des ennuis. Je pourrais te dire ce que sont les ennuis. Tu ne veux pas de sucre dans ton café ?

Non merci.

Pas de lait non plus ?

Non. Je l'aime comme ça.

Eh bien, c'est sans doute que tu es déjà tout miel tout sucre. J'ai moi aussi un fils, mais un peu plus jeune que toi. C'est un gentil petit comme toi. Je le verrai demain. Elle se tenait penchée sur le comptoir, la cafetière à la main.

Il ne vit pas avec vous ? demanda-t-il.

Il vit avec son papa. C'était mieux comme ça. Tu sais, jusqu'à ce que je trouve mes marques.

Ah.

Mais c'est sûr, il me manque.

DJ observa son visage. Elle lui sourit.

Mais alors, et toi ? Où sont ton papa et ta maman ?

Je ne sais pas qui est mon père, dit-il. Je ne l'ai jamais rencontré.

Ah bon ? Et ta mère ? Où est-elle ?

Elle est morte il y a longtemps.

Merde alors, dit-elle. Écoute-moi. Je suis désolée d'apprendre ça. Enfin, je suis désolée d'avoir abordé le sujet.

DJ regarda derrière elle dans le miroir du bar, où il voyait son reflet au-dessus des rangées de bouteilles, ainsi que la tête blonde de la barmaid et le dos de sa chemise blanche. Il baissa les yeux et ramassa son crayon.

Bon, je te laisse faire tes devoirs, dit-elle. Il suffit que tu appelles si tu as besoin de quelque chose. Tu seras bien dans ce coin-là, tu crois ?

Oui, m'dame.

Je serai juste là si tu as besoin de quelque chose.

Merci.

Mais je t'en prie. Elle sourit. Tu sais quoi ? Toi et moi on pourrait devenir bons amis, tu crois qu'on pourrait ?

Possible.

Bon, c'est déjà pas si mal. Au moins tu es franc. Replaçant la cafetière sur la plaque chauffante, elle quitta le comptoir pour retourner travailler en salle.

Plus tard une femme aux cheveux châtains courts et aux yeux très bleus vint au bout du comptoir se planter à côté de DJ. Je te connais, non ? fit-elle. Ça fait une demi-heure que je t'observe.

Je ne sais pas.

Ce n'est pas ton grand-père, là-bas ? Assis avec ces autres messieurs ?

Si.

Je m'occupais de lui la nuit. Tu ne te souviens pas ? Je t'ai vu quand tu es passé de bonne heure avant l'école une fois. Avant la fin de mon service.

Peut-être bien, dit-il.

Oui, j'en suis sûre.

À ce moment-là, alors qu'elle se tenait à côté de lui au bout du comptoir, Raymond McPheron apparut à la porte d'entrée de la taverne.

Ma parole, regarde-moi ça, fit-elle. Ça doit être réunion-hôpital ce soir. Je n'aurais pas cru qu'il arrivait à cet homme de sortir de son trou.

Immobile, Raymond enleva ses gants tout en regardant autour de lui. Il portait son chapeau de cow-boy blanc cassé et sa grosse parka d'hiver. Il s'écarta de l'entrée et resta debout derrière les hommes assis sur les tabourets, à attendre que le barman le remarque.

Qu'est-ce que ce sera ?

J'hésite, dit Raymond. Qu'est-ce que vous avez à la pression ?

Coors, Budweiser et Bud Light.

Je vais tenter une Coors.

Le barman tira la bière qu'il lui passa derrière un homme assis, et Raymond lui tendit un billet. Le barman fit la monnaie à la caisse enregistreuse sous le miroir et la rapporta. Raymond prit une gorgée de bière et se retourna pour regarder les gens installés aux tables. Il but à nouveau, s'essuyant la bouche avec la paume de la main, puis il déboutonna sa grosse veste.

La femme qui se trouvait à côté de DJ s'approcha

et lui donna une tape sur l'épaule. Raymond fit volte-face pour la regarder.

Il y a de la place par ici, dit-elle. Pourquoi ne pas vous joindre à nous ? Raymond retira son chapeau, le tenant dans une main. Vous vous souvenez de moi, n'est-ce pas ? Elle lui sourit et fit deux petits pas, comme si elle dansait.

Ça me revient. Je dirais que vous êtes Linda May, de l'hôpital.

Exact. Vous vous souvenez, alors. Venez donc vous joindre à nous.

Où ça ?

Au bout du comptoir. Il y a quelqu'un d'autre que vous connaissez, je crois.

Raymond remit son chapeau et la suivit le long du comptoir. Les hommes se retournèrent sur leurs tabourets de bar pour le regarder passer, l'observant avec la femme. Elle s'arrêta à côté de DJ. Et ce jeune homme, donc ? dit-elle. Vous vous souvenez de lui ?

Je crois que oui, dit Raymond. Ce doit être le petit-fils de Walter Kephart. Mais je n'ai jamais su son nom.

DJ, dit le garçon.

Comment ça va, fiston ?

Plutôt bien.

Est-ce que ton grand-père est ici avec toi ?

DJ indiqua du doigt la table contre le mur du fond.

Ah, je le vois. Comment va-t-il ? Est-ce qu'il va plutôt bien lui aussi ?

Oui m'sieur. Il s'est remis de sa pneumonie.

Excellent, dit Raymond. Il regarda à nouveau le garçon et remarqua ses devoirs sur le comptoir. On dirait qu'on est en train d'interrompre ton travail. On ferait peut-être mieux de te laisser tranquille.

J'ai fini. J'attends juste grand-père, qu'il soit prêt à s'en aller.

D'après toi, c'est pour bientôt ?

Je ne sais pas. Il discute.

Les vieux aiment discuter, pas vrai, dit Raymond. Il but une gorgée de son verre et jeta un coup d'œil à la femme debout à côté de lui.

Je suis étonnée de vous voir ici, dit-elle. Je ne pensais pas que vous sortiez le soir.

Je ne sors pas, confirma Raymond. Je ne saurais pas dire ce que je fabrique ici aujourd'hui.

Il faut bien sortir de temps en temps. Tout le monde le fait.

Ça doit être ça.

Mais c'est vrai. Croyez-moi. C'est bien que vous soyez sorti.

Vous ne travaillez pas ce soir ?

Non, dit-elle. C'est une de mes nuits de repos.

Bon. Au moins ça explique comment ça se fait qu'un de nous deux soit là.

Le grand-père du garçon se pointa au comptoir à côté de DJ. Tu fais pas de bêtises ?

Non.

Il est temps qu'on rentre.

Comment ça va, dites-moi ? demanda Raymond.

Qui voilà ? C'est vous, McPheron ?

Plus ou moins. Oui m'sieur.

Regardez-moi qui est là aussi, dit le vieil homme en avisant la femme. Vous êtes de l'hôpital, non ?

Exact, dit Linda May.

Bon. Eh bien. Ça fait plaisir de vous voir. Il se tourna vers DJ. On y va, mon garçon. Tiens, voilà ta veste.

DJ descendit du tabouret de bar, enfila sa veste et

fourra ses devoirs dans la poche. Je veux lui dire au revoir d'abord, dit-il.

À qui ?

À cette dame qui a été gentille avec moi.

Le vieil homme regarda vers le fond. Elle travaille, dit-il. Elle a pas besoin que tu viennes l'embêter.

Je ne vais pas l'embêter.

Il rejoignit les billards à l'arrière de la longue salle enfumée où la serveuse était en train de discuter avec des hommes assis à une table. Ils étaient tous hilares et il attendait derrière elle quand un des hommes déclara : Je crois qu'il y a quelqu'un qui veut vous dire quelque chose.

La barmaid se retourna.

Je m'en vais, dit DJ.

Elle tendit la main vers lui pour remonter le col de sa veste. Surtout ne va pas prendre froid.

Merci pour tout le… Il esquissa un geste derrière lui. Pour la place pour faire mes devoirs.

Ce n'est rien, mon cœur. Elle lui sourit. J'ai été contente de te voir, voilà tout. Bon, j'espère que tu repasseras un de ces jours. D'accord ? Il acquiesça de la tête et retourna auprès de son grand-père.

Tu penses être prêt à y aller maintenant ? demanda le vieil homme.

Oui.

Alors on y va.

Attendez une minute, dit Raymond. Vous rentrez à pied ?

C'est comme ça qu'on est venus.

Vous feriez mieux de me laisser vous raccompagner.

Vous n'avez pas besoin de faire ça. On est venus sans problème.

D'accord, mais il fait plus froid maintenant.

Bon. Le vieil homme jeta un coup d'œil vers la porte. Je dois avouer, j'aime pas que ce gamin se trouve dehors comme ça.

Linda May regarda Raymond. Vous n'avez pas fini votre bière. Vous n'avez qu'à les raccompagner et je vous garderai votre verre. Comme ça vous pourrez revenir.

Ça peut se faire, dit-il.

Alors faites.

Ils sortirent et montèrent dans le vieux pick-up cabossé de Raymond. S'écartant du trottoir, il tourna au nord plus haut dans Main Street et suivit les indications de Walter Kephart. Après les voies ferrées, il prit à l'ouest dans leur quartier tranquille, s'arrêtant devant leur maison. Le vieil homme et le garçon descendirent. Merci infiniment de nous avoir ramenés, dit le vieil homme.

N'allez pas rattraper mal, dit Raymond.

J'en ai pas l'intention.

Le vieil homme referma la portière du pick-up qui refusa de se bloquer, et Raymond dut se pencher pour la rouvrir, puis la claquer violemment. Quand il leva les yeux ils étaient déjà presque arrivés à leur porte. Il roula jusqu'au bout du pâté de maisons, fit demi-tour au carrefour, puis repartit vers Main Street et se gara non loin de la taverne. Pendant un moment il resta assis dans le froid de la cabine à regarder la devanture sombre en face de lui. Enfin merde, qu'est-ce que je suis en train de faire ? dit-il. Son haleine fumait dans l'air froid. J'en ai aucune idée. Mais en tout cas je le fais.

Sortant de voiture, il regagna la chaleur et le bruit et marcha vers le bout du comptoir où se tenait Linda

May. Lorsqu'il la rejoignit elle sourit et lui tendit son verre de bière.

Eh bien, vous voilà, dit-elle. Je ne savais pas si vous alliez revenir ou non.

J'avais dit que ça pouvait se faire, dit Raymond.

Ça ne voulait pas dire que vous alliez le faire. Les hommes disent ça peut se faire, et ça ne veut rien dire du tout.

Je croyais que si.

Peut-être pour vous oui.

Il lui prit le verre des mains et avala le reste de la bière. Il regarda autour de lui et tout le monde avait l'air de bien s'amuser.

Laissez-moi vous offrir une autre bière, dit-elle. Ce sera ma tournée.

Euh, non, dit-il. M'dame, je crois pas pouvoir faire ça. J'aimerais mieux vous en offrir une, moi. Vous me permettez ?

Mais la prochaine est pour moi. C'est un nouveau jour, dit-elle.

Comment ça, m'dame ?

Je veux dire, aujourd'hui les femmes sont différentes de ce qu'elles étaient. Aujourd'hui une femme peut tout à fait offrir un verre à un homme dans un bar.

Je saurais pas dire, dit Raymond. Je crois pas être très calé pour ce qui est des femmes. Il n'y a eu que ma mère, et puis cette jeune fille qui a vécu chez nous ces derniers temps.

Vous voulez dire la jeune fille avec ce petit enfant qui venait vous voir à l'hôpital.

Oui m'dame. Ça devait être elle. Victoria Roubideaux. Et sa petite fille, Katie.

Où sont-elles maintenant ? Elles n'habitent plus chez vous ?

Non, m'dame, pas tout le temps. Elles sont parties à l'université. À Fort Collins. Elle suit des cours à la fac.

Formidable. Mais vous ne croyez pas que vous pourriez m'appeler autrement ? M'dame, ça fait vraiment vieille.

Je pourrais essayer.

Parfait, dit-elle. Bon, maintenant parlez-moi un peu d'elles.

De Victoria Roubideaux et Katie ?

Exact. Elles ont l'air très importantes pour vous.

Eh bien, oui, c'est vrai. Elles signifient quasiment tout pour moi.

Il se mit à parler à Linda May de la jeune fille et de son enfant. Il lui raconta comment elles en étaient venues à habiter à la campagne avec lui et son frère deux ans et demi plus tôt, et au bout d'un moment une table se libéra et ils s'assirent l'un en face de l'autre. Il lui permit de lui offrir un verre, mais il insista pour payer lui-même la tournée suivante. Il resta assis là avec son chapeau et sa parka d'hiver jusqu'à la fermeture du bar, à discuter avec cette femme. Il n'avait jamais fait une chose pareille de toute sa vie.

Il était tard quand il s'engagea dans l'allée de gravier et s'arrêta à la barrière devant la vieille maison grise. La température était tombée à moins douze et une pâle moitié de lune avait surgi à l'est dans le ciel. Il sortit du pick-up et longea le sentier jusqu'au perron. À l'intérieur, la maison lui sembla vide et silencieuse. Il accrocha sa veste à sa patère et alla dans la salle de bains, puis il monta l'escalier pour rejoindre sa chambre. Il alluma la lumière et tout dans la pièce, là aussi, lui parut silencieux et désolé. Il regarda autour de lui puis finit par s'asseoir sur le lit et retirer ses bottes. Il se déshabilla, enfila son pyjama rayé en flanelle et demeura éveillé sous les lourdes couvertures dans la pièce froide, incapable de s'endormir tout de suite, à songer à cette femme au bar ainsi qu'au vieil homme et au garçon, et il se mit à repenser à cette époque où son frère courtisait cette femme en ville et à la manière dont les choses avaient tourné. Le clair de lune baignait la chambre de ses reflets argentés, et au bout d'un moment il s'endormit, et dans son sommeil il rêva de Victoria et Katie, en train de frapper à la porte d'une maison qu'il ne reconnut pas, située dans une ville qu'il n'avait jamais vue de sa vie.

25.

Il y avait de la neige qui tombait quand, dans la soirée, ils sortirent des services sociaux du comté de Holt à l'arrière du palais de justice. Ils étaient restés une heure dans la longue salle de réunion ; ils avaient assisté à un cours sur la pratique des responsabilités parentales pendant que Joy Rae et Richie s'amusaient avec les jouets criards ennuyeux et tout abîmés de la salle d'attente et feuilletaient les petits livres aux reliures arrachées, et durant cette heure où ils étaient tous à l'intérieur il s'était mis à neiger. Il neigeait fort à présent : les flocons s'amassaient dans les caniveaux le long des trottoirs et formaient des congères contre les murs de brique sombre du palais de justice.

Quand ils sortirent, les enfants portaient les manteaux bon marché trop grands pour eux qu'ils avaient achetés au décrochez-moi-ça, et Betty avait un vieux manteau d'hiver en laine rouge qui lui arrivait au mollet, attaché sur le devant par de grandes épingles de nourrice. Luther ne portait qu'un mince coupe-vent noir, mais il avait chaud même là-dedans.

Hou là là, fit-il quand ils franchirent la porte. Regardez-moi cette neige.

On ferait mieux de se dépêcher, dit Betty. Les mômes, ils vont attraper froid.

Ils s'éloignèrent du vieux bâtiment en brique rouge du palais de justice. Au-dessus d'eux le toit de tuile disparaissait sous la neige. Ils traversèrent Boston Street et, pour l'instant, il n'y avait pas de traces de voitures sur la chaussée. La neige tombait dru sous le réverbère du croisement et ils poursuivirent leur route. Les enfants traînaient les pieds, dessinant de longues marques derrière eux, et ne tardèrent pas à se laisser distancer.

Betty se retourna pour les regarder. Hé les enfants, venez, maintenant. Grouillez-vous un peu. Rattrapez-nous.

T'as pas le droit de leur parler comme ça, dit Luther. T'es censée être gentille avec eux.

Je suis gentille. Je veux pas qu'ils attrapent froid. On aurait jamais dû les emmener par ce temps-là.

Comment qu'on aurait pu savoir qu'il allait se mettre à neiger pendant qu'on était là-dedans dans cette pièce ?

En tout cas, ils sont pas censés être dehors par un temps pareil. Allez venez.

Les enfants lançaient des coups de pied et traînassaient sur les trottoirs. Autour d'eux, la ville silencieuse respirait la mélancolie. La neige étouffait tous les sons et il n'y avait aucun autre piéton en balade. Une unique voiture passa, à une rue de là, sans le moindre bruit : elle franchit l'intersection, majestueuse et paisible tel un navire sur une mer fantomatique. Ils traversèrent Chicago Street, puis tournèrent dans Detroit Street en direction de chez eux.

Arrivés à la caravane, ils gravirent les marches encombrées de neige, entrèrent, retirèrent leurs chaussures à la porte et allèrent dans le séjour en chaussettes. Tire-bouchonnées, celles de Richie formaient comme des tampons humides autour de ses orteils, et ses talons osseux étaient écarlates.

Maintenant allez au lit vous réchauffer, les enfants, dit Luther. Demain y a école.

Dis donc, fit Betty. Qu'est-ce que tu venais de dire à propos de bien parler à ces mômes ? Le professeur a dit qu'il fallait leur demander ce qu'ils voulaient, et pas juste leur dire.

Ah, ouais, dit Luther. Joy Rae, ma chérie, est-ce que tu veux quelque chose ? Est-ce que tu veux un petit casse-croûte avant de t'endormir ?

Je veux du chocolat chaud, dit Joy Rae.

Et toi, Richie ?

Je veux un soda.

Est-ce qu'il peut boire du soda le soir ?

Je sais pas ce qu'il a le droit de boire, dit Betty. Elle a pas parlé des sodas dans un sens ni dans l'autre. T'es juste censé lui demander à lui.

Je lui ai demandé. Il a dit qu'il voulait un soda.

Quel genre de soda ?

Quel genre de soda tu veux, Richie ? À la fraise ? Y a aussi à la cerise noire.

À la fraise, dit Richie.

Betty apporta les boissons et ils s'assirent à la table de la cuisine. Luther prit un paquet de lasagnes dans le freezer et le mit au micro-onde ; il en ressortit tout fumant et Luther le posa sur la table. Betty attrapa des assiettes en carton qui restaient d'un anniversaire et ils se mirent à manger.

Quand ils eurent terminé, Luther et Betty accompagnèrent les enfants dans leurs chambres et laissèrent la porte de Richie ouverte pour qu'il puisse voir la lumière du couloir. Luther alla ensuite dans leur chambre à Betty et lui, se déshabilla, se mit au lit en sous-vêtements et s'allongea. Le lit s'affaissa en gémissant sous son poids. Chérie, cria-t-il, tu viens pas te coucher ?

Dans une minute, répondit Betty. Mais elle était restée dans la salle de séjour et était désormais assise sur le canapé, à regarder la neige tomber dans la cour de devant et dans Detroit Street. Au bout d'un moment elle s'empara du téléphone, le posa sur ses genoux et appela quelque part à Phillips. Une femme répondit.

J'aimerais parler à Donna, s'il vous plaît, dit Betty. Je veux parler à Donna Jean.

De la part de qui ? demanda la femme.

De sa mère.

Qui ça ?

Sa mère. Je suis Betty Wallace.

Vous, fit la femme. Vous n'êtes pas censée appeler ici. Vous ne le savez donc pas ?

Je veux lui parler. Je vais rien lui faire.

C'est contraire au règlement.

Je lui ferai pas de mal. Je lui ferai de mal pour rien au monde.

Écoutez-moi. Vous voulez que je vous la passe et qu'elle vous dise elle-même que vous n'êtes plus sa mère ? C'est ça que vous voulez que je fasse ?

Je suis sa mère moi aussi, dit Betty. Vous avez pas à me dire des choses comme ça. Je serai toujours sa mère. Je l'ai mise au monde, de mon propre corps.

Oh non, protesta la femme. Ce n'est pas ce que dit l'ordonnance du tribunal. C'est moi sa mère maintenant. Et ne vous avisez plus jamais d'appeler ici. Je préviendrai la police. J'ai assez d'ennuis par sa faute sans que vous veniez aggraver les choses.

Quel genre d'ennuis ? Est-ce que Donna a des problèmes ?

Ça ne vous regarde pas. Le Seigneur me guidera. Je n'ai pas besoin de votre aide. La femme raccrocha.

Betty reposa le combiné et demeura sans bouger sur le canapé ; peu après elle se mit à pleurer.

À l'extérieur du mobile home la neige continuait à tomber. Elle tombait dru dans la cour et dans la rue devant, et elle continua à tomber jusqu'à minuit, puis elle commença à se calmer et à une heure elle s'était complètement arrêtée. Le ciel se dégagea et les étoiles, scintillantes et froides, apparurent.

Betty se réveilla à ce moment-là, étendue sur le canapé. Il faisait froid dans la pièce et elle se leva pour rejoindre leur chambre, retira sa robe légère, enleva sa culotte et dégrafa son soutien-gorge. Elle enfila une chemise de nuit jaune en loques et s'étendit à côté de Luther dans le lit affaissé. Frissonnante et gelée, elle remonta les couvertures et se rapprocha de lui. Puis elle se mit à repenser à ce que lui avait dit la femme. La voix qu'elle avait. Vous voulez que je vous la passe pour qu'elle vous dise elle-même que vous n'êtes plus sa mère. Betty était allongée à côté de Luther, à ruminer. Bientôt elle se remit à pleurer. Elle pleura en silence un long moment puis finit par s'endormir contre la chaleur du large dos immense et nu de Luther.

26.

Le soir de Noël tout le monde respectait la tradition à Holt. Il y avait des cérémonies aux chandelles dans les églises locales et des réunions de famille dans les salons des maisons donnant sur les rues tranquilles, et dans la partie est de la ville, sur la Nationale 34, Monroe le barman gardait le Chute Bar and Grill ouvert jusqu'à deux heures du matin.

Hoyt Raines était assis dans un box du fond avec une divorcée entre deux âges du nom de Laverne Griffith, une femme bien en chair aux cheveux acajou qui avait vingt ans de plus que lui. C'était elle qui régalait et ils étaient installés tout près l'un de l'autre sur la même banquette, leurs boissons devant eux à côté du cendrier sur la table en bois éraflée.

Le Chute avait été décoré pour les fêtes. Des girandolcs dc lumières rouges et vertes étaient suspendues au-dessus du bar et des guirlandes argentées étaient accrochées au miroir. Assis au comptoir, une demi-douzaine d'hommes buvaient et discutaient, et une vieille femme dormait la tête appuyée sur ses bras à une table éloignée. Dans le juke-box, Elvis Presley chantait *I'll have a blue Christmas without you*[1]. Un homme qui était là tout à l'heure avait mis suffisamment de pièces pour passer la même chanson huit fois de suite, mais il était parti brusquement et avait disparu dans la nuit au volant de son pick-up.

Un des hommes au comptoir se retourna pour lorgner le juke-box d'un œil torve. Il pivota vers le barman. Vous pourriez faire quelque chose.

Qu'est-ce que vous voulez que je fasse ?

Eh bien, vous pourriez pas éteindre ce truc, ou quelque chose ?

Il va pas tarder à s'arrêter tout seul. C'est Noël. Vous feriez mieux de prendre du bon temps.

J'essaie. Mais j'en ai marre de cette foutue rengaine.

Ça va bientôt se terminer. N'y pensez plus. Laissez-moi vous servir un autre verre.

C'est vous qui offrez ?

Pourquoi pas.

Alors un double.

J'ai dit que c'était Noël. J'ai jamais dit que c'était la fête aux jobards.

L'homme le regarda. Qu'est-ce que ça veut dire, bon sang ?

Je sais pas. Ça m'est venu comme ça. Admettons que ça veut dire que je vous offre un whisky simple.

J'attends.

Vous savez quoi ? fit Monroe. Vous devriez vous décoincer. Vous commencez à flanquer le bourdon à tout le monde.

Je peux pas m'en empêcher. C'est comme ça que je suis.

Enfin quoi, essayez, nom de Dieu.

---

1. Je vais passer un Noël bien triste sans toi. (*N.d.T.*)

Dans le box du fond Hoyt avait maintenant le bras autour de Laverne Griffith. Elle prit une cigarette dans le paquet sur la table et la mit dans sa bouche, et Hoyt s'empara du briquet avec sa main libre pour la lui allumer. Elle souffla un nuage de fumée, plissa les yeux et se les frotta, puis elle les rouvrit en clignant des paupières, regardant en face d'elle d'un air malheureux.

Vous allez bien ? demanda Hoyt.

Non, je ne vais pas bien. Je suis triste et cafardeuse.

Pourquoi vous et moi on n'irait pas chez vous, quand ils fermeront ? Ça vous remontera.

Elle tira une bouffée puis recracha un mince jet de fumée loin de son visage. J'ai déjà essayé, dit-elle. Je sais où ça mène.

Pas avec moi, vous avez pas essayé.

Elle se tourna pour l'observer. Le visage de Hoyt n'était qu'à quelques centimètres, sa casquette rejetée en arrière sur son épaisse chevelure. Vous vous croyez différent à ce point-là ?

Je ne ressemble à rien que vous ayez connu, dit Hoyt.

Qu'est-ce qui vous rend si différent ?

Je vous montrerai. Je vous ferai une petite démonstration.

Je ne parle pas de ça, dit-elle. Une femme peut avoir ça quand elle veut. Mais le matin venu, au réveil ?

Je vous préparerai le petit déjeuner.

Mais si je ne prends pas de petit déjeuner.

Je vous en préparerai un dont vous aurez envie.

Elle tira une autre bouffée et contempla la salle. Ils ne fermeront pas avant encore deux heures, dit-elle.

Elle se tourna et leva son visage vers lui. Que ça ne vous empêche pas de m'embrasser.

Minuit sonnant, Monroe s'écria : Joyeux Noël, bande d'enfoirés. Joyeux Noël, tout le monde. Les hommes au comptoir se serrèrent la main et l'un d'entre eux dit qu'ils devraient réveiller la femme qui dormait à la table du fond et lui demander si par hasard elle savait quel jour on était.

Laisse-la dormir, dit un des autres. Elle est plus heureuse endormie. Tiens, dit-il à Monroe, donne-moi une de ces décorations. Monroe décrocha une guirlande argentée de la glace du bar. L'homme marcha vers la femme et, se penchant sur elle, il lui drapa la tête et les épaules avec. Qu'est-ce que ça donne ? demanda-t-il. La femme grogna et soupira, mais sans se réveiller.

Sur leur banquette, Hoyt et Laverne s'embrassèrent longuement à l'annonce que c'était Noël. Et puis merde, finit-elle par dire. Fichons le camp d'ici. Autant aller chez moi. Ils quittèrent leur coin-banquette.

Monroe leur lança : Passez un joyeux petit Noël, tous les deux. Soyez prudents sur la route.

Hoyt lui fit au revoir de la main et ils sortirent. Il faisait très froid sur le parking, l'air était sec et âpre sur leurs visages. Ils montèrent dans la voiture de Laverne et elle conduisit dans les rues vides aux ornières glacées jusqu'à son appartement, situé au premier étage d'une maison de Chicago Street, à un bloc au sud des silos à céréales. Ils rejoignirent l'arrière de la maison en marchant dans l'herbe gelée et il gravit derrière elle le perron en bois construit à l'extérieur, menant à une petite véranda dont le palier était surmonté d'une marquise en zinc. Elle trouva sa clé dans son sac et ouvrit la porte. À l'intérieur il faisait une chaleur étouffante mais l'appartement était propre et bien rangé, avec presque pas de meubles. Elle verrouilla la porte et Hoyt, la retournant aussitôt vers lui, se mit à lui embrasser le visage. Nom de Dieu, fit-elle en le repoussant, laisse-moi d'abord enlever mon manteau. Il faut que j'aille aux toilettes.

Où elle est, ta chambre ? demanda Hoyt.

Là-bas au fond.

Elle traversa la cuisine ; lui fit quelques pas dans la pièce et entra dans la chambre. Il y avait un édredon rouge sur le lit et une coiffeuse contre le mur lisse. Le miroir reflétait la chambre sous un angle bizarre, englobant un petit placard avec une ampoule nue pendue à un cordon. Il alluma la lampe à côté du lit et enleva ses vêtements. Il les laissa tomber par terre, puis se coucha et remonta les couvertures. Il s'allongea confortablement en regardant le plafond et mit ses mains sous sa tête.

Laverne arriva dans la chambre. Eh bien, ne te gêne pas, mets-toi à l'aise…

Je t'attends, c'est tout.

Tu n'as pas attendu longtemps.

Viens au lit.

Ne me regarde pas, dit-elle.

Quoi ?

Ne me regarde pas. Elle lui tourna le dos pour retirer son chemisier et son pantalon qu'elle suspendit dans le petit placard, puis, se tenant dos à lui dans l'encadrement de la porte, elle ôta son soutien-gorge noir et ses dessous noirs satinés. Tu regardes ?

Non.

Si, tu regardes.

Je ne fais que ce que tu veux que je fasse.

Tu parles. Ferme les yeux.

Il la regarda puis ferma les yeux et elle se tourna vers le lit. Elle était très pâle et sa chair était flasque, avec un ventre lourd, de gros seins tombants et des jambes épaisses ; elle avait l'air triste sous le faible éclairage. Elle rejoignit le lit et se glissa sous les couvertures. Elle éteignit la lampe de chevet.

Il faut que tu sois gentil avec moi, dit-elle. Je n'aime pas qu'on me fasse mal.

Je ne vais pas te faire mal.

Embrasse-moi d'abord.

Se relevant sur le côté, il posa une main sur le visage de Laverne et il l'embrassa, puis il l'embrassa à nouveau et elle se renversa tranquillement en arrière et ferma les yeux. Sous le drap, il commença à promener sa main sur ses seins aplatis et sur son ventre flasque, et elle ne dit plus rien, comme comblée de simplement respirer. Il continua à l'embrasser et au bout d'un moment il s'allongea sur elle et commença à remuer.

Quand il eut fini il vit qu'elle s'était endormie sous lui. Laverne, dit-il. Hé. Chérie. Il scruta son visage endormi, roula sur le côté et s'étendit près d'elle sous les chaudes couvertures. Il ne tarda pas à s'endormir à son tour.

Le lendemain il se leva tard et prépara un petit déjeuner composé d'œufs, de café et de tartines grillées. Il saupoudra les œufs de paprika, disposa l'ensemble sur une grande assiette blanche et lui apporta le tout dans la chambre. Elle s'assit dans le lit les couvertures tirées autour de ses épaules, ses cheveux acajou tout emmêlés et ébouriffés, mais elle avait l'air requinquée. Qu'est-ce que tu as là ? demanda-t-elle.

J'avais bien dit que je te préparerais un petit déjeuner, il me semble ?

À midi ils quittèrent le lit et passèrent l'après-midi et la soirée à regarder les parades de Noël à la télévision, sans oublier ces vieux films guimauve que les chaînes diffusaient au moment des fêtes. Durant les jours et les semaines qui suivirent en plein cœur de l'hiver, elle lui permit d'habiter avec elle l'appartement du premier étage dans Chicago Street, tandis qu'elle partait travailler comme aide-soignante à la maison de retraite du Crépuscule du comté de Holt, et que lui avait pris un emploi dans les parcs à bestiaux à l'est de la ville. Comme l'avait ordonné le juge, il allait régulièrement au palais de justice se présenter au contrôleur judiciaire. À la mi-février, Laverne Griffith et lui étaient toujours ensemble, et pendant toute cette période Hoyt s'accommoda fort bien de la situation dans le petit appartement du premier étage.

27.

Durant la semaine entre Noël et le Jour de l'An ils passèrent les longs après-midi dans la cabane en retrait de la ruelle. Il faisait très froid dans la cabane et le soleil n'y pénétrait que faiblement par l'unique fenêtre. Ils allumaient des bougies sur la table et l'étagère du fond, et ils avaient les couvertures. Pour avoir plus chaud, ils prirent l'habitude de s'étendre l'un à côté de l'autre sur le tapis, dans le carré de soleil qui entrait par la fenêtre.

Allongés sur le dos sous les couvertures, ils discutaient. Souvent désormais elle parlait de sa mère. Lui se remémorait un détail à propos de la sienne, la façon dont elle portait un chemisier rouge sans manches un jour d'été, assise à l'ombre sur la véranda à l'arrière d'une petite maison à Brush, Colorado, et la façon dont elle portait toujours des shorts et étirait ses orteils dans la poussière sous les marches du perron. Il y avait du vernis rouge sur ses orteils et la poussière était douce comme de la poudre.

De son côté, elle se souvenait de la façon dont son père l'avait attrapée un jour dans ses bras quand elle était petite fille puis hissée sur ses épaules, se baissant pour franchir une porte qui menait à la cuisine. Sa mère était en train de préparer une sauce au jus de viande sur le fourneau : elle s'était retournée et elle avait souri, en les regardant tous les deux. Ensuite son père avait dit quelque chose de drôle, mais elle n'arrivait pas à se rappeler quoi. Ça avait fait rire sa mère, ça elle s'en souvenait.

Un après-midi ils étaient allongés par terre dans la cabane quand elle se tourna vers lui et examina son visage dans la faible lumière du soleil. Qu'est-ce qui t'est arrivé, là ?

Où ça ?

Cette petite cicatrice arrondie.

Je suis rentré dans un clou.

Il y avait une cicatrice blanche en forme de croissant de lune à côté de son œil.

J'ai une cicatrice moi aussi, dit-elle. Écartant la couverture, elle tira sur l'encolure de son T-shirt pour lui faire voir.

Certains après-midi il apportait des biscuits salés et du fromage de chez son grand-père, avec une thermos de café. Il apportait aussi des livres, même s'il lisait plus qu'elle. Depuis maintenant un certain temps il empruntait des livres à la bibliothèque Carnegie, sise dans un vieux bâtiment en pierre calcaire au coin d'Ash Street. La bibliothécaire était une femme malheureuse et toute maigre qui s'occupait de sa mère invalide quand elle n'était pas au travail, et qui, durant la journée, dirigeait la bibliothèque comme s'il s'agissait d'une église. Il avait trouvé les rayons qu'il aimait et rapportait les livres chez lui tous les quinze jours, été comme hiver, et désormais il avait coutume de les embarquer à la cabane pour pouvoir les lire allongé par terre à côté d'elle.

Elle s'adonna de plus en plus à la rêverie et aux faux espoirs, encore plus maintenant en l'absence de son père et dans la désolation nouvelle qui emplissait la maison depuis que sa mère était devenue si triste et si solitaire. Une heure pouvait s'écouler dans la cabane sans qu'ils prononcent un seul mot, ou presque, puis en le regardant lire elle finissait par se mettre à le taquiner, lui chatouillant la joue avec un morceau de fil, lui soufflant délicatement dans l'oreille, jusqu'à ce qu'il pose son livre et qu'il la repousse. Alors ils commençaient à se bousculer mutuellement et à se bagarrer, et une fois, dans la mêlée, elle s'était retrouvée au-dessus de lui, et tandis qu'elle avait le visage tout près du sien elle avait baissé brusquement la tête pour l'embrasser sur la bouche. Ils s'étaient tous les deux arrêtés et dévisagés, et elle l'avait embrassé à nouveau. Puis elle avait roulé sur le côté.

Pourquoi tu as fait ça ?

J'en ai eu envie, dit-elle.

Un jour, sa petite sœur avait ouvert la porte de la cabane dans l'après-midi, vers la fin de cette semaine de vacances de Noël, et elle les avait trouvés en train de lire par terre avec les couvertures au-dessus d'eux. Qu'est-ce que vous faites ?

Ferme la porte, dit Dena.

La petite fille entra dans la cabane, ferma la porte et resta là à les regarder. Qu'est-ce que vous faites là par terre ?

Rien.

Laissez-moi venir sous les couvertures.

Tu dois te tenir tranquille.

Pourquoi ?

Parce que je l'ai dit. Parce qu'on est en train de lire.

D'accord. Je ferai pas de bruit. Laissez-moi venir avec vous.

Elle se glissa sous la couverture avec eux.

Non, il faut que tu te mettes là-bas, dit Dena. C'est ma place à côté de lui.

Alors pendant un moment les deux sœurs et le garçon étaient restés allongés par terre sous les couvertures, à lire des livres à la faible lueur des bougies, avec le soleil qui brillait dehors dans la ruelle, à bavarder doucement tous les trois de temps en temps, à boire du café dans une thermos, et durant ce bref intervalle ce qui se passait dans leurs maisons respectives leur avait paru sans grande importance.

28.

Quand Raymond rejoignit la maison l'après-midi du Jour de l'An après avoir donné à manger aux bêtes désœuvrées dans le pâturage d'hiver – il avait dispersé du foin et des granulés protéinés sur le sol gelé devant les animaux aux longs poils hirsutes –, il retira ses galoches et sa salopette en toile à la porte de la cuisine, traversa la maison pour aller se raser et se débarbouiller, puis gravit l'escalier jusqu'à sa chambre où il enfila un pantalon noir ainsi que la nouvelle chemise de laine bleue que Victoria lui avait offerte pour Noël. Quand il redescendit dans la cuisine, Victoria faisait cuire du poulet et des croquettes dans une grosse marmite étamée pour leur dîner de fête et Katie se tenait debout sur une chaise à la table, mélangeant de la farine et de l'eau dans un saladier rouge. Chacune avait un torchon blanc noué autour de la taille ; la lourde chevelure noire de Victoria était dégagée de son visage et elle avait les joues toutes rouges.

Elle se retourna pour le regarder depuis son fourneau. Vous êtes drôlement sapé, dit-elle.

J'ai mis ta chemise.

Je vois ça. Elle vous va bien. Elle vous va impeccable.

Alors qu'est-ce que je peux faire ? demanda-t-il. Qu'est-ce qu'il y a d'autre à faire avant le dîner ?

Vous pourriez mettre la table.

Il étala donc une nappe blanche sur la table en noyer de la salle à manger, qui se trouvait juste au milieu sous le plafonnier, puis, sortant le vieux service à boutons de rose que sa mère avait reçu en cadeau de mariage de nombreuses années auparavant, il disposa les assiettes, les verres et les couverts. Le soleil bas de l'après-midi se déversait à flots sur la vaisselle à travers les fenêtres sans stores. Sa lumière brillait de mille feux parmi les verres.

Victoria arriva dans la pièce pour voir comment il s'en sortait et examina la table avec attention. On attend quelqu'un d'autre ? demanda-t-elle.

Il lui lança un bref coup d'œil avant de se tourner pour regarder par la fenêtre en direction de l'écurie et des corrals après l'allée de gravier. Je suppose qu'on peut dire que oui, dit-il.

Qui est-ce ?

C'est quelqu'un que j'ai rencontré.

Quelqu'un que vous avez rencontré ?

Tu la connais aussi.

C'est une femme ? Il y a une femme qui vient dîner ?

C'est une femme de l'hôpital.

Comment s'appelle-t-elle ?

Elle s'appelle Linda May. Elle travaillait de nuit quand j'étais dans la chambre là-bas avec ma jambe.

La femme entre deux âges aux cheveux bruns coupés court ?

Ça lui ressemble. Oui, je suppose que ça doit être elle.

Victoria contempla les assiettes et les verres arrangés bien en ordre sur la nappe blanche. Pourquoi ne pas m'avoir prévenue ?

Raymond lui tournait toujours le dos. Je ne sais pas trop. Je suppose que j'avais un peu peur. Je ne savais pas ce que tu en penserais.

Vous êtes chez vous, dit-elle. Vous pouvez faire ce que vous voulez.

Alors ça ce n'est pas vrai. Ne dis pas ça. Cette maison est autant la tienne que la mienne. Et ça fait de ça un bout de temps.

C'est ce que je croyais.

Eh bien c'est vrai. Il se retourna pour lui faire face. Ça je peux te l'assurer.

Mais je ne comprends pas que vous ne m'ayez pas prévenue que quelqu'un venait dîner.

Bon sang, mon chou, tu peux pas y voir la gaffe d'un vieux bonhomme ? Un vieux bonhomme qui ne sait pas comment faire une chose qu'il n'a jamais faite avant ?

Il se tenait devant elle dans sa nouvelle chemise bleue, avec sur le visage une expression qu'elle n'avait jamais vue ni même imaginée. Elle s'approcha de lui et lui posa la main sur le bras. Je suis désolée, dit-elle. Ça va bien se passer. Il n'y a pas de problème. Je suis contente que vous l'ayez invitée.

Merci, dit-il. J'espérais que tu ne le prendrais pas mal. C'est juste que l'idée m'est venue de l'inviter à dîner, c'est tout. J'ai pas vu un instant ce qu'il y avait de mal à ça.

Il n'y en a aucun, dit Victoria. À quelle heure lui avez-vous dit de venir ?

Raymond consulta sa montre. Dans à peu près une demi-heure.

Vous lui avez expliqué comment nous trouver par ici ?

Elle m'a dit qu'elle savait déjà. Elle s'est renseignée sur nous, paraît-il.

Ah bon ?

C'est ce qu'elle m'a dit.

Cet après-midi-là elle atteignit la clôture devant la maison au volant d'une décapotable Ford couleur crème qui avait une dizaine d'années. Elle sortit et contempla la maison grise, les nappes de neige sale et les trois ormes sans feuilles tout rabougris dans la petite cour, puis elle franchit le portail grillagé pour rejoindre la véranda vitrée. Avant qu'elle ait eu le temps de frapper, Raymond ouvrit la porte. Entrez, dit-il, entrez.

Apparemment, j'ai trouvé.

Oui m'dame.

Bon, il va falloir m'appeler Linda aujourd'hui, dit-elle. Il va falloir y penser.

Vous feriez mieux d'entrer. Il fait froid dehors.

Elle pénétra dans la cuisine et regarda à l'autre bout de la pièce la jeune fille qui, au fourneau, tenait son enfant dans les bras.

Voici Victoria Roubideaux et la petite Katie.

Oui. Je me souviens d'elles de quand vous étiez à l'hôpital. Comment allez-vous ?

Victoria s'approcha et elles se serrèrent la main. Linda May essaya de toucher Katie mais la fillette se détourna, enfouissant son visage dans l'épaule de sa mère.

Elle sera moins sauvage dans un moment.

Laissez-moi prendre votre manteau, dit Raymond.

Il l'accrocha à côté de sa salopette et de sa parka à la patère près de la porte. Linda May était vêtue d'un pantalon noir et d'un chandail rouge, et des anneaux d'argent pendaient à ses oreilles. Il y a quelque chose qui sent bon, ça c'est sûr, dit-elle.

C'est presque prêt, annonça Victoria. Allez donc vous installer et j'apporterai le plat.

Y a-t-il quelque chose que je puisse faire pour aider ?

Je ne pense pas.

Raymond conduisit son invitée dans la salle à manger.

Quelle table magnifique, dit-elle. Tout est tellement joli.

Cette table appartenait à ma mère. Elle est placée à cet endroit-là depuis aussi loin que je me souvienne.

Je peux la regarder ?

Euh, que voulez-vous dire ?

Regarder en dessous, la table elle-même.

Ça risque d'être un peu poussiéreux là-dessous.

Soulevant la nappe blanche, elle examina le plateau ciré puis, regardant dessous, elle scruta l'énorme pied central. Ma foi, on dirait du vrai noyer, dit-elle. C'est une antiquité.

Elle est vieille, en tout cas, acquiesça Raymond. Plus vieille que moi, même. Allons, asseyez-vous là.

Il lui tira une chaise pour qu'elle y prenne place.

Merci, dit-elle.

Je reviens tout de suite.

Il alla dans la cuisine où Victoria, au fourneau, mettait la nourriture dans un plat. Et maintenant ? demanda-t-il.

Vous voulez bien emmener Katie et l'installer à table ?

Bien sûr que oui. Allez viens, ma petite chérie. Tu es prête à dîner ? Se penchant pour la prendre dans ses bras, il recula pour admirer ses yeux ronds et sombres qui étaient exactement comme ceux de sa mère, puis écarta de son visage ses brillants cheveux noirs. Il la porta dans la salle à manger et l'installa sur une caisse en bois posée sur la chaise en face de Linda May. La petite fille lui lança un regard de l'autre côté de la table, puis attrapa sa serviette qu'elle étudia avec un grand intérêt.

Victoria arriva avec la jatte fumante de poulet aux croquettes et une autre remplie de purée, puis elle repartit chercher une assiette de petits pains et un plat de haricots verts parfumés au bacon. Raymond resta planté en bout de table en attendant qu'elle s'assoie, puis il prit le siège situé en face d'elle, avec Linda May et Katie de chaque côté.

Vous voulez bien dire la prière ? demanda Victoria.

Raymond parut stupéfait. Quoi ?

Vous voulez bien dire la prière, s'il vous plaît ?

Il jeta un coup d'œil à Linda May puis à nouveau à Victoria. Je suppose que je peux tenter le coup. Mais ça fait un fichu bout de temps. Il inclina sa tête argentée. Ses joues étaient enflammées et son front blanc luisait. Seigneur, dit-il. Ce qu'on va faire, on va juste vous dire merci pour cette nourriture sur cette table. Et pour les mains qui nous l'ont préparée. Il marqua une longue pause. Toutes trois levèrent le regard vers lui. Il poursuivit. Et pour cette belle journée dehors que nous avons. Il s'arrêta à nouveau. Amen, conclut-il. Bon maintenant tu crois qu'on peut manger, Victoria ?

Oui, dit-elle, et elle fit passer à Linda May le poulet aux croquettes.

Linda May fit presque tous les frais de la conversation pendant que Victoria et Raymond écoutaient et répondaient à ses questions. Victoria s'occupait de la petite fille. Après le dîner ils l'aidèrent à débarrasser la table, puis elle emmena Katie dans la chambre du bas qu'elles partageaient depuis que Raymond était remonté dans son ancienne chambre ; là elle coucha la petite fille et s'allongea avec elle pour lui faire la lecture jusqu'à ce qu'elle s'endorme, après quoi elle resta étendue dans la chambre obscurcie à écouter par la porte ouverte Raymond et la femme qui discutaient.

Ils avaient déjà fait la vaisselle tous les deux à l'évier de la cuisine et s'étaient retirés dans le salon. Autour d'eux le vieux papier peint à fleurs, taché par endroits et noirci dans un angle suite à une pluie ancienne, était terne et gris. Quand Linda May était entrée dans la pièce elle s'était assise dans le fauteuil de Raymond et il l'avait regardée, hésitant, puis il avait pris place dans le fauteuil qui avait toujours été celui de son frère.

Ma parole, dit-elle, c'était un dîner merveilleux.

C'est grâce à Victoria. On peut pas dire qu'elle tienne ça de nous.

Oui. Elle jeta un coup d'œil par la porte dans la salle à manger. Le plafonnier dessinait une flaque de lumière éclatante sur la nappe blanche. Je ne sais pas comment vous faites tous les deux pour vivre ici loin de tout. Vous devez vous sentir seuls, non ?

J'ai toujours vécu ici, dit Raymond. Je sais pas comment ce serait ailleurs. Il y a un voisin à trois kilomètres si on a besoin de quelque chose.

Un fermier comme vous ?

Euh, je dirais pas qu'on est exactement des fermiers.

Qu'est-ce que vous diriez ?

Je suppose qu'il faut nous appeler des ranchers. On élève du bétail. De pauvres vieux miséreux de ranchers, plutôt.

À vous entendre, on croirait que vous mourez quasiment de faim.

Ça nous est arrivé une fois ou deux. Ou pas loin.

Quelle taille fait votre ranch ?

Quelle surface ?

Oui.

Eh bien, on a à peu près trois sections. Grosso modo.

Ça fait combien ? Je ne sais pas ce que c'est qu'une section.

Il doit y avoir six cent quarante acres par section. C'est surtout des pâturages, qu'on a. On engrange pas mal de foin chaque été mais on ne fait pas vraiment de culture. Enfin bon, j'arrête pas de dire on. C'est je maintenant. Je ne sais pas encore comment je vais me débrouiller pour les foins l'été prochain.

Comment allez-vous faire ?

Je trouverai un moyen. Embaucher quelqu'un, j'imagine.

Ça doit être affreusement dur maintenant sans votre frère avec vous.

C'est plus la même chose. C'est plus du tout pareil. Harold et moi, on a été ensemble toute notre vie.

Vous devez quand même continuer, malgré tout.

Il la regarda. Les gens disent toujours ça. Je le dis moi aussi. Je ne sais pas ce que ça veut dire, pourtant. Il jeta un coup d'œil par la fenêtre derrière elle : la nuit était tombée. Le lampadaire extérieur s'était allumé et il y avait de longues ombres dans la cour.

Elle resta assise là à l'observer. Ça m'a étonnée de vous voir entrer dans la taverne l'autre soir, dit-elle.

Ça me ressemble pas, admit-il. J'ai été le premier étonné de me retrouver là.

Vous envisagez d'y retourner ?

J'imagine que c'est possible.

Je l'espère.

Elle était assise un pied replié sous elle dans le gros fauteuil relax de Raymond. Le rouge de son chandail tranchait vivement avec ses cheveux bruns.

Et je tiens à vous remercier encore de m'avoir invitée à dîner aujourd'hui, reprit-elle.

Pas de quoi, m'dame. Comme j'ai dit, c'est Victoria qui a tout fait.

Mais c'est vous qui m'avez invitée. Je vis dans la région depuis assez longtemps pour connaître pas mal de gens, mais je ne crois pas avoir jamais été invitée dans un de ces vieux ranchs.

Notre grand-père l'avait acheté grâce à la loi agraire. Lui et notre grand-mère. Ils étaient venus en 83 de l'Ohio. Mais et vous, vous êtes originaire d'où, si je peux me permettre ?

De Cedar Rapids.

Dans l'Iowa.

Oui. J'avais besoin de changement.

Ils n'ont pas de bons hôpitaux par là-bas ?

Ah si, bien sûr. Évidemment. Mais ma vie s'était comme qui dirait effondrée, alors j'ai décidé de venir dans le coin. Je pensais repartir à zéro, essayer la vie dans les montagnes. Mais je ne suis pas allée plus loin qu'ici ; j'ai comme qui dirait calé. J'espère toujours pousser jusqu'à Denver, pourtant.

Quand comptez-vous faire ça ?

Je ne sais pas. Je suppose que ça dépend. Je ne suis ici que depuis un an.

Parfois un an ça peut être long, dit Raymond.

Parfois ça peut être trop long.

Alors que Linda May s'apprêtait à partir, Victoria sortit de la chambre pour lui dire au revoir. Ils étaient debout dans la cuisine et Raymond décrocha le manteau de Linda May qu'il lui tint le temps qu'elle l'enfile, puis il la raccompagna après le portail grillagé jusqu'à sa voiture. Dehors dans l'air froid tout paraissait cassant et le sol gelé était aussi dur que du fer.

Merci encore, dit-elle. Surtout, n'oubliez pas de venir en ville un de ces jours.

Soyez prudente là-bas sur cette route, dit-il.

Elle monta dans son cabriolet et elle mit le contact ; le moteur toussa mais sans démarrer. Quand elle réessaya il ne fit que gémir et cliqueter. Elle baissa la vitre. Elle ne va pas démarrer, dit-elle.

On dirait bien que c'est votre batterie. Elle est vieille ?

Je ne sais pas. La batterie était dedans quand j'ai acheté la voiture il y a un an.

Je ferais mieux de vous pousser. Laissez-moi aller chercher mon manteau.

Il retourna dans la maison et attrapa son manteau et son chapeau sur les patères de la cuisine. Victoria était en train de ranger la vaisselle propre dans les placards en hauteur. Qu'est-ce qui ne va pas ? demanda-t-elle.

Il faut que je la pousse.

N'allez pas attraper froid là dehors.

Il ressortit et passa devant la Ford, au volant de

laquelle Linda May était toujours assise, puis, traversant l'allée de gravier défoncée, il rejoignit le garage et grimpa dans son pick-up. Il le laissa tourner une minute, puis le gara derrière l'auto de Linda May et descendit pour vérifier à quel niveau se trouvaient les deux pare-chocs. Il longea la voiture de Linda May et lorsqu'il ouvrit la portière, elle frissonnait en tenant ses bras serrés autour d'elle.

Vous allez bien ? demanda-t-il.

Il fait vraiment froid.

Vous voulez retourner dans la maison ?

Non. Allons-y.

Vous savez ce qu'il faut faire, n'est-ce pas ?

Lâcher l'embrayage dès que la voiture sera lancée, dit-elle.

Et mettre le contact. Mais n'essayez pas avant qu'on soit sur la route du comté où on pourra aller un peu plus vite.

Il referma la portière, remonta dans son pick-up et démarra en douceur. Les pare-chocs se touchèrent et il la poussa lentement le long de l'allée jusqu'au chemin puis sur la route sombre, ses phares illuminant l'arrière de sa voiture. Il accéléra, le gravier gicla sous les ailes, et la Ford de Linda May bondit brusquement en avant. Elle démarra et ses phares et ses feux arrière s'allumèrent. Elle força l'allure, la poussière de la route desséchée bouillonnait sous leurs roues, et il la suivit sur un petit kilomètre histoire de s'assurer qu'elle allait bien, puis il ralentit, s'arrêta et regarda le rouge de ses feux arrière s'éloigner dans l'obscurité.

Victoria était assise à la table de la cuisine lorsqu'il revint. Elle avait refait du café. Il retira son manteau et son chapeau, et elle se leva en voyant qu'il avait la figure toute congestionnée.

Mais enfin vous êtes complètement gelé, dit-elle.

Il doit faire dans les moins dix là dehors. Il posa ses mains autour de ses oreilles. Il va fairc un froid de canard cette nuit.

Je vous ai refait du café.

C'est vrai, ma chérie ? Je croyais que tu serais couchée à l'heure qu'il est.

Je voulais être sûre que vous étiez bien rentré.

Tu t'inquiétais ?

Je voulais juste être sûre, dit-elle. Vous avez réussi à faire démarrer sa voiture ?

Oui. Elle est en route vers la ville. D'ailleurs, j'imagine qu'elle est presque arrivée maintenant.

29.

Par une belle et froide journée de janvier Rose Tyler se gara à l'improviste devant la caravane et, munie de son sac à main et de son carnet, elle remonta le sentier couvert de neige boueuse jusqu'au mobile home décoloré. Des tiges mortes de brome des toits et d'amarante à racine rouge jaillissaient de la neige à côté du sentier comme des bouquets inégaux de minuscules arbres gris. Le perron en planche avait été balayé : au moins ça, ça avait été fait. Elle frappa à la porte métallique et attendit. Elle frappa à nouveau. Elle contempla la rue déserte. Rien ne bougeait. Elle se retourna pour frapper une fois encore et attendit un peu plus longtemps. Elle avait commencé à redescendre les marches lorsque la porte s'ouvrit derrière elle.

Luther se tenait dans l'embrasure avec un pantalon de jogging mais pas de T-shirt. C'est vous, Rose ? dit-il.

Oui. Vous n'alliez pas me laisser entrer ?

Je vous avais pas entendue frapper. Il s'écarta de la porte pour qu'elle puisse passer. Betty est pas encore levée.

Il est plus de dix heures. Je croyais que vous seriez levés tous les deux à cette heure-là.

Betty a pas bien dormi du tout cette nuit.

Qu'est-ce qui ne va pas ?

Je sais pas. Vous aurez qu'à lui demander.

Je suis venue pour discuter avec vous deux ce matin. Voir comment les choses se passent.

Ça se passe nickel, Rose. On s'en sort plutôt bien, j'imagine.

Allez donc enfiler une chemise et dire à Betty de venir. Nous allons causer un peu.

Euh, je sais pas si elle voudra se lever.

Allez donc lui demander.

Il disparut dans le couloir et elle embrassa du regard le séjour et la cuisine. Il y avait de la vaisselle et des boîtes à pizza sur toutes les surfaces planes, et le sac en plastique noir rempli de canettes de soda était appuyé au réfrigérateur. La télévision, dans l'angle, diffusait une émission de jeux qui passait le matin.

Luther déboucha du couloir en T-shirt, avec Betty pieds nus qui le suivait d'un pas traînant, l'air fatiguée et hagarde dans un peignoir rose. Elle s'était brossé les cheveux, lesquels pendaient tout raides de chaque côté de son visage. Elle lança un coup d'œil à Rose puis à la télévision. Quelque chose ne va pas, Rose ? demanda-t-elle.

Pas que je sache. Je vous avais dit que je ferais un saut de temps en temps. Ça fait partie de l'ordonnance du tribunal. Vous ne vous rappelez pas ?

Je me sens pas très bien.

C'est encore votre ventre ?

Mon dos aussi. Ça a été une vraie torture toute la semaine.

Je suis navrée.

J'arrive plus à dormir. Je suis obligée de me reposer pendant la journée.

D'accord, mais vous savez bien que je peux vous rendre visite à n'importe quel moment. Vous vous rappelez qu'on a discuté de ça.

Je sais, dit Betty. Vous voulez vous asseoir ?

Merci.

Rose s'installa sur un fauteuil près de la porte et lança un regard vers la télévision. Luther, voulez-vous bien éteindre ça, s'il vous plaît ?

Il coupa la télévision et s'assit sur le canapé tout contre Betty.

Bon alors. Comment ça se passe ? demanda Rose. Vous avez dit que ça se passait bien, Luther.

Les choses vont plutôt bien, dit-il. On s'en tire pas mal, il me semble.

Comment vont Joy Rae et Richie ?

Euh. Richie, il a encore des problèmes à l'école. Comme avant.

Quel genre de problèmes ?

Difficile à dire. Il en parle pas.

C'est ces autres mômes qui passent leur temps à l'asticoter, dit Betty. Pas moyen qu'ils le laissent tranquille.

Pourquoi ça, d'après vous ?

Il leur fait rien du tout. Richie est un gentil petit. Je sais pas ce qu'ils ont contre lui.

Avez-vous essayé de discuter avec son institutrice ?

Ça servirait à rien.

Mais vous pourriez au moins essayer. Peut-être qu'elle sait ce qui se passe.

Je sais pas.

Et Joy Rae ?

Oh, maintenant elle se débrouille comme un chef, dit Luther. Elle sait déjà mieux lire que moi.

C'est vrai ?

Mieux que Betty aussi. Pas vrai, Betty.

Betty acquiesça de la tête.

Mieux que tous les deux réunis, renchérit Luther.

Je suis contente qu'elle se débrouille si bien, dit Rose. C'est une jeune fille intelligente. Rose balaya la pièce du regard. Dehors sur le toit la neige fondait, dégoulinant devant la fenêtre. Maintenant je dois vous interroger sur Hoyt, reprit-elle. Est-ce qu'il est venu ici ?

Non m'dame, dit Luther. On veut pas de lui ici. Il est plus le bienvenu chez nous.

Vous devez tout faire pour le tenir à l'écart. Vous comprenez ça, n'est-ce pas ? Il n'est pas question qu'il vienne ici.

On veut rien avoir à faire avec lui. On l'a même pas revu. Pas vrai, Betty ?

On l'a vu une fois à l'épicerie.

On l'a vu une fois à l'épicerie, mais on lui a pas parlé. On lui a même pas demandé comment il allait. On l'a juste évité, pas vrai ?

Et on lui adressera plus jamais la parole, dit Betty. Il pourra nous traiter de tous les noms, on s'en fiche.

Oui, dit Rose. C'est ça. Elle les observa tous les deux mais elle n'aurait pas su dire s'ils mentaient. La grosse figure rouge de Luther était moite de sueur, et Betty avait l'air simplement abrutie et malade, ses cheveux sans vie pendouillant autour de son visage. Rose regarda dans la cuisine. C'est bien, dit-elle, je suis contente que Hoyt ne soit pas venu ici, mais il faut que ça continue. Bon maintenant je veux vous parler de quelque chose d'autre. Il est important pour vous et pour vos enfants que vous viviez dans un environnement à la fois propre et sain. Vous le savez. Alors il faut que vous fassiez un petit effort ici dans la maison. Les choses ne sont pas aussi propres et rangées qu'elles pourraient l'être. Vous pouvez mieux faire, vous ne croyez pas ?

Je vous ai dit que j'avais été malade, Rose, dit Betty.

J'ai bien compris. Mais Luther aussi peut mettre la main à la pâte, n'est-ce pas, Luther.

Mais je mets déjà la main à la pâte, dit-il.

Vous devez en faire un peu plus. Vous pouvez commencer par laver la vaisselle à chaque fois. Et par vider les ordures. Vous devez sortir ce sac de canettes. Elles risquent d'attirer les bestioles.

En hiver ?

C'est possible.

C'est que, on pourrait me voler mes canettes si je les mets dehors.

Vous pouvez les laisser sur le perron.

Je vois pas comment elles pourraient attirer des bestioles en hiver.

Quoi qu'il en soit, elles ne devraient pas se trouver dans votre cuisine. Elles ne devraient pas se trouver près de l'endroit où vous mangez.

Luther lui lança un coup d'œil, puis Betty et lui regardèrent par la fenêtre de devant, la mine impassible et butée.

Rose les observa. Comment vous y prenez-vous pour l'argent ? demanda-t-elle. Est-ce que vous le divisez encore en plusieurs enveloppes, et est-ce que vous réglez vos factures à temps ?

Oh oui m'dame.

C'est parfait, dans ce cas. Est-ce que vous avez des questions à me poser ?

Luther regarda Betty. J'ai pas de questions. Et toi, ma chérie ?

J'en ai pas, dit Betty.

Et puis j'ai appris que vous alliez aux cours d'éducation parentale.

Luther hocha la tête. Il en reste plus que deux, le prof a dit.

Oui. Eh bien, apparemment, vous vous en sortez bien. Je suis contente de voir ça. Bon alors, je crois que je vais m'en aller maintenant. Mais je reviendrai dans pas longtemps.

Rose glissa son carnet dans son sac à main et Luther lui ouvrit la porte. Une fois dans la voiture, quand elle jeta un œil dans le rétroviseur, il se tenait toujours pieds nus sur le seuil à la regarder s'en aller, tandis que Betty était ailleurs, quelque part dans la maison.

30.

À la Nouvelle Année Victoria Roubideaux retourna à Fort Collins avec Katie pour attaquer son deuxième semestre de cours, et une semaine après son départ Raymond appela Linda May au téléphone en milieu d'après-midi. Lorsqu'elle répondit il demanda : Se peut-il que vous soyez chez vous dans l'heure qui vient ?

Oui. Pourquoi ?

Je voulais passer vous voir une minute.

Je serai là.

L'adresse dans l'annuaire indique 832 Cedar.

Oui. C'est ça.

Il raccrocha et se rendit à Holt au magasin d'outillage de la coopérative sur la grand-route. Là il passa devant les présentoirs d'outils, les tiroirs d'écrous et de boulons et les bobines de fil électrique, et il continua vers le fond, où les pelles à neige étaient suspendues à des crochets telles des armes médiévales réunies dans un château ou dans un arsenal. Furetant parmi les rayonnages métalliques de batteries de voiture, il parcourut les étiquettes sommaires attachées sur les côtés, et finit par en choisir une qu'il transporta jusqu'à la caisse. L'employé lui dit : Raymond, celle-là suffira pas pour votre pick-up.

Elle est pas pour mon pick-up.

L'homme le regarda. Très bien, dans ce cas. Je ne savais pas que vous aviez aussi une voiture. C'est juste que je ne voulais pas que vous preniez la mauvaise batterie et que vous soyez obligé de revenir. Vous voulez payer en espèces ou par carte ?

Mettez-la sur le compte du ranch, dit Raymond.

L'homme tapa le montant sur sa caisse puis resta là à attendre, le regard dans le vide. Quand la facture apparut il s'en saisit et l'étala sur le comptoir. Raymond la signa et récupéra son duplicata, puis juchant la batterie sur sa hanche il sortit du magasin, fit glisser la batterie sur la banquette avant et monta. Au feu rouge, à l'endroit où la grand-route croisait Main Street, il regarda à gauche vers le Gas and Go la voiture solitaire qui était garée devant, puis il regarda à droite dans Main Street, où seules quelques voitures circulaient à cette heure de la journée. Quand le feu passa au vert il continua sur trois pâtés de maisons et tourna au nord dans Cedar. La petite maison blanche en bois de Linda May se trouvait au milieu du pâté, et le cabriolet Ford au bord du trottoir était complètement entouré de neige après le passage du chasse-neige. Il y avait aussi de la neige le long de sa petite allée, en monticules qui avaient fondu et durci dans la nuit, et, perçant de-ci de-là, des touffes de chiendent desséchées et brunies. Il atteignit sa porte et frappa. Elle sortit aussitôt ; elle portait un jogging bleu vif et ses cheveux courts et bruns étaient peignés avec soin. Je vous guettais à la fenêtre, dit-elle. Vous aviez l'air tellement mystérieux au téléphone.

Je vous ai juste apporté quelque chose. Puis-je me permettre d'emprunter vos clés de voiture ?

Qu'est-ce que vous allez faire ?

J'ai quelque chose pour votre auto.

Eh bien, entrez, dit-elle. Les clés sont dans la maison. Mais je ne vois vraiment pas ce que vous mijotez.

Il resta dans le vestibule pendant qu'elle retournait dans la chambre chercher son sac à main. Par la porte, il jeta un coup d'œil dans le salon. Au-dessus du canapé il y avait une gravure encadrée représentant un jardin de lavande un peu flou, avec un pont en pierre et une mare aux nénuphars enveloppée de brume. La végétation était verte et luxuriante, rien à voir avec les paysages du comté de Holt. Linda May reparut et lui donna les clés. Elle ne démarrera pas, dit-elle, si c'est à ça que vous pensez. J'ai essayé pas plus tard qu'hier.

Il mit les clés dans sa poche et rejoignit la voiture de Linda May, passant le bras dans l'habitacle pour débloquer le capot. Il prit ensuite un tournevis et deux clés anglaises dans la boîte à outils de son pick-up et, transportant la batterie neuve jusqu'à la Ford, il la posa en équilibre sur l'aile le temps de relever le capot. Il retira la vieille batterie et installa la nouvelle. Après avoir nettoyé les cosses de la batterie avec son canif, il relia les câbles aux bornes et les serra.

Linda May sortit de la maison et se posta à côté de lui dans la rue avec son manteau et son écharpe. Il ne l'avait pas vue arriver et il leva les yeux du moteur.

Mais enfin qu'est-ce que vous fabriquez ?

Montez, dit-il. Essayez. Il lui tendit ses clés.

Elle les prit. Vous avez remplacé la batterie ?

Voyons si celle-là fonctionne.

Elle grimpa dans la voiture et Raymond resta debout à côté de la portière ouverte. Le moteur grinça, toussa et tenta de démarrer. Elle leva le regard vers lui et il hocha la tête. Quand elle réessaya le moteur couina, crachota, pétarada puis finit par démarrer, un jet de fumée noire jaillissant derrière la voiture.

Appuyez un peu sur le champignon, dit-il. Elle a besoin de tourner un moment au ralenti.

Merci, dit-elle. Merci infiniment. Quelle attention adorable. Combien est-ce que je vous dois ?

Vous me devez rien du tout.

Bien sûr que si.

Non, dit-il. Enfin bon, si vous me faisiez tout bêtement une tasse de café ? On dira que c'est une de ces promos d'après Noël. Je me suis juste dit que vous auriez peut-être envie de faire un tour en ville un de ces jours. Je vais rapporter cette vieille batterie à la coopérative et ils s'en débarrasseront pour vous.

Il referma le capot et alla mettre la vieille batterie dans la benne de son pick-up pendant que Linda May restait dans la rue à l'observer.

Vous voulez bien entrer maintenant ? demanda-t-elle. Il fait froid dehors.

Si ça vous dérange pas, surtout.

Seigneur. Bien sûr que non.

Ils entrèrent dans la maison et il la suivit dans la cuisine où le soleil de la fin d'après-midi pénétrait à flots par la fenêtre du fond. Il ôta son chapeau qu'il posa sur le plan de travail, puis il tira une chaise de sous la table et s'assit. Ses cheveux gris argent faisaient un cran à l'endroit où avait appuyé la bordure du chapeau. Linda May alla à la cuisinière et mit la bouilloire à chauffer. Du thé, ça vous irait ? demanda-t-elle. Je n'ai que du café soluble.

Ce que vous avez, ce sera parfait.

Elle sortit du placard plusieurs sortes de thés. Des récipients rouges, de petites boîtes carrées avec des images en décoration et des boîtes rondes contenant du thé en vrac. Qu'est-ce qui vous tenterait ? demanda-t-elle.

Oh. Rien qu'un thé ordinaire.

J'ai du thé vert, du thé nature et toute une gamme d'infusions.

Ça m'est égal. Choisissez, vous.

Mais je ne sais pas ce que vous voulez. C'est à vous de décider.

Oh, n'importe lequel. Je bois pas souvent de thé.

Je pourrais vous faire du café soluble.

Non, m'dame, un thé ce sera parfait.

Allons, ne recommencez pas à m'appeler comme ça, dit-elle.

La bouilloire se mit à siffler et elle versa l'eau bouillante dans un grand mug marron dans lequel elle plongea un sachet de thé nature. Il l'observait : elle se tenait dos à lui devant le plan de travail. Elle se fit une tasse de thé vert, mit des cuillères dans les mugs et les apporta à la table. Vous prenez du sucre ?

Je ne crois pas.

Vous avez l'air tellement timide. Elle s'assit en face de lui.

Non. Je pense pas être si timide que ça.

Mais est-ce que quelque chose ne va pas ?

Le regard de Raymond balaya la pièce pour se fixer sur la fenêtre au-dessus de l'évier. C'est juste que j'ai jamais été dans la cuisine d'une femme avant. À part celle de ma mère.

C'est vrai ?

Pas que je me souvienne. Et je crois que je m'en souviendrais.

Eh bien. Détendez-vous, c'est tout. Ce n'est pas grand-chose, vous savez. Vous m'avez rendu un fier service. C'est le moins que je puisse faire.

Il remua le thé avec sa cuillère bien qu'il n'ait rien mis dedans, puis il la posa sur la table et but une gorgée de son mug. Le sachet de thé vint lui brûler les lèvres et il le repêcha avec sa cuillère avant de la replacer sur la table. Il but une autre gorgée, regarda le breuvage et reposa le mug.

Elle l'observait. Vous n'aimez pas ça.

C'est pas ça, m'dame. Je vais juste le laisser refroidir un peu. Il regarda les photos exposées sur un des murs : il y avait une jeune fille debout à côté d'un chêne. Qui est-ce que vous avez sur cette photo, là-bas ?

Celle-là ?

Oui.

Eh bien, c'est ma fille. Rebecca.

Ah. J'ignorais. Vous n'aviez jamais dit que vous aviez une fille.

Ah mais si. C'est une des photos d'elle que je préfère. Elle a été prise quand elle était bien plus jeune. On ne se parle plus beaucoup. Elle n'a pas une très haute opinion de moi.

Pas une très haute opinion de vous. Comment ça ?

Oh, à cause d'un truc entre nous du temps de Cedar Rapids. Après le départ de son père.

Vous vous êtes disputées ?

Vous voulez dire, avec Rebecca ?

Oui, m'dame.

En quelque sorte. Toujours est-il qu'elle a quitté la maison et qu'elle n'a pas voulu revenir. C'était il y a deux ans. Je n'y pense plus beaucoup maintenant. Elle eut un petit rire triste. Plus trop, en tout cas.

C'est pour ça que vous avez atterri dans le coin ?

Ça, entre autres choses. Vous êtes sûr que vous ne voulez pas que je vous fasse du café en poudre ? Vous ne buvez pas votre thé.

Non. Mais merci quand même. Ce thé, c'est parfait. Il en but un peu, reposa le mug et s'essuya la bouche. Il regarda par la fenêtre puis la regarda elle. Je crois pas que Victoria et moi on se soit jamais disputés. Je vois pas à propos de quoi on pourrait se disputer.

C'est une fille adorable.

Oui. C'est vrai.

Mais, après tout, vous n'en êtes qu'au début avec elle.

Comment ça ?

Eh bien, elle n'est avec vous que depuis peu de temps, je me trompe ?

Elle est venue chez nous il y a deux ans. Presque deux ans et demi maintenant. Ça n'a pas été évident au départ mais les choses se sont arrangées. Du moins de mon côté. Je peux pas parler pour elle.

Elle a beaucoup de chance de vous avoir.

Dans ce cas, dit Raymond, ça marche dans les deux sens.

Elle lui sourit, puis elle se leva pour aller mettre les mugs dans l'évier et jeter les sachets de thé à la poubelle.

J'ai bien peur de vous retarder, dit-il.

Je vous aurais volontiers proposé de dîner. Mais il faut que je me prépare pour aller travailler.

C'est une de vos nuits de service.

Oui.

Je ferais mieux d'y aller, de toute façon.

Il se leva, marcha vers le plan de travail, ramassa son chapeau et regarda au fond, puis jeta un coup d'œil à Linda May avant de se diriger vers la porte d'entrée. Elle le suivit. Au passage, il lança à nouveau un regard dans le salon. Dans le vestibule, il remit son chapeau. Vous voulez que je coupe votre moteur en ressortant ?

Oui, si vous voulez bien. J'avais complètement oublié.

Je laisserai simplement les clés sur le siège.

Merci encore, dit-elle. Merci beaucoup.

Oui, m'dame. De rien.

Il coupa le contact de la Ford et posa les clés sur le siège, puis il grimpa dans son pick-up. Contournant le pâté de maisons, il déboucha dans Date Street puis prit au sud en direction de la nationale. Il commençait à faire sombre à présent, l'obscurité précoce d'une courte journée d'hiver, le ciel qui s'estompait, la nuit qui descendait. Les réverbères, clignotants, s'étaient allumés aux carrefours. Quand il arriva à la nationale, il demeura arrêté un moment au stop. Il n'y avait personne derrière lui. Il essayait de se décider. Il savait ce qui l'attendait à la maison.

Il tourna à droite et roula jusqu'au Shattuck's Café dans la banlieue ouest de Holt. Il y entra et s'installa à une petite table tout seul à la fenêtre, regardant les gros camions de céréales et les voitures qui défilaient sur l'US 34, leurs phares allumés dans l'obscurité du soir, leurs gaz d'échappement s'évaporant dans l'air froid.

Quand la petite lycéenne vint prendre sa commande, il lui dit qu'il désirait un sandwich au rosbif chaud avec de la purée et une tasse de café noir.

Vous ne voulez rien d'autre ? demanda-t-elle.

Rien que je puisse trouver ici.

Pardon ?

Rien, dit-il. Je faisais que penser tout haut. Apportez-moi une part de tarte aux pommes. Avec une boule de glace, vanille si vous avez.

31.

La Saint-Valentin tombait un samedi et Hoyt travailla de six heures du matin à six heures du soir à l'élevage de bétail à l'est de la ville, à arpenter les corrals dans la poussière et le froid et à s'occuper des bêtes dans l'enclos aux malades à côté de l'étable, où un bouvillon blackbaldy souffrant de diarrhée sanguinolente lui lança une ruade dans le genou, puis se soulagea sur son jean pendant qu'il essayait de le pousser dans la glissière. À la fin de la journée il se fit ramener en ville par Elton Chatfield dans le vieux pick-up d'Elton.

Ils décidèrent de s'arrêter boire une bière au Triple M sur la nationale pour nettoyer la poussière de leur gosier, et une heure plus tard ils furent invités à venir jouer aux cartes dans l'arrière-salle. Durant les deux heures suivantes les quatre vieux présents à la table de jeu se débrouillèrent pour délester Hoyt de vingt-cinq dollars et Elton de presque quinze, à la suite de quoi ils leur payèrent à chacun un verre de whisky de leur propre poche.

Pendant ce temps-là Laverne Griffith attendait Hoyt depuis cinq heures et demie, et quand il arriva enfin à la maison elle était passée par toute une série d'émotions. Elle avait été triste et cafardeuse, et l'espace d'un moment elle avait eu peur qu'il ne lui soit arrivé quelque chose, mais la plupart du temps elle s'était surtout apitoyée sur elle-même, si bien que venu neuf heures elle était furibonde. Elle attendait dans la cuisine, à boire du gin toutes lumières éteintes, lorsqu'elle l'entendit gravir le perron et ouvrir la porte d'entrée.

Laverne, tu es prête, poupée ? appela-t-il.

Espèce de fils de pute, où t'étais passé ?

Où tu es ? Comment ça se fait que t'aies pas allumé les lumières ?

Je suis là dans la cuisine. Pour ce que t'en as à faire.

Il rejoignit la cuisine dans le noir et chercha à tâtons l'interrupteur, puis il la regarda. Elle était assise à la table déjà habillée pour sortir, chemisier noir et jean blanc ; son visage était fardé et ses yeux lourdement rehaussés de mascara. Le verre de gin était posé devant elle.

Merde, poupée, fit Hoyt, t'es vraiment belle. Il se pencha et l'embrassa sur la joue.

Eh ben, pas toi, dit-elle. En plus tu pues le fumier.

Un bouvillon s'est vidé sur moi ce matin pendant que j'essayais de le guider. Je vais prendre une douche vite fait, et je suis prêt.

T'embête pas. Elle le regarda et se détourna. J'y vais pas.

Comment ça, t'y vas pas ?

Tu m'as même pas apporté une boîte de chocolats, hein.

Des chocolats ?

C'est la Saint-Valentin, espèce de fils de pute. Tu

le savais même pas. Je suis rien pour toi. Je suis juste un endroit où habiter et une nana à baiser quand t'en as envie. C'est tout ce que je suis pour toi.

Oh bordel. T'es contrariée. Je t'achèterai des chocolats demain. Je t'achèterai cinq boîtes de chocolats si c'est ça que tu veux.

Il se baissa et l'embrassa à nouveau puis, passant son bras autour d'elle, il tenta de plonger sa main dans l'échancrure de son corsage. Elle lui donna une claque sur la main.

Arrête, fit-elle.

Mais enfin qu'est-ce qui va pas ?

Qu'est-ce qui va pas d'après toi.

Merde, je suis prêt à y aller. Dès que j'aurai pris une douche.

Je vais nulle part avec toi. Je te l'ai dit. D'ailleurs tu peux fiche le camp d'ici.

Chérie, enfin, ça te ressemble pas, dit-il. Ça ressemble pas du tout à ma poupée.

Elle saisit son verre et but une longue gorgée. Il l'observait.

Il faut que t'arrêtes de boire comme ça. Voilà ce que c'est. T'es déjà saoule et on n'est même pas encore sortis de la maison.

Il lui retira son verre, traversa la cuisine et vida le gin dans l'évier. Laverne se leva de sa chaise. Elle alla vers lui en trébuchant et le gifla de toutes ses forces.

Ne me dis jamais ce que j'ai le droit de faire dans ma propre baraque. Ses yeux étaient fous. Elle leva la main et le gifla à nouveau.

Espèce de dingue, dit-il.

Il la frappa violemment au visage avec le plat de la main : elle tournoya à moitié et se retrouva assise par terre.

Je vais aller prendre une douche, dit-il. T'en profiteras pour calmer tes miches. Et puis on ira passer la soirée dehors.

Lorsqu'il se dirigea vers la salle de bains, elle se remit debout et s'empara de la longue cuillère de cuisine en métal qui lui avait servi à remuer le chili, puis se rua derrière lui en titubant. Assis sur les toilettes, il était occupé à retirer ses bottes, et elle se mit à lui taper sur la tête et sur les épaules avec la lourde cuillère, aspergeant de chili son visage, mais aussi sa chemise et son blouson.

Nom de Dieu, hurla Hoyt. Espèce de pauvre conne. Arrête ça.

Il se redressa et lui empoigna les épaules, la faisant tournoyer dans la petite salle de bains, ni l'un ni l'autre ne disant quoi que ce soit mais haletant furieusement tous les deux, puis il lui saisit la main et la lui tordit jusqu'à ce qu'elle lâche la cuillère. La cuillère tomba avec fracas sur le sol. À ce moment-là il la lâcha, mais aussitôt elle tenta de le griffer au visage. Il la repoussa et elle bascula en arrière contre le rideau de douche. Essayant frénétiquement de s'agripper à quelque chose, elle arracha le rideau de la tringle, avant de s'effondrer au fond de la baignoire.

Regarde ce que t'as fait, dit-il. T'es contente maintenant ?

Aide-moi à sortir de là, geignit-elle. Elle avait les yeux pleins de larmes. Elle était à moitié entortillée dans le rideau.

Tu vas arrêter ?

Aide-moi à sortir de là.

Dis-moi que tu vas arrêter.

J'arrête. D'accord ? J'arrête. Espèce de fils de pute.

T'as intérêt à être sage.

Écartant le rideau, il la tira par la main et recula, méfiant, mais elle se contenta de le regarder. Son maquillage avait coulé et ses yeux étaient barbouillés de rimmel. Sans un mot elle s'échappa de la salle de bains et traversa l'appartement en courant jusqu'à l'armoire de la chambre où elle attrapa une brassée des chemises de Hoyt, cintres et compagnie, avant de se précipiter à nouveau dans le séjour. Il se tenait à l'entrée de la cuisine et, quand il vit ce qu'elle était en train de faire, il s'avança pour l'arrêter, mais elle avait déjà ouvert la porte à la volée et balancé ses chemises du haut du perron dans la nuit, ses chemises de travail en flanelle tout comme ses belles chemises de cow-boy, flottant et voltigeant dans les airs avant de se poser sur le sol comme dans un rêve ou une vision.

Voilà, cria-t-elle. C'est fait. Maintenant dehors. Dehors, espèce d'immonde salopard. J'en ai ma claque de toi.

Là, Hoyt la frappa en pleine figure avec son poing.

Elle s'écroula contre la porte. Il la rouvrit de force et descendit l'escalier quatre à quatre pour récupérer ses chemises, se baissant et zigzaguant dans la cour tout en les ramassant.

Laverne se releva tant bien que mal et repoussa la porte, la verrouilla et resta là à regarder par l'étroite fenêtre, hors d'haleine. Elle s'essuya le nez avec sa manchette, laissant une trace de sang sur sa joue. Son doux visage de femme ressemblait maintenant à un affreux masque de Halloween. Sa crinière auburn était tout ébouriffée.

Hoyt remonta l'escalier d'un pas lourd avec ses chemises sous le bras et essaya de tourner la poignée. Salope, dit-il. T'as intérêt à me laisser entrer.

Jamais.

Espèce de salope. T'as intérêt à ouvrir cette putain de porte.

Je vais commencer par appeler la police.

Il tambourina à la porte, puis recula et essaya de la défoncer avec son épaule, lui lançant des regards noirs par la petite fenêtre.

Tu vas le regretter, dit-il.

Je le regrette déjà. Je regrette de t'avoir rencontré.

Il lui cracha à la figure derrière la vitre et la salive dégoulina lentement sur le carreau. Il resta là un moment à contempler son crachat, puis redescendit l'escalier. Il regarda autour de lui mais les maisons de la rue étaient toutes silencieuses et plongées dans le noir. Il marcha vers le centre-ville jusqu'à Albany Street, cacha les chemises sous un buisson en face du palais de justice, puis rejoignit la taverne au coin de la Troisième et de Main. Il portait encore sa tenue de travail, sa chemise en flanelle, son blouson en denim aspergé de chili et son jean taché de fumier. Il entra et alla directement au comptoir.

À minuit il tanguait comme un ivrogne sur son tabouret à côté d'un vieux du pays du nom de Billy Coates qui avait de longs cheveux blancs d'une propreté douteuse et vivait seul dans une maison en papier goudronné au nord des voies ferrées. Hoyt lui avait raconté son histoire tragique pendant une heure et Coates avait fini par dire : Y a bien le canapé si tu veux. Si t'as nulle part d'autre où aller.

J'ai pas d'autre endroit, marmonna Hoyt.

J'ai un chien mais t'auras qu'à le virer. Il t'embêtera pas.

Quand la taverne ferma, ils passèrent par Albany Street récupérer les chemises de Hoyt. Les chemises étaient toutes raidies par le gel et Hoyt les rassembla et les cala comme des planches sous son bras ; il suivit Billy Coates de l'autre côté des voies ferrées jusqu'à sa maison, et s'écroula aussi sec sur le canapé du séjour. Le vieux chien bâtard pleurnicha quelque temps mais il finit par se coucher en rond sur le sol à côté d'un vieux poêle à mazout, et tous trois – homme, homme et chien – dormirent à poings fermés jusqu'au dimanche midi.

32.

Quand les veaux arrivèrent en février, Raymond se leva deux ou trois fois dans la nuit glaciale pour aller voir comment se portaient les bêtes qui allaient bientôt mettre bas, et qu'il avait installées dans les corrals et dans l'abri attenant à l'étable au cours des jours précédents. Une fois sur place il vérifiait que le nez et les pattes avant apparaissaient et se présentaient normalement, faute de quoi il attrapait la vache en train de vêler et extrayait le veau avec la chaîne prévue à cet usage, faisant graduellement sortir le petit, puis il recousait la vache et lui administrait des antibiotiques. Ainsi, durant ces semaines où les journées et les nuits se succédaient, indifférenciées, était-il épuisé ; il était littéralement hébété de fatigue. Il avait toujours les corvées quotidiennes à accomplir et le foin à distribuer comme d'habitude – des tâches qui en soi auraient déjà été exténuantes –, mais il effectuait maintenant toute cette besogne à lui seul, depuis que son frère avait été tué l'automne précédent. N'empêche, il continuait. Il continuait dans une espèce de torpeur. Il se prenait à s'endormir à la table de la cuisine, à midi et le soir, et parfois, alors qu'il venait de se lever, le matin également quand il s'asseyait pour son maigre et rapide repas solitaire. Puis il se réveillait une ou deux heures plus tard, la nuque raide, les mains engourdies et la langue aussi sèche que du papier d'avoir respiré bouche ouverte pendant trop longtemps, la tête renversée contre le dossier de la chaise, la nourriture devant lui refroidie sur son assiette et le café noir sur la table même plus tiède dans sa tasse. Alors il se redressait sur sa chaise, se secouait et regardait autour de lui : il étudiait la lumière ou l'absence de lumière à la fenêtre de la cuisine, se forçait à se lever de la vieille table en pin, réenfilait sa salopette en toile et ses galoches, mettait son bonnet en laine sur sa tête, puis sortait une fois de plus dans le froid hivernal. Traversant l'allée, il rejoignait les corrals et l'abri de vêlage pour tout recommencer. Cette routine, jour et nuit, durait quelque chose comme un peu plus d'un mois.

On était donc déjà au début du mois de mars lorsqu'il se sentit enfin suffisamment serein pour envisager de s'accorder une unique nuit de relâche et retourner en ville à la taverne de Main Street.

Il se mit en route par une nuit bien fraîche, vêtu à nouveau de ses habits de ville et de son beau chapeau de cow-boy. Il s'était rasé, avait fait un brin de toilette et mis quelques gouttes de l'eau de Cologne que Victoria lui avait offerte à Noël. C'était un samedi soir, le ciel au-dessus de sa tête clair de tout nuage, les étoiles aussi pures et brillantes que si elles n'étaient pas plus éloignées que la clôture de barbelés surmontant le fossé le long de l'étroite route de bitume, chaque détail alentour bien net et bien visible. Il adorait l'aspect du paysage, sauf qu'il ne l'aurait jamais dit de cette manière-là. Il aurait pu dire que le paysage avait exactement l'aspect qu'il était censé avoir, ici dans les hautes plaines à la fin de l'hiver, par une nuit fraîche et claire.

À Holt il se gara au bord du trottoir devant les bureaux du *Holt Mercury*, qui étaient fermés et éteints pour la nuit, puis, passant devant les magasins dépourvus de lumière, il remonta le pâté de maisons jusqu'au coin. À l'intérieur de la taverne tout était exactement comme avant. Le même vacarme et la même musique country désolée, les hommes qui jouaient au billard aux tables du fond et la télé qui beuglait au-dessus du comptoir, la longue salle tout aussi bondée et enfumée qu'elle l'avait été en décembre – tout était pareil, bien que peut-être un peu plus accentué à présent, un peu plus joyeux, vu qu'on était un samedi soir.

En arrêt à la porte, il ne vit personne avec qui il aurait pu s'asseoir, et il rejoignit le comptoir comme il l'avait fait cette autre fois, commanda une bière pression, s'en empara, la paya puis se retourna pour observer la salle. Il but une gorgée de son verre et s'essuya la bouche avec la paume de la main. C'est alors qu'il remarqua qu'elle aussi était là à nouveau, assise toute seule dans un box, regardant sur le côté. Ses courts cheveux bruns avaient un peu poussé, mais c'était Linda May.

Il prit son verre de bière et contourna les tablées de clients en direction de son box, s'arrêtant à un moment donné pour laisser passer quelqu'un. Elle le vit arriver vers elle et elle resta là à le regarder sans bouger, sans rien trahir sur son visage. Il se planta devant son box et ôta son chapeau, le tenant dans une main le long de sa cuisse.

Raymond, dit-elle. C'est vous ? Elle parlait trop

fort. Elle portait un chemisier rouge profondément déboutonné au col ; dans l'échancrure de son corsage elle arborait un collier en argent, et des anneaux en argent pendaient à ses oreilles. Ses yeux étaient trop brillants.

Oui m'dame, dit-il. Je crois bien.

Qu'est-ce que vous faites ?

Eh ben. J'ai décidé de sortir. Je me suis lancé. Comme j'avais fait cette autre fois.

Elle semblait l'examiner. Vous êtes là depuis longtemps ? demanda-t-elle.

Non. Pas longtemps.

Comment ça va ?

Pas mal, j'imagine. Je suppose que ça va plutôt bien. J'ai été assez occupé. Il regarda les cheveux bruns de Linda May et ses yeux qui brillaient. Et vous ?

Elle allait dire quelque chose mais se retourna pour scruter le fond de la salle, puis elle se tourna à nouveau, s'empara de son verre et but.

M'dame, dit-il. Est-ce que vous allez bien ?

Quoi ?

J'ai dit, est-ce que vous allez bien ? Vous avez l'air un peu perturbée.

Tout va bien.

Comment marche votre voiture ?

Elle le regarda. Ma voiture.

Oui m'dame. L'autre fois, elle voulait pas démarrer.

Ah, c'est vrai. Non, elle marche bien. Je vous remercie pour la batterie. Elle démarre à tous les coups maintenant. Elle fit un petit geste avec son verre. Asseyez-vous donc.

Si ça ne vous dérange pas.

Non. Je vous en prie, allez-y.

Il s'assit en face d'elle, posa son verre de bière sur la table et plaça son chapeau sur la banquette à côté de lui.

Comment vont cette jeune fille et son bébé ? demanda-t-elle.

Victoria ? Elles vont très bien toutes les deux, je crois. Elles sont retournées à Fort Collins.

Elle regarda à nouveau autour d'elle, scrutant le fond de la salle, et cette fois ses yeux changèrent. Raymond suivit son regard et aperçut un grand rouquin à la bedaine impressionnante qui s'approchait du box. L'homme s'arrêta et resta là un moment, puis il se glissa à côté de Linda May et posa le bras sur son épaule. On dirait que tu t'es trouvé de la compagnie pendant que j'étais pas là, dit-il.

C'est un ami, dit-elle. Raymond McPheron. Je me suis occupée de lui une fois à l'hôpital.

J'espère que tu as fait ça bien.

Oui.

Comment va, mon pote ?

Raymond le regarda de l'autre côté de la table. Je ne crois pas connaître votre nom, dit-il.

Ça alors, vous me connaissez pas ? Je croyais que tout le monde me connaissait dans le coin. Je travaille chez Ford.

Je conduis un Dodge, dit Raymond.

Voilà l'explication, dit l'homme. Cecil Walton, annonça-t-il. Il souleva sa main dans les airs au-dessus de la table et Raymond la contempla avant de la serrer, brièvement.

Est-ce que je peux vous offrir un verre – c'est quoi votre nom, déjà ?

Il s'appelle Raymond, intervint Linda May. Je te l'ai dit.

C'est vrai, tu me l'as dit. Mais j'avais oublié. Ça te va ?

Je disais pas ça comme ça.

Très bien, dans ce cas. Alors, Ray, je peux vous offrir un verre ?

J'en ai un, dit Raymond.

Pourquoi pas un autre ? Moi il m'en faut un. Et à cette petite dame aussi, je sais. Pas vrai. Il la regarda.

Oui, acquiesça-t-elle.

L'homme fouilla la salle des yeux et se mit à agiter la main. Le regard toujours vers la salle, il faisait signe à la serveuse et il siffla une fois entre ses dents. Linda May était assise tout près de lui, appuyée contre l'épaule de sa chemise en velours vert. Ça y est. Elle m'a vu, dit l'homme. Elle arrive.

La jeune serveuse blonde approcha, portant un plateau avec des verres vides posés dessus. Elle avait l'air fatiguée. Prêt pour une autre tournée, Cecil ? demanda-t-elle.

Est-ce que le pape est catholique ?

J'en sais rien. Je suis trop crevée. Alors qu'est-ce que ce sera ?

La même chose pour moi et elle. Et ce que voudra notre camarade ici présent.

Je ne prendrai rien, merci, dit Raymond.

Bois un coup, Ray.

Je ne pense pas.

T'es sûr ?

Oui.

La blonde s'en alla et retraversa la salle bondée en direction du comptoir. L'homme en face de Raymond la regarda s'éloigner dans son jean moulant, puis se pencha pour embrasser Linda May sur la joue. Je reviens tout de suite, dit-il. Il faut que je parle à ce type là-bas. Il est passé l'autre jour regarder des bagnoles neuves et je compte bien lui en fourguer une. Continue donc à bavarder avec ton ami.

Il se leva et se rendit à une table voisine où un homme obèse était installé en compagnie de deux femmes ; il tira une chaise et s'assit avec eux. Il dit quelque chose et les autres s'esclaffèrent. Linda May l'observait attentivement.

Vous êtes sûre que vous allez bien ? demanda Raymond.

Elle se retourna. Oui. Pourquoi ?

Comme ça. Bon, je crois que je vais rentrer.

Vous venez d'arriver.

Oui m'dame, je sais.

Il y a quelque chose qui ne va pas ?

Y a rien qui ne va pas. C'est le meilleur des mondes, non.

Je ne comprends pas. Pourquoi êtes-vous venu ici ? Qu'est-ce que vous imaginiez qu'il allait se passer ?

Je crois pas que j'avais une idée très claire là-dessus. Je m'étais juste dit que j'allais entrer prendre un verre et voir si vous étiez là.

Mais où étiez-vous passé ? Ça fait presque deux mois.

J'ai été pas mal occupé.

Bon sang, est-ce que vous pensiez que je vous attendais ? C'est ça que vous pensiez ? Vous ne connaissez donc rien à la vie ?

Non m'dame. J'ai bien peur que non. Il se leva du box. N'importe comment, surtout, prenez bien soin de vous.

Raymond ?

J'ai été content de vous voir, dit-il.

Il récupéra son verre et son chapeau et s'en alla. Il

siffla le reste de sa bière, posa le verre sur le rebord de la fenêtre à côté de l'entrée, enfonça son chapeau sur sa tête comme s'il s'attendait à une tempête et sortit. Il n'était pas resté plus d'un quart d'heure dans la taverne.

Il remonta le large trottoir le long des vitrines obscures, grimpa dans son pick-up et roula vers le sud de la ville. Il n'y avait pas de voitures ni aucun autre véhicule sur la grand-route. Arrivé chez lui il rangea le pick-up dans le garage et parcourut à pied l'allée de gravier.

Lorsqu'il atteignit la barrière grillagée il s'arrêta et se retourna pour contempler l'écurie et les enclos à bestiaux. Puis il leva la tête et regarda les étoiles. Il s'écria à voix haute : Espèce de vieux couillon. Espèce de vieux couillon complètement indécrottable.

Là-dessus il se tourna à nouveau, franchit la barrière et, rejoignant la maison sombre et silencieuse, il referma la porte derrière lui.

QUATRIÈME PARTIE

33.

Elle avait seize ans à présent et ni Betty ni Luther ne l'avaient revue depuis douze ans qu'elle leur avait été retirée par ordonnance du tribunal pour être placée dans une succession de foyers d'accueil à Phillips. Grande blonde voluptueuse au corps souple et aux yeux bleus comme ceux de sa mère, elle avait le long nez fin et le visage carré de son père. Son père n'était pas Luther. Elle n'avait jamais connu son père et n'en éprouvait pas le désir. Il habitait la prison d'État de l'Idaho, où il purgeait une peine de dix ans pour attaque à main armée. Betty l'avait rencontré lors de ce lointain été où elle n'avait que vingt-deux ans et était encore souple et voluptueuse elle-même, mais il avait disparu après un simple mois passé avec elle. Personne dans le comté de Holt ne l'avait revu ni n'avait eu de ses nouvelles depuis. Betty avait donné à leur enfant son nom de jeune fille, Lawson, et les deux prénoms de sa mère disparue adorée, Donna Jean.

La jeune fille débarqua un soir aux environs de la fin mars chez Luther et Betty alors qu'ils étaient couchés depuis trois heures. Elle resta dans le froid à la porte de la caravane jusqu'à ce que Luther arrive dans son caleçon en lambeaux. Vous voulez quoi ? demanda-t-il.

Je suis Donna, répondit-elle.

Qui ça ?

Donna. Tu me reconnais même pas ?

Elle restait là à le regarder, uniquement vêtue d'un mince imperméable noir contre le froid, sans écharpe ni gants. Elle sentait la fumée de cigarette et le vin bon marché.

Donna, répéta-t-il.

Ouais.

Comment je sais que c'est toi ?

Putain merde que c'est moi. Qui ça serait d'autre ? Laisse-moi entrer. On se les gèle là dehors. Ma mère est pas à la maison ?

Elle est là. Elle essaie de dormir un peu.

Réveille-la. Je vais rien lui faire. Je me suis fait virer. Il faut que je trouve un endroit pour la nuit.

Je suppose que tu peux entrer.

Il s'écarta pour la laisser passer et la grande fille blonde pénétra dans le séjour et regarda autour d'elle. Luther retourna dans la chambre réveiller Betty.

Qu'est-ce qu'il y a ? fit-elle.

Tu ferais mieux de te lever et de venir voir.

Pour quoi faire ?

Sors de là et viens voir.

Betty se leva, enfila sa robe de chambre et se rendit à moitié endormie dans la salle de séjour. Me dis rien, dit-elle, en regardant la jeune fille. C'est toi ?

C'est moi, dit la jeune fille.

Oh Seigneur. Oh ma petite fille. Betty se précipita à travers la pièce et se jeta à son cou. La jeune fille se tenait toute raide dans ses bras. Betty se mit à sangloter, lui tapotant la tête. Oh mon Dieu. Oh mon Dieu. Elle se pencha en arrière pour l'examiner. Ça fait tellement longtemps que je t'ai pas vue. Et regarde-toi. Une vraie grande fille. J'espérais tellement. Je priais tous les jours. Pas vrai, Luther ?

Oui, m'dame. Des fois plus d'une fois.

Qu'est-ce qui s'est passé ? demanda Betty. J'ai essayé de t'appeler mais cette dernière bonne femme chez qui t'étais, elle a même pas voulu me laisser te parler.

Je me suis fait virer, déclara la jeune fille. Elle se libéra de l'étreinte de Betty.

Elle s'est fait virer, répéta Luther. C'est pour ça qu'elle a débarqué ici. Pour venir voir sa maman.

J'ai besoin d'un endroit où loger, dit la jeune fille. C'est pour ça que je suis venue.

T'as toujours pas expliqué ce qui s'était passé, ma chérie.

C'est cette bonne femme, répondit la jeune fille. Une salope totale. Voilà ce qu'elle est. Elle me laissait rien faire. Il fallait que j'aille à l'église avec eux sans arrêt et puis elle a essayé de m'empêcher de voir Raydell.

C'est qui ?

Un garçon que je connais.

Qu'est-ce qu'elle lui reprochait ?

Y avait rien à lui reprocher. C'est juste qu'elle a des préjugés. Il est moitié noir moitié blanc. Elle appréciait pas sa moitié noire.

Où il est maintenant ? Il est ici ?

Ici ? Qu'est-ce qu'il ferait ici ? Il est là-bas à Phillips. Il habite là-bas.

Alors comment t'as fait pour venir, ma chérie ?

Je me suis fait emmener par un bonhomme en

camion. J'étais là sur la nationale à attendre qu'on m'emmène, à me geler le cul.

Tu devrais pas être dehors à une heure pareille. Il pourrait t'arriver quelque chose.

Qu'est-ce qui peut arriver ?

Quelque chose.

Oh, il a rien essayé. Je l'aurais même pas laissé commencer.

Quand même, c'est dangereux d'être comme ça dehors dans le froid à une heure pareille.

Qu'est-ce que je pouvais faire d'autre ? Je me suis dit que tu me laisserais rester quelque temps.

Oh ma chérie, bien sûr que tu peux rester. C'est tellement bon de te voir. Est-ce que tu as faim ? Tu veux que je te fasse un truc à manger ?

J'ai envie de fumer une de mes clopes.

Tu fumes ?

Bien sûr.

Betty regarda autour d'elle. Seulement voilà, d'habitude, on laisse pas les gens fumer dans la maison. À cause de Joy Rae et Richie.

Qui c'est ça ?

T'es même pas au courant, hein. Ta demi-sœur et ton demi-frère.

J'ai même jamais entendu leurs prénoms.

Eh ben, ça n'empêche. T'as de la famille et t'en savais même rien.

Eh oui, fit Luther. T'as plein de famille ici. Il sourit de toutes ses dents. Mais vous deux, vous devez vouloir rester à bavarder. Moi je retourne me coucher.

Quand il quitta la pièce Betty prit la main de la jeune fille pour l'entraîner vers la table de la cuisine. Assieds-toi donc une minute. Au moins, laisse-moi te préparer un truc chaud à boire. Tu dois forcément avoir soif.

La fille parcourut la cuisine du regard. C'est un vrai foutoir, dit-elle.

Je sais, ma chérie. Mais tu vas me vexer si tu parles comme ça. J'ai été malade.

N'empêche, c'est le foutoir.

Je ferai le ménage. Betty alla poser quelques assiettes sales sur la paillasse et en empila d'autres dans l'évier, puis elle plaça un couvercle de bocal devant la jeune fille.

C'est pour quoi faire ?

Vas-y, tu peux fumer si t'exagères pas trop. C'est ton premier soir, ma chérie. Je suis tellement contente que tu sois rentrée à la maison.

Elle emménagea et dormit cette première nuit sur le canapé du séjour. Le matin ils la présentèrent à Joy Rae et Richie. Les deux enfants la lorgnèrent d'un air soupçonneux et ne lui dirent pas un seul mot. Après leur départ pour l'école, elle se rendormit jusqu'à midi, puis elle prit une douche pendant que Betty préparait le déjeuner.

La jeune fille ne tarda pas à s'ennuyer dans la caravane ; elle sortit et, vêtue de son imperméable noir, elle se rendit en ville dans l'après-midi froid et venteux pour faire les magasins. Elle traînassa au Weiger's Drug et dans le Grand Magasin Schulte elle regarda des vêtements suspendus aux portants métalliques. Elle essaya une longue robe du soir rose au corsage très échancré, sous la surveillance nerveuse d'une vendeuse. La robe convenait à merveille à son grand corps et la faisait paraître plus âgée et plus sophistiquée. Pendant un long moment elle s'étudia dans les glaces, se tournant pour voir ce que donnait la robe de profil et de dos, tenant ses mains comme elle l'avait vu faire dans les magazines, après quoi elle retira la robe, la remit sur le cintre et la tendit à la vendeuse. J'ai changé d'avis, dit-elle. Elle me plaît pas tant que ça. Elle ressortit, traversa la Deuxième Rue et remonta la moitié du pâté de maisons jusque chez Duckwall.

Chez Duckwall, elle déambula dans les rayons et s'empara de divers articles qu'elle examina, puis au bout d'une quinzaine de minutes, pendant que l'employé à la caisse enregistrait une vente, elle subtilisa un tube de rouge à lèvres et une petite boîte contenant du mascara et de l'ombre à paupières, avant de s'éloigner nonchalamment pour aller regarder des miroirs à main et des porte-monnaie ; elle rejoignit ensuite les présentoirs de cartes de vœux à l'avant du magasin, resta là un moment à lire les messages, puis quittant enfin le magasin, elle ressortit sur le large trottoir.

Les enfants étaient déjà rentrés en bus quand elle revint à la caravane, et Betty demanda alors à Joy Rae de laisser sa grande sœur s'installer dans sa chambre. Vous pourrez dormir toutes les deux dans le même lit. Faudra bien que vous appreniez à vous connaître à un moment donné.

Joy Rae était à la fois contrariée et effrayée mais la jeune fille lui dit : J'ai quelque chose à te montrer.

Qu'est-ce que c'est ?

La jeune fille se tourna vers sa mère. Tout ira bien, la rassura-t-elle.

Eh oui, après tout, vous êtes sœurs, dit Betty.

Elles remontèrent le couloir jusqu'à la chambre

bien rangée de Joy Rae. Assieds-toi, dit la grande, et ferme la porte.

Qu'est-ce que tu vas faire ?

Je vais pas te faire mal. Assieds-toi. Je veux te montrer quelque chose. Joy Rae s'installa sur le lit tandis que la jeune fille prenait le rouge à lèvres et le mascara de chez Duckwall dans son sac à main. Je vais te montrer comment te maquiller, dit-elle. Quel âge tu as ?

Onze ans.

Merde alors. J'embrassais déjà les garçons et je portais déjà du brillant à lèvres à cet âge-là. T'es drôlement en retard. Et tu fais vachement bébé, dis donc. Et puis t'es un peu maigrichonne.

Joy Rae détourna les yeux. J'y peux rien. Je suis comme ça, c'est tout.

Enfin bon, t'en fais pas pour ça. On va t'arranger un peu. Les garçons de ce bled paumé vont être dingues de toi. Ils vont vouloir te dévorer toute crue. Elle sourit. Ou en tout cas ils en rêveront.

Qu'est-ce que tu vas faire ?

Je vais te montrer. Lève la tête. C'est ça. Zut alors, t'es plutôt jolie, en plus, tu le savais ?

Non.

C'est vrai. Je le vois bien. Et tu vas l'être de plus en plus. Comme moi.

Se penchant sur sa demi-sœur, la jeune fille lui passa du mascara sur les cils et lui dessina un trait de khôl sur les paupières. Arrête de cligner des yeux, dit-elle. Tu veux tout bousiller ? Tu ne dois pas cligner des yeux quand je fais ça. Elle inclina légèrement le menton de sa cadette pour lui mettre de l'ombre à paupières, puis recula pour inspecter le résultat. Dévissant le tube de gloss, elle accentua sa lèvre supérieure avant d'en appliquer une toute petite touche sur celle du bas. Frotte tes lèvres l'une contre l'autre, ordonna-t-elle. Ouais, comme ça. Mais pas tant.

Comment je dois faire ?

Comme ça. Elle lui montra, puis recula à nouveau. Tu veux pas voir à quoi tu ressembles ?

Si.

Elle traversa la chambre, prit un miroir à main sur la commode et le tint devant elle. Alors ?

Joy Rae s'étudia dans la glace, levant la tête et tournant le visage. Ses yeux s'écarquillèrent. Ça me ressemble pas du tout.

C'est le but.

Je peux rester comme ça ?

Pourquoi pas ? C'est pas moi qui vais t'en empêcher. Ça y est, petite, te voilà parée. Là-dessus, elle alluma une cigarette et prit place à côté d'elle sur le lit.

Quand Betty les appela pour dîner, Joy Rae arriva le visage encore maquillé et, s'asseyant sur sa chaise habituelle, elle resta là, le regard fixé droit devant elle.

Allons bon, fit Luther. Qui c'est ça ? Regardez un peu ma petite fille.

Betty regarda Joy Rae et dit : Euh, je suis pas sûre qu'elle ait l'âge pour ça.

Il faut qu'elle apprenne, protesta la grande. Qui va lui apprendre si c'est pas moi ?

Ils se mirent à table et mangèrent un hachis de bœuf tout préparé avec des frites et du pain, puis de la glace en dessert ; Joy Rae dit à peine quelques mots aux autres durant le repas, se contentant de les dévisager avec ses nouveaux yeux si bizarres.

Après le dîner, quand tout le monde fut couché, la jeune fille téléphona à son ami Raydell à Phillips et lui parla longtemps. Je te manque ? demanda-t-elle. Dis-moi ce que tu ferais si t'avais l'occasion de me voir. Ce qu'il répondit la fit rire.

Le lendemain matin Betty permit à Joy Rae d'aller à l'école avec du rouge à lèvres, mais elle dut attendre la récréation pour qu'on lui fasse des commentaires. Trois filles de sa classe se pressèrent autour d'elle pour lui demander si elle avait le tube avec elle, et elle leur expliqua que le rouge à lèvres appartenait à sa grande sœur. Elles voulaient savoir depuis quand elle avait une grande sœur et Joy Rae répondit qu'elle en avait toujours eu une, sauf qu'elle ne l'avait jamais vue avant. Elles voulaient savoir quand elles pourraient la rencontrer. Peut-être que sa grande sœur pourrait les maquiller elles aussi.

Le lendemain elle était à nouveau chez Duckwall à flâner dans les rayons en fin d'après-midi. Quand elle fut sûre que personne ne l'observait, elle fit glisser dans la poche de son imper un petit sac du soir à fermoir qui se trouvait sur une table de présentation. Elle recommença à déambuler dans les rayons et, au bout d'un moment, se dirigea vers la sortie. Soudain la vendeuse se planta devant elle. Vous avez l'intention de payer cet article ?

Quel article ?

Ce sac du soir dans votre poche. Je vous ai vue le prendre. Elle le récupéra et le lui brandit sous le nez.

Oh. J'avais oublié que je l'avais mis là.

Vous alliez le voler.

Vous rigolez.

Pas du tout.

La vendeuse fit venir le directeur de son bureau au

fond du magasin, un grand échalas avec une petite brioche bien ferme. Que se passe-t-il ?

Cette jeune fille a volé ce sac du soir.

Je n'allais pas le voler.

Si.

Vous savez que le vol à l'étalage est un délit ? demanda le directeur.

J'ai rien volé, espèce d'abruti. J'avais oublié que je l'avais dans ma poche.

Vous feriez bien de surveiller votre langage. Et d'abord asseyez-vous là. Il indiqua une chaise à côté de la porte. Appelez la police, Darlene, dit-il à la vendeuse.

La vendeuse téléphona. Donna attendait assise sur sa chaise, l'œil furibond. Le directeur la surveillait. Au bout d'un moment une voiture de police se gara le long du trottoir devant chez Duckwall, et un shérif adjoint en uniforme bleu foncé avec ceinturon en cuir et revolver entra dans le magasin. Le directeur lui expliqua ce qui s'était passé. C'est vrai ? demanda l'adjoint.

Non, dit la fille.

C'est quoi votre version, alors ?

J'étais pas en train de voler. J'ai oublié de payer, c'est tout. J'avais oublié que je l'avais dans ma poche.

Vous avez l'argent pour le payer ?

De ses poches d'imper, la jeune fille sortit des cigarettes et des allumettes ainsi qu'un petit porte-monnaie en plastique qui ne contenait que des pièces.

Il la regarda. Je ne vous ai jamais vue, dit-il. Vous êtes qui ?

Donna Lawson.

Vous habitez où ?

J'habite avec ma mère et son mari dans Detroit Street.

C'est-à-dire ?

Luther et Betty Wallace.

L'adjoint la dévisagea. Très bien, fit-il. Il se tourna vers le directeur du magasin. Je m'occupe de ça.

Je ne veux pas la revoir dans mon magasin.

Vous ne la reverrez pas. Ne vous inquiétez pas.

Elle a pas intérêt.

L'adjoint prit Donna par le bras pour l'emmener à la voiture et ouvrit la portière arrière. Elle monta. Il fit le tour, s'installa au volant, s'écarta du trottoir, rejoignit Detroit Street et s'arrêta devant la caravane. C'est là, non ?

Ouais, dit la fille. Elle s'apprêtait à descendre.

Où tu vas ? Est-ce que je t'ai dit de descendre ?

Non.

Alors attends que je te le dise. Referme la portière.

Elle referma la portière. Qu'est-ce que vous voulez ?

Je vais te dire une chose avant qu'on entre là-dedans. Je vais laisser passer pour cette fois. Mais t'as intérêt à faire gaffe. Tu risques de te retrouver avec plus d'emmerdes que tu peux imaginer, plus d'emmerdes que t'aurais jamais cru possible en ce monde.

J'ai rien fait.

Ouais. Tu l'as déjà dit. Mais tout ça c'est du pipeau. Toi et moi on sait très bien que c'est pas autre chose. Parce que je sais ce qu'une fille comme toi est capable de faire. J'ai vu ça des centaines de fois. Et je parie que de ta vie t'as jamais été non plus sur une banquette arrière.

Qu'est-ce que vous voulez dire ?

Tu sais exactement ce que je veux dire.

Allez vous faire foutre.

T'as raison. Continue comme ça. Mais t'as intérêt à te méfier avec moi. C'est compris ?

La fille restait là à le regarder dans le rétroviseur.

J'ai dit : Est-ce que tu m'as compris.

Oui. Je vous ai compris. Ça vous va ? Je vous ai compris.

Okay. Maintenant finissons-en.

Ils sortirent de voiture et remontèrent le sentier de terre battue jusqu'à la caravane. À l'intérieur le policier raconta à Betty et Luther de quoi la jeune fille avait été accusée. Il leur expliqua qu'elle ne devait pas traîner dans les rues et qu'il fallait qu'ils soient plus vigilants et qu'ils lui serrent davantage la vis. Tiens d'ailleurs, pourquoi elle n'est pas en cours ? demanda-t-il.

Elle vient juste d'arriver, dit Luther. On n'a pas encore eu le temps de la mettre au lycée.

En tout cas, elle ferait mieux d'y aller. Là, elle a trop de temps pour elle. Je reviendrai vérifier où vous en êtes.

Après son départ, Betty et Luther essayèrent de discuter avec Donna, mais au bout de cinq minutes elle en eut ras le bol. Oh, faites chier, s'écria-t-elle, et elle alla dans la chambre s'allonger sur le lit de Joy Rae. Elle ne se montra pas au dîner, mais emporta le téléphone dans la chambre pour appeler Raydell et lui demander de venir la chercher. Raydell lui répondit qu'il était trop tard. T'as intérêt à venir, bordel. T'as intérêt à venir me chercher.

Elle resta dans la chambre avec Joy Rae jusqu'à onze heures ce soir-là. Puis Raydell arriva en voiture devant la caravane ; il donna un coup de klaxon et elle apparut dans le séjour, où Betty et Luther étaient assis sur le canapé. N'essayez pas de m'arrêter, dit-elle.

Betty se mit à pleurer et Luther déclara : Tu peux pas partir. Pense à ta mère.

Je t'emmerde, espèce de gros tas immonde. Et j'en ai soupé de ma mère. Regarde-la. Elle me fait vomir. Cette famille est pas ma famille. J'ai pas de famille.

Elle claqua la porte et courut sur le sentier jusqu'à la voiture. Elle se glissa à côté du garçon et la voiture démarra en vrombissant, remonta Detroit Street, mit le cap vers la nationale et quitta la ville.

En entendant l'auto s'éloigner, Betty se jeta par terre et se mit à battre des bras, à gémir et à lancer des coups de pied. Elle renversa la table basse. Luther se pencha pour essayer de la calmer. Ça va aller, ma chérie, dit-il. Ça va s'arranger. Elle pensait pas ce qu'elle a dit. Les deux enfants sortirent de leurs chambres et restèrent dans le couloir, à observer leurs parents, pas du tout étonnés de ce qu'ils voyaient, puis au bout de quelque temps ils retournèrent au lit.

Dans sa chambre Joy Rae passa en revue les objets qui se trouvaient sur sa commode, mais le rouge à lèvres et le mascara avaient disparu. Elle regarda son visage dans le miroir à main. Seule une légère trace de rouge subsistait sur sa bouche.

34.

Tard dans la nuit elle était couchée dans la chambre du fond avec l'homme blond de la banque. Dena et Emma dormaient dans leur chambre au bout du couloir ; c'était une nuit printanière, la fenêtre ouverte laissait entrer l'air frais et Mary Wells et Bob Jeter discutaient à voix basse dans le noir. Tu n'es pas obligé de partir, dit-elle. Je me fiche des voisins. Il n'y a que les deux vieilles veuves à côté. Elles cancaneront de toute façon.

J'aime mieux m'en aller, dit-il.

S'il te plaît, dit-elle. Elle était allongée sur le côté face à lui, son bras en travers de sa poitrine. Tu n'es pas bien ici ? Reste avec moi.

Et tes filles ?

Elles commencent à s'habituer à toi. Elles t'apprécient déjà.

Non c'est faux.

Pourquoi dis-tu ça ?

Elles n'ont aucune affection pour moi. Pourquoi en auraient-elles ?

Pourquoi pas ? Tu es gentil avec elles.

Je ne suis pas leur père.

Reste, insista-t-elle. Juste un moment encore.

Je ne peux pas.

Pourquoi ?

Parce que.

Parce que tu ne veux pas.

Ce n'est pas ça, dit-il. Il s'échappa de sous son bras, se détourna et se leva, puis dans le noir il entreprit de ramasser ses vêtements. En se déplaçant dans la pièce il se cogna le pied contre une chaise. Il lança un juron.

Qu'est-ce qu'il y a ? dit-elle.

Rien.

Je vais allumer la lumière. Elle alluma la lampe de chevet et le regarda s'habiller. Contrairement à son mari en Alaska, cet homme prêtait une grande attention à son habillement. Il mit son caleçon, l'ajustant bien à la taille et le libérant aux fesses, enfila sa chemise et son pantalon en restant debout jambes écartées pour soutenir le pantalon le temps de rentrer la chemise à l'intérieur, puis il attacha sa ceinture en cuir avec sa fine boucle en laiton, après quoi il s'assit sur le lit pour mettre ses chaussettes noires et ses chaussures noires. Il était décoiffé et, ployant les genoux devant la glace de la commode, il repeigna soigneusement sa fine chevelure blonde, avant de lisser sa moustache et son bouc. Puis il enfila sa veste de complet et tira sur ses manchettes.

Allongée sur le côté avec le drap sur elle, elle l'observait. Une de ses épaules était dénudée : elle luisait et était très jolie sous la lumière. Embrasse-moi avant de t'en aller, dit-elle.

Il rejoignit le lit pour l'embrasser, puis sans bruit il remonta le couloir, traversa la salle de séjour et sortit dans la fraîcheur nocturne. Elle se leva avec le drap autour d'elle et le suivit des yeux, le regardant s'éloigner en voiture dans la rue déserte, passer sous le réverbère du carrefour, tourner dans Main Street puis disparaître. Les ombres dessinées par le réverbère ressemblaient à de longs bonshommes stylisés mis au rebut derrière les arbres et tout le long de la rue, tranquilles et muettes, s'alignaient les façades des maisons. Elle s'assit dans la pièce obscure. Une heure plus tard elle se réveilla en frissonnant et alla se recoucher.

Après cette nuit-là une semaine s'écoula sans qu'il appelle le soir comme il le faisait avant. Elle attendit le milieu de la semaine suivante et il n'avait toujours pas appelé, alors elle lui téléphona deux fois la même nuit depuis sa chambre obscure, mais il inventa des excuses pour ne pas avoir à discuter, et la deuxième fois qu'elle appela il raccrocha sans attendre qu'elle ait dit autre chose que son prénom. Le lendemain en milieu de matinée elle alla le voir à la banque.

Son bureau se trouvait dans l'angle du fond, avec une baie vitrée qui donnait sur le hall. Elle le vit à sa table de travail en train de téléphoner lorsqu'elle arriva dans l'agence. Une femme à l'accueil lui demanda si elle pouvait l'aider mais Mary Wells répondit : Non, vous ne pouvez pas m'aider. Je suis venue le voir lui. Quand il eut terminé sa communication elle entra dans son bureau et s'assit comme si elle était venue le consulter pour un prêt ou une hypothèque de second rang.

Qu'est-ce que tu fabriques ? demanda-t-il.

Je suis venue te voir.

Je ne peux pas parler maintenant.

Je sais. Mais tu refuses de me parler au téléphone.

Alors j'ai été obligée de venir. Tu me plaques, c'est ça.

Il prit un long stylo en argent sur son bureau et le tint entre ses doigts.

C'est ça, hein. Tu devrais au moins être capable de le dire.

Je crois qu'on ferait mieux de ralentir la cadence quelque temps. C'est tout.

Ralentir la cadence, dit-elle. Quelle foutaise.

Il la dévisagea et se carra dans son fauteuil.

Tu es vraiment trouillard, hein.

Non.

Si. Si, tu es trouillard. Je m'en rends compte maintenant. Tu veux t'amuser mais tu ne veux pas de complications. Tu es encore un petit garçon.

Je crois que tu ferais mieux de t'en aller, dit-il. J'ai du travail. Je t'appellerai plus tard.

Tu m'appelleras plus tard ?

Oui.

Non tu ne le feras pas. Tu ne m'appelleras pas. Tu me crois stupide à ce point ? Pitoyable à ce point ? Elle se mit debout. Et là tu as du travail, pas vrai.

Bien sûr. C'est mon bureau. C'est l'endroit où je travaille.

C'est très intéressant, dit-elle. Et tu aimerais que je parte, c'est ça. Tu aimerais que je sorte sans faire d'histoires. C'est bien ça ? Elle le regarda. Il ne dit rien. D'accord, dit-elle. Soudain elle se pencha sur son bureau et bazarda tous ses papiers par terre.

Il se leva et lui saisit le poignet. Bon sang, qu'est-ce que tu fabriques ?

Elle dégagea son poignet puis envoya promener le téléphone. Voilà ce que je pense de toi et de ton travail. Espèce de petit dégonflé. Espèce de petit pétochard.

Est-ce que tu vas t'en aller maintenant ?

Tu sais, je crois que oui. Parce que tu sais quoi ? Je te plaque. Je te largue. C'est moi qui le fais cette fois. Et ne m'appelle pas. Un de ces soirs tu te sentiras seul et tu commenceras à te souvenir de comment c'était au lit avec moi et des gentillesses que j'avais pour toi, et alors tu auras envie d'appeler, pour savoir si tu peux passer me voir, mais surtout abstiens-toi. Je serai remise à ce moment-là, espèce de petit morveux pétochard. Je ne répondrai pas au téléphone. Je ne veux jamais te reparler de ma vie.

Elle sortit de son bureau vitré et surgit dans le hall. Les caissiers, les clients qui attendaient aux guichets et la femme de l'accueil avaient tous les yeux rivés sur elle, et elle les regarda puis s'immobilisa. Plantée au milieu du hall, elle se mit à les haranguer.

Ce n'est pas un très bon coup, dit-elle. Je ne sais pas si vous étiez au courant. Il n'a jamais été très doué au lit. Je mérite mieux que ça. Là-dessus elle sortit dans la rue, monta dans sa voiture et retourna chez elle.

Une fois chez elle elle s'effondra complètement. C'est à peine si elle se levait pour préparer le petit déjeuner des filles ou pour leur dire au revoir quand elles partaient pour l'école le matin, et lorsqu'elles rentraient l'après-midi elle était souvent encore au lit dans la chambre du fond, à boire du gin et à fumer cigarette sur cigarette. Elles allaient à la chambre de leur mère et restaient dans l'encadrement de la porte à la regarder. Parfois elles s'allongeaient à côté d'elle et s'endormaient sur ce lit qui était jadis un endroit si doux et si confortable. La plupart du temps désormais les deux sœurs se chamaillaient quand elles étaient à la maison et elle leur criait d'arrêter, mais il y avait des fois où elle se contentait de se lever pour aller fermer la porte, puis elle allumait une cigarette et elle se recouchait.

Dehors, derrière sa fenêtre, les arbres le long de la ruelle commençaient à bourgeonner dans la chaleur des premiers jours du printemps. Mais elle restait couchée, à fumer et à boire, le regard fixé au plafond tandis que la lumière se déplaçait sur son étendue blanche à mesure que le soir descendait, et durant tout ce temps elle était rongée par ses pensées tourmentées. La seule chose dont elle se sentait fière c'était de ne pas avoir rappelé Bob Jeter. Elle en tirait une certaine satisfaction. Et elle espérait très fort que lui aussi souffrait de manière non négligeable.

35.

Quand Victoria Roubideaux revint voir Raymond aux vacances de printemps elle avait un garçon avec elle. C'était un garçon grand et mince, avec des lunettes à monture métallique, des cheveux noirs coupés ras, et un petit anneau en or qui lui transperçait une oreille. Ils approchèrent de la maison le soir dans les ombres bleues que dessinait le lampadaire de la cour, Victoria portant Katie dans ses bras. Quand ils entrèrent dans la cuisine Raymond s'écarta de la fenêtre où il s'était posté pour les guetter, et Victoria l'embrassa comme elle le faisait toujours alors qu'il l'étreignait en même temps que la petite fille. Je veux te présenter Del Gutierrez, dit-elle.

Le garçon s'avança et serra la main de Raymond. Victoria m'a beaucoup parlé de vous, dit-il.

Ah bon ? fit Raymond.

Eh oui, je vous assure.

Alors vous avez l'avantage sur moi. Je crois pas avoir jamais entendu parler de vous.

Bien sûr que je vous ai parlé de lui, protesta Victoria. La dernière fois qu'on s'est eus au téléphone. Vous faites votre tête de mule, voilà tout.

C'est possible. Je me rappelle pas. Quoi qu'il en soit, entrez, entrez. Bienvenue dans cette bonne vieille maison.

Merci. Ça fait plaisir d'être ici.

Enfin bon, c'est plutôt tranquille. Pas comme en ville. Tu es d'où, fiston ?

Denver.

De la grande ville.

Oui m'sieur. J'y ai vécu toute ma vie. Jusqu'à ce que j'aille à la fac.

Enfin bon, les choses sont un peu différentes par ici. Lentes, dirons-nous. Quoi qu'il en soit, si tu es un ami de Victoria tu es le bienvenu.

Ils retournèrent à la voiture chercher leurs bagages, puis Victoria cuisina un dîner léger. Ce fut un repas silencieux et gêné. Victoria fit presque tous les frais de la conversation. Après, Raymond emmena la petite fille dans le salon et l'installa sur ses genoux dans le fauteuil relax ; il lut le journal et bavarda un peu avec elle pendant que sa mère et le garçon faisaient la vaisselle. Katie avait eu peur de lui au début, mais elle s'était apprivoisée au cours du dîner et maintenant elle dormait, blottie contre son épaule. Raymond jeta un coup d'œil dans la cuisine par-dessus son journal. Il n'arrivait pas à distinguer ce qu'ils racontaient mais Victoria avait l'air heureuse. À un moment le garçon se pencha pour l'embrasser, puis il leva les yeux et vit que Raymond les observait.

Victoria prépara le lit de Del Gutierrez dans l'ancienne chambre d'Harold à l'étage, et Raymond regarda les informations de dix heures et la météo à la télévision, puis il dit bonne nuit et monta se coucher. Il resta éveillé un moment l'oreille tendue, mais comme rien ne lui parvenait du rez-de-chaussée il finit par s'endormir ; il se réveilla quand le garçon entra dans la chambre d'en face et referma la porte. Il demeura étendu là à réfléchir au temps qui s'était écoulé depuis la dernière fois qu'il avait entendu quelqu'un déambuler dans la chambre de son frère.

Le lendemain matin le garçon l'étonna. Il était en train de boire du café à la table de la cuisine quand Raymond descendit dans la lumière oblique du petit matin. Je n'aurais jamais cru te voir à cette heure-ci, dit Raymond.

Je me suis dit que vous me laisseriez peut-être vous aider à faire quelque chose, dit le garçon.

Faire quelque chose.

Dehors. Les trucs qu'il y a à faire.

Raymond parcourut la cuisine du regard. C'est toi qui as préparé ce café ?

Oui.

Tu avais l'intention de le partager ?

Oui m'sieur. Je peux vous attraper une tasse ?

Oh, je crois que je sais où on range les tasses. À moins qu'elles aient été déplacées depuis hier soir.

Il sortit sa tasse habituelle, se servit un peu de café et resta là à regarder par la fenêtre en tournant le dos au garçon. Puis il termina sa tasse et la posa dans l'évier. Très bien, fit-il. Tu peux venir dehors avec moi si c'est vraiment ce que tu veux. Il faut que je nourrisse les bêtes, et on reviendra tout à l'heure pour le petit déjeuner.

Très bien, dit le garçon.

Tu as des vêtements chauds ?

J'ai apporté une veste.

Il te faudra quelque chose de plus chaud que ça.

Raymond lui tendit la parka doublée de son frère

qui était accrochée à la patère près de la porte. Il y a des gants dans la poche de côté. Tu as un chapeau ?

Je n'ai pas l'habitude d'en porter.

Tiens, mets ça. Il tendit au garçon le vieux bonnet de laine rouge d'Harold. Je veux pas imaginer ce que dirait Victoria si je te faisais geler les oreilles le jour même de ton arrivée.

Le garçon enfila le vieux bonnet. Avec ses lunettes en métal et les rabats du bonnet qui pendaient sur ses joues, il avait l'air d'un ouvrier agricole immigré à la vue basse, rescapé d'une époque lointaine.

Bon, dit Raymond. Je suppose que ça ira. Il mit sa veste, son bonnet et ses gants et ils sortirent.

Ils franchirent le portail grillagé et gagnèrent le fenil à l'est de l'étable où l'antique tracteur rouge décoloré par le soleil était attelé à la remorque à côté des bottes de foin empilées. Un vent froid soufflait de l'ouest et le ciel était zébré de traînées nuageuses. Raymond lui ordonna de grimper sur la pile pour balancer les bottes tandis que lui les entassait sur la remorque. Autant y aller carrément, puisque t'es là, dit-il.

Ils s'activèrent pendant presque une heure. Le garçon balançait les bottes les unes après les autres ; elles rebondissaient sur le plancher usé de la remorque et Raymond les rangeait en les disposant par étages. Au bout d'un moment le garçon enleva sa veste et ils continuèrent à travailler. Puis Raymond mit fin à l'exercice et descendit de la remorque pour se hisser sur le siège du tracteur. On y va, dit-il.

Où je me mets ? demanda le garçon.

Mets-toi là sur la barre de traction. Et cramponne-toi. Vaut mieux éviter de te faire éjecter et écrabouiller sous les roues en fer de cette remorque.

Le garçon remit sa parka et monta derrière Raymond, s'agrippant au rebord de son siège en métal. Ils quittèrent le fenil en cahotant pour entrer dans la prairie, bringuebalant sur une piste creusée dans le sol dur à travers les armoises et les yuccas, vers l'endroit où les vaches et leurs veaux tournaient en rond et se bousculaient, dans l'attente de leur pâture matinale.

Raymond freina et s'arrêta. Tu crois pouvoir conduire ce tracteur ?

Je ne sais pas. Je n'en ai jamais conduit.

Grimpe ici, je vais te montrer.

Ils permutèrent et Raymond montra au garçon quelle vitesse utiliser pour que le tracteur avance tout doucement ; il lui indiqua les deux pédales de frein, l'embrayage et la manette des gaz.

Je suppose que tu t'es déjà servi d'un levier de vitesses.

Ça, oui.

Ce n'est pas bien sorcier. Contente-toi de le maintenir en marche et de le laisser aller au pas. Accélère un peu quand il faut, dès que tu dois franchir une butte.

Le garçon s'installa sur le siège en métal et ils démarrèrent, le tracteur tanguant et se soulevant.

Tu dois aller par là, dit Raymond. Suis cette trace d'usure, là où je suis passé pour nourrir les bêtes.

Par là ?

Tu crois pouvoir y arriver ?

Oui.

Alors parfait. Allons nourrir ces animaux.

Grimpant sur la remorque à foin, Raymond arracha la ficelle de la première botte, accrocha la ficelle à un montant, défit la botte et l'envoya par terre en la poussant sur le côté ; ils continuèrent à avancer au pas tandis qu'il défaisait et dispersait la botte suivante, et les bêtes affamées commencèrent à se regrouper et à manger, déployées sur une longue file derrière la remorque cahotante, la tête inclinée, un brouillard de vapeur et d'haleine brûlante au-dessus d'elles. Depuis le tracteur le garçon regarda en arrière pour voir comment les choses se passaient et il vit le vieil homme qui travaillait à une cadence régulière, jetant le foin en vrac sur le sol. Puis il regarda à nouveau devant lui et remarqua un grand creux dans le sable. Il donna un brusque coup de volant pour l'éviter et l'angle de la remorque grimpa sur le moyeu du tracteur jusqu'au niveau du premier limon, faisant dangereusement pencher la remorque et soulevant le plateau à plus d'un mètre du sol. Raymond cria. Le garçon regarda derrière lui et freina à mort, puis il se tourna à nouveau. Raymond était cramponné au montant.

Le visage du garçon était gris. Oh merde, dit-il. Qu'est-ce que j'ai fabriqué ?

T'as viré trop brusquement. Tu peux pas virer si brusquement quand tu tires quelque chose derrière toi. Braque à fond dans l'autre sens maintenant.

J'ai abîmé la remorque ?

Pas encore. Mais braque à fond et avance tout doux.

Peut-être qu'il vaudrait mieux que vous le fassiez.

Non. Toi. Tu t'en sortiras très bien. Vas-y mollo, c'est tout.

Je n'y connais rien.

Allez, vas-y maintenant. Essaie.

Le garçon s'assit en avant sur le siège et tourna le volant vers la gauche tout en lâchant doucement l'embrayage. Le tracteur vira brusquement et l'angle de la remorque alla cogner contre les gros moyeux de la roue du tracteur, fendant légèrement le bois, puis la roue se libéra et la remorque se retrouva à nouveau à l'horizontale sur le sol.

Redresse, beugla Raymond. Mais tout doucement sinon tu vas la faire regrimper sur la roue.

Le garçon avança et la remorque bringuebala derrière le tracteur, mais quand il tourna la tête Raymond lui fit signe de continuer. Il conduisait très lentement, regardant droit devant lui après la cheminée d'échappement tandis qu'ils roulaient sur le sol froid et usé. Au bout d'un moment Raymond lui cria de s'arrêter ; il descendit de la remorque et grimpa à l'arrière du tracteur. Ça ira pour aujourd'hui. Ramène-nous à la grange.

Je crois que vous feriez mieux de prendre le volant.

Comment ça ? Tu t'en tires très bien. Mais grouille-toi un peu. On va pas rentrer à cette allure de pépé.

Mais, et ma bêtise de tout à l'heure ?

Ça arrive. Évite seulement de recommencer. Fais attention la prochaine fois et ça ira. Allez, maintenant, on rentre se taper un petit déjeuner.

Le garçon accéléra et ils quittèrent la prairie avec force secousses. Raymond descendit d'un bond pour refermer la barrière et le garçon se gara le long de la clôture à côté de la grange puis coupa le moteur. Ensemble ils rejoignirent la maison sous les nuages minces.

Je ne vois pas comment vous arrivez à faire tout ça sans aide, dit le garçon.

Ah bon ?

Non m'sieur. Ça paraît beaucoup trop pour quelqu'un de tout seul.

Raymond le regarda. Quand on n'a pas le choix…

Le garçon hocha la tête et ils continuèrent leur chemin.

Dans la cuisine la petite fille était assise à la table avec un livre de coloriages et Victoria se tenait au fourneau. Quand elle vit Del Gutierrez avec la parka d'Harold et son vieux bonnet de laine, les oreillettes pendouillant sur ses joues rouges, elle s'écria : Attends un peu. Ne bouge pas, que j'aille chercher mon appareil.

Non, pas question, dit Raymond. Laisse-le tranquille. Del et moi, on a bossé dans le froid, à nourrir le bétail. On n'a pas besoin de photos.

Il faut bien que j'aie chaud, non ? fit le garçon.

Pour ça oui, tu m'as l'air d'avoir chaud, dit Victoria. Regarde-toi. Elle éclata de rire et ils restèrent là à la contempler, à admirer la blancheur et la régularité de ses dents, la façon dont son épaisse chevelure noire tombait sur ses épaules, l'éclat de ses yeux noirs, et ils se sentirent tous deux à la fois mal à l'aise et sans voix en présence d'une telle beauté, de la voir comme ça, après leur séjour dans le froid, le vent et la poussière tourbillonnante, de la trouver comme ça en train de les attendre, à rire et à s'amuser d'un truc qu'ils avaient fait. Raymond repensa soudain à son frère et il eut peur de se rendre ridicule et de se mettre à pleurer. Alors il ne dit rien. Il se détourna et le garçon et lui accrochèrent leurs vestes à côté de la porte puis se débarbouillèrent dans l'évier.

Victoria leur avait préparé le petit déjeuner. Elle apporta les grandes assiettes d'œufs au bacon et de tartines grillées et servit des tasses de café, puis ils s'installèrent tous à la table en pin de la cuisine. La petite fille tendit les bras en disant : Papi, si bien que Raymond la prit sur ses genoux et ils se mirent à manger.

Vous pensez arriver à en faire un rancher ? demanda Victoria.

Raymond cessa de manger. Je ne sais pas, dit-il. Il la regarda. Je suppose que c'est possible. Il s'en est très bien tiré ce matin.

Vous lui avez fait conduire le tracteur ?

Oui, m'dame. Et il s'est très bien débrouillé, d'ailleurs. Il tourna la tête vers le garçon. Évidemment je ne suis pas fou de cette boucle d'oreille. Je suppose que le trou finira par se reboucher, mais j'ai pas vraiment d'expérience dans le domaine.

Le garçon rougit et se toucha l'oreille. Il adressa un grand sourire à Victoria de l'autre côté de la table.

Moi je trouve qu'il devrait la garder comme ça, dit-elle. J'aime bien.

Le vendredi de cette semaine-là Victoria et Del Gutierrez décidèrent d'aller au cinéma à Holt. Ils se fichaient du film qui passait, ils voulaient simplement quitter la maison et se retrouver tous les deux. Raymond les encouragea à dîner au Wagon Wheel Café avant la séance, et il donna au garçon quarante dollars pour l'avoir aidé au ranch. Avant qu'ils partent, il attira Victoria dans la chambre de la jeune fille et ferma la porte. Qu'est-ce qui ne va pas ? demanda-t-elle.

Rien du tout. Puis, dans un chuchotement sonore de vieillard, il lui confia : C'est un sacré bosseur, dis donc.

Mais de quoi parlez-vous ? dit-elle.

Ce garçon s'est pas mal débrouillé cette semaine. Il a bossé vraiment dur.

Vous trouvez ?

Oui je trouve.

Il m'a raconté le problème qu'il a eu en conduisant le tracteur cette première fois.

Il avait pas à te raconter ça.

Il a dit que vous n'aviez pas été plus contrarié que ça. Que vous ne lui aviez pas crié dessus ni rien.

Enfin quoi, y a rien eu de cassé, et tout le monde doit en passer par là. Il s'en est bien tiré. Quoi qu'il en soit, tu devrais peut-être réfléchir à le garder.

Victoria regarda Raymond. Il l'observait attentivement. Mais enfin qu'est-ce que vous racontez ?

Je voulais juste dire que tu devrais peut-être le garder, celui-là. Moi il me va. Disons que je l'aime bien.

J'ai l'impression que vous essayez de me forcer la main.

Je ne te force pas la main. Merde, je force rien du tout. Il parut légèrement vexé de cette suggestion. Je dis juste que c'est pas un mauvais bougre. Je dis rien d'autre que ça. Bon maintenant tous les deux partez dîner et je m'occuperai de Katie. Ça me fait plaisir. Tout ce que je dis c'est que ce garçon et moi on pourrait s'entendre. Et je vais te dire autre chose. Il me semble bien qu'en plus il ne jure que par toi.

Ça se peut, dit-elle. Mais je me suis déjà fait avoir une fois. Je ne suis pas pressée de recommencer.

Je sais, ma chérie. C'est normal que tu ressentes ça. C'est bien naturel. Mais ça veut pas dire non plus que tu doives finir comme moi.

Et cette femme que vous voyiez ?

Quelle femme ?

Linda May. Celle qui était venue pour le dîner du Jour de l'An.

C'est bien de ça que je parle, dit Raymond. J'y connais rien à ces choses-là. Peut-être que moi je m'imaginais que je la fréquentais, mais elle, en tout cas, elle avait pas la moindre idée qu'elle me fréquentait. Non, tout ce que je veux, c'est que tu sois heureuse.

Je suis heureuse, dit-elle. Vous ne le savez donc pas ? Et c'est en grande partie grâce à vous. Bon maintenant vous ne croyez pas que je devrais me préparer pour que Del et moi on puisse sortir ce soir ?

Si, m'dame, il faudrait. Bon alors je vais juste filer et te laisser tranquille.

Victoria avais mis le pull en cachemire bleu pâle qui mettait en valeur ses cheveux noirs et une jupe grise assez courte, tandis que le garçon portait un superbe jean noir et une chemise écossaise. Ils prirent la voiture de Victoria et partirent pour Holt, où ils devaient dîner et voir un film. Après leur départ Raymond et Katie s'affairèrent dans la cuisine. Il fit réchauffer un reste de jambon en sauce, avec de la purée et du maïs à la crème ; à table, la petite fille trônait sur sa caisse posée sur une chaise, et pendant le repas il ne cessa de la regarder et de l'écouter. Elle mangeait à un rythme régulier tout en bavardant, et elle continua sans interruption, parlant de tout ce qui lui venait à l'esprit, sans que Raymond ait besoin de formuler la moindre remarque, même s'il prêtait attention à tout ce qu'elle racontait, aussi bien au sujet d'une petite fille qu'il ne connaissait pas à la garderie de Fort Collins, qu'au sujet d'un chien noir et blanc qui aboyait dans la cour en bas de leur appartement.

Pour le dessert il sortit un litre de glace au chocolat et là encore ils en mangèrent pendant qu'elle continuait à parler, assise sur sa caisse à la table telle une bigote miniature, cheveux noirs et yeux noirs, à une vente de charité, telle une presbytérienne modèle réduit raffolant du son de sa propre voix. Ensuite ils rangèrent la cuisine, et elle se percha sur une chaise à côté de lui pour l'aider à rincer la vaisselle, bavardant toujours, après quoi ils allèrent dans la salle de bains et elle se jucha sur un petit tabouret en bois devant le lavabo pour se brosser les dents. Puis il l'emmena dans la chambre du bas, elle enfila son pyjama et ils s'étendirent tous les deux dans le grand lit vieux comme Mathusalem et Raymond commença à lire. Il ne lut pas longtemps. Au bout de trois pages il s'endormait déjà. Elle le secoua et caressa son visage buriné avec sa menotte, palpant son menton mal rasé et la chair flasque de son cou. Il se réveilla et se tourna pour la regarder, puis plissant les yeux et se raclant la gorge, il lut une autre page avant de se laisser à nouveau gagner par le sommeil. Cette fois elle resta allongée tout près de lui et s'endormit à son tour.

Quand Victoria et Del Gutierrez rentrèrent à minuit, le vieil homme et la petite fille étaient allongés sur le lit sous la vive lumière du plafonnier. Raymond ronflait comme un sonneur, la bouche grande ouverte, et la petite fille était blottie contre son épaule. Le livre qu'il avait commencé gisait à l'écart au milieu des couvertures.

36.

En début de soirée le samedi Mary Wells s'extirpa de son lit et, avec les filles, se rendit à l'épicerie de la Nationale 34 aux abords de la ville afin de faire les courses qui n'avaient pas été faites depuis des jours. Il n'y avait rien à manger dans la maison et Mary Wells se fichait pas mal de se nourrir ou non, mais les filles avaient faim.

Sur la nationale à l'est de Holt un homme de St Francis, Kansas, tirait derrière son pick-up Ford une bétaillère contenant cinq taureaux Simmental de pure race. Il avait espéré vendre les taureaux à l'automne mais sa femme avait été si gravement malade qu'il n'en avait pas eu l'occasion, à cause des soins quotidiens et des voyages précipités à l'hôpital, et, pour finir, des épuisantes et cruelles dispositions pour ses obsèques. Aujourd'hui il emmenait les taureaux à Brush pour la vente à la criée de lundi, escomptant les nourrir et les laisser se reposer le dimanche, et faire en sorte qu'ils boivent suffisamment pour que leur poids augmente et qu'il en tire ainsi le maximum, même si ce n'était pas la période idéale pour vendre des taureaux.

Il ne roulait pas vite. Il ne roulait d'ailleurs jamais vite quand il tirait une bétaillère, et il se fit un devoir tout particulier de ralentir à cause de l'accroissement de la circulation à cette heure-là, ct ce d'autant plus qu'il était ébloui par les rayons du soleil couchant qui jouaient sur son pare-brise. Il pénétra dans Holt et d'un seul coup une voiture déboucha devant lui, sortant du parking de l'épicerie.

C'était Mary Wells qui conduisait la voiture en question. Dix minutes plus tôt elle avait aperçu Bob Jeter devant le frigo à viande de l'épicerie de la Nationale 34 ; il se tenait aux côtés d'une femme blonde et il avait le bras autour de sa taille.

La fille aînée de Mary Wells, assise sur le siège passager à côté de sa mère, aperçut le pick-up qui venait vers elles et cria : Maman ! Attention !

L'homme de St Francis fit ce qu'il put pour s'arrêter, mais il avait tout ce poids derrière lui ; le pick-up percuta le flanc de la voiture et continua à la pousser sur la chaussée jusqu'à un poteau électrique qui se cassa en deux et s'effondra, entraînant les fils dans sa chute.

La fille cadette, Emma, assise sur la banquette derrière sa mère, fut projetée contre la portière et assommée. La tête de Mary Wells alla heurter violemment le carreau côté conducteur et, en retrouvant ses esprits, elle constata qu'elle ne pouvait plus bouger son bras gauche. Il commençait déjà à palpiter. À côté d'elle, Dena avait été catapultée en biais vers l'avant, et un morceau du pare-brise avait entamé son sourcil droit et sa joue d'une longue et profonde entaille. Quand la voiture s'immobilisa dans un sursaut Mary Wells prit le visage de sa fille dans ses mains. Celles-ci se remplirent de sang et elle se mit à hurler.

Chérie, cria Mary Wells. Oh mon Dieu. Elle lui dégagea les cheveux du visage. Regarde-moi, dit-elle. Laisse-moi voir. Oh Seigneur. Le sang ruisselait désormais sur sa chemise et sa mère lui essuyait la joue, s'efforçant d'enrayer le flot.

De l'autre côté de la rue un homme sur le parking retourna en courant dans l'épicerie appeler une ambulance, qui arriva dans un ronflement de moteur au bout de quelques minutes ; les infirmiers en sortirent d'un bond et, forçant les portières du seul côté accessible de la voiture, ils embarquèrent Mary Wells et les deux fillettes dans l'ambulance et les emmenèrent à toute vitesse aux urgences de l'hôpital du comté de Holt, qui se trouvait dans Main Street, à seulement quelques rues de là.

Le pick-up, la bétaillère et la voiture bloquaient encore la circulation, et les cinq taureaux pie-rouge avaient été expulsés du fourgon lorsque le hayon s'était ouvert avec le choc. Des automobilistes s'efforçaient de les guider vers un enclos de fortune composé de véhicules arrêtés en bord de route, mais un des taureaux errait en titubant, dérapant sur le bitume, poussant des meuglements, sa jambe arrière gauche presque coupée en deux au niveau du jarret, avec le bout de la patte qui pendait et qui traînait derrière. Le taureau ne cessait de trébucher, essayant de poser son pied arrière sur le sol, et pendant ce temps le sang giclait à profusion sur la chaussée. L'homme de St Francis suivait le taureau pas à pas, en criant : Que quelqu'un l'abatte. Enfin merde, que quelqu'un l'abatte. Mais personne ne s'en chargeait. En fin de compte un homme alla chercher un fusil dans le râtelier de son pick-up et le lui tendit. Tenez, dit-il. Vaut mieux que vous le fassiez vous-même.

Un policier qui réglait la circulation aperçut le fusil et arriva en courant. Qu'est-ce que vous fabriquez ? Vous n'avez pas le droit de vous servir d'une arme sur la voie publique.

Un peu, que je vais le faire, dit l'homme de St Francis. Vous voulez le laisser souffrir comme ça ? J'ai eu ma dose de souffrance pour un moment.

Il n'est pas question de vous servir de cette arme.

Eh bien, vous allez voir. Écartez-vous de là.

Il s'approcha du taureau, épaula le fusil, braqua le bout du canon contre la tête de l'animal, puis pressa la détente. Le taureau s'écroula d'une masse sur la chaussée, roula sur le flanc, frissonna puis ne bougea plus, ses yeux noirs fixant le lampadaire. L'homme de St Francis resta là à contempler le taureau mort. Il rendit le fusil à l'homme qui le lui avait prêté, puis se tourna vers le policier. Maintenant, allez-y, arrêtez-moi, bordel.

Le policier lui jeta un regard oblique. Je vais pas vous arrêter. Comment je ferais pour vous arrêter ? J'aurais une foutue émeute sur les bras. Mais vous auriez jamais dû faire ça. Pas en ville.

Qu'est-ce que vous auriez fait ?

Je sais pas. Merde, sans doute la même chose que vous. Mais c'est pas pour ça que c'est bien. Bon Dieu, y a une loi contre l'usage des armes à feu à l'intérieur des villes.

À l'hôpital le médecin administra des sédatifs à l'aînée des fillettes et lui fit dix-sept points de suture sur le visage pendant que Mary Wells attendait dehors aux urgences avec son bras inerte qui pendait douloureusement, et qu'elle soutenait dans le creux de sa main. Elle pleurait sans bruit et ne voulait laisser personne s'occuper de son bras tant qu'on n'avait pas fini de soigner sa fille. Dans le lit près du mur sa cadette commençait à se réveiller. Elle avait très mal à la tête, il y avait des écorchures sur son bras, et une bosse bleue était en train d'apparaître sur son front. Même s'ils allaient devoir la surveiller toute la nuit, il semblait qu'elle allait se remettre.

Le médecin acheva de recoudre le visage de l'aînée, et ils l'amenèrent en chariot dans la salle des urgences. Elle était encore endormie et, aux endroits où il n'était pas bandé, son visage était contusionné et jaune. Mary Wells se tenait là à la contempler.

Tout ça va guérir, la rassura le médecin. La coupure était propre. Elle a de la chance que l'œil n'ait pas été touché.

Ça laissera une cicatrice ? demanda Mary Wells.

Il la regarda, l'air étonné. Eh bien, oui, répondit-il. En général, il reste une cicatrice.

Une grosse ?

On ne peut pas encore dire. Parfois le résultat s'avère meilleur qu'on ne pensait. Elle devra sans doute subir une série de traitements avec un chirurgien plastique. Ça peut prendre un certain temps.

Donc il va falloir qu'elle tienne le coup en attendant, avec cette allure-là ?

Oui. Le médecin contempla la fillette. Je ne peux pas prédire le temps que ça prendra. Il faudra qu'elle soit complètement guérie avant qu'ils puissent intervenir.

Oh Seigneur, quelle idiote je suis, gémit Mary Wells. Quelle ridicule petite idiote. Elle se remit à pleurer et, saisissant la main de sa fille, elle l'appliqua contre sa joue mouillée de larmes.

Ils les gardèrent toutes les trois en observation à l'hôpital pour la nuit. Le soir un des policiers qui se trouvaient sur la nationale passa à l'hôpital remettre à Mary Wells une contravention pour conduite imprudente et mise en danger de la vie d'autrui, et il l'avertit que sa voiture avait été emmenée à la fourrière.

Le lendemain matin une infirmière les raccompagna chez elles en voiture. Mary Wells avait le bras en écharpe, et les filles et elle marchèrent jusqu'à la maison avec une grande prudence. À l'intérieur tout était silencieux. On aurait cru qu'elles étaient parties depuis des jours. Voulez-vous venir dans la cuisine, s'il vous plaît ? dit Mary Wells. S'il vous plaît, toutes les deux. Je veux que vous m'aidiez à décider ce que nous allons faire maintenant. Je ne sais pas ce que ce sera. Mais il faut qu'on fasse quelque chose.

Elles s'installèrent à la table. La cadette observait sa mère, tout oreilles, mais l'aînée, Dena, détournait la tête. Elle n'arrêtait pas de palper le bandage sur sa figure du bout des doigts, tâtant les bords du sparadrap, et elle se refusait à regarder sa mère ou à dire quoi que ce soit. Elle avait déjà une idée assez claire de ce qui l'attendait.

37.

Lorsque Raymond et le garçon revinrent à la maison après avoir travaillé dehors tout ce samedi après-midi-là, Victoria déclara qu'ils seraient bien inspirés tous les deux de prendre une douche et de se changer avant de passer à table. On sent si mauvais que ça ? demanda Raymond.

Ça ne vous ferait pas de mal de vous débarbouiller un peu.

Allez-y, dit le garçon. Je me doucherai après vous.

Si c'est la condition pour avoir droit à un dîner dans cette maison, dit Raymond, alors ça marche.

Il alla dans la salle de bains, se doucha, rasa les poils sur sa figure puis ressurgit les cheveux aplatis et mouillés, vêtu d'un jean de travail fraîchement lavé et d'une chemise en flanelle usée jusqu'à la trame. Victoria annonça que le dîner était prêt et qu'ils devaient passer à table.

Tu vas le laisser manger sans qu'il ait fait sa toilette avant ? demanda Raymond. En quel honneur ?

Vous étiez plus sale que lui. Et vous avez mis tellement longtemps dans la salle de bains que le repas sera brûlé si on ne dîne pas tout de suite.

Ça alors, c'est pas juste, s'exclama Raymond. On dirait que tu as des chouchous, Victoria.

C'est bien possible.

Allons bon, fit-il.

Ils s'attablèrent dans la cuisine comme ils l'avaient fait pour chacun des repas cette semaine-là, et avant qu'ils aient réellement attaqué leur dîner un pick-up arriva dans la cour et s'arrêta devant la maison. Raymond sortit sur la petite véranda vitrée pour voir qui c'était. Maggie Jones et Tom Guthrie avaient franchi le portail grillagé et ils approchaient.

Vous tombez à pic, dit Raymond. On vient de passer à table. Entrez donc.

On a déjà dîné, dit Maggie.

Ah bon. Quelque chose ne va pas ?

Nous sommes venus vous voir. Il y a quelque chose dont nous voulons discuter avec vous.

Entrez. J'aurai fini de dîner dans une seconde. Ça peut attendre jusque-là ?

Oui, bien sûr, dit Maggie.

Ils entrèrent dans la maison et Victoria alla chercher des chaises dans la salle à manger. Raymond s'apprêtait à présenter Maggie et Guthrie à Del Gutierrez, mais Maggie expliqua qu'ils s'étaient rencontrés la veille au soir au cinéma.

Alors je suppose qu'on se connaît tous, dit Raymond. Il se tourna vers Victoria. Ils disent qu'ils ne veulent pas dîner. Mais ils boiront peut-être un peu de ton café.

Victoria leur en servit à chacun une tasse et Raymond s'assit et se mit à manger. Victoria et Maggie parlèrent de la fac et de la crèche de Katie à Fort Collins. Quand Raymond eut fini, il s'essuya la bouche avec une serviette. De quoi vouliez-vous discuter ?

Vous pouvez en parler ici, ou bien est-ce qu'il vaut mieux aller dans l'autre pièce ?

On peut en discuter ici, dit Maggie. On est juste venus vous chercher pour vous emmener en ville au bar de la Legion. Au bal des pompiers.

Raymond la dévisagea. Répétez-moi ça, dit-il.

On veut vous emmener danser.

Il regarda Tom Guthrie. Bon sang, mais de quoi elle parle ? Elle a bu ou quoi ?

Pas encore, dit Guthrie. Mais ça ne saurait tarder. On s'est juste dit qu'on voulait vous sortir.

Tiens donc.

Eh oui.

Vous voulez m'emmener au bal des pompiers au bar de la Legion.

On s'est dit qu'on allait vous obliger à sortir. Vous ne viendriez pas, autrement.

Raymond le regarda puis il tourna la tête vers Victoria.

Oui, pourquoi pas ? dit-elle. Il faut que vous vous amusiez un peu.

Je pensais que vous les jeunes vous auriez envie de retourner en ville. C'est votre dernier soir. Vous rentrez à la fac demain.

On doit faire nos bagages et vous ne pouvez pas nous aider pour ça. Pourquoi ne pas y aller ? Je tiens à ce que vous y alliez.

Raymond regarda le garçon et Katie comme s'ils pouvaient lui être d'un quelconque secours. Puis il ne regarda plus personne. Tout ça m'a l'air d'être une fichue conspiration. Voilà de quoi ça m'a l'air.

C'est vrai, dit Maggie. Maintenant allez donc mettre vos vêtements de ville, qu'on puisse filer. Le bal a déjà commencé.

C'est d'accord, dit-il. Mais je vais vous dire quelque chose d'abord. J'ai jamais été aussi bousculé de toute ma vie. Je sais pas si j'aime beaucoup ça, d'ailleurs.

Je vous offrirai un verre, dit Maggie. Est-ce que ça ira ?

Il faudra plus qu'un malheureux verre pour faire passer ça.

Vous pourrez en boire autant que vous voudrez.

D'accord, fit-il. Je suis en minorité, on dirait. Mais ce n'est pas bien, de traiter un homme de cette façon-là dans sa propre maison. Dans sa propre cuisine, alors qu'il essaie simplement de terminer son repas.

Il se leva de table et monta dans sa chambre revêtir son beau pantalon foncé et la chemise en laine bleue que Victoria lui avait offerte ; il enfila ses bottes marron, puis il redescendit. Après avoir dit bonne nuit à Victoria, Del et Katie, il suivit Maggie Jones et Guthrie à l'extérieur. Ils attendaient qu'il grimpe dans le vieux pick-up rouge de Guthrie, mais Raymond annonça qu'il allait prendre sa voiture à lui pour pouvoir rentrer quand il voudrait. Ça au moins vous pouvez pas m'en empêcher, dit-il.

Nous vous suivrons quand même jusqu'en ville, dit Maggie. Histoire que vous ne vous perdiez pas en route.

Dites donc, Maggie, lança Raymond. Je commence à croire que vous êtes un peu carne. Je m'en étais pas rendu compte avant.

Je ne suis pas carne, dit-elle. Mais ça fait trop longtemps que je vous fréquente, vous, les hommes, pour me bercer encore d'illusions.

Vous entendez ça, Tom ?

Oui j'entends. Le mieux à faire c'est de simplement lui obéir quand elle est comme ça.

J'ai l'impression, acquiesça Raymond. Mais je vais vous dire. Elle va finir par me faire penser à une vieille rosse, si elle continue comme ça.

Ils quittèrent le sentier, suivirent la route gravillonnée puis débouchèrent sur le macadam, les phares des deux pick-up brillant l'un après l'autre dans la nuit le long des fossés. Une fois entrés en ville, ils tournèrent vers l'ouest sur l'US 34. Il y avait une voiture accidentée en face de l'épicerie et la police de la route les obligea à la contourner. Ils continuèrent leur chemin à travers la ville puis se garèrent sur le parking en gravier bourré de monde, devant la bâtisse en stuc blanc de l'American Legion. Ils descendirent au sous-sol et réglèrent les droits d'admission à une femme trônant sur un tabouret à l'entrée du bar-dancing. Un orchestre country jouait au fond de la salle. La musique était forte, et la longue pièce enfumée était déjà remplie de gens plantés au comptoir sur deux ou trois épaisseurs, ou bien assis dans les box le long des murs ; d'autres encore étaient agglutinés autour des tables pliantes installées dans la grande salle voisine, dont les portes coulissantes avaient été repoussées. Des hommes en tenues de cow-boys et des femmes en robes aux couleurs vives dansaient sur la fine couche de sciure qu'on avait répandue par terre devant l'orchestre.

Allez, dit Maggie. Suivez-moi.

Elle entraîna Raymond et Guthrie vers un box peu éclairé dans l'angle du fond qu'une amie du lycée leur avait gardé. Vous voilà enfin, dit la femme. Je n'aurais pas pu faire barrage beaucoup plus longtemps.

On est là, maintenant, dit Maggie. Merci. On s'en occupe.

Ils s'assirent. Raymond regarda autour de lui en silence, à la fois stupéfait et curieux. Il y avait là d'autres éleveurs et d'autres fermiers qu'il connaissait, de sortie un samedi soir pour danser et faire la fête, et beaucoup de gens de la ville. Il se retourna pour contempler l'orchestre et les gens sur la piste qui dansaient en décrivant de grands cercles. Une serveuse approcha et ils commandèrent leurs boissons, puis Guthrie et Maggie se levèrent pour aller danser sur une chanson que, paraît-il, elle aimait bien. Pendant leur absence la serveuse apporta le plateau de boissons et Raymond régla les consommations, puis l'orchestre s'arrêta pour une pause et quitta l'estrade, et Maggie et Guthrie, en nage et écarlates, rejoignirent le box et reprirent place en face de lui.

Vous avez payé ? demanda Guthrie.

Ouais. Ce n'est rien.

Je vous dois quand même un verre, déclara Maggie.

Je n'oublie pas.

Parfait. Moi non plus.

Maggie but une grande gorgée de son verre, puis elle se leva et annonça qu'elle revenait dans une minute. Ne le laisse pas disparaître, lança-t-elle à Guthrie.

Il n'ira nulle part, répondit Guthrie.

Les deux hommes burent leur verre et discutèrent bétail ; Guthrie fuma, Raymond lui demanda comment allaient ses fils, et partout autour d'eux la grande salle continuait à vibrer de mouvement et de bruit.

Avant que l'orchestre se remette à jouer Maggie revint dans le box. Elle était accompagnée d'une femme que Raymond ne connaissait pas. Petite et entre deux âges, elle avait des cheveux bruns bouclés et elle portait une robe verte en tissu brillant avec un motif floral éclatant et des manches courtes qui dévoilaient ses bras ronds et charnus. Raymond, dit Maggie, je veux vous présenter quelqu'un.

Raymond se leva de la banquette.

Voici mon amie Rose Tyler, annonça Maggie. Et Rose, voici Raymond McPheron. Je me suis dit qu'il était temps que vous fassiez connaissance tous les deux.

Enchantée, dit Rose.

M'dame, dit Raymond. Ils se serrèrent la main et il jeta un coup d'œil vers la banquette. Vous voulez bien vous joindre à nous ?

Merci, dit-elle. Avec plaisir.

Elle se glissa sur la banquette et Raymond s'assit à côté d'elle sur le bord extérieur du siège. Maggie s'assit à côté de Guthrie en face d'eux. Raymond posa les mains devant lui sur la table. Il les retira et les plaça sur ses cuisses. Désirez-vous boire quelque chose ? demanda-t-il.

Ce serait une très bonne idée, dit Rose.

De quoi avez-vous envie ?

Un whisky sour.

Il se retourna et scruta le dancing bondé. Je me demande ce qu'il faut faire pour que cette serveuse revienne, dit-il.

L'orchestre jouait un morceau rapide. Maggie donna un coup de coude à Guthrie et ils se levèrent.

Où vous allez, tous les deux ? demanda Raymond. Vous partez pas, dites ?

Mais non, on revient, dit Maggie. Ils rejoignirent la piste, Guthrie la fit pivoter et ils se mirent à danser.

Raymond les observait. Il se tourna vers Rose.

Peut-être que je devrais aller me mettre de l'autre côté.

Vous n'êtes pas obligé.

Bon. Il but une gorgée de son verre et déglutit. Je suis désolé, je ne crois pas avoir jamais entendu parler de vous. Ça vous gêne si je vous pose des questions sur vous ?

Je vis à Holt depuis longtemps, dit Rose. Je travaille pour les services sociaux du comté.

L'assistance publique, vous voulez dire.

Oui. Mais on n'appelle plus ça comme ça. Je m'occupe de gens qui ont besoin d'aide. Je suis chargée de certains dossiers et j'essaie d'aider ces gens à mettre de l'ordre dans leur vie. Je distribue des tickets d'alimentation et je veille à ce que mes clients soient suivis médicalement, ce genre de choses.

Ça doit être dur, comme travail.

Ça peut l'être. Mais et vous ? demanda Rose. Je sais que vous vivez en pleine campagne. Maggie m'a dit que vous aviez un ranch au sud de la ville.

Oui m'dame. On a quelques bêtes.

Quelle race ?

Surtout des blackbaldy croisés.

Je crois savoir que ça signifie qu'elles sont noires avec des têtes blanches.

C'est exactement ça. Bravo.

J'ai entendu parler de vous, dit-elle. De vous et de votre frère. Je suppose que tout le monde à Holt a entendu parler de ces deux hommes en pleine campagne qui ont accueilli une jeune fille enceinte sous leur toit.

Ça a fait pas mal jaser, j'imagine, dit Raymond. Mais moi ça m'a pas beaucoup gêné. Ce que racontaient les autres. Je voyais pas trop en quoi ça les regardait.

Non, dit Rose. Elle le dévisagea et lui toucha le bras. Et je suis vraiment désolée pour votre frère. J'ai appris ça aussi. Ça a dû être très dur.

Oui m'dame, c'est vrai. C'était pas facile.

Il regarda vers la piste de danse mais sans réussir à voir Maggie et Guthrie. En fin de compte il dit : Je me demande où est passée cette serveuse.

Oh, elle ne va pas tarder, dit Rose. Vous ne voulez pas danser, le temps qu'elle arrive ?

M'dame ?

J'ai dit vous ne voulez pas danser.

Euh, non m'dame. Je sais pas danser. J'ai jamais dansé de ma vie.

Moi si. Je peux vous montrer.

J'ai bien peur de vous écraser les orteils.

Ce ne serait pas la première fois. Vous voulez bien qu'on essaie ?

Vous ne croyez pas qu'on pourrait juste rester assis là.

Laissez-moi vous montrer.

Je sais pas, m'dame. Vous allez sacrément le regretter.

Laissez-moi m'inquiéter de ça. Allez, essayons.

Bon, fit-il. Il se leva et elle se faufila hors de la banquette, lui prit la main et le guida vers la piste. Les gens tournoyaient en tous sens, faisant à Raymond l'effet d'une pagaille aussi violente que compliquée. L'orchestre termina son morceau sous de petits applaudissements clairsemés, avant d'en attaquer un autre sur un rythme lent à quatre temps. Raymond et Rose Tyler se tenaient au milieu de la piste : Rose passa la main de Raymond autour de la taille soyeuse de sa robe, puis posa sa main à elle sur l'épaule de sa chemise en lainage. Maintenant contentez-vous de me suivre, ordonna-t-elle. Elle empoigna sa main libre et recula d'un pas, en l'attirant vers elle. Il fit un petit pas en avant. Ne regardez pas vos pieds, dit-elle.

Qu'est-ce que je suis censé regarder ?

Regardez par-dessus mon épaule. Ou bien vous pouvez me regarder moi.

Elle recula et il la suivit. Elle recula encore et il ne la quitta pas, se déplaçant lentement. Vous entendez le rythme ? demanda-t-elle.

Non m'dame. Je ne peux pas penser à ça et éviter en même temps de vous marcher dessus.

Écoutez la musique. Essayez, c'est tout. Elle se mit à compter doucement, tout en le regardant dans les yeux, et il la regardait aussi, contemplant ses lèvres. Il avait le visage concentré, presque douloureux, et il se tenait à distance, pour ne pas la serrer de trop près. Ils évoluaient lentement parmi les autres danseurs, Rose continuant à compter. Ils firent un tour de piste complet. Puis le morceau prit fin.

Parfait, merci, dit Raymond. Maintenant je suppose qu'on ferait mieux de se rasseoir.

Pourquoi ? Vous vous débrouillez bien. Ça ne vous a pas plu ?

Je ne suis pas sûr que « plaire » soit le mot exact.

Elle sourit. Vous êtes quelqu'un de gentil, dit-elle.

Pour ça, je suis pas sûr non plus.

L'orchestre se remit à jouer. Ah, fit-elle. Une valse. Bon, là c'est un rythme à trois temps.

Tu parles !

Elle s'esclaffa. Si, je vous assure.

Je m'étais même pas encore habitué au rythme

d'avant. J'y connais rien du tout en valse. Je ferais peut-être mieux d'aller me rasseoir.

Pas question. Il suffit de compter. Comme tout à l'heure. Je vous apprendrai si vous permettez.

J'imagine que je peux pas faire pire que tout à l'heure.

Remettez votre bras autour de moi, s'il vous plaît.

Comme tout à l'heure ?

Oui. Exactement comme tout à l'heure.

Il lui enserra la taille de son bras et elle se mit à compter la mesure pour l'aider. Ils se déplaçaient lentement, un pas, deux pas, glissant sur la piste, au cœur de la foule. Rose continuait à guider leur mouvement.

Plus tard ils étaient à nouveau assis dans le box avec Maggie Jones et Guthrie ; ils avaient tous pris un deuxième verre et ils bavardaient, lorsqu'un grand costaud en cravate-lacet et costume de cow-boy marron vint demander à Rose si elle voulait danser. Raymond la regarda. D'accord, dit-elle. Il se leva, elle sortit de la banquette et l'homme l'entraîna sur la piste. Raymond les observa. L'homme savait danser : il était aérien en dépit de son poids. Il la fit tournoyer et ils disparurent dans la foule des danseurs.

Je crois que je vais rentrer maintenant, dit Raymond.

Et pourquoi diable ? s'insurgea Maggie.

Parce que je sais comment ça va finir.

Non, vous ne savez pas. Elle ne fait que danser avec lui. Elle va revenir.

Ça, j'en sais rien.

Il se tourna à nouveau vers la piste au moment où Rose et son cavalier passaient en virevoltant.

Attendez un peu, dit Maggie. Vous allez voir.

Bientôt la musique se tut et l'homme ramena Rose à leur coin-banquette en la remerciant. Raymond se leva pour la laisser se faufiler sur le siège, puis se rassit à côté d'elle. Il y avait de petites gouttes de sueur sur ses tempes, ses cheveux étaient moites autour de son visage, et ses joues rouge vif. Vous voulez bien me commander un autre verre, s'il vous plaît ? demanda-t-elle.

Je crois pouvoir faire ça, répondit Raymond. Il attira l'attention de la serveuse, leur commanda à chacun un autre verre, puis ils reprirent leur conversation où ils l'avaient laissée. Au bout de quelque temps le grand gaillard à cravate-lacet revint demander à Rose si elle voulait danser, mais elle lui répondit que cette fois elle allait s'abstenir, qu'elle était bien où elle était.

Maggie et Guthrie allèrent ensuite au comptoir parler à des gens qu'ils connaissaient. Raymond attendit de les voir discuter entre eux, puis il se retourna vers Rose. Je peux vous demander quelque chose ?

Si vous voulez, dit Rose.

Je ne sais même pas comment poser la question.

Que voulez-vous savoir ?

Eh bien. Je veux simplement que vous me disiez tout de suite si j'ai la moindre chance de vous revoir. Si vous avez quelqu'un d'autre caché dans les buissons j'aimerais bien que vous me le disiez, histoire de ne pas me couvrir de ridicule.

Elle sourit. Caché dans les buissons ? Quels buissons ?

N'importe quels buissons.

Il n'y a personne de caché dans les buissons.

C'est bien sûr ?

Non, personne. Alors est-ce que ça veut dire que vous allez peut-être me téléphoner ?

Oui m'dame. C'est tout à fait ce que ça veut dire.

Quand ça ?

Que diriez-vous d'un soir de la semaine qui vient ? Peut-être que vous me laisseriez vous emmener dîner.

J'en serais ravie.

C'est vrai ?

Oui, c'est vrai.

Alors je suppose que je vous appellerai.

Alors je suppose que je n'attendrai que ça.

M'dame, moi aussi j'attendrai que ça, dit Raymond.

Le bal se termina à minuit. Les lumières se rallumèrent dans le dancing, et les personnes venues au bal des pompiers se levèrent puis remontèrent l'escalier pour rejoindre le parking. Raymond raccompagna Rose à sa voiture et lui souhaita une bonne nuit, puis il reprit le chemin de sa maison. Dans la campagne le vent avait cessé et toute la voûte du ciel sans lune était remplie d'étoiles. Quand il sortit du pick-up, la maison était plongée dans le noir et Victoria, Katie et Del Gutierrez étaient tous couchés. Dans la cuisine il alluma la lumière, sortit un verre et but un peu d'eau, se postant à la fenêtre pour regarder l'éclairage du lampadaire caresser les remises, mais aussi l'écurie et les corrals.

Victoria apparut dans la cuisine en chemise de nuit et robe de chambre. Elle avait l'air endormie et ses yeux étaient sombres.

Je t'ai réveillée ? demanda-t-il.

Je vous ai entendu arriver.

Je croyais que j'avais été discret.

C'était comment ? demanda-t-elle. Vous vous êtes bien amusé ?

Oui.

Qu'est-ce que vous avez fait ?

Eh bien, j'ai passé la plus grande partie de la soirée avec Tom, Maggie et une dénommée Rose Tyler. Est-ce que tu la connais ?

Je ne crois pas.

Elle est vraiment gentille.

À quoi ressemble-t-elle ?

À quoi elle ressemble ? Eh bien, elle a des cheveux bruns. Et elle fait à peu près la même taille que toi, mais pas aussi mince.

Comment était-elle habillée ?

Je crois qu'elle portait une robe verte. Assez douce au toucher. Et qui lui allait bien, en plus.

Et vous avez dansé avec elle ?

Oui m'dame. J'ai dansé comme un fou. C'est elle qui m'y a poussé.

Quel genre de danse ?

Eh bien, déjà on a dansé la valse.

Je ne sais même pas comment ça se danse.

Tout ce que tu as à faire c'est de compter. C'est un rythme à trois-quatre temps, m'a expliqué Rose.

Montrez-moi.

Maintenant ?

Oui.

Bon, d'accord. Il lui prit une main et elle posa l'autre sur l'épaule de Raymond.

Allez-y. Qu'est-ce qui ne va pas ?

J'essaie de me souvenir. Il se mit à compter et ils tournèrent deux fois autour de la table de la cuisine en dansant lentement, le vieil homme avec ses cheveux raides gris argent, sa chemise en lainage et son pantalon foncé, et la jeune fille aux cheveux noirs tout juste sortie du lit, apparue dans la pièce dans sa robe de chambre bleue.

Merci, dit-elle lorsqu'ils s'arrêtèrent.

Je me suis bien amusé ce soir.

Je suis vraiment contente.

Et il y a autre chose que je sais. Une certaine jeune fille n'est pas étrangère à tout ça.

Il est possible que je m'en sois mêlée, concéda Victoria. Mais pas pour la danse. Je n'étais pas au courant pour vous et Rose Tyler.

Il lui embrassa le front. Surtout, tu vas t'en tenir là. Je voudrais me croire capable de gérer l'étape suivante tout seul.

38.

Un soir en milieu de semaine Raymond prit son pick-up pour aller à Holt. Il s'était rasé, douché, avait mis de l'eau de Cologne et arborait à nouveau son pantalon foncé, sa chemise en lainage bleue et son chapeau de cow-boy blanc cassé. Quand Rose l'eut invité à entrer, il parcourut des yeux la salle de séjour, admirant les jolis meubles, les lampes et les jolis tableaux sur les murs. Alors, Raymond, comment allez-vous ce soir ? demanda-t-elle.

Pas mal du tout.

On y va ?

Oui m'dame. Dès que vous êtes prête.

Je suis prête.

Où avez-vous envie de dîner ?

C'est vous qui décidez, dit Rose.

Bon. Est-ce que le Wagon Wheel Café vous irait ?

Ce serait très bien.

Il l'accompagna au pick-up, ouvrit la portière, et elle se glissa sur le siège en maintenant en place le bas de sa robe. Par cette chaude soirée de printemps elle portait une robe en coton légère de la couleur des pêches avec un mince chandail vert pâle.

Vous êtes drôlement belle, déclara Raymond quand il eut contourné le pick-up et fut monté dans la cabine. C'est une robe vraiment ravissante que vous avez là. Pas la même que la dernière fois.

Eh non, fit-elle. Merci. Vous aussi vous êtes beau, Raymond.

Oh, je ne dirais pas ça.

Et pourquoi donc ?

M'dame. Regardez-moi.

Je vous regarde, dit Rose.

Au Wagon Wheel Café là-bas à l'est sur la nationale il y avait beaucoup de voitures et de pick-up sur le parking, et à l'intérieur du restaurant les gens se tenaient par-ci par-là en petits groupes, à attendre qu'on les installe. L'hôtesse d'accueil inscrivit le nom de Raymond sur sa liste et annonça qu'il y en aurait pour une vingtaine de minutes.

Vous ne préférez pas attendre dehors ? demanda Rose.

Elle nous trouvera si on sort ?

Je suis sûre que oui.

Dehors, Rose s'assit sur le rebord en brique qui entourait le parterre de fleurs du restaurant. D'autres gens continuaient à arriver du parking.

J'aurais mieux fait de réserver, dit Raymond. J'aurais jamais cru qu'il y avait tant de gens qui sortaient en milieu de semaine.

C'est parce que c'est une soirée tellement agréable, dit Rose. C'est enfin le printemps.

Oui m'dame. N'empêche, j'aurais pas cru qu'on aurait autant de concurrence.

Un couple d'âge moyen s'arrêta pour parler

avec Rose, qui leur dit : Connaissez-vous Raymond McPheron ?

Comment allez-vous, dit l'homme.

Je vais très bien. Si je pouvais nous dégoter quelque chose à manger, j'irais encore mieux.

Vous attendez depuis longtemps ?

On vient d'arriver. Mais la dame a dit qu'il y en aurait pour une vingtaine de minutes.

Ça a intérêt à valoir la peine, alors.

Je suis en bonne compagnie pour patienter, de toute façon, dit Raymond.

Une demi-heure plus tard l'hôtesse apparut sur le seuil et prononça le nom de Raymond. Ils la suivirent à une table dans la deuxième salle, et Raymond tira la chaise de Rose, puis s'assit en face d'elle. L'hôtesse leur laissa les menus sur la table. Le serveur viendra vous voir dans une minute, dit-elle.

Raymond contempla les salles bondées. Je suis venu avec Victoria il y a à peu près un an, dit-il. Avec elle et Katie. Mais pas depuis. J'ai pensé à ce restaurant parce que c'est là qu'elle est allée avec Del la semaine dernière. Pas moyen de dire dans combien de temps on sera servis.

Vous êtes pressé ? dit Rose.

Il lui lança un regard de l'autre côté de la table et elle lui souriait. Ses cheveux brillaient sous la lumière et elle avait retiré son chandail. Vous avez raison. Je ferais mieux d'arrêter de parler de ça.

Vous ne vous amusez pas ?

Je voudrais être ailleurs pour rien au monde, dit Raymond. C'est juste qu'il est un peu tard pour dîner, c'est tout ce que je veux dire. Il consulta sa montre. Il est presque sept heures et demie.

Vous ne seriez pas très heureux à New York ou Paris, dites-moi.

Je le serais même pas à Fort Morgan.

Elle rit. Allons, détendons-nous et profitons de la soirée.

Oui m'dame. Voilà une idée excellente.

En fait, la serveuse arriva juste à ce moment-là, une jeune femme qui avait la figure toute rouge à force de courir d'une salle bondée à l'autre. Elle et Rose se connaissaient. Vous êtes vraiment débordés, ce soir, dit Rose.

C'est fou, non, pour un mercredi. Je vais devenir dingue. Je peux vous apporter quelque chose à boire ?

Rose commanda un verre du vin maison et Raymond une bouteille de bière, après quoi la jeune femme s'éloigna à toute allure.

On dirait que vous connaissez tout le monde ici, dit Raymond.

Oh non, pas tout le monde. Mais pas mal.

Pendant qu'ils attendaient, un autre couple fit une halte pour parler avec Rose, puis la serveuse apporta leurs boissons et ils commandèrent chacun un steak avec une pomme de terre au four et de la salade. Rose leva son verre en disant : Santé.

À la bonne vôtre, répondit Raymond. Ils trinquèrent, et Rose lui sourit.

À la bonne vôtre aussi, Raymond.

Plus tard, quand on leur eut servi leurs steaks, un vieil homme qui quittait le restaurant s'approcha d'eux avec son chapeau noir sur la tête, et Raymond put présenter à Rose quelqu'un qu'elle ne connaissait pas. Voici Bob Schramm, dit Raymond. Bob, je veux vous présenter mon amie Rose Tyler. Bob a un joli ranch au nord de la ville.

Schramm ôta son chapeau. Pas comme celui des McPheron, dit-il. Comment ça va, Raymond ?

Enfin bon, je me débrouille.

Faites attention à vous en tout cas. M'dame, ça a été un plaisir de vous rencontrer.

Schramm remit son chapeau et s'en alla. Ils bavardèrent et commandèrent une autre tournée. Rose expliqua à Raymond qu'elle avait un grand fils qui vivait sur le versant ouest. Son mari était mort vingt ans plus tôt d'une crise cardiaque à l'âge de trente ans. Personne ne s'y attendait, dit-elle. Il n'y avait eu aucune alerte et personne dans la famille de son mari n'avait eu de problèmes cardiaques avant. Elle avait donc élevé son fils toute seule ; il était parti faire ses études universitaires à Boulder, et aujourd'hui il était architecte à Glenwood Springs, marié, avec deux petits garçons. Je les vois aussi souvent que je peux, dit-elle.

Alors vous êtes grand-mère.

Oui. J'ai de la chance, pas vrai.

Oui m'dame. J'ai pas mal de chance moi aussi. D'avoir Victoria et Katie dans ma vie.

Je connaissais la mère de Victoria, dit Rose. Elle s'est pointée un jour aux services sociaux, mais elle ne remplissait pas les conditions.

Eh bien, elle s'est aussi ramenée chez nous un jour, dit Raymond, pas longtemps après la naissance de Katie. Elle a débarqué un après-midi comme qui dirait à l'improviste. Je crois qu'elle avait dans l'idée de se rapprocher de Victoria, mais avec Victoria, elles s'entendaient pas. Victoria ne voulait rien avoir à faire avec elle. Moi j'ai pas soufflé mot, c'était à elle de décider. Quoi qu'il en soit, je crois que sa mère est repartie pour Pueblo, d'où elle était originaire. Je veux pas médire. Mais enfin, ça a pas été drôle pendant quelque temps.

À la fin du dîner Raymond demanda l'addition à la serveuse et la régla.

Permettez-moi de laisser le pourboire, dit Rose.

Vous n'êtes pas obligée.

Je sais. Mais j'y tiens.

Ils sortirent et rejoignirent le pick-up de Raymond. Le parking était maintenant à moitié vide et une douce brise soufflait. Raymond lui ouvrit la portière et elle monta.

Voulez-vous qu'on fasse un petit tour dans la campagne ? proposa-t-elle. La nuit est tellement belle.

Si vous voulez.

Rose baissa sa vitre et Raymond roula vers l'est dans la nuit sombre, l'air frais s'engouffrant dans la cabine par les fenêtres ouvertes. Ils roulèrent une quinzaine de kilomètres puis Raymond s'arrêta, fit demi-tour et rebroussa chemin. En ville les lumières de Main Street paraissaient très vives après l'obscurité de la grand-route au milieu des plaines. Il se gara devant la maison de Rose.

Voulez-vous entrer ? demanda-t-elle.

Je sais pas, m'dame. Je suis pas très doué quand je suis chez les gens.

Entrez donc. Laissez-moi vous faire du café.

Il coupa le moteur, contourna le pick-up pour lui ouvrir la portière, et ils rejoignirent la maison. Alors qu'elle allait dans la cuisine, il prit place dans un gros fauteuil capitonné dans la salle de séjour et regarda autour de lui les tableaux de Rose : tout était si impeccable, si soigneusement disposé et bien ordonné… Rose surgit dans la pièce en disant : Est-ce que vous voulez du sucre et du lait avec votre café ?

Non merci, m'dame. Juste nature.

Elle apporta les tasses et lui en tendit une. Elle s'installa sur le canapé en face de lui.

Vous avez une belle maison, dit-il.

Merci.

Ils burent leur café et discutèrent encore un peu. Pour terminer Raymond prit une dernière gorgée et se leva. Je crois qu'il est temps pour moi de rentrer.

Vous n'êtes pas obligé de partir déjà.

Je ferais mieux, dit-il.

Elle posa sa tasse et s'approcha de lui. Elle lui attrapa la main. J'aimerais vous embrasser, dit-elle. Est-ce que vous m'y autoriseriez ?

C'est que, m'dame, je…

Vous allez devoir vous baisser. Je ne suis pas très grande.

Il pencha la tête, elle prit son visage dans ses mains et l'embrassa carrément sur la bouche. Il tenait ses bras tout raides le long de son corps. Après ce baiser, il porta ses doigts à ses lèvres pour les tâter.

Vous ne voudriez pas venir dans la chambre ? demanda-t-elle.

Il la regarda, étonné. M'dame, dit-il. Je suis un vieil homme.

Je sais l'âge que vous avez.

Je doute de pouvoir vous être très utile.

On verra ça.

Elle l'emmena dans sa chambre et alluma une petite lampe à côté du lit. Puis elle se planta devant lui, déboutonna sa chemise en lainage bleue et la lui retira. Il était maigre et nerveux, avec une forêt de poils blancs sur la poitrine.

Et maintenant, vous voulez bien me déboutonner ? dit-elle. Elle se retourna.

J'y connais rien du tout.

Mais si. Je suis sûre que vous savez défaire des boutons.

Pas sur une robe de femme.

Essayez.

Bon, fit-il. Après tout, je suppose que ça revient à peu près au même que compter les pas quand on valse.

Elle rit. Vous voyez. Ce n'est pas si mal. Vous avez plaisanté.

Une petite plaisanterie pas terrible.

D'une main maladroite, il entreprit de déboutonner sa robe couleur pêche. Elle patienta. La chose lui prit longtemps. Pourtant elle ne dit rien, et quand il eut terminé elle enleva la robe, la posa sur le dossier d'une chaise et se retourna pour lui faire face. Sa combinaison était couleur pêche elle aussi, et il la trouva très jolie en combinaison. Ses épaules rondes étaient parsemées de taches de rousseur, elle avait des seins opulents et des hanches larges. Que diriez-vous de retirer votre pantalon et vos bottes ? suggéra-t-elle.

Ma foi, je suis bien arrivé jusque-là.

Exactement. Vous ne pouvez plus reculer.

Ils finirent de se déshabiller et se mirent au lit.

Au lit Raymond fut stupéfait de la sensation qu'il éprouvait, comme ça auprès d'elle. Ça dépassait tout ce qu'il avait connu : être allongé auprès d'une femme, dévêtus l'un et l'autre, son corps à elle tellement lisse et chaud et plantureux, et elle-même tellement bienveillante. Elle était étendue face à lui les bras autour de lui, et il fit glisser sa main sur le doux relief de sa hanche, caressant le haut de sa cuisse. Elle s'approcha tout près et l'embrassa. Fermez les yeux, dit-elle. Essayez de m'embrasser les yeux fermés.

Oui m'dame.

Elle l'embrassa à nouveau. C'était mieux, non ?

Sauf que j'aime bien aussi regarder votre visage. Vous regarder tout entière.

Oh là là, fit-elle. Vous êtes vraiment gentil. On va vraiment bien s'amuser ensemble.

Je me régale déjà pas mal, dit Raymond.

C'est vrai ?

Oui m'dame. C'est vrai.

Ce n'est que le début, dit-elle.

Plus tard, alors qu'elle était étendue la tête sur son bras, Raymond lui dit : Rose. Tu es rudement bonne pour un vieux bonhomme comme moi.

Tu n'es pas si vieux. On vient d'en avoir la preuve.

Tu vas me faire rougir.

Il n'y a aucune raison de rougir. Tu es un homme vigoureux, c'est tout. Et tu es bon pour moi aussi. Il n'y a pas beaucoup d'hommes comme toi qui soient disponibles à Holt. Je le sais, j'ai cherché.

Il quitta la maison de Rose à minuit et repartit chez lui dans le noir sur l'étroite route bitumée. Tandis qu'il traversait les grandes plaines sans arbres, il savourait l'immense chance qui était la sienne. Victoria et Katie dans sa vie, et maintenant cette chose qui commençait avec cette femme généreuse, Rose Tyler. Il roulait vitres baissées, et l'air nocturne qui pénétrait dans la cabine apportait avec lui l'odeur du pâturin et de la sauge.

39.

Premier samedi soir d'avril. DJ et son grand-père se trouvaient à la taverne de Main Street. Il n'était pas encore bien tard, seulement dans les huit heures et demie. Le chèque de pension du vieil homme était arrivé et il voulait profiter de sa sortie mensuelle.

Ils se trouvaient à la taverne depuis une heure, assis à la table près du mur avec les autres vieux bonshommes. Installé derrière son grand-père, DJ observait la barmaid blonde qui déambulait dans la salle enfumée pleine à craquer. Elle ne lui avait pas demandé de venir faire ses devoirs au comptoir comme l'autre fois, or il avait apporté ses affaires d'école justement avec ça en tête. Ce soir elle paraissait indifférente et s'était bornée à lui sourire quand elle lui avait apporté sa tasse de café noir. Il restait assis là à l'observer, tout en écoutant les histoires des vieux.

Elle ne portait pas son corsage échancré aujourd'hui. À la place elle avait un chemisier noir à manches longues qui lui arrivait au cou. Mais elle portait le même blue-jean moulant, avec son trou fait exprès sur la cuisse qui laissait voir sa peau bronzée.

Tandis qu'il l'observait il remarqua que chaque fois qu'elle passait le long du comptoir un homme se retournait sur son tabouret de bar pour la regarder et lui dire quelque chose. DJ n'avait qu'une vague idée de ce qu'un homme mûr comme celui-là pouvait dire à la serveuse. Il l'avait déjà aperçu en ville, mais il ne savait rien de lui, pas même son nom. Apparemment, il l'embêtait. La femme blonde avait l'air fatiguée et malheureuse ; elle était manifestement très contrariée par ce qu'il lui disait, et elle ne lui accorda plus la moindre attention après ses deux premiers passages, continuant simplement à travailler dans la salle bruyante et surpeuplée.

À la table un des vieux commença à raconter une histoire à propos d'un avocat qui vivait de l'autre côté de la frontière inter-États à Gilbert, Nebraska, et qui s'était récemment volatilisé. Il devait à la banque deux cent cinquante mille dollars en créances douteuses, et quinze jours plus tôt il était rentré chez lui déjeuner, avait pris une seule bouchée du pain de viande que sa femme avait mis sur son assiette, puis il s'était levé, avait franchi la porte avec sa femme dans son sillage et avait disparu, laissant la maison ouverte et le reste du pain de viande intact. La cafetière était encore branchée et la chaise écartée de la table, comme s'ils avaient brusquement décidé de partir et n'avaient pas pu attendre une minute de plus. La ville entière n'en était pas revenue. Sauf les banquiers, peut-être. Personne à Gilbert, Nebraska, ne les avait revus, ni eu de leurs nouvelles depuis.

Je parie qu'ils se cachent à Denver, dit un des vieux.

Ça se peut. Mais ils les ont cherchés à Denver. Ils ont cherché partout. Ils ont cherché à Omaha.

Ils se sont sûrement barrés quelque part dans le Sud, alors. Il est sûrement un de ces types chargés de vous saluer à l'entrée des Wal-Mart. Il était vieux ?

Plutôt.

Un vieil avocat ferait ça. Ce serait le truc idéal pour un vieil avocat. Ils devraient le chercher dans le Sud chez Wal-Mart.

Les vieillards continuèrent à discuter et au bout d'une demi-heure DJ se leva et, cheminant entre les tables, il dépassa les billards et les box bourrés de monde pour se rendre aux toilettes au fond de la taverne. Il entra dans une des cabines, lut les graffiti et utilisa les W.-C. Il était en train de se laver les mains au lavabo lorsque l'homme du comptoir apparut. Il avait les yeux vitreux et il titubait. Qu'est-ce que tu fous ici, espèce de petite merde ?

Je me lave les mains.

Tu sais pas lire l'écriteau sur la porte ? C'est pour les hommes, ici, pas pour les mômes. Tire-toi de là, bordel.

DJ le regarda, sortit des toilettes et partit se rasseoir derrière son grand-père. Il avait le visage en feu. Il chercha des yeux la femme blonde. Elle était dans la salle en train de servir une table, elle lui tournait le dos, ses cheveux blonds se détachaient avec éclat sur son chemisier noir. Il attrapa ses affaires de classe et fit une page de devoirs. Ses joues le brûlaient et il n'arrêtait pas de penser à ce qu'il aurait dû dire ou faire là-bas dans les toilettes.

Quand il dressa la tête un quart d'heure plus tard il remarqua que l'homme embêtait à nouveau la barmaid. Sans réfléchir à ce qu'il allait faire, il se leva de sa chaise et se dirigea vers l'endroit où ils se tenaient au comptoir. L'homme tenait la femme par le poignet et lui parlait d'une voix basse et menaçante.

Arrêtez, dit DJ. Vous allez lui faire mal.

Quoi ? fit l'homme. Dis donc, espèce de petit enfoiré. Il gifla DJ en travers du visage, l'envoyant valdinguer contre une table derrière lui, dispersant verres et cendriers sur le sol.

Nom d'un chien, qu'est-ce qui se passe ? s'écria un des hommes à la table. Enfin Hoyt, mais qu'est-ce qui te prend ?

Le garçon se redressa et se jeta sur lui tête baissée, mais là encore l'homme le repoussa d'une claque et il alla buter contre une chaise vide sur laquelle il s'effondra.

Hé, cria le barman. Raines, nom de Dieu, arrête ça.

Le grand-père du garçon rappliqua à fond de train et agrippa Hoyt par la chemise. Je sais comment il faut faire avec les crâneurs comme toi, dit-il.

Je vais te fiche une raclée, répondit Hoyt Raines. Lâche-moi.

Ils commencèrent à se battre. Hoyt frappa le vieillard chenu à la tête et ils tournoyèrent, mais soudain, surgissant derrière eux, la serveuse blonde empoigna Hoyt par les cheveux. La tête de Hoyt bascula en arrière et ses yeux chavirèrent dans leurs orbites ; il fit volte-face, le vieil homme toujours accroché à lui, puis, saisissant la femme par le cou, il la projeta contre le bar. Son chemisier se déchira, découvrant ses seins dans leur soutien-gorge rose vaporeux : elle lâcha prise pour resserrer son corsage. Le garçon attrapa alors une bouteille sur le comptoir et la fracassa sur la figure de Hoyt. La bouteille se brisa sur sa tempe et lui déchira l'oreille ; ses genoux se dérobèrent et il tomba sur le côté, puis il se releva et se pencha en avant : sa joue pissait le sang sur le plancher. Le garçon était aux aguets. Il tenait la bouteille cassée comme s'il allait la lui planter dans le ventre s'il tentait quoi que ce soit.

Mais le barman s'était précipité depuis son comptoir : aidé de deux autres hommes, il traîna Hoyt par les aisselles jusque sur le trottoir. Quand celui-ci pivota et essaya à toute force de retourner dans le bar, ils le repoussèrent violemment. Il s'écroula sur le capot d'une des voitures garées le long de la rue et resta vautré là. Il avait le visage entaillé et il saignait de l'oreille : le sang coulait à flots dans son cou. Il se remit debout, vacillant et hors d'haleine. Il commença à les insulter.

Tire-toi de là, ordonna le barman. Pas question que tu reviennes dans le bar. Allez, casse-toi. Il repoussa Hoyt.

Je t'emmerde, dit Hoyt. Il les foudroyait du regard, flageolant sur ses jambes. Je vous emmerde, tous tant que vous êtes.

Le barman le repoussa une fois encore et Hoyt trébucha en arrière. Il se retrouva assis dans le caniveau. Il regarda autour de lui, puis il se releva et, titubant, il se dirigea vers le sud au milieu de Main Street, dans la circulation du samedi soir. Les voitures l'évitaient, klaxonnant à qui mieux mieux ; les gens à l'intérieur, des lycéens, l'insultaient, le sifflant et le huant, et il les injuriait à son tour, il les injuriait tous, adressant des gestes obscènes à chaque auto qui passait. Il poursuivit sa route titubante. Puis il tourna dans une rue transversale et s'engagea en chancelant dans le passage perpendiculaire. À mi-parcours il s'arrêta et s'appuya contre le mur de brique à l'arrière d'un des magasins. Une voiture de police passa dans la rue. Il s'accroupit derrière une poubelle. Le sang dégoulinait de son oreille et sa joue à vif était comme engourdie. Il attendit, pantelant, accroupi dans le noir. Il réussit à allumer une cigarette qu'il protégea avec sa main. Puis il se redressa, pissa contre le mur de brique du magasin et s'éloigna dans la pénombre en direction de la rue. N'apercevant aucune voiture de police, il obliqua vers Detroit Street.

À l'intérieur de la taverne la barmaid s'était ruée vers les toilettes en tenant son chemisier fermé, et les hommes s'occupaient du vieillard, qui s'était cogné la tête à une des tables et était assis à même le sol. Il avait une bosse au-dessus de l'oreille et il n'arrêtait pas de marmonner. Ils le remirent debout et un des hommes tapota le garçon dans le dos, le félicitant de ce qu'il avait fait, mais le garçon se déroba.

Laissez-nous tranquilles ! cria-t-il. Vous tous, laissez-nous tranquilles ! Il se tenait debout face au cercle que formaient les hommes. Il était presque en larmes. Laissez-nous tranquilles, nom d'un chien !

Mais enfin quoi ? se récria un des hommes. Espèce de petit con, on essayait de vous aider.

On n'a pas besoin de votre aide. Laissez-nous tranquilles.

Il prit son grand-père par le bras et le ramena à leur table. Il faut qu'on rentre, dit-il. Il aida le vieil homme à endosser sa veste, enfila la sienne, rassembla ses affaires d'école, et ils sortirent du bar.

Ils marchaient sur le trottoir le long des vitrines obscures. Des voitures passaient dans la rue. Après les voies ferrées ils retrouvèrent le calme de leur quartier, et continuèrent leur route jusqu'à la petite maison sombre. Il mit son grand-père au lit dans la chambre du fond, l'aidant à retirer sa salopette et sa chemise de travail et l'enfouissant sous plusieurs couvertures. Le vieil homme s'étendit dans son caleçon long et ferma les yeux.

Ça va aller maintenant, grand-père ?

Le vieil homme ouvrit un œil et le dévisagea. Oui. Allez, va te coucher.

DJ éteignit la lumière et rejoignit sa chambre. Une fois déshabillé il se mit à pleurer. Il s'allongea en travers du lit, martelant l'oreiller dans le noir. Espèce de fumier, sanglotait-il. Espèce de fumier.

Au bout d'un moment il se releva, se rhabilla et retourna dans l'autre chambre voir comment allait son grand-père, après quoi il ressortit déambuler dans les rues nocturnes. Il traversa les voies de chemin de fer et pénétra dans la partie sud de Holt, parcourant les trottoirs baignés d'ombre le long des maisons silencieuses.

40.

Il était tard mais pas encore minuit quand Raymond sortit de chez Rose pour reprendre son pick-up. Ils étaient retournés dîner au Wagon Wheel Café et il y avait encore plus de monde cette fois-ci, mais ça n'avait pas d'importance, ils s'amusaient bien. Après, ils étaient allés chez Rose, avaient bu du café et avaient fait l'amour. Là, il repartait chez lui. C'était une belle nuit de printemps et il se sentait rempli de bien-être, au comble du bonheur. Il fit démarrer le pick-up, pénétré de tendresse pour Rose, et en arrivant au croisement il remarqua un jeune garçon qui s'apprêtait à traverser la rue. Raymond ralentit et le garçon s'immobilisa au pied du lampadaire en attendant qu'il passe. Raymond reconnut le garçon et il s'arrêta. Fiston, c'est toi ?

Le garçon ne répondit pas.

DJ, c'est toi, n'est-ce pas ?

Oui, c'est moi.

Il se tenait au bord du trottoir, les mains dans les poches de sa veste.

Qu'est-ce que tu fais ? demanda Raymond. Est-ce que ça va bien ?

Ça va bien.

Où est-ce que tu vas ?

Je fais un tour, c'est tout.

Bon. Raymond le fixait des yeux. Allez, monte, je te raccompagne. Il est tard pour traîner dehors.

Je ne veux pas rentrer tout de suite.

Je vois. Raymond l'observa attentivement. Alors, monte, on se contentera de rouler un moment.

Vous avez sûrement mieux à faire.

Crois-moi, fiston, j'ai rien de mieux à faire pour l'instant. Je serais content d'avoir de la compagnie. Allez viens, monte.

Le garçon restait là à le regarder. Il tourna la tête pour scruter le bout de la rue. Il resta quelque temps comme ça. Raymond attendit. Puis le garçon contourna le pick-up par-devant et grimpa côté passager.

Tu fais simplement une balade. C'est ça ? Un petit bol d'air nocturne.

Oui m'sieur.

Eh bien, c'est une belle nuit pour ça.

Raymond mit le pick-up en marche et quitta ce quartier sombre pour rejoindre Main Street. Il prit au sud au milieu des lycéens en voiture, dépassant les boutiques fermées et le cinéma, dont la séance était déjà terminée. Lorsqu'ils passèrent devant la taverne le garçon étudia avec insistance la façade du bâtiment, puis se retourna pour regarder par la lunette arrière. Arrivé à nationale, Raymond prit à l'ouest et passa devant le bar de la Legion et le Shattuck's Café, où des gens étaient garés sous le grand auvent en zinc non loin du guichet des commandes, puis il sortit de la ville.

Tu veux qu'on continue simplement à rouler? demanda Raymond. Est-ce que ça t'irait?

Oui m'sieur.

Ça me plairait bien à moi aussi. Descends ta vitre si tu veux un peu d'air.

Le garçon baissa sa vitre et ils continuèrent leur balade. Çà et là par-delà les grands champs sombres, les lampadaires des fermes scintillaient; tous les kilomètres et demi, un chemin de gravier coupait la route dans le sens nord-sud, et sur les bas-côtés les herbes folles commençaient à pousser. Un lapin traversa devant eux comme une flèche: il disparut dans les hautes herbes, sa queue blanche jaillissant en zigzag au fur et à mesure qu'il s'éloignait.

Raymond lança un coup d'œil au garçon. D'après toi, qu'est-ce qui lui a fait peur, pour qu'il vienne sur la grand-route?

Aucune idée.

Le garçon regardait droit devant lui.

Fiston, est-ce qu'il y a quelque chose qui te tracasse? demanda Raymond. Tu m'as l'air un peu contrarié.

Peut-être.

T'en as l'air, en tout cas. C'est quelque chose dont tu as envie de parler?

Je ne sais pas.

Enfin bon, moi c'est sûr je peux écouter. Si tu veux essayer.

Le garçon se tourna pour regarder par la vitre tandis que les phares devant eux éclairaient la route obscure. Tout à coup ça sortit. Les vannes s'ouvrirent et il lui raconta la bagarre à la taverne et l'homme qui avait fait du mal à la serveuse et à son grand-père. Il pleurait à présent. Raymond continuait à rouler et le garçon continuait à pleurer et à raconter. Au bout d'un moment il s'arrêta ; il semblait au bout du rouleau. Il s'essuya la figure.

Tu m'as à peu près tout dit ? demanda Raymond. Il n'y avait pas autre chose que tu voulais me raconter ?

Non.

Est-ce qu'il t'a fait mal ?

Il lui faisait mal à elle. Et à grand-père.

Mais ils vont bien maintenant. Tu penses que oui ?

Je suppose.

Et lui ? Il a été blessé ?

Il saignait.

Là où tu l'avais frappé avec la bouteille ?

Oui m'sieur.

C'était grave, comme blessure ?

Je ne sais pas. Sa figure était pleine de coupures.

Enfin quoi. Il s'en remettra sans doute. Tu ne crois pas ?

Ça je n'en sais rien du tout.

Raymond continua à rouler un bout de chemin, puis ils retournèrent en ville. Au Shattuck's Café il se gara sous l'auvent et sans lui demander il leur commanda à chacun un hamburger et un café noir. Puis il se tourna vers le garçon.

À ton avis, il pourrait s'en prendre à toi ou à ton grand-père ?

Je ne sais même pas qui il est.

Il ressemblait à quoi ?

Il était plutôt grand. Les cheveux bruns.

Ça correspond à pas mal de gens.

Ils l'appelaient Hoyt quelque chose.

Ah, fit Raymond. Hoyt Raines… Je sais qui c'est. Eh bien, surtout, ne t'approche pas de lui.

Je ne veux pas qu'il fasse de mal à cette femme.

Ça m'étonnerait qu'il réessaie. Ils l'ont viré de la taverne ?

Oui.

Alors il sera sûrement pas autorisé à y revenir. Mais surtout préviens-moi s'il t'embête à nouveau. Tu me promets de le faire ?

Oui m'sieur.

Très bien, alors.

Ils terminèrent leurs hamburgers et leur café et la serveuse remporta leur plateau.

Tu crois que tu es prêt à rentrer maintenant ?

Oui.

Regagnant la nationale en marche arrière, Raymond traversa la ville et s'arrêta devant la petite maison où il avait déposé le garçon et son grand-père des mois plus tôt. Le garçon ouvrit la portière.

Fiston, dit Raymond. Je me demandais juste… tu crois que tu serais d'accord pour m'aider un peu ? J'aurais besoin d'un coup de main le week-end.

Pour faire quoi ?

Faire ce qu'il y a à faire. Travailler au ranch.

Je suppose que je pourrais.

Je te passerai un coup de fil. Pourquoi pas le week-end prochain ? Ça t'irait, samedi prochain ?

Ça m'irait impeccable.

Il faudra que tu te lèves tôt.

Quelle heure ?

Cinq heures et demie. Tu crois que tu pourras faire ça ?

Oui m'sieur. Je me lève toujours tôt.

Très bien. Bon, fais attention à toi. Va dormir un peu. Je t'appelle la semaine prochaine.

Le garçon sortit de voiture et rejoignit la maison. Raymond resta là à le regarder jusqu'à ce que la porte se referme, puis il repartit chez lui. Il roula vers le sud et lorsqu'il quitta la nationale pour le chemin de gravier il repensait déjà à Rose Tyler.

41.

Luther et Betty Wallace furent réveillés par des coups soudains frappés à la porte d'entrée. Qui est là ? cria-t-il.

C'est Donna, fit Betty. Elle est revenue.

Peut-être que c'est pas elle, dit Luther.

Betty sortit du lit en criant : Donna, j'arrive, ma chérie.

Ils remontèrent le couloir, Luther en caleçon, Betty dans sa chemise de nuit jaune élimée, et quand Luther ouvrit la porte Hoyt Raines le bouscula violemment pour entrer.

Non ! s'écria Betty. Tu peux pas venir ici. Va-t'en.

La ferme, dit Hoyt. Il se tenait devant eux, la figure amochée et barbouillée de sang, l'oreille saignant encore un peu, les yeux vitreux. Vous deux vous allez m'aider que ça vous plaise ou non. Ces fils de pute à la taverne…

Sors d'ici, dit Luther. Sors, un point c'est tout.

Je t'emmerde. Il frappa Luther à la poitrine et Luther recula puis tomba comme une masse sur le canapé. Putain merde, j'ai pas d'autre endroit où aller, dit Hoyt.

Tu peux pas rester ici, dit Betty. Ils seront pas d'accord.

La ferme. Hoyt lui attrapa le bras et la jeta sur le canapé à côté de son mari. Tu t'assois là, un point c'est tout, dit-il. Et tu fermes ta putain de gueule.

Il rejoignit l'évier de la cuisine et baissa la tête sous le robinet, s'inondant le crâne, le sang coulant en minces filets sur la vaisselle sale. Puis il se redressa à l'aveuglette, ses cheveux raides tout mouillés, et il s'empara d'un torchon à vaisselle pour s'essuyer la tête et le cou. Luther et Betty l'observaient, assis sur le canapé.

Donc, vous avez entendu ce que j'ai dit. Je reste ici cette nuit.

Tu peux pas, dit Betty.

Je t'ai dit de fermer ta gueule. Alors, bon Dieu, ferme ta gueule. Il la fusilla du regard. Ce sera pas long. Juste cette nuit. Peut-être deux. Je sais pas encore. Maintenant je veux que tous les deux vous retourniez dans votre chambre, que vous y restiez et que vous vous teniez tranquilles.

Qu'est-ce que tu vas faire ? demanda Luther.

Je vais aller dans la chambre du fond. Et écoutez-moi bien : je vous tue si vous essayez d'appeler quelqu'un. Je vous entendrai téléphoner. Il les regarda. Vous avez entendu ce que je viens de dire ?

Ils le regardèrent à leur tour.

Alors ?

On doit pas parler, dit Luther. T'as dit qu'on devait la fermer.

Maintenant je dis que vous pouvez parler. Est-ce que vous avez entendu ce que j'ai dit qui arriverait si vous essayez de téléphoner ?

Oui.

Qu'est-ce que j'ai dit ?

T'as dit que tu nous tuerais.

Souvenez-vous-en, dit Hoyt. Maintenant levez-vous de là.

Il les ramena dans leur chambre et ferma la porte, puis remonta le couloir jusqu'à la dernière chambre. Lorsqu'il ouvrit la porte Joy Rae était assise au lit en chemise de nuit, une main plaquée sur la bouche. Il traversa la pièce et la força à se mettre debout, et quand elle commença à hurler il la gifla. Arrête, dit-il. Il la fit sortir dans le couloir puis l'entraîna dans la chambre voisine, où Richie était accroupi par terre en pyjama, à attendre dans le noir, comme s'il s'apprêtait à s'enfuir. Mais en voyant Hoyt avec sa sœur il fut pris de panique. Une tache d'humidité apparut sur le devant de son pyjama.

Espèce de petit crétin d'enfoiré, dit Hoyt. Il poussa Joy Rae dans la pièce et souleva le petit garçon par le bras. Non mais regarde-toi. Il le gifla. Le garçon lui échappa des doigts et tomba sur la moquette sale imbibée d'urine.

Maintenant enlève-moi ce putain de pantalon. Allez, retire-le.

Le garçon geignit et retira son pyjama trempé. Puis Hoyt enleva sa ceinture et commença à le fouetter. Le garçon hurla, se tortillant frénétiquement sur le sol, ses maigres jambes nues essayant de donner des coups, ses mains se tendant pour attraper la ceinture. Sa sœur se mit à hurler elle aussi, et Hoyt se retourna et l'empoigna par sa chemise de nuit : il la retroussa et se mit à fouetter ses jambes et ses flancs maigrichons. Il était comme saisi de démence, les fouettant tous les deux avec une fureur déchaînée, le visage tordu par l'alcool et la rage, son bras s'élevant et retombant, les rouant de coups, quand Luther surgit enfin dans l'encadrement de la porte. Arrête, cria Luther. Tu peux plus faire ça, alors arrête, c'est tout. Hoyt se retourna et marcha vers lui et Luther recula. Avec sa ceinture, il frappa Luther au cou et Luther glapit puis battit en retraite dans le couloir en beuglant. Alors Hoyt s'en prit à nouveau aux enfants et continua à les fouetter jusqu'à ce qu'il soit en sueur et à bout de souffle. En fin de compte il claqua la porte et retourna dans la chambre de Joy Rae au bout du couloir.

Après son départ les deux enfants rampèrent jusqu'au lit, pleurant et sanglotant, arrivant à peine à respirer, se frictionnant les jambes et les fesses. Leurs jambes brûlaient et palpitaient. Certaines de leurs plaies saignaient. Durant les brefs silences entre leurs sanglots ils entendaient leurs parents qui geignaient dans leur chambre, plus loin dans le couloir.

Le lendemain matin Hoyt fit asseoir Luther, Betty, Joy Rae et Richie dans le séjour sur le canapé. Il alluma la télévision et tira les lourds rideaux. La lumière de la télé dansait dans la pièce assombrie.

À midi il ordonna à Betty de préparer quelque chose à manger, et quand elle eut fait réchauffer la pizza surgelée il les obligea à s'attabler avec lui. Personne ne souffla mot, et seul Hoyt mangea beaucoup. Après ce repas silencieux il les força à retourner dans le séjour où il pouvait les surveiller.

À un moment durant ce long après-midi une voiture arriva et s'arrêta devant la caravane dans Detroit Street. Quand il entendit la portière se refermer Hoyt regarda par l'interstice des rideaux : un adjoint du shérif remontait la petite allée en direction de la porte.

L'adjoint frappa et Hoyt jura entre ses dents. Il fit signe à Betty et aux deux enfants de retourner dans les chambres et ordonna sèchement à Luther d'aller répondre. Débarrasse-toi de lui. Et, putain, t'as intérêt à pas oublier ce que j'ai dit.

Luther sortit sur le perron, bavarda et répondit à quelques questions avec sa lenteur coutumière. Finalement l'adjoint s'en alla et Luther rentra dans la maison et referma la porte. Quittant le vestibule, Hoyt alla regarder par le rideau la voiture qui s'éloignait. Après quoi il les fit rasseoir sur le canapé, pour regarder la télévision. Le soir venu il les envoya se coucher et ainsi s'écoula la deuxième nuit dans la caravane.

Le lendemain matin dans l'aube grise il était parti. Ils sortirent de leurs chambres pour s'apercevoir qu'il avait disparu sans un bruit.

Au point du jour Hoyt avait traversé la ville à pied jusqu'à la maison d'Elton Chatfield. Planté sur le trottoir à côté du vieux pick-up d'Elton, il avait attendu que celui-ci sorte de chez lui, puis s'était fait emmener à l'élevage de bestiaux à l'est de Holt. Une fois là-bas il entra dans le bureau et se posta devant la table où le gérant était en train de discuter au téléphone avec un acheteur de bétail. Le gérant leva les yeux vers lui, fronça les sourcils et poursuivit sa conversation. Au bout d'un moment il raccrocha. Qu'est-ce que tu fais ici ? Tu es censé t'occuper des bêtes.

Je démissionne, dit Hoyt.

Qu'est-ce que tu veux dire tu démissionnes ?

Je suis venu chercher ma paye.

Tu peux courir.

Vous me devez quinze jours de paye. Je veux les toucher maintenant.

Le gérant rejeta son chapeau sur son crâne. Tu ne préviens pas beaucoup à l'avance, dis donc. Il sortit un carnet de chèques d'un tiroir du milieu et commença à rédiger.

Je préfère du liquide, dit Hoyt.

Quoi ?

Il me faut du liquide. Je veux pas de chèque.

Ça alors, c'est trop fort. Tu crois que je peux avoir du liquide un lundi matin.

Exactement.

Et si j'ai pas de liquide ?

Je prendrai ce que vous avez.

Il dévisagea Hoyt avec insistance. Où est-ce que tu te barres, Hoyt ?

C'est pas vos oignons.

Une nana à tes trousses ? Il sortit son portefeuille, en extirpa les quelques billets qu'il contenait et les jeta sur le bureau. Maintenant tire-toi d'ici.

Hoyt fourra les billets dans sa poche. Vous voudriez pas me déposer à la grand-route ? demanda-t-il.

Tu veux que je t'emmène en voiture ?

Je veux aller à la grand-route.

Tu ferais mieux de commencer à marcher, alors. Je t'emmènerais pas, même à un putain de combat de chiens. Allez, fous-moi le camp.

Hoyt resta là un moment à le regarder, en se demandant s'il devait riposter, puis il fit volte-face, quitta le bureau et sortit dans la cour clôturée. La température commençait déjà à grimper, le soleil était plus haut dans le ciel, le ciel complètement dégagé et bleu. Il dépassa les enclos, où les bêtes bien grasses étaient penchées sur les mangeoires en planches à côté des barrières, puis, débouchant sur la route de gravier, il mit cap au sud vers la nationale à trois kilomètres de là. Le long de la route, il y avait des champs d'éteule de maïs et des petits oiseaux s'envolaient des fossés, pépiant à son approche. Un faisan criaillait au milieu des chaumes. Lorsqu'il atteignit la nationale Hoyt se posta sur le bas-côté, appuyé à une pancarte, en attendant qu'une voiture le prenne.

Une demi-heure plus tard un homme dans un pick-up Ford de couleur bleue s'arrêta au bord de la route. L'homme se pencha vers la droite pour baisser la vitre. Où est-ce que tu vas, mon pote ?

Denver, répondit Hoyt.

Bon, t'as qu'à monter. Ce sera toujours ça de gagné.

Hoyt grimpa et ferma la portière. Ils repartirent vers l'ouest en direction de Holt. L'homme lui lança un coup d'œil. Qu'est-ce que tu t'es fait à la figure ?

Où ça ?

L'oreille gauche.

Je regardais pas et je me suis fait accrocher par une branche.

Ah bon. D'accord. T'as intérêt à surveiller ça.

Continuant à rouler, ils traversèrent la ville et prirent l'US 34 en direction de l'ouest. La nationale s'étirait devant eux, bordée de chaque côté par de petits fossés. Au-dessus des fossés, les clôtures de barbelés à quatre fils couraient le long des pâturages dans la plaine sablonneuse, et au-dessus des clôtures les poteaux téléphoniques surgissaient de terre comme des arbres tronqués reliés entre eux par un gros fil noir. Hoyt resta dans la même voiture au-delà de Norka et jusqu'à Brush. Après quoi il en trouva une autre et continua son voyage, faisant route vers l'ouest par un lundi matin de printemps.

42.

À l'école ce matin-là l'état des enfants fut découvert presque tout de suite. Une des fillettes de la classe de CM2 de Joy Rae – qui s'était brièvement intéressée à elle des semaines plus tôt quand Joy Rae avait débarqué à l'école avec du rouge à lèvres – rejoignit discrètement le devant de la salle durant la première heure de cours pour s'adresser à la maîtresse d'une voix à peine plus forte qu'un murmure. L'institutrice derrière son bureau dit : Je ne t'entends pas, viens ici. Qu'est-ce que tu veux ?

La fillette se pencha tout près de la tête de l'institutrice et lui chuchota à l'oreille. Après l'avoir dévisagée, l'institutrice se tourna pour chercher Joy Rae des yeux dans la salle de classe. Joy Rae était courbée en avant sur son pupitre. Retourne à ta place, dit l'institutrice.

La fillette regagna son pupitre au milieu de la salle puis l'institutrice se leva et déambula entre les rangées comme pour une inspection de routine. S'arrêtant à côté de Joy Rae, elle en eut le souffle coupé et porta la main à sa bouche, mais elle se ressaisit aussitôt et emmena Joy Rae dans le couloir pour aller voir l'infirmière.

Le petit garçon, son frère, fut lui aussi extrait de sa classe.

Alors, comme auparavant, contre leur volonté et en dépit de leurs protestations, ils furent examinés à l'infirmerie. Le pantalon du garçon fut baissé, la robe de la fillette soulevée, et en voyant ce qu'elle vit cette fois-ci l'infirmière s'écria avec colère : Oh doux Jésus, où est donc Ta miséricorde. Elle sortit pour ramener le directeur, le directeur jeta un unique coup d'œil dans la pièce puis retourna dans son bureau appeler le shérif au palais de justice, avant de téléphoner à Rose Tyler aux services sociaux du comté de Holt.

Les enfants furent interrogés séparément. Des photos furent prises et une bande fut enregistrée pour recueillir leurs commentaires. Ils donnèrent chacun la même version. Rien ne s'était passé. Ils étaient dehors à jouer dans le passage de derrière et ils s'étaient écorché les jambes.

Ma chérie, dit Rose, allons, ne mens pas. Tu n'as pas à mentir pour lui. Est-ce qu'il vous a menacés ?

On s'est écorchés sur les buissons, répéta la fillette.

Son frère attendait de l'autre côté de la porte dans le couloir, et elle se tenait devant la couchette de l'infirmerie, les mains tordues sur les hanches de sa robe légère, les yeux remplis de larmes. Son visage était rouge et désespéré. Rose et l'adjoint du shérif étaient assis en face d'elle : ils l'observaient.

Avec quoi vous a-t-il menacés ? demanda l'adjoint.

Il nous a rien fait du tout. La fillette s'essuya les yeux et les foudroya du regard. C'était les buissons.

Ne t'en fais pas, ma chérie, dit Rose. Peu importe. Nous savons. Tu n'as pas à dire quoi que ce soit d'autre. Elle passa son bras autour de la fillette. Tu n'as pas à mentir pour protéger qui que ce soit.

La fillette se dégagea brusquement. Vous êtes pas censée me toucher, dit-elle.

Ma chérie. Personne ne te fera plus de mal.

Personne peut me toucher.

L'adjoint regarda Rose et Rose hocha la tête. Il alla dans le bureau du directeur téléphoner au juge qui était d'astreinte ce jour-là, et obtint de lui un ordre verbal de placement d'urgence. Puis il téléphona à Luther et Betty. Il leur ordonna de rester à la caravane, en précisant qu'il allait venir les voir d'ici à quelques minutes. Il retourna ensuite à l'infirmerie, où Rose, qui avait maintenant les deux enfants avec elle, était assise les bras autour d'eux et leur parlait doucement. L'adjoint lui fit signe de venir dans le couloir, et ils sortirent. Là, debout sous les dessins d'écoliers aux couleurs vives affichés sur les murs en carrelage, ils discutèrent à voix basse de ce qu'ils allaient faire. Rose emmènerait les enfants à l'hôpital pour qu'ils soient examinés par un médecin, pendant que lui irait à la caravane discuter avec Luther et Betty. Après, ils se concerteraient à nouveau.

Le shérif adjoint traversa la ville en direction de Detroit Street. Il gara la voiture, descendit et resta là un moment à contempler le mobile home. Le soleil printanier paraissait trop éclatant sur les parois délavées et le toit affaissé, le perron en planches, les vitres pas nettoyées. Dans la cour, les amarantes à racine rouge et les bromes de toits avaient commencé à percer dans la poussière pâle. Quand il arriva sur le pas de la porte Luther le fit entrer.

Il s'assit dans le séjour face au canapé où Luther et Betty étaient assis à le regarder parler, observant sa bouche, comme s'il était un prédicateur énonçant des vérités éternelles ou le juge du comté en personne édictant la loi. Il fut soudain pris de nausée. Il décida d'être aussi bref que possible. Il leur dit qu'ils étaient déjà au courant pour les enfants : ils savaient ce qu'on leur avait fait et quand, et qui avait fait ça.

Le visage grêlé de Betty se décomposa. On voulait pas qu'il entre, dit-elle. On lui a dit qu'il pouvait pas entrer.

Vous auriez dû nous appeler.

Il allait nous tuer, dit Luther.

Il a dit ça ?

Oui monsieur. C'est ce qu'il a dit. Il rigolait pas.

Mais il est trop tard maintenant, pas vrai. Il a déjà brutalisé vos enfants. Vous avez une idée de l'endroit où il s'est sauvé ?

Non monsieur.

Aucune idée ?

Il était déjà parti quand on s'est levés ce matin.

Et il ne vous a absolument rien dit de l'endroit où il pourrait aller.

Il nous a absolument rien dit de ce qu'il comptait faire.

À part comment il allait nous tuer, précisa Betty.

Le shérif adjoint promena son regard dans la pièce, puis se tourna à nouveau vers eux. Est-ce qu'il était encore là hier quand quelqu'un du bureau du shérif est venu à la porte ?

Il était là-bas dans le couloir, dit Luther. À attendre et à écouter.

C'est vrai ?

Oui monsieur.

Bon, on va le retrouver. Il ne peut pas disparaître éternellement.

Mais m'sieur, dit Betty, où ils sont, nos enfants ?

L'adjoint la regarda. Elle était avachie sur le canapé, les mains dans la jupe de sa robe, les yeux rougis de larmes. Mme Tyler les a emmenés chez le médecin, dit-il. Il faut qu'on vérifie à quel point votre oncle leur a fait mal.

Quand est-ce qu'on pourra les voir ?

Ça dépend de Mme Tyler. Mais ils n'auront pas le droit de revenir ici. Vous comprenez ça, n'est-ce pas ? Pas pour habiter en tout cas. Il y aura une audience à ce sujet-là, sans doute mercredi.

Qu'est-ce que vous voulez dire ?

M'dame, le juge a émis un ordre de placement d'urgence et vos enfants vont être confiés à une famille d'accueil. Il y aura une audience à ce sujet-là sous quarante-huit heures.

Betty le fixait du regard. Soudain elle rejeta sa tête en arrière et se mit à gémir. Vous me prenez mes enfants ! Je savais que vous alliez le faire ! Elle se mit à se tirer les cheveux et à se griffer le visage. Luther se pencha vers elle et essaya de lui attraper les mains mais elle le repoussa violemment. Le shérif adjoint traversa la pièce et s'inclina sur elle. Allons, dit-il. Il lui saisit les mains. Voyons, arrêtez. Ce n'est pas ça qui va vous aider. D'ailleurs, ça n'aidera personne, pas vrai ?

Betty secoua la tête ; ses yeux roulaient dans tous les sens et elle continua à gémir dans cette atmosphère chargée d'effluves malodorants.

Rose sortit les enfants de l'école et les conduisit à l'hôpital où le médecin les examina dans la salle des urgences. Les lacérations étaient graves mais il ne trouva aucune fracture. Il appliqua une pommade antiseptique sur les coupures et les marques de coups, et il mit des pansements sur les blessures les plus vilaines.

Après, Rose les ramena chez elle et les fit déjeuner, puis elle les emmena avec elle aux services sociaux au palais de justice. Là, elle les installa à une table dans la salle d'entretien avec des magazines à feuilleter, pendant qu'elle allait à côté dans son bureau. Elle parla avec le shérif adjoint au téléphone, puis appela trois foyers d'accueil différents et finit par en trouver un qui avait de la place dans une maison des quartiers ouest de Holt. Cette maison appartenait à une femme de cinquante ans qui avait déjà deux enfants sous sa garde. Rose regagna la salle d'entretien et expliqua à Joy Rae et Richie ce qui allait se passer. Nous passerons d'abord chez vous prendre quelques affaires, dit-elle. Vous pourrez voir vos parents un moment. Est-ce que vous voulez bien ?

Avec leurs yeux pleins de gravité, les enfants la regardèrent sans rien dire. On aurait cru qu'ils s'étaient retirés comme dans une refuge imprenable.

Elle les conduisit en voiture jusqu'à Detroit Street et entra avec eux dans la caravane. Betty était plus calme à présent mais on voyait nettement les griffures rouges sur ses joues, semblables aux marques qu'auraient laissées l'attaque d'un animal. Se rendant dans leurs chambres, les enfants réunirent des vêtements pour plusieurs jours qu'ils fourrèrent dans un sac à provisions. Betty leur emboîta le pas, les câlinant, leur chuchotant à l'oreille et pleurant de les perdre, pendant que Luther restait planté dans le séjour à regarder le couloir, aussi amorphe que s'il avait été assommé par un coup imprévu.

Quand ils regagnèrent la voiture Betty et Luther les suivirent dans la rue, et quand l'auto démarra Betty se mit à trotter à côté ; la figure collée à la lunette arrière, pleurant et gémissant, elle leur cria : À bientôt. On se verra demain dans le courant de la journée.

Maman ! cria Richie.

Joy Rae enfouit son visage dans ses mains et Luther courut pesamment dans le sillage de Betty jusqu'à ce que l'auto accélère. Elle disparut au carrefour. Ils restèrent là dans la rue déserte, le regard fixé sur l'endroit où la voiture s'était évanouie, le regard fixé sur le vide.

Dans la partie ouest de la ville la femme les fit entrer. Grande et maigre en tablier à fleurs, elle s'exprimait de façon enjouée. Il va falloir que j'apprenne vos prénoms, lança-t-elle. Je suis convaincue que vous allez vous plaire ici. Pas vrai. Je l'espère. On va essayer en tout cas. Bon, je vais d'abord vous faire visiter. Je me dis toujours qu'avant tout le reste il faut que les gens voient comment sont fichus les lieux. Ensuite ils se sentent mieux.

Rose attendit dans la salle de séjour pendant que la femme montrait la maison aux enfants, d'abord les chambres qui allaient être les leurs, puis la salle de bains et la chambre des autres enfants. Puis ils reparurent et Rose leur expliqua à quoi ils pouvaient s'attendre au cours des prochains jours. Elle les serra dans ses bras avant de s'en aller et leur dit de ne pas hésiter à l'appeler chez elle s'ils avaient besoin de quoi que ce soit ; elle inscrivit son numéro et celui du bureau sur un bout de papier et donna le papier à Joy Rae.

Le mardi il y eut des réunions et des entretiens.

Luther et Betty tinrent conseil pendant une heure au palais de justice avec un avocat qui leur avait été commis d'office.

Les deux enfants furent interrogés dans leur foyer d'accueil par le mandataire ad litem, un jeune avocat désigné pour agir en leur nom et représenter leurs intérêts. Il écouta leur histoire en prenant des notes et ils n'allèrent pas à l'école ce jour-là mais restèrent chez la femme.

Le procureur du comté s'entretint avec Rose Tyler et le shérif adjoint en charge de l'enquête dans le bureau de Rose, puis il établit la requête pour négligence qui serait déposée auprès du tribunal.

Néanmoins, aucune des personnes qui participèrent à ces diverses entrevues ce mardi-là ne fut ravie de ce qui s'y décida.

Le mercredi l'audience de placement eut lieu en milieu d'après-midi au deuxième étage du palais de justice, dans le tribunal civil donnant sur le vaste hall juste en face de la cour d'assises. C'était une salle lambrissée de bois sombre avec un haut plafond et de grandes fenêtres à meneaux, et des bancs disposés par rangées derrière les deux tables qui, à gauche et à droite, étaient réservées aux avocats et aux autres parties concernées. Face aux deux tables se trouvait la tribune du juge, perchée sur une estrade. Les deux enfants n'étaient pas présents.

Luther et Betty entrèrent dans la salle cet après-midi-là, habillés pour la circonstance. Betty portait une robe marron et des collants neufs assez fins, et elle avait mis du fard à joues pour cacher ses griffures. Fraîchement lavés et brossés, ses cheveux étaient retenus sur les côtés par une paire de barrettes en plastique appartenant à Joy Rae. Elle avait une allure étrangement enfantine. Luther portait son pantalon bleu avec une chemise écossaise et une cravate rouge attachée sous le menton mais pas serrée, car il lui était impossible de boutonner son col. La cravate ne lui arrivait qu'à mi-ventre. Ils entrèrent et s'assirent derrière la table de droite.

Leur avocat s'assit sur le banc derrière eux, de l'autre côté de l'allée par rapport au mandataire ad litem. Peu après, Rose arriva avec le shérif adjoint. Il s'assit à côté du mandataire et Rose se glissa à côté de Betty et de Luther ; se penchant pour leur prendre la main, elle leur dit qu'ils devaient dire la vérité et faire du mieux qu'ils pouvaient.

Rose, qu'est-ce qui va se passer ? demanda Betty.

Il faudra voir ce que décide le juge.

Je ne veux pas perdre mes enfants, Rose. Je ne pourrais pas le supporter.

Oui. Je sais, ma chérie.

Rose se leva et, traversant l'allée, elle alla prendre place à la table du procureur, qui était entré dans la salle pendant qu'elle discutait avec Luther et Betty. Tout le monde était assis et attendait. À l'extérieur du palais de justice le vent soufflait, ils l'entendaient dans les arbres. Quelqu'un passa dans le hall, et ses pas résonnèrent. Ils attendaient toujours. Enfin le juge surgit par une petite porte. Aussitôt le greffier ordonna : Levez-vous, et ils se levèrent. Asseyez-vous, ordonna le greffier, et ils se rassirent.

Il n'y avait pas d'autre affaire civile à juger ce

mercredi-là. La salle était pratiquement vide ; il y régnait une chaleur étouffante et une odeur de renfermé, mêlée de poussière et de vieille encaustique.

Le juge appela l'affaire à partir du dossier qu'il avait devant lui. Le procureur se leva et parla brièvement. Le juge avait déjà lu la requête pour négligence et le procureur récapitula pour la forme. La requête expliquait pourquoi les enfants avaient été mis en placement d'urgence, décrivait ce qui leur avait été infligé par l'oncle de leur mère, et énonçait ce que recommandaient aussi bien le bureau du procureur que les services sociaux. La requête stipulait que les enfants devaient rester en foyer d'accueil jusqu'à ce que l'oncle soit arrêté et traduit en justice. En attendant, les enfants ne devaient pas être autorisés à retourner au domicile familial, leurs parents s'étant jusqu'ici révélés incapables de les protéger de leur oncle. Les parents se verraient accorder des visites régulières à leurs enfants sous le contrôle des services sociaux, et l'affaire serait réexaminée à une date ultérieure.

À ce moment-là l'avocat des Wallace se leva et dit ce qu'il pouvait pour leur défense, expliquant à la cour que Luther et Betty avaient été de bons parents, compte tenu des circonstances, et qu'ils avaient fait de leur mieux.

Les parents sont-ils dans la salle ? demanda le juge.

Oui, Votre Honneur. Ils sont là.

L'avocat fit signe à Betty et à Luther d'approcher. Ils avancèrent et se postèrent à côté de lui à la table.

Vous êtes conscients du préjudice qui a été causé à vos enfants, n'est-ce pas ? demanda le juge.

Oui monsieur, dit Luther. Votre Honneur.

Vous êtes-vous efforcés d'empêcher que ce préjudice soit causé à vos enfants ?

Il nous a pas laissés faire.

L'oncle de votre femme. C'est à lui que vous faites référence.

Pardon ?

Vous parlez de Hoyt Raines. Vous faites référence à M. Raines.

Oui. C'est ça.

Avez-vous été témoins de ce que M. Raines faisait à vos enfants ?

Mon mari oui, répondit Betty. Moi j'ai rien vu. Après, j'ai juste vu ce qu'il avait fait.

Mais vous-même, qu'avez-vous fait ?

Vous voulez dire moi ?

Oui.

Je lui ai dit qu'il pouvait pas faire ça. Tout de suite, quand il s'est repointé chez nous, j'ai dit : Tu peux pas venir ici.

Monsieur Wallace. Qu'avez-vous fait ?

Je suis allé là-bas, dit Luther. Je l'ai vu qui se servait de sa ceinture et j'ai dit : Tu peux pas faire ça. Il faut que t'arrêtes ça.

Avez-vous tenté physiquement de l'arrêter ?

Eh ben, comme j'ai dit, je suis allé là-bas. Alors il s'est approché et il m'a frappé au cou avec sa ceinture. Ça me pique encore. Luther se frotta le cou sous son col de chemise.

Qu'avez-vous fait après qu'il vous a fouetté avec sa ceinture ?

Je suis retourné m'occuper de ma femme.

Que faisait-elle ?

Elle était allongée à beugler à cause de tout ce qui se passait.

Donc en réalité vous n'avez rien fait.

Luther regarda le juge, jeta un coup d'œil à Betty, puis refit face au juge. Je suis allé là-bas pour l'arrêter. Mais il m'a fouetté au cou. Avec cette ceinture qu'il avait.

Oui. Je vous ai entendu déclarer à la cour que vous y étiez allé. Mais le simple fait d'entrer dans la pièce où il était en train de fouetter vos enfants ne l'a pas arrêté, n'est-ce pas ? Cela n'a pas suffi.

Il a dit qu'il allait nous tuer.

Vous dites ?

Il a dit qu'il allait nous tuer si qu'on faisait quelque chose.

M. Raines vous a dit qu'il vous tuerait ?

Oui monsieur. C'est exactement ce qu'il nous a dit.

Qu'il vous tuerait si vous essayiez de l'empêcher de fouetter vos enfants.

Oui monsieur.

Et puis aussi si on le dénonçait, ajouta Betty. Si on appelait quelqu'un au téléphone.

C'est vrai, dit Luther. Si on appelait quelqu'un, il a dit qu'il nous entendrait et qu'il nous tuerait comme si qu'on était des chiens.

Donc il vous a menacés tous les deux.

Il nous a jeté des menaces à tous les deux sous notre propre toit, dit Luther.

Le juge considéra le dossier sur son bureau pendant un moment. Puis il leva la tête. C'est la deuxième fois que cela se produit. Je me trompe ?

Non monsieur, Votre Honneur. Il l'a fait une fois avant, dit Luther.

Savez-vous où il se trouve à présent ?

Non.

D'après vous, où peut-il être ?

Il pourrait être à peu près n'importe où. Il est peut-être à New York.

New York. Vous croyez que c'est là qu'il est ?

Peut-être aussi à Vegas. Il parle tout le temps de faire un carton à Las Vegas.

Le juge le regarda. Bon. Je vous remercie tous les deux de votre témoignage. Vous pouvez vous rasseoir.

Le juge appela alors le mandataire ad litem. Le jeune avocat se leva, s'approcha de la table et rendit compte de son entretien avec les deux enfants. Il termina en soumettant sa propre recommandation à la cour.

Dois-je comprendre que vous venez d'informer la cour que vous êtes d'accord avec la recommandation du procureur et des services sociaux ? demanda le juge.

C'est exact, Votre Honneur.

Merci, dit le juge. Il regarda la salle d'audience. Dans une affaire comme celle-ci, reprit-il, j'ai deux décisions à prendre. D'abord, sur le dépôt de la requête pour négligence. Ensuite, je dois prendre une décision au sujet de la garde des deux enfants. La cour a entendu les différentes parties impliquées dans cette affaire. Y a-t-il quelqu'un qui désire ajouter quelque chose ?

Betty se leva de son banc derrière la table.

Oui ? fit le juge. Avez-vous quelque chose à ajouter, madame Wallace ?

Vous n'allez pas prendre mes enfants, dites ? J'aime mes enfants.

Oui, madame. Je m'en rends bien compte, dit le juge. Je crois que vous et votre mari aimez bel et bien vos enfants. Ce n'est pas ce qui est mis en cause ici.

Ne les prenez pas. S'il vous plaît.

Mais madame Wallace, il est évident pour la cour d'après les témoignages que nous avons entendus aujourd'hui, y compris votre propre témoignage, que vous ne pouvez pas les protéger. Votre oncle les a brutalisés à deux reprises. Pour le moment, ils sont mieux dans un foyer d'accueil.

Mais ne les prenez pas. S'il vous plaît, non.

La cour doit décider de ce qui sert le mieux l'intérêt des enfants.

Ils sont censés être avec leur papa et leur maman.

Dans la plupart des cas, c'est vrai. La cour déploie tous ses efforts pour laisser les enfants avec leurs parents. Mais en l'occurrence la décision de la cour est qu'il vaut mieux pour eux être placés dans un foyer d'accueil. Du moins pour l'instant. Jusqu'à ce que votre oncle soit retrouvé, madame Wallace.

Vous voulez dire que vous allez nous les enlever ?

Vous pourrez continuer à les voir. Sous surveillance. Ils ne partiront pas de la région. Ils resteront dans le comté de Holt et vous pourrez leur rendre visite de manière régulière.

Oh non ! s'écria Betty. Oh non ! Non ! Non ! Puis elle hurla quelque chose qui n'était même pas des mots. Sa voix retentit dans la salle et se répercuta, stridente, contre les murs aux lambris sombres. Elle tomba en arrière sur le banc et se cogna la tête au dossier. Ses yeux roulaient dans tous les sens. Luther essaya de l'aider mais elle lui mordit la main.

Le juge se leva stupéfait. Que quelqu'un aide cette femme, dit-il. Que quelqu'un lui apporte un verre d'eau.

43.

Après son dîner de viande poêlée et de pommes sautées, assis seul à la table en pin de la cuisine, la maison extrêmement silencieuse et paisible avec juste le murmure du vent à l'extérieur, il rinça sa maigre vaisselle dans l'évier et se rendit dans la salle à manger. S'emparant du téléphone sur le mur, il l'emporta avec son long cordon jusqu'au salon, où il s'installa dans son fauteuil relax pour appeler Victoria Roubideaux à Fort Collins.

J'étais justement en train de décrocher pour vous appeler, dit-elle.

C'est vrai, ma chérie ? Je croyais que c'était mon tour. Je me demandais si tu savais quand Katie et toi alliez revenir à la maison pour l'été. J'espère que vous venez toujours.

Ah ça oui. Pas question de changer ça.

Ça me fera drôlement plaisir de vous voir. Toutes les deux.

Je n'ai plus que quinze jours de cours avant les examens.

Et comment se passent tes cours ?

Pas mal. Enfin quoi. C'est la fac.

N'empêche. Ça sera bien de vous avoir à la maison quelque temps. Comment va ma petite Katie ?

Oh, elle va bien. Elle parle de vous sans arrêt. Tenez, vous voulez lui dire quelque chose ?

La petite fille vint au téléphone.

C'est toi, Katie ? demanda-t-il.

La fillette se mit aussitôt à parler. Sa voix haut perchée était claire et excitée à la fois, et elle lui racontait une histoire à propos de la garderie et d'une autre petite fille qui était là-bas avec elle. Il ne comprit pas grand-chose à ce qu'elle disait, mais il était content de simplement entendre sa voix. Puis Victoria reprit l'appareil.

Je n'ai pas tout saisi, dit Raymond. C'est une sacrée bavarde, on dirait.

Elle parle sans arrêt.

Eh oui, c'est bien.

En tout cas, j'espère arriver pour Memorial Day, dit-elle. Je comptais aller mettre des fleurs au cimetière.

Ça lui ferait plaisir.

Je pense à lui quasiment tous les jours.

Je sais. Moi je me surprends à discuter avec lui.

Et de quoi parlez-vous ?

Oh, du boulot à faire au ranch. Comme on avait l'habitude. Prendre des décisions pour tel ou tel truc. Je me fais vieux et je perds la boule, j'imagine. On devrait m'emmener à l'arrière de l'étable et m'abattre.

Je ne m'inquiéterais pas pour ça. Vous n'êtes pas vraiment inquiet, dites-moi ?

Non. J'imagine que non, dit-il. Bon. Et Del. Je suppose qu'il est toujours dans le paysage.

Oui. On est sortis ensemble hier soir. On a emmené

Katie voir un film en ville. Ça me fait penser… vous croyez qu'il pourrait vous servir à quelque chose cet été pendant les foins ?

Est-ce que ça le tenterait ?

Il m'a posé la question. Il voulait que je vous demande si ça ne vous gênerait pas. S'il venait quelque temps cet été.

Ah ça, c'est sûr, je dirais pas non à un petit coup de main. Il sera le bienvenu.

D'accord, je lui dirai. Mais et vous ? Est-ce que vous avez revu Rose Tyler ?

Eh ben. On est sortis plusieurs fois. On est allés dîner.

Est-ce que vous vous amusez bien ?

Oui m'dame. Je pense qu'on peut appeler ça comme ça. Du moins je crois.

Je suis contente. Je veux faire sa connaissance. Dire que je ne l'ai toujours pas rencontrée !

Je crois qu'elle va te plaire. Elle est rudement gentille avec moi. Je m'arrangerai pour qu'on se retrouve tous ensemble quand tu seras là.

Et dites-moi, est-ce que vous avez pris bien soin de vous ?

Oui. Je dirais que oui.

Est-ce que vous mangez comme il faut ?

Pas mal du tout.

Je sais bien que non. Je sais que vous ne mangez pas comme il faut. Ça m'embête assez.

C'est juste que c'est drôlement tranquille par ici, ma chérie. Tu dis que tu seras là pour Memorial Day ?

Oui. Aussitôt que je pourrai.

Ce sera bien, dit-il. Ça fera du bien de te voir.

Ils raccrochèrent et Raymond resta là dans le salon à l'arrière de la maison avec le téléphone sur les genoux, à cogiter et à se souvenir. À penser à Victoria et à Katie et à Rose Tyler, et à son frère mort, parti en éclaireur, depuis déjà plus de six mois.

44.

Au volant d'une voiture d'emprunt, Mary Wells se rendit à Greeley, à deux heures de route vers l'ouest à travers les hautes plaines. Elle passa la totalité de cette journée assez chaude à aller dans diverses entreprises poser sa candidature. Résultat, elle décrocha un poste en fin d'après-midi dans un cabinet d'assurances qui se trouvait dans la partie ancienne de la ville. Elle alla ensuite dans une cabine pour appeler la maison. Elle commençait à se sentir plus légère : elle était sûre que les choses allaient s'améliorer. Quand elle téléphona, les filles étaient rentrées de l'école et elle leur annonça qu'elle serait de retour à la tombée du jour et qu'elles pourraient dîner ensemble.

À Holt elle rendit la voiture à son amie puis marcha le long des rues jusqu'à sa petite maison dans les quartiers sud de la ville. Les rues étaient désertes : tout le monde était en train de dîner. À la maison les deux fillettes l'attendaient sur le perron quand elle arriva. Vous vous inquiétiez pour moi ? demanda-t-elle.

Tu as mis beaucoup de temps.

Je suis revenue aussi vite que j'ai pu. Mais tout va bien maintenant. Je suis là.

Elles allèrent à l'intérieur et elle leur prépara à dîner, puis elles s'assirent dans la cuisine et elle leur raconta qu'elle avait trouvé un poste à Greeley cet après-midi-là. Tout ira mieux là-bas, dit-elle. On pourra prendre un nouveau départ.

Je ne veux pas déménager, dit Dena.

Je sais, ma chérie. Mais je pense qu'il vaut mieux. Je suis désolée. Mais je ne peux pas rester ici et tu sais qu'il faut que je travaille pour nous faire vivre. C'est impossible ici. Au début il faudra louer un appartement. Je ne peux pas me permettre autre chose pour l'instant. Je vais louer un camion pendant trois ou quatre jours pour le déménagement. On logera dans un motel et on cherchera un appartement. Elle regarda les deux fillettes, leurs visages tellement jeunes et tellement adorables. Peut-être qu'on pourra en trouver un avec vue sur les montagnes. Qu'est-ce que vous en dites ?

On n'aura pas d'amis là-bas, dit Dena.

Pas tout de suite. Mais ça viendra. On se fera toutes de nouveaux amis.

Et DJ ?

Qu'est-ce que tu veux dire ?

Il va se retrouver tout seul. Quand on sera parties.

Tu pourras lui écrire. Et ce n'est qu'à deux heures de route, il pourra venir nous voir. Et peut-être que toi tu pourras revenir ici pour le voir.

Ce n'est pas pareil.

Oh, ma chérie. Je ne peux pas tout arranger, dit-elle. Elle les regarda et les deux fillettes étaient au bord des larmes.

Mais je vous ai rapporté quelque chose, reprit-elle.

Elle alla dans le séjour et revint avec deux paquets qu'elle posa sur la table. L'un était une robe jaune pour Emma, qui l'essaya et tournoya pour leur faire admirer. L'autre était un petit tube de fond de teint. L'étiquette disait : Unifie parfaitement. Je vais te montrer comment t'en servir, dit leur mère.

Qu'est-ce que c'est ?

Je vais te montrer.

Debout au-dessus de Dena, elle pressa le petit tube, déposa sur son doigt une noisette de pâte beige, tamponna la cicatrice de la fillette à côté de son œil, et étala le produit. La cicatrice était toujours rouge et luisante mais le maquillage l'atténuait un peu. La fillette alla dans la salle de bains se regarder dans la glace puis ressortit.

Qu'est-ce que tu en penses ? demanda Mary Wells. Ce n'est pas mieux ?

On la voit quand même.

Mais c'est mieux, ma chérie. Tu ne trouves pas ? Je trouve que c'est nettement mieux.

Ne t'en fais pas, maman.

Le vendredi après-midi alors que Mary Wells et les filles étaient en train de charger le camion de location, DJ passa chez elles après l'école et les aida à transporter les dernières choses. Mary Wells avait décidé qu'elle ne pouvait plus attendre. Le gérant du cabinet d'assurances voulait qu'elle commence en milieu de semaine suivante, et elle savait que si elle reportait le déménagement elle ne serait peut-être plus capable de déménager du tout. Elle doutait d'en avoir encore la volonté et l'énergie. Elle avait confié la maison à un agent immobilier, et à l'école elle avait parlé au directeur et aux institutrices des filles. Celles-ci seraient autorisées à arrêter les cours et à passer dans la classe supérieure : il ne restait que deux semaines d'école, et les deux fillettes avaient bien travaillé toute l'année.

Durant ces quelques derniers jours, DJ et Dena allèrent à la cabane de la ruelle tous les après-midi. Ils s'installaient à la table l'un en face de l'autre dans la petite pièce sombre et allumaient les bougies. Ils mangeaient leurs goûters faits de biscuits salés et de fromage, buvaient du café froid et bavardaient.

Maman a dit que je pouvais t'écrire, lui raconta Dena. Est-ce que tu me répondras ?

Je suppose. Je n'ai jamais écrit de lettres avant.

Mais tu pourras m'écrire. Et maman a dit que tu pourras venir nous voir.

Très bien.

Tu ne veux pas ?

J'ai dit très bien.

Comment tu trouves ma figure ?

Ta figure ?

Ma cicatrice.

Elle est pas mal. Je sais pas.

Tu trouves qu'on la voit un peu moins avec ce maquillage ?

Elle me paraît bien. Elle me gênait pas avant.

Les gens n'arrêtent pas de me regarder. Je déteste ça.

Tu t'en fiches, dit-il. Fais pas attention à ces mômes. Ils y connaissent rien.

Dena le dévisagea et lui toucha la main ; il continua à la regarder, puis elle retira sa main et il se détourna.

Tu reveux des biscuits ? demanda-t-il.

Et toi ?
Oui.
Alors moi aussi.

Puis dans l'après-midi le camion fut chargé et la grosse porte basculante à l'arrière abaissée. Elles sortirent de la maison et Mary Wells la ferma à clé pour la dernière fois. DJ attendait sur le trottoir : elle le rejoignit dans la rue et le prit brusquement dans ses bras. Oh, tu vas nous manquer, DJ, dit-elle. Tu vas tellement nous manquer. Tu prendras bien soin de toi, d'accord ? Elle le lâcha et le regarda dans les yeux. Tu le feras, hein ?
Oui m'dame.
Je suis sérieuse. Il faut que tu prennes soin de toi.
Je le ferai.
Très bien. Il faut qu'on y aille. Elle fit le tour du camion et grimpa dans la cabine. Les deux fillettes se tenaient en face de lui et Emma pleurait déjà. Elle l'enlaça rapidement par la taille puis s'esquiva et grimpa dans le camion, où elle enfouit son visage dans les jupes de sa mère.
Je t'écrirai, dit Dena. N'oublie pas.
Je n'oublierai pas.
Elle fit un pas en avant et l'embrassa sur la joue, puis recula et le regarda. Il restait là à la contempler, les mains dans les poches, l'air déjà perdu et abandonné. Elle fit demi-tour et monta dans le camion. Le camion démarra et elle se posta à la vitre, levant la main, l'agitant faiblement, lui chuchotant au revoir. Il resta là sur le trottoir jusqu'à ce qu'elles se soient mises en branle, aient tourné le coin de la rue et disparu.
Après leur départ il monta sur la véranda et regarda

par la fenêtre de devant. Maintenant que la maison était entièrement vide, il ne la reconnaissait plus. Il fit le tour par-derrière et, remontant la ruelle, il dépassa les maisons des veuves, le terrain vague et la maison de son grand-père.

La petite cabane en bois, faiblement éclairée, était peuplée d'ombres. Il alluma une des bougies et s'assit à la table, promenant son regard sur le mur du fond et l'étagère qu'il discernait à peine. La lumière de la bougie dansait sur les murs. Il n'y avait pas grand-chose à voir. Le tableau encadré de l'enfant Jésus accroché au mur. Quelques jeux de société. De vieilles assiettes et de vieux couverts dans une boîte. Sans elle, la cabane avait perdu de son charme. Rien n'était plus pareil. Il sifflota entre ses dents, doucement, un air qui lui vint à l'esprit. Puis il s'arrêta. Il se leva, souffla la bougie, sortit et ferma le loquet. Il resta là un long moment à contempler la vieille maison abandonnée de l'autre côté de la cour envahie d'herbes folles, la vieille Desoto noire qui rouillait au milieu des buissons. Puis il regagna la ruelle. La nuit tombait. Il allait devoir rentrer préparer le dîner. Son grand-père serait en train d'attendre. L'heure à laquelle il avait l'habitude de dîner était déjà passée.

45.

Par un après-midi assez chaud et sans vent Rose Tyler s'arrêta devant la caravane dans Detroit Street, klaxonna et attendit. Au bout d'un moment Luther et Betty Wallace sortirent sur le perron. Luther leva la main pour s'abriter les yeux, puis extirpant un gant de toilette de sa poche de jogging il se tamponna les yeux avec. Après quoi il rangea le gant et, prenant Betty par le bras, il l'aida à descendre les marches puis à longer le sentier de terre jusqu'à la voiture à la lisière des mauvaises herbes. Ils montèrent à bord et Rose les emmena de l'autre côté de ville. Tout va bien se passer, dit-elle. Essayez de ne pas vous inquiéter.

La femme portait un tablier lorsqu'elle les fit entrer. Bonjour, dit Rose. Nous voilà.

Entrez, dit la femme.

Je vous présente M. et Mme Wallace.

Je vous attendais. Enchantée.

Enchanté, m'dame, dit Luther. Il lui serra la main. Betty lui donna une poignée de main, mais sans rien dire.

Je vous en prie, entrez. Je vais chercher Joy Rae et Richie.

Les Wallace pénétrèrent dans la maison comme s'ils pénétraient dans un lieu solennel où s'imposait la plus grande réserve. Ils s'assirent ensemble sur le canapé. Elle a unc jolie maison, hein, fit Luther. Vraiment jolie.

Rose prit place en face d'eux, et bientôt la femme ramena les enfants de la chambre du fond. Debout à côté d'elle, ils risquèrent un coup d'œil timide vers leurs parents, puis détournèrent le regard. Leurs vêtements paraissaient fraîchement lavés et repassés, et les mèches de Joy Rae avaient été coupées en une frange bien droite sur son front.

Vous pouvez vous asseoir là avec vos parents, dit la femme. Elle les poussa doucement.

Les enfants s'assirent sur le canapé à côté de Betty. Ils ne disaient rien. Ils avaient l'air extrêmement gênés par la situation. Betty prit la main de Joy Rae et l'attira contre elle pour lui embrasser le visage, puis se pencha pour embrasser Richie. Les deux enfants reculèrent, s'essuyèrent la figure et regardèrent ailleurs.

La femme s'excusa pour aller dans la cuisine, et Rose se leva. Je vais vous laisser aussi. Vous avez sûrement des choses à vous raconter entre vous. Elle suivit la femme dans la cuisine.

Tu es drôlement jolie, ma chérie, dit Betty à Joy Rae. Tu t'es fait couper les cheveux ?

Oui.

C'est drôlement joli. Est-ce que c'est elle qui te les a coupés ?

Oui, la semaine dernière.

En tout cas, ça te va vraiment bien. Et comment que ça se passe pour toi, Richie ?

Bien.

Qu'est-ce que t'as fabriqué ces temps-ci ?

J'ai lu.

Un livre de l'école ?

Non, de l'église. Ils ont dit que je pouvais le garder.

Et je suppose que t'as joué avec d'autres enfants ?

Ça nous est arrivé.

À ce moment-là la porte d'entrée s'ouvrit. Deux jeunes filles en robes aux couleurs vives apparurent ; elles s'arrêtèrent et restèrent là à regarder la famille Wallace, puis poursuivirent leur chemin vers le fond de la maison.

Qui c'est ? chuchota Betty.

Les autres enfants.

Les autres enfants qui sont placés chez elle ?

On ne les voit pas beaucoup, dit Joy Rae. Elles veulent rien avoir à faire avec nous.

Rose revint, suivie de la femme avec une assiette de biscuits qu'elle posa sur la desserte.

Joy Rae, dit la femme, demande donc à tes parents s'ils ont envie d'un biscuit. Et toi, Richie, sois gentil de distribuer ces serviettes.

Les enfants se levèrent et s'exécutèrent.

Désirez-vous du thé ? demanda la femme.

Oh, non merci, m'dame, dit Luther. On est très bien comme on est.

Ils restèrent tous là à manger les biscuits en se demandant ce qu'ils pouvaient trouver à dire.

En fin de compte Luther, toujours sur le canapé, se pencha vers la femme. Mes yeux me brûlent depuis quelque temps, dit-il. À mon avis, j'ai dû attraper un genre d'infection des yeux. Peut-être une conjonctivite. Je sais pas ce que c'est. Il mordit dans son biscuit puis posa le reste sur une serviette placée sur l'accoudoir. Sortant le gant de toilette de sa poche, il tamponna ses yeux larmoyants. Et ma femme, reprit-il, son ventre recommence à lui jouer des tours. Pas vrai, ma chérie ? Il te joue de sales tours.

Il m'en fait salement baver, acquiesça Betty. Appliquant sa main sur son ventre, elle entreprit de masser une zone située sous sa poitrine.

On va prendre rendez-vous pour que vous alliez tous les deux chez le docteur, dit Rose. C'est le moment de votre visite de routine, il me semble.

Ce sera quand, d'après vous ? demanda Luther.

Dès que je pourrai vous caser. Je vais appeler aujourd'hui.

Je veux pas revoir le même docteur que j'ai vu l'autre fois, dit Betty. Je veux jamais le revoir de ma vie.

C'est vrai, hein, il t'a servi à rien du tout, dit Luther.

Il m'a donné des pilules. C'est à peu près tout ce qu'il a su faire.

Nous verrons, dit Rose. J'essaierai de vous avoir un rendez-vous avec le Dr Martin. Il vous plaira davantage.

Là-dessus, ils replongèrent dans un silence gêné.

Joy Rae, intervint la femme, demande donc à tes parents s'ils ne veulent pas un autre biscuit.

Je m'en taperais bien un autre, accepta Luther. Et toi, ma chérie ?

S'il me bousille pas trop le ventre, dit Betty.

Joy Rae se planta devant chacun d'eux en leur tendant l'assiette de biscuits, puis elle reposa l'assiette et regagna le canapé où elle s'assit à côté de son frère en passant son bras autour de lui. Le petit garçon se blottit contre elle et appuya sa tête sur l'épaule de sa sœur, comme s'il n'y avait rien d'autre à faire dans un contexte pareil.

46.

Elle appela Raymond en fin d'après-midi mais il était encore dehors. Elle le rappela une heure plus tard et à ce moment-là il était rentré de l'écurie sous le soleil déclinant. Il décrocha. Je veux sortir dîner, annonça-t-elle.

Quand aurais-tu envie ?

Aujourd'hui. Ce soir. Je veux que tu m'emmènes dîner ce soir même.

Volontiers, dit-il. Je vais devoir faire un brin de toilette avant.

Je t'attendrai, dit Rose, avant de raccrocher.

Il se doucha, mit ses vêtements de ville puis prit le pick-up pour aller à Holt. Il faisait encore jour et, maintenant que l'heure d'été était en place, la nuit ne tomberait pas avant deux bonnes heures.

Il marcha jusqu'à sa porte. Elle sortit aussitôt et il l'accompagna au pick-up. Elle avait l'air préoccupée. Ils allèrent au Wagon Wheel Café sur la nationale comme les autres fois, et pendant le dîner elle lui raconta qu'elle avait emmené les Wallace voir leurs enfants au foyer d'accueil dans la partie ouest de la ville. Il posa des questions lorsqu'il le jugea nécessaire, mais la plupart du temps il se borna à écouter. Puis il la ramena chez elle.

Tu veux bien entrer un moment ? demanda-t-elle. S'il te plaît.

Bien sûr. Si tu y tiens.

Ils pénétrèrent dans la maison et elle dit : Assieds-toi donc, je vais faire du café.

Merci. Il prit place dans son fauteuil habituel et regarda autour de lui, étudiant un des tableaux de Rose qu'il aimait particulièrement, une aquarelle représentant un bouquet d'arbres complètement dépouillés de leurs feuilles, avec juste leurs troncs nus qui restaient, un brise-vent sur une colline, et de l'herbe jaunie sur la colline, le tout sur fond de ciel hivernal. Elle avait d'autres tableaux aux murs, mais ils lui paraissaient trop colorés et il ne les aimait pas autant. Il l'entendait qui s'activait dans la cuisine. Tu as besoin d'aide ? cria-t-il.

Non. J'arrive.

Elle revint et posa la tasse de Raymond sur la desserte à côté de son fauteuil. S'asseyant sur le canapé à l'autre bout de la pièce, elle plaça la sienne sur la table basse devant elle. Puis, d'un seul coup, elle se mit à pleurer.

Raymond reposa sa tasse et la regarda. Rose. Qu'est-ce qu'il y a ? J'ai fait quelque chose de mal ?

Non, dit-elle. Elle s'essuya les yeux du revers de ses mains. Ce n'est pas toi. Ce n'est absolument pas toi. C'est juste que je me suis sentie triste tout l'après-midi. Depuis notre visite à la famille d'accueil. Ça s'est plutôt bien passé, en fait, mais ça m'a simplement paru triste.

Il n'y avait pas d'autre solution, si ?

Non. Mais j'ai eu envie de pleurer tout l'après-midi. Je leur ai dit que les choses allaient s'arranger. C'était un mensonge. Je ne leur ai pas dit la vérité. Cette affaire n'a rien d'une priorité pour la police. La police ne retrouvera jamais l'oncle et ils ne récupéreront jamais leurs enfants. Ces mômes resteront en foyer d'accueil jusqu'à leurs dix-huit ans, ou jusqu'à ce qu'ils fuguent. Les choses ne vont pas s'arranger.

Sans doute que non, dit Raymond.

Les yeux de Rose s'emplirent de larmes à nouveau et elle sortit un mouchoir. Raymond resta là à l'observer, puis il se leva et, rejoignant le canapé, il s'assit à côté d'elle et mit son bras autour de son épaule.

Elle essuya ses larmes et se tourna vers lui. J'ai fait ce genre de chose je ne sais combien de fois, dit-elle. Mais aujourd'hui ils n'ont pas été fichus d'aborder un autre sujet que leurs petits problèmes physiques. Je ne le leur reproche pas. C'est la seule chose dont ils sachent parler. Alors j'ai appelé le médecin et je leur ai pris rendez-vous. Mais à quoi peuvent servir les médecins dans ces cas-là ?

Pas grand-chose, dit Raymond. Ils n'auraient rien pu faire pour mon frère non plus.

Elle leva le regard vers lui. Ses cheveux gris argent étaient tellement raides sur sa tête, sa figure tellement rouge après toutes les années d'intempéries qu'il avait affrontées… Il n'empêche, elle lisait la bonté dans ses traits. Elle se cala contre son épaule.

Je suis désolée de pleurnicher comme ça. Merci de m'écouter. Et d'être venu t'asseoir à côté de moi sans que j'aie eu à demander. Ça compte beaucoup pour moi, Raymond. Tu comptes beaucoup pour moi.

Enfin bon, dit Raymond. Il la serra un peu plus contre lui. Ça marche dans les deux sens, Rose.

Alors elle se remit à pleurer, appuyée contre son

épaule tandis qu'il la tenait dans ses bras. Ils restèrent un long moment comme ça, sans bouger, sans parler.

Et puis, à l'extérieur de la maison, par-delà la pièce silencieuse dans laquelle ils se trouvaient, la nuit commença à descendre le long de la rue.

Bientôt les lampadaires se déclencheraient, clignotant et tressaillant, pour illuminer tous les recoins de Holt.

Plus loin, en dehors de la ville, là-bas dans les hautes plaines, les lumières bleues des cours, sur leurs grands poteaux, s'allumeraient dans toutes les fermes et dans tous les ranchs isolés de toute cette région plate et sans arbres, et peu après le vent se lèverait, soufflant sur les grands espaces, voyageant sans rencontrer d'obstacles à travers les champs immenses plantés de blé d'hiver, à travers les prairies naturelles ancestrales et les chemins de gravier, transportant avec lui une poussière pâle alors que l'obscurité progressait et que la nuit s'installait.

Et pendant ce temps-là dans la pièce ils demeuraient tous les deux assis tranquillement, le vieil homme le bras autour de cette femme pleine de bonté, dans l'attente de ce qui allait advenir.

Remerciements

L'auteur souhaite exprimer sa gratitude pour le soutien et les encouragements généreux qu'ils lui ont montrés à :

Mark Haruf, Verne Haruf, Edith Russell, Sorel Haruf Arnold, Whitney Haruf, Chaney Haruf, Mark et Gin Spragg, Rod Bina, Tony Watkins, Kit et Sandy Carpenter, Jeff Donlan, Liz Gersbacher, Stephanie Dillard, Theresa Saucke, John Niedfeldt, Rollie Deering, le Dr. Tom Parks, le Dr. Paul Ammatelli, Karen Greenberg, Meg Viets, Peter Brown, Carol Devine Carson, Liz Van Hoose, Kathryn Laughon, et surtout JJ Laughon ; et Peter Matson et Jody Hotchkiss, amis et agents de longue date ; et Gary Fisketjon, ami et meilleur de tous les éditeurs ; et Cathy Haruf, toujours.

Achevé d'imprimer sur les presses de

BUSSIÈRE

GROUPE CPI

à Saint-Amand-Montrond (Cher)
pour le compte des Éditions Robert Laffont
en août 2006

Cet ouvrage a été composé et mis en pages
par Interligne
Liège (Belgique)

N° d'édition : 47192. — N° d'impression : 062891/4.
Dépôt légal : septembre 2006.

Imprimé en France